U0692225

'18

四十年来家国

丛书主编　韩庆祥

我的四十年丛书

真实、立体、全面的改革开放史记

［加］江岚　主编

浙江出版联合集团

浙江文艺出版社

图书在版编目（CIP）数据

四十年来家国 /（加）江岚主编. —杭州：浙江文艺出版社,2018.11

（我的四十年/韩庆祥主编）

ISBN 978-7-5339-5462-8

Ⅰ.①四… Ⅱ.①江… Ⅲ.①回忆录-作品集-世界-现代 Ⅳ.①I15

中国版本图书馆 CIP 数据核字（2018）第 247612 号

版权合同登记号 图字：11-2018-437 号

责任编辑　　陈　园
责任印制　　吴春娟

四十年来家国

［加］江岚　主编

出版　浙江文艺出版社
地址　杭州市体育场路 347 号　邮编　310006
网址　www.zjwycbs.cn
经销　浙江省新华书店集团有限公司
印刷　浙江新华数码印务有限公司
开本　710 毫米×1000 毫米　1/16
字数　318 千字
印张　24.5
插页　1
版次　2018 年 11 月第 1 版　2018 年 11 月第 1 次印刷
书号　ISBN 978-7-5339-5462-8
定价　**58.00 元**

总　序

今年是改革开放四十周年。

改革开放是决定中国命运的关键一招，改革是强国之路！1978年由中国共产党开启并领导的这场波澜壮阔的"时代之变"，彻底改变了中国的命运，真正创造了中国经济社会发展举世瞩目的惊世奇迹，全面开创和发展了中国特色社会主义。

该到全面深入总结中国改革开放的时候了！值中国改革开放四十周年之际，政界、商界、学界等社会各界都在认真总结中国改革开放的成功经验，研究中国改革开放所具有的全球意义、战略意义。不过，有的是从感性层面，有的是从知性层面，有的是从理性层面，很多研究成果已陆陆续续问世。

改革开放既要依靠人民，还要为了人民。在这林林总总的研究改革开放史的成果中，除了宏大叙事的"改革开放全史"，也需要有以"人"为主体和主线的有血有肉、有过程、有成长、有故事、有细节的改革开放"个人史"。不仅因为改革开放改变了无数个人的命运，而且因为这一个个具体的、活生生的、现实的"人"，才是改革开放的参与者、推动者、建设者和见证者，也是改革开放红利的受益者。他们，以不同的方式且在不同程度上，书写着改革开放的新篇章！正如有的学者所说，历史叙述应善于通过人和故事反映经济社会变迁、制度体制变革。改革开放既是历史也是现实，改革开放史研究的"现场感"，是其他历史研究所不具备的。这种现场感对于理解、解释历史至关重要。

浙江文艺出版社以独特视角，以"讲好中国故事"的方式，策划并组织出版的"我的四十年"丛书，着眼于在改革开放大潮中人的命运的向好改变，选取"三种人"为主体，每一种选取四十人，讲述他们亲身经历的改革开放故事。

第一种，是我们国内的人民，这块土地上的主人，中国改革开放的参与者、亲历者、受益者。四十年来，他们经历了改革开放进程中的历史细节，经历了个人命运的变迁，全程体验了改革开放这一伟大变革的重大意义。书写这种故事的这本书，叫《四十年四十人》。

第二种，是改革开放以来，从中国到世界各国工作、生活的华人华侨。他们站在世界的坐标系和东西方文化对比的场景中，与祖国改革开放的伟大历程同频共振，以独特的感知和体验，诠释了中国改革开放对世界的影响。书写这种故事的这本书，叫《四十年来家国》。

第三种，是改革开放以来，从世界各国来到中国学习、工作和创业的外国人。他们以"客人"的身份和视角亲历、见证了改革开放四十年的历史，通过亲密接触和深度融入产生了认同感和归属感。书写这种故事的这本书，叫《亲历中国四十年》。

从茫茫人海中"随机"征集和"自觉"选定的这一百二十个人的故事，就是一百二十滴水，就是一百二十部史诗！汇集到一起，可以映见无数个人命运的发展改变，可以映见改革开放美丽故事的海洋，可以映见四十年来鼓荡的时代大潮和宏伟的壮丽史诗。这一百二十滴水也可以映见，中国的改革开放发展史不是一条平静的"内流河"，而是时刻与全球经济交融激荡的"世界性洋流"。这一百二十滴水还可以映见，人类社会越来越成为你中有我、我中有你的地球村，中国人、海外华人、外国人，都是休戚与共的命运共同体、合作共赢的利益共同体。

为了讲好这一百二十篇故事，三本书的主编以及出版社的领导和编辑同志不辞一切劳苦，克服种种困难，以永不懈怠的精神状态和一往无前的奋斗姿态，以高度的政治觉悟和政治责任，加班加点，做了大量很有意义的工作。由于来稿的华人华侨生活在国外，有时差，编辑们都是在半夜三更与作者联系沟通，修改文章；在国内的外国作者则来自世界五大洲二十多个国家，讲不同的语言，为了跟他们沟通好，把文章修改到位，请了许多翻译和朋友帮忙。为体现全面性、代表性并富有创新性，三本书稿文章的征集，考虑到了不同国家、不同地区、不同职业、不同角色、不同文化程度、不同年龄作者的典型性。经过艰辛努力，呈现给读者的，可谓是一套"真实、立体、全面"地讲好中国故事、唱响中国声音、展现中国形象的丛书。

这套丛书最可贵的，就是立足于讲述"历史现场"中"人"亲身经历的真实故事和真切感受，以鲜活真实生动的"个人史"体现改革开放四十年的伟大成就。这是一部庆祝改革开放四十周年的主题之书，是一部凝结个人发展命运的时代之书，更是一部有血有肉有温度的具备持久生命力的改革开放"史记"。

讲政治、讲故事、讲全面，善思考、善总结、善提升，重感知、重本质、重形象，是本丛书最鲜明的特点。

改革开放永远在路上，讲好中国故事，也永远在路上！

目　录

屈建平

◎旅美华人电影导演、制片人。1958年出生于山西省永济市。1982年毕业于北京广播学院(现中国传媒大学)文艺编导系，1986年毕业于北京电影学院导演系。1996年赴美从事电影电视传媒创作。2012年起应邀回国参与中国文化创意产业开发和中信国安新桥影视基地建设。现任美国新桥传媒有限公司董事长、国安新桥（北京）影视传媒投资有限公司总经理、美国加州大学洛杉矶分校（UCLA）中国研究中心理事、北京电影学院客座教授、北京电影学院中国动画研究院客座研究员。

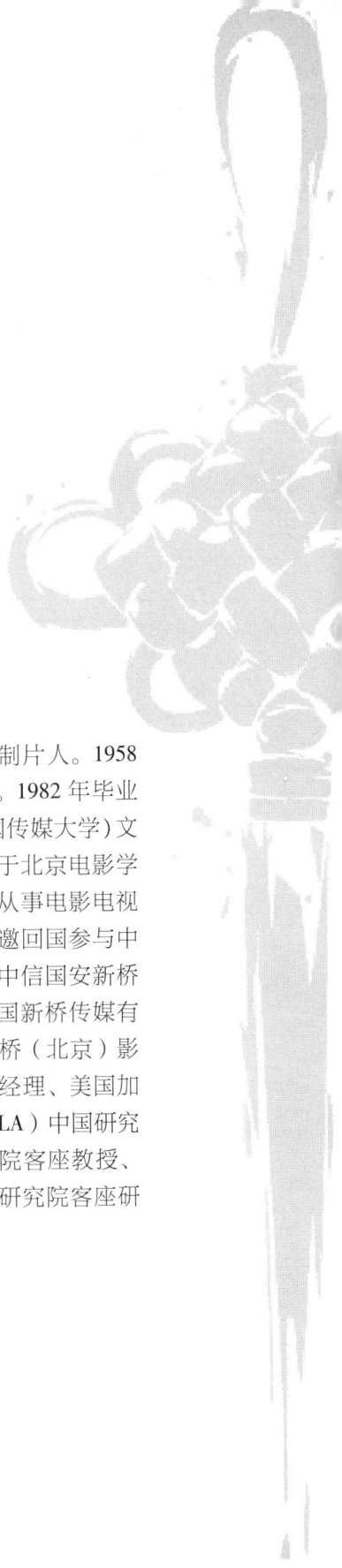

改革开放圆了我的电影梦

前些天，我去见了几位北京广播学院（2004 年更名为中国传媒大学）1978 级的老同学。席间，同学们提议今年还要再聚一次，庆祝 1978 级同学入学四十年。我突然心生感叹：这也是中国实行改革开放四十年啊！回望四十年前，我还是一个懵懂的农村小伙，而四十年后的我，却是一个致力于将中国电影、中国故事推向世界的电影人。改革开放是开启我四十年电影梦的钥匙，也是载我驶向梦想彼岸的航船。

回到改革元年

1978 年注定是中国历史上一个十分重要和关键的年份。这一年春天，中国各个大学校园迎来了"文革"后首批通过正规考试"择优录取"的新生；《人民日报》刊登了徐迟的报告文学《哥德巴赫猜想》，数学家陈景润成了当时中国拥有最高人气和最多粉丝的"全民偶像"；全国科学大会在人民大会堂隆重召开；《实践是检验真理的唯一标准》在《光明日报》上发表，揭开了全国上下"关于真理标准问题的大讨论"的帷幕……这一切都让知识、教育和科学重新绽放出了耀眼的光芒，推动着人们思想上的大解放和中国历史命运的变革，同时也悄悄改变着一个少年的命运。

1978 年的初春异常寒冷。在山西永济冰冻严寒的黄土高原上，我和一群浑身是土的青年人在夜以继日地从 40 米深的引黄大渠下面把冰冻的土块拉上堤坝。那一天，我拉着七八个青年突击队员从堤坝冲向大渠底部，因为堤坝上的同伴忘了挂上连接小车的挂钩和钢缆，我拉的车和车上的人从大渠面上翻了下去，我更是重重地摔晕在大渠底部的冻土上。我醒来的时候是躺在县人民医院的病床上。医生说，不幸中的万幸，大难不死，只是有轻微的脑震荡。

母亲搀扶着我走出急诊室，迎面碰上我在永济中学读书时的历史老师——毕业于四川大学历史系的罗鸿英老师。罗老师关切地问起我的情况，得知我刚刚经历的惊险之后说："这一下摔得好！"接着，她兴奋地告诉我，全国高考恢复了，我可以去参加今年的高考了！她鼓励我赶快回学校复习功课，为高考做准备。那时没有电话，若不是这次巧遇，我很可能还在家劳动挣工分。那一年，我十九岁，高中毕业后，回村里担任团支部宣传委员；那一年，我们家拼命挣工分，依然欠生产队粮食款60元；那一年，我最爱读的书是《钢铁是怎样炼成的》；那一年，在静谧无人的夜晚，我一个人浇灌麦田时，总爱大声唱《我们走在大路上》为自己壮胆……

三个月后，我以永济市文科预考第一名的成绩顺利通过了全国统考。同年10月，我以当年全校入学最优成绩进入北京广播学院新闻系文艺编导专业，学习广播电视文艺创作。从此，我的人生和命运与中国的改革开放紧紧地联系到了一起。毫无意外地，我也和当年一起进入大学的几十万学子共同见证了中国波澜壮阔的改革开放。

核桃林里的成长与爱情

1978年10月5日，我乘火车经过长达二十小时的行程抵达北京。这里的一切对于来自农村的我来说都是那么新鲜，那么如梦似幻。到北京的第二天，我便迫不及待地来到了心中的圣地——天安门广场。站在广场上，看着以前只能在书本上读到的建筑，我感觉我触摸到了心中的梦想。11月，我生日的当天，作为北京广播学院的学生，我们有组织地来到毛主席纪念堂，瞻仰伟人的遗容，怀想革命的岁月。走出纪念堂，我和同学们看到纪念堂东侧展出的呼吁思想解放和改革开放的诗歌与文章。懵懂中，我感到一场波澜壮阔的新浪潮似乎已经把我们无一遗漏地推向了时代的洪流浪尖。

看不完的书、听不完的课、参加不完的课外活动是我大学四年的主题。我每日与文学、戏剧、戏曲、电影、音乐、美术、哲学为伴，如饥似渴地阅读各类书籍。在那个物质仍然贫乏的年代，我们深深地感受到精神世界富裕的快乐和浪漫。与我同屋的室友们都患上了"知识饥渴症"。那时，若有同学好不容易从外面借到一本世界名著，我们全宿舍同学一天内就会集体接力传阅完。新闻系（后来新闻系改编为文艺编导系等）的大课令我印象深刻：编采、摄影、文编、播音专业的一百二十多个同学当中，有农民、工人、军人、干部和知识青年。大家在一起畅所欲言，团结而融洽。我所在的文艺编导班里有三十位同学，其中最小的十五岁，最大的三十多岁，更多的是和我年龄相近的二十岁左右的毛头小伙子。同学们有的还不知恋爱为何物，而有的已经为人父母多年。在大学的四年是我们如饥似渴地更新知识、开阔眼界的四年，也是我思考封闭时代的青少年时光，体验绽放的青春年华的四年。那时候，因为各大院校的师资普遍短缺，各个院校之间优秀的教授互相代课。我们的戏剧导演课就是由中央戏剧学院的导演系主任徐晓钟教授担任主讲。我是他的课代表。其他如音乐曲式学、美学和各种专业理论课都是由中央音乐学院的教授、中国社会科学院的研究员、中央人民广播电台和中央电视台的专家授课。这样的优秀师资力量为我们毕生的事业打下了非常坚实的基础，他们的人格也为我们此后的人生树立了良好的榜样。

课余时间，酷爱写作的我写下了许多小说、散文和诗歌。其中，我写的小说《春联》和其他作品被写作教授推荐给大学校园广播站，由播音专业同学朗读，这也使从农村长大的我和城市里的同学建立起了真挚的友谊。那时学校主楼的前面是大片的核桃林。课余时间，同学们都喜欢到核桃林里去读书、写作和交流。我和许多同学一样，平生第一段纯真的爱情也是从这片枝叶甜香的核桃林里开始的。那些年，我在恋人每天必经的花圃小径上眺望她的身影，并认定这个来自天山脚下的姑娘就是我生命中要寻找的那个终身伴侣。

1982 年我毕业时，因为我成绩优秀，我的恩师——中国广播电影电视学界的著名学者张凤铸教授提议让我留校当他的助手。留校的第一年，我受命担任了 1982 级文编专业的班主任。那年我二十四岁，带的学生大部分都是比我小四五岁的师弟师妹。此后我连续十年在大学里任教。我的学生许多都成为著名的电影电视导演、广播影视界的高级管理者和成功的企业家。这不能不说是改革开放给我生命的一份巨大的恩赐。

依稀世外朱辛庄

大学毕业留校时，张凤铸教授曾问我有什么要求。我告诉他，如果留我担任电影学的教师，我必须去电影学院深造。老师同意了我的想法。1983 年，北京电影学院要招收一届高级编剧导演进修班的消息传来，我立即报名参加考试。结果接到的通知是我被电影理论专业录取了，但我一点也高兴不起来——电影创作才是我的最终梦想啊！不行，我要去尽力争取！张老师陪同我找到了北京电影学院沈嵩生院长。沈院长很支持我的想法，让我去找主持导演系工作的周伟老师。周老师原是延安鲁艺的学员队队长，电影艺术界很多领导都是她当年的战友。我贸然前去，她能答应吗？我不太确定。我忐忑不安地来到周老师住的单元楼公寓，见到了慈祥又严肃的周老师。她问："你这位同志为什么不服从组织分配啊？你学习成绩那么好，搞理论研究再适合不过了！"我坦然而诚恳地向她讲述了我想转修电影导演专业的初衷。我告诉她："我心中认为，电影应该是导演的艺术。德国诗人歌德曾说过，'理论是灰色的，唯有生命之树常青'。所以我特别想去学习电影导演专业。"周老师听完我的话，沉吟良久说："这样吧，你回去等消息！"

开学报到那天，我拿着写着电影理论专业的入学通知书走到文学系报到处，负责人在新生名单上竟然找不到我的名字。这时学院教务长走过来跟我说："是屈建平吧？名单上没你的名字啊。谁让你不服从组织分配啊！"我当时蒙了。老师看我有点着急就说："你不是找过周伟老师吗？到导演系去看看吧！"果然，我在导演班的名单上找到了自己的名字。当时我心里默默地想："谢谢周老师，谢谢你圆了我的电影导演梦。"后来，我才知道周老师早在1949年就参与了上海电影制片厂的筹建和第一部故事片《团结起来到明天》的拍摄。1956年，她调到初创的北京电影学院任教。从延安鲁艺走来的周伟老师用她的爱心照亮了几代电影导演的艺术道路，后来她当之无愧地获得了北京电影学院授予的最高成就奖"金烛奖"。

从入学起，我和来自峨眉电影制片厂的韩三平、米家山，从西安电影制片厂来的黄建新、吕枫，以及北京电影制片厂的于晓洋，潇湘电影制片厂的薛宜昌、张欣，长春电影制片厂的尹黎明，珠江电影制片厂的潘志远，广西电影制片厂的毛健等有电影制片厂工作经验的同学一起度过了特别愉快的三年时间，看了上千部电影。那时，北京电影学院派出了最好的师资阵容来给我们上课，教授当中包括导演系的汪岁寒、谢飞、郑洞天、乌兰、江世雄、王心语教授，表演系的孙敏、林洪桐教授，文学系的黄式宪、汪流教授，摄影系的郑国恩、鲍肖然教授，美术系的王树薇、何宝通、宋洪荣教授，录音系的周传基教授等。人生能有几个四十年？改革开放让我进入了电影梦想的家园。1996年到国外工作生活后，曾经在梦里回过一次依稀世外的朱辛庄，那片兀然挺立在广阔田地上的校园无疑是我生命中的电影伊甸园。

投身电影电视事业

从北京电影学院毕业后，我回到北京广播学院教授世界电影史论，并担任广播电视文艺编导教研室主任。当时没有教材，我花了一个月的时间，写了11万字的《世界电影电视艺术发展史》，甚至因长时间伏案写作落下了颈椎病的病根。我的讲课很受欢迎，别的科系的学生也来听我的课。我的学生们在结束学业后也陆续走上电影电视行业岗位，其中沈东后来成为八一电影制片厂的著名导演，拍出了《太行山上》《建党伟业》等一系列好片。我教过的学生至今仍和我保持着珍贵的师生情谊。

1986年，米家山带领我和吕枫联合导演了反映铁道兵工作、生活、爱情的故事片《没有新娘的婚礼》；1988年，为了庆祝国际和平年，我带领着自己的学生们导演、制作了反映校园生活的电视剧《年轻的白杨》，并获得全国大学生电视剧评奖之"奋进奖"。

1990年，国家新闻出版界也面临着深刻改革的问题。我被调入人民日报社担任海天新闻事业发展公司总经理。从那时起，我深刻地认识到在这个历史转折时代记录下深化改革、探讨改革场景的重要性。我扛着摄像机走遍中国大地，拍摄了一批电影、电视剧：1989年编导《狼烟在这里消散》《紫塞明珠——承德》等纪录片；1990年编导反映北京舞蹈学院舞蹈教育改革的纪录片《明日舞蹈之星》，获广播电影电视部颁发的"星光奖"；1992年导演的电视连续剧《福兮祸兮》获国家计划生育委员会颁发的中国人口文化金爵奖；同期执导的影视作品如讲述连云港国有农场改革的《海滩上没有神话》、反映贵州农民从农耕生产转型矿产开发题材的《山那边的炮声》，都受到业内专家学者的关注和好评。1992年，《光明日报》发表著名电影评论家童道明先生的评论《青年导演屈建平和他的导演风格》；同年 7 月 4 日，中国电视艺术家协会副主席任重在《文艺报》发表评论《屈建平电视剧创作漫笔》。专家学者的评点指导和鼓励了我的创作。

20 世纪 80 年代末 90 年代初，电视机走进了千家万户，电视节目也变得丰富多彩，这为我提供了更多创作机会。1993—1995 年，我参与策划、编导了中央电视台主办的《希望之路》《中国质量万里行》《质量管理与法制知识竞赛》等电视综艺晚会。1994 年，我参与策划了北京电视台台庆电视晚会，并与北京电视台合作制作《海外红娘》等专题节目。

1994 年，我和人民日报社国际部驻日首席记者孙东民联合策划，由我编导，由中央电视台与人民日报社联合制作了六集系列纪录片《中国人眼中的日本》。这部系列片在中央电视台和日本朝日电视台播出后，在中日两国产生了巨大的反响。

1995 年，我调入国务院新闻办所属的五洲传播中心担任影视部主任。其间编导了大型系列人类学纪录片《西藏人》。这部反映改革开放给西藏家庭带来巨大变化的纪录片，获得了上海电视节白玉兰奖最佳长纪录片奖提名，并有美国影评家撰文给予好评。

跨越大洋筑新桥

1996 年，我到北京读书工作十八年之后，有机会到世界影都美国洛杉矶工作发展，先后担任洛城双语广播电台副总裁、美国熊猫电视台（Panda TV）总经理。

刚到美国的那几年，美国社会和公众对中国政府和社会还有很多误解。在美国主流媒体上，很难看到对中国的正面报道。为了忠实传播中国改革开放深入发展的信息，我带领编创团队根据美国观众的接受习惯，连续推出了关于中国海军舰队访美、中国国家主席江泽民访美、香港回归祖国的专题片，以及改革开放的总设计师邓小平专题报道、关于西藏的历史人文专题片、关于中国社会经济宗教发展的专题片等，在美国主流社会和华人群体中引起了广泛的关注。

那时在美国还很难看到中国本土的电视节目，我萌生了将中国的电视节目引入美国的想法。在我们的努力下，湖南卫视的节目通过卫星进入了美国的千家万户。湖南台充满现代时尚气息的综艺节目让美国社会很惊讶。一家叫"回声之星"的美国卫星电视频道找到我，希望我能把更多的中国电视信号带到美国。

看到美国数字卫星频道技术拓展为中国电视传播所带来的机会，我很激动，连夜赶写了一份美国卫星电视市场分析报告递交给国内的领导和朋友。一年后，我很欣慰地看到大规模转播中央电视台和各地卫视节目的长城平台出现在美国。这个卫星平台提供包括央视4套、湖南卫视、凤凰卫视、东方卫视、安徽卫视等20多个频道的中国电视组合，把承载中国改革开放信息的节目送到北美的千千万万个家庭，帮助美国观众进一步了解了中国社会实行改革开放后发生的巨大变化，增进了中美两国间的理解和包容。

时间进入新世纪，我感到中美之间需要更深的理解和互信，建设一座影视文化的桥梁势在必行。受到在美华裔专家学者的鼓励，我注册成立了美国新桥传媒公司（New Bridge Media，Inc.）。公司成立后，主要做了三件事：一是致力于推动中美高等影视教育交流；二是拍摄、制作宣传中国改革开放和华人在美生活工作的纪录片；三是促进中国和美国之间的媒体交流。在2004年，我率先推动了南加州大学（USC）电影学院和中国传媒大学影视艺术学院两院校研究生共同制作纪录片的电影交流培训计划。隔年举办一次的国际化培训，给来自不同文化背景的学生提供了合作拍摄纪录电影的机会，培养了一批具有国际视野的中美青年电影人才。其中，在这个计划中脱颖而出的青年导演姚婷婷，回国后执导了电影《谁的青春不迷茫》等一系列影片，成为受到包括好莱坞在内的国际电影界重视的中国电影导演新星。

2002 年，我和好莱坞友人合作创办了环球传播中心，建设了专为在美华人和访美影视专家提供服务的摄影棚。受到中国改革开放成就的鼓舞，我带领摄制组拍摄了《人间天堂》《上海的赞美》《四季如春》《爱的使者》《触摸生命》《光荣进行曲》《爱的呼唤》《哈德森》等一系列影视作品。我在纪录电影创作中采用了影视文化人类学的方法，在影片中使用了大量真实数据，通过实地采访挖掘当地的历史渊源，以小人物的视角向美国民众讲述改革开放以来中国社会各层面所经历的翻天覆地的变化以及取得的巨大成就，展示了中国文化的独特魅力。报道杭州新气象的纪录片《人间天堂》引起了时任美国总统乔治·W. 布什的重视。总统曾委托美国驻华大使去杭州实地考察。通过实地访问之后，大使盛赞影片拍摄的真实性和艺术魅力。在此期间，我还策划制作了《环球论坛》等电视访谈对话节目，并采访、报道了美国前总统卡特和美国华盛顿州华裔州长骆家辉。现场报道了江泽民主席及中国海军舰队访美事件，为中美友好交往积累了大量珍贵资料。

用世界的语言，讲述中国的故事

在美国运营新桥传媒公司期间，我结合美国好莱坞影业公司把影视制作与影视乐园结合，把电影产业链延伸到文化旅游、时尚品牌等各个领域的成功经验，开始思考如何在祖国搭建一个以影视制作为先导，以影视乐园为支撑，以人才培养和技术创新为动力，以电影产业和金融资本结合为驱动，具有综合产业功能的影视园区。在分析了大量好莱坞成功影片之后，我领悟了好莱坞进军世界电影市场的奥秘，那就是创造一种根植于全球文化并且超越地域文化限制的好莱坞世界电影语言。比如《狮子王》和《花木兰》，它们都是把很大的故事主题放在一个可以被全球观众普遍接受的家庭架构当中去展开，从而获得巨大成功。也就是从那时起，一个"用世界的语言，讲述中国的故事"的构想在我心中发芽了。这成为我立志回国发展电影产业的动力。

有一次，我在出席南加州大学电影学院活动时与乔治·卢卡斯相遇。卢卡斯先生关心我回国发展电影事业的计划。他问我："中国国内的人才怎么样？"我说："恐怕现成的不多。"我问他培养人才有什么诀窍。他说："最好的方法就是自己去培养。"卢卡斯先生的建议成为我回国发展计划当中的一项重要内容。

我在思考回国打造智慧城市影视乐园的计划时，详细考察了太阳马戏团在美国拉斯维加斯的成功模式。作为一个全球著名的旅游城市，拉斯维加斯原本就已经具有了吸引个体人群的娱乐元素，通过引入太阳马戏团和其他高端演艺团体，这个城市成功地吸引了来自全世界的家庭度假人群。

拉斯维加斯的成功经验让我深刻地领悟到在中国打造集影视、娱乐、文化、旅游为一体的高端产业园的迫切性和重要性。中国五千年历史长河中，有太多的传奇故事等着我们去述说；中国九百六十多万平方公里的土地上，有无数的秀美山川等着我们去赞美；中国五十六个民族里，有太多值得挖掘的传说和神话等待我们去传扬……宏大的中国历史文明传承为我们打造新一代的影视文化作品提供了无尽的灵感和源泉。

在美二十多年，我深切地感受到中国宝贵的文化价值囿于我们较为闭合的文化环境和自弹自唱的非市场化产品模式，在世界上的影响有限。我们过去习惯了躺在先辈所创造的文化安乐窝里心满意足，而改革开放要求我们将文化在传承的基础上发展推广，实现中华民族文化的伟大复兴。我很高兴地看到，改革开放以来文化创意产业在国内已不再仅仅是一个理念，而是有着巨大经济效益的直接现实。所以，我觉得我们理应吸收以好莱坞为代表的世界性文化传播方法和体系，把中国的优秀文化和民族情感价值通过我们的努力传向世界。看到《卧虎藏龙》《花木兰》《功夫熊猫》这些以中国故事和形象为题材的风靡全球的电影都是好莱坞制作的，我心里有一种强烈的责任感。

2014年，我应中信国安集团邀请，怀揣着在美国多年的影视文化产业梦想回到我学习成长的地方——北京，开始在中信国安第一城打造京津冀地区第一个高标准的影视基地。基地于2016年投入使用，致力于打造全流程的影视制作服务体系，配备了国际一流的全数字、网络化、集群化的电影特效制作硬件，以及影视后期音视频制作系统。依托功能完善的中信国安第一城，基地同时为客户提供影视拍摄、餐饮、住宿等一体化高端服务。面对影视人才短缺的现状，我按照乔治·卢卡斯先生对我的鼓励和忠告，与我的母校北京电影学院合作，在基地开展高端电影人才培养。和好莱坞著名电影艺术家合作，选定散发着历史醇香的宝贵的中国文化IP（知识产权），打造面向世界的电影作品。我在美国的梦想"用世界的语言，讲述中国的故事"成为创建电影基地的目标和使命，也是现在基地的宣传标语。如今，基地的一、二、三期，共6万多平方米的高标准影视基地已经成为京津冀地区电影产业连接世界的桥头堡。来到这里的电影界同行无不交口称赞这个代表着新时代水准的国际化电影基地。我期待着与国内外优秀导演和制片人合作，让灿烂的中华文明成为走向世界的绚丽的电影篇章。

1978年改革开放的实施，为我这个生长在黄土高原的农村孩子提供了走出黄土地、走向北京、走向世界的命运机遇。我在北京就学、实践、历练的成长经历成为祖国改革开放前十八年的生命见证。1996年，我因为工作需要远赴美国洛杉矶，深入美国社会和电影电视传媒实践，了解了西方发达国家的优势和动力所在。2012 年回国后，我看到祖国改革开放四十年来所发生的翻天覆地的变化，深深地感慨改革开放实在是利国利民的伟大历史变革。改革开放的总设计师邓小平先生早年出国勤工俭学，开阔了视野。他亲历"文化大革命"的浩劫，深思中华民族开放之路，为中华民族的伟大复兴铺就了符合中国国情的道路。我们作为改革开放的受益者和见证人，深深地感谢他和中国领导人顺应世界潮流，率领中华民族走向繁荣、开放。我要把余生贡献给这个改革开放的时代。我的心不仅要赞美从 1978 年到 2018 年中国所发生的历史性的改变，而且要呼唤未来持续的改革开放，为祖国带来更大的变化。我很希望再活四十年，见证未来的大国崛起和民族复兴！

1995年在电视制作间

1995年拍摄《西藏人》留影

2002年在美国好莱坞

2017 年好莱坞著名制片人汤姆·德桑托(Tom DeSan-to)先生来访中信国安新桥影视基地

2017 年北京国际电影节"中国文化 IP 电影如何走出去论坛"合影

2018 年在中信国安新桥影视基地接待外国客人

◎1963年出生，原籍广东雷州，现任马来西亚道理书院董事会主席兼院长，越南胡志明市国家大学所属人文与社会科学大学中国研究中心高级研究员，山东大学儒家文明协同创新中心访问学者，广西师范大学、嘉应学院、华侨大学宗教研究所、中南大学道学国际传播研究院、台湾仁德医护管理专科学校等校兼任或客座教授；曾担任马来西亚布城文化园规划华人文化顾问，马来西亚《马来西亚百科全书》（英文版）"人文卷"与"宗教卷"主笔、编审，承担中马两国多项国家级、省级社科基金项目。宗教学与医学双博士。

王琛发

岁月散记：北望神州改革开放四十年

"牛干冬" 大街的信件

我出生时，祖父母已经不在人世，父亲是在槟榔屿出生的第二代华人，年轻时候遇上抗日战争，义愤填膺，与同学们回华共赴国难，之后回到马来亚，在贫民区当中医师，以收费廉宜服务群众，也不再参加任何社会团体。老人家一直到终老，都坚守着组织原则，甚至不向家人提起 20 世纪 50 年代以前的任何事情。母亲则常常提起，她在十四岁那年遇上一位刚满十八岁的女子，那位女子办了赴马护照却不愿成行，母亲就顶替了她的身份，从广东台山乡下一路跋涉到广州，出海往槟榔屿寻亲。她后来找到我外祖父母，就留在当地一家裁缝店替人缝制布纽扣，靠着手艺过活。

1949 年以后，不论是马来亚还是后来重组的马来西亚，当地华人在接下去很长时间是集体陷身在以冷战、排华、反共为主旋律的国际氛围中，家家都有个回不去的故乡。父亲生前一再提及，他最大遗憾是祖父墓碑上刻着"雷州海科"，但他所有兄弟姐妹却没有一个能够回去。

1974 年，中国和马来西亚正式建交，当年马来西亚全国大选，执政联盟把马中建交作为执政成就，尤其在华人选区宣传，结果取得大胜。可是，那个时候，中马双方的建交，其实主要是政府与政府之间交往，并不包括人民之间的自由往来。所以，我们家里也像其他邻里亲友一样，小心处理从中国家乡的来信，阅读以后务必不留痕迹。每当母亲收到舅舅从家乡寄来的信件，家人还是像从前一样，父亲看完了信，向母亲读一遍，解释说明，就把信封连带信件一起拿到厨房的灶头边，推进风炉口内灰飞烟灭。

那时候这种处理中国家乡来信的方式，也不是只发生在我们这个地区。比起印度尼西亚和泰国取消华文教育，一直到 20 世纪 90 年代还规定公开场合不准公开使用中文，马来西亚的华人幸福得多了。那时候大家都是如此小心翼翼地过活。大家确实在报章上读到马中建交的新闻，在市区看到执政联盟大选时在墙上四处张贴马来西亚领导人在北京与毛泽东握手的图像，可是现实中大家都知道家中不能藏有毛泽东的相片，即使是来自中国内地的信函也不能私藏。他们担忧，一旦被人发现，可能会遭受各种反复审查。一直到 80 年代，马来西亚军警仍然和马共互相交战，政府也严格限制中国内地书刊进口。当时人们长期无法来往祖籍地，与中国内地的亲人隔绝千里，又难以直接互通书信，于是便造成"水客"这种古老行业得以延续。人们要想联系亲人，可以由水客把信件带到香港，替大家从香港寄出信件，又在香港设立收信地址，把信件收集了带回南洋分发给大家。

水客行业其实很传统，自清代便有。他们最初除了帮助南洋的华人与故乡亲人互相通信，还帮助双方互通有无，比如带钱、带货、带药。但是，到 1949 年新中国成立以后，马来西亚（当时叫马来亚）的水客只能来往于香港，个人是不能进入内地的。而南洋华人的家乡亲友，当时缺乏各类物资，生活非常困难。内地亲友一旦生活拮据，若能发信到香港，拜托来往于马来西亚的水客或者居住在香港的亲友，请他们转达信件给南洋亲人，就能得到生活物资上的帮助。当个别水客应付不来时，"银信业"生意就旺了起来——自清代以来就有这样一个行业。一般水客只能代理收信和接信，做不到带着大量款项前往香港，银信公司则发挥向南洋散户集中收钱的优势，把款项汇到驻港对接单位，再设法将现金分散存入指定的账户，赚取佣金和汇率的差价。而不少大型中药商，本来就在香港设站采购内地药材，也会兼做此等生意。

如此的历史场景，是我们自小的槟城记忆。也不知道从几岁开始，每两三个月，总要随着母亲乘坐市内大巴，到市中心叫作"牛干冬"的那条大街，在其中一条横街转角，找那位坐在路边点着油灯帮人写信的伯伯。母亲告诉他想要告诉广东家乡亲人的话，他一边一字接一字地重复，一边一笔一笔地写下来，写完后总要说"加一句话结尾吧"，续上一句他总要念出来的"盼望将来两地安好，家人团圆"。然后，这封信就被母亲带到中药行，交上柜台。母亲接着就从提着的大纸袋里取出旧报纸包着的钞票，交给站在柜台后头的那位年轻人，由他点算开单。记忆中，那位站柜台的叔叔似乎很熟悉每个人，只看看信封上的名字地址，就微笑回应母亲："又寄钱给你哥哥了。"

一直到80年代中期，我上了中学，那时方才明白，许多人家都如我父亲，明明懂得中文，也不会私下写信，宁可花几文钱，拜托像那老伯一样的专业写信人。主要是大家知道，如此书信往来，是半公开的事，只要个人不曾冒险犯禁去直接接触中国亲友，书信内容又是由与政治毫无干系的第三者代笔，证明只是讨论生活和问候的家书，这大批没封口的信件会随着货船去香港，是当局预料中的事，因此也安全无事。而且，我也逐渐明白，那个年代，母亲天天一针一线替人缝衣，挣来的钱，不只支持一家度日，还要接济广东乡下的亲人。更多年后，我也终于感受到，为何每次母亲去寄钱，父亲陪她走到门口，总是怅然地望着远方天空。

直到1990年，马来西亚仍然没有全面开放人民自由行走中国。街头写信的伯伯已经不在了，母亲给舅舅的信由我代笔，但我还是会延续那位不知名老伯的结尾用语："盼望将来两地安好，家人团圆。"那也许是老人把个人愿望推己及人，替别人写信总会劝告添上这句，大家不约而同地接受，又反映着人同此心。

我们那一代马来西亚华人的童年到少年，就是在这样的历史背景下度过的。睡觉前总是听父亲低唱抗日年代的歌曲，讲马占山在东北抗战的故事，母亲也会断断续续讲述一些父亲不太想提起的个人事迹。1974 年以后，根据两国友谊原则，家里开始不定期购买唯一合法输入的中国刊物《人民画报》。那年代入境发售的《人民画报》，其特色是每一期都有检查部门的痕迹，有时是撕掉一两页"敏感内容"，有时页面会出现涂上黑杠杠的段落。

到 1978 年，邓小平访问马来西亚槟城州的自由贸易区，两国的交往开始亲密起来，报章上关于中国的正面报道也越来越多。马来西亚的华人社会，开始传唱《龙的传人》，后来也流行台湾歌手罗大佑的歌。然后，再到了 1985 年，马来西亚总理马哈蒂尔——原来在 1978 年担任副总理时接待过邓小平——这年首次访问中国，回国以后其对中国的观念也发生了改变。自那个时候开始，他除了认定中国会崛起外，反对西方霸权的同时也反驳西方的"中国威胁论"。马哈蒂尔在任内提及中国人民正走向富裕，曾很形象地形容说，过去中国人民只能尽量节俭，有人煎鱼时也设法从鱼皮上刮下薄薄一层油，保留到未来使用；而在他主政马来西亚的年代，中国成为马来西亚昂贵棕油的主要进口国。

可是，那时候的马来西亚政府显然还得尽量边妥协边消除过去英美对华冷战在马来西亚留下的影响。1987 年，我在马来西亚念书，同时在报馆兼职学习，听说政府的反毒委员会代表团到中国，要邀请"刘三姐"剧团访马为反毒基金演出筹款，还得有一位马来西亚安全单位人员随队，所有从中方人员处拿到的名片，都得交给他。但不可否认，那时中国改革开放初见成效，已经让马来西亚不愿忽略对华经济互动，对双边开放往来酝酿着更大信心。所以，虽然 80 年代初还都规定，不论赴华治病，还是因特殊理由到中国探亲，都需要个别申请，回到马来西亚还得例行公事接受安全部门审查，年轻人也还是难以访华，但排期申请回中国的老人也真不少。

不一样的"外资"

1990 年以后，又是一番滋味。改革开放以来，中国不断加强引进外资。1990 年以马哈蒂尔为首的政府允许马来西亚人民自由赴华旅游，到 1992 年邓小平视察南方，深化改革开放，这时候有很多马来西亚华人涌向华南各地，他们有的是名副其实的"少小离家老大回"，有的却是在马来西亚出生的第二代或第三代华人，踏上祖先的土地，是为了替逝去的长辈完成遗愿，会见未曾见面的亲人。当时，广东和福建一带的外资当中，开始出现一些特殊的"外资"，投资者主要是来自新、马、泰三地的华人，身份是外国人，却熟谙华南方言，特征是大量起用原籍家乡的亲友协助工作。

90 年代，我已经在马来西亚政府工作，又在韩新学院兼职，组织政府会议，或者课余遇上学生家长，总是听到其中的华人商家、社团领袖聊起他们访华所见或者在华投资项目。其中一位说，他自小没读过书，战乱中辗转流浪到马来西亚，这次回到家乡，村里人告诉他未来孩子的生活方式不能不转变，不管到城里还是进入工业区工作，都得要读过书，学会些基础知识。他于是回到马来西亚便取出一笔定期存款，拿去捐钱建校，希望帮助家乡的孩子接受基础教育，将来好找工作。又过了几年，他再说起这话题，已经记不清自己捐过多少马币，也不记得换算人民币的实际数目，只是鲜明地回忆着当时全村放着鞭炮欢迎他，他回到祖屋，恭恭敬敬走向父母的黑白遗照，在他们笑容底下挂上新建学校的彩色全景照片。

另一位上市公司的老板，在马来西亚是数一数二的开发商，他回到家乡投资房地产开发。当地政府以双方联营的方式，将土地交给他规划投资，而地方政府每次销售房屋成功，也不是以现金回报外来投资方应获的盈利，而是代替以新土地开发权；他只得再找钱投入下一次土地开发，资金不够则从马来西亚套取现金。最后发现，若父辈故乡的政府继续这种措施，自己仅仅靠一家马来西亚公司，根本支持不了；要是他找更多人合作，当地政府销售后又继续以土地开发权代替现金给投资方，让大家没有现实的盈利，只能恶性循环无限制扩大投资，即使有再多资金也无法维持下去。这种情形，后来由马来西亚政府出面与中国相关部门沟通，受到了中国中央政府的高度关注，最终得以解决。中国政府的态度，确保了更多外资敢于到中国创造梦想。

这些遗传了祖辈拓荒冒险精神的南洋华人，为了亲近过去梦里回不去的家乡，不惜带上多年在海外积累的微薄资金，乘着中国改革开放的历史航船一路前行。他们将自己原来长期对外往来形成的企业文化，与地方政府和当地民情磨合，虽然有的成功，有的因时机条件不成熟最终失败，但这些或成或败的投资者，有别于当时许多讲究精确、裹足不前的西方投资者，他们在寻找机会的同时总不离家国情怀、祖籍情结，既提供了资金、经验，也不在乎技术转移，给中国带来了大量就业与学习外国工商业的机会。这些从外国回来的华商，正是许多地方工业走向现代化的奠基者之一。数十年后，中国工业与科技投资走向全世界，实现了无数华人祖辈"科技救国""中国现代化"的未竟遗愿。南洋数代华人历经南洋排华与战乱的沧桑，也经历了中国改革开放初期的风风雨雨，到今天依旧是"一带一路"倡议的积极响应者和坚定支持者。

归结起来，南洋华人回报祖国、建设家乡的家国情怀，其实源自当地传承祖先文化的影响。在南洋的华裔家庭，先人的墓碑、设在家中的灵位，往往都会刻上其中国家乡的名称，又或者同时刻明依照中国某个宗族村落族谱，是第几代传人。碑上文字，叮嘱着后人，这文字表述着爷爷奶奶梦里想念的故土。包括马来西亚华人开国元勋之一陈祯禄，纵然他强调马来西亚华人生于斯、长于斯，拥有当地开拓主权，必须认同当地是祖国故乡，可是其墓碑上刻了中国福建漳州的"竹黄"，说明他主张华人对脚下土地要有感恩与归属之情，实源于中华文化报本反始的情感，既要开枝散叶又要不忘根源。华人子孙年年上坟扫墓，日日晨昏家中都要向祖先牌位上香，大家自小耳濡目染、潜移默化，久了就对那片没有去过的祖先土地有了一份特殊的感情，而这份童年回忆，永远带着温润的感情。可以说，中国改革开放给南洋的华人华侨提供了一个释放家国情怀的窗口，共同的文化搭起了沟通的桥梁。这些返乡投资的华人华侨，说不来普通话，却能操一口当地人听得懂的乡野方言，忙着回乡祭祖、捐建学校、讨论祖业。久之，许多地方政府针对华人华侨招商引资，总结为"文化搭台，经济唱戏"这个模式。

陌生的故乡人

90 年代中期以后，我一直在外国生活，等到 2001 年才重新踏入中国。最初是到暨南大学访学，接受东南亚研究所客座教授的聘任。住在暨南大学专家楼的那几天，有机会在校园溜达，也有机会遇上一些在校的本科同学，当他们知道我是个"外国人"的时候，他们表现得特别热诚活泼。这和上个世纪 90 年代初感受到的北方同学的节制有礼有相当大的差别，让我感到陌生而欣喜。当时我想，这些同学相当积极正面，普遍有着对美好生活的憧憬，又各自有着学成报效祖国的抱负，而且对外国的新知充满求知欲和好奇，这真是祖国的幸运。还记得当时有个学习企业管理的女同学告诉我，她的理想是分别到英美留学，攻读硕士和博士学位，但不是为了未来当企业家或高管，而是想学会西方最先进的理论，回到校园教书，促进中国未来形成和世界接轨的竞争优势。我不知这位萍水相逢的"故乡人"后来是否实现了她的梦想，但我记得我当时告诉她和她的同学，清朝改革派思想家郑观应回应立志倾产报国的南洋首富张弼士，在书信往来中说过，"初则学商战于外人，继则与外人商战"。现在回想那时的感受，改革开放的时代趋势，造就了那时的中国青年开始人人自信有能力也有权利编织个人的梦想。每个人实现自己的梦想，汇聚在一块儿，就成了未来的中国梦。

我第一次出差到中国学习，就住在北京。那时中关村还没有闻名。每天从东总布胡同走路上大街，再乘着车子去中科院，路上总对北京满是自行车的特色感到好奇。有一次到潍坊游玩，要赶回北京，乘坐的是一架在沙地弹跳着起飞的双螺旋桨旧军机，夜晚降落在曾在卢沟桥事件中被日军轰炸的南苑机场，下了飞机回北京城内，一路上看到北京郊外破落的泥墙小屋。很难想象，二十多年后，那个当年在同行的马来西亚朋友眼中只能说是穷得要命的雄县、容城、安新三县一带，已被规划成为疏解北京非首都功能，推动京津冀协同发展，高起点规划、高标准建设的新区；我们以为偏远无人的三环以外，现在天天教人担心堵车；"第九届中国猎车榜"颁奖礼上发布的《2017年数字化汽车报告》，已经说明现代汽车将是一台可供人类乘坐以及指挥它在网上办事的机器人，也由燃料引擎转向电动引擎。

近二十年后，有故人来访，我以马来西亚某院校常务副校长的身份主持中国科学院院长讲座，会上笑谈自己当年离开北京的两大遗憾，第一就是回到马来西亚后所学长期无处施展，学未致用，第二就是当年未曾痛下决心在丰台园拿下哪怕是一小块地皮。

过时的演讲

回顾中国近现代历史，令人感觉"换了人间"。当年日本侵华，封锁中国沿海，是先从北方攻占旅顺进而扼制辽东半岛，经过上海，穿过台湾海峡，再包围广州湾直至海口一带，形成阻碍中国出入深海的环带。那时，日军封锁整条沿海线，也即意味世界各地援助中国的资源受到阻隔；而国人的回应只能是继续全民悲壮抗战，数十万军民开通与保卫滇缅公路，由数千名回国华侨机工冒着敌人轰炸的危险来往运输物资。而到了 21 世纪，全世界最繁忙的二十大港口有九处位于这条沿海线，这些中国港口的共同特征就是应国际需求一再扩展，向全世界输出"中国制造"；而当年华侨机工洒血流泪的沿途，也迎接着系列陆路规划，尤其是以高铁连接中国与东盟各国城市与港口。相应的是，自 2000 年至 2015 年，昔日企图封锁第一岛链阻止中国通海的国家，不论是美国还是日本，其 GDP（国内生产总值）的全球占有率正一再缩小；相反地，国际货币基金组织（IMF）也在预测，中国在 2017—2021 年会经历每年 6% 左右的经济增长。

我们这一代人也随着同一段时光，由童年、少年到壮年，逐渐将步入老年。我们在童年体会和继承上一辈家乡远隔、亲人分离的悲情，又看着因冷战阻隔的中马关系走向正常，也看着中国在改革开放的道路上出现由量到质的提升，走向和平崛起。1974 年，马中建交之初，双方贸易额大概只有 2 亿美元，而 2017 年马中双边贸易额已达到 2906.5 亿马币（约 711 亿美元），中国已连续九年成为马来西亚最大的贸易伙伴。

这中间，过去固化的中国印象，也会带来疑惧的插曲。不过，中国人民的生活改善，还有他们在国内外的消费能力，足以说明中国已经有实力向他国提供有利于双方经济交流的自家模式。当初马来西亚考虑向中国游客开放自由访问时，有掌事高官想象着中国人民中贫穷者相对较多，不可能有人自费旅游，甚至担心意识形态差异。为了让这些高官理解，中国政府安排他们到上海等地访问一趟，结果许多昔日反对开放旅游的，后来变成每逢假期就往中国飞，马来西亚旅游部还直接到中国"抢"游客。某个机构的驻华经理是我的一个研究生，后来又担任过上海世博会的马来西亚馆馆长，她和我分享过在本世纪初大家常会遇到的趣事：马来西亚官员代表团，初时很多人因没有到过中国，的确常抱着自冷战被灌输的固化印象，不带太多现金到中国；而一旦他们发现所到城市的繁华程度超过之前去过的好些地方，而且购物商场的名牌产品都比马来西亚同样牌子的产品款式更为时髦且便宜，我们这些长期来往中国的，便成为大家集体商借人民币的提款机。

我们这一代对中国的印象，确实在改革开放四十年间天翻地覆。到 2009 年，"银信业"已彻底成为历史记忆，我至今还遗憾这个课题难见有人深入研究，好好写篇论文。那一年，在广东省政府主办的世界客商大会做主题演讲，《梅州日报》的记者采访我，我说：各地方依靠"文化搭台，经济唱戏"系列模式招商引资，初期固然有助于引进海外华资，可以改变地区经济的落后面貌，但从全球化局势来说，中华民族已经有了全球落地生根的优势，足以形成遍布世界的商讯网络。当国内实现普遍小康时，中华民族长远发展的主流，肯定是全球华人互动配合，支持中国企业"走出国门"，同时由中资支持各国华人投资企业形成双赢，而不再只是侨资"跑回家"。

四十年前马来西亚曾有极端政客诟病华人私下汇钱救济中国亲人，好像极大损害国家经济似的；现在则变成从政界、学界到商界都在争论"中国投资"和"中国贷款"，反复辩论中资大举入境是利是弊，由此也保证了不少研究人员的饭碗。

等到 2017 年，我很高兴我在 2009 年的中国印象又得以转变，那时的演讲内容逐渐"过时"。最大的差别是，上个世纪，上一代人要求我们牢记 19 世纪 40 年代以来列强围伺、枪炮与鸦片登陆进来的屈辱，牢记先辈赤手抗暴的悲愤；到了这个世纪，各国已经不能不关注中国日益提升的综合国力和向全世界"走出去"的开放格局，我们不得不考虑什么是迎向新时代的新型大国责任。所以，我这一年在第二届国际移民与海外华人丽水论坛上发言，关注的是第四次工业革命情境，认准国际华人资金面临"物联网+人工智能"的趋势，讨论其家国情怀内涵如何结合中国优势，以便各地相应配置良好的投资氛围、完善的校企互动和终身学习等机制，增强对外引"智"以及在当地造"智"，把"增值"转向"创智""创值"。

从 2009 年到 2017 年，我个人讨论华人华侨商业的论文、演讲，经常是写就不多时即又想要更新补充，既要跨学科又要跨界，似乎总是处于过时状态。现今中国日新月异，我的演讲须得"苟日新，日日新，又日新"。一段一段岁月散记，如梦归故国的脚印，见证民族复兴的过往点滴。

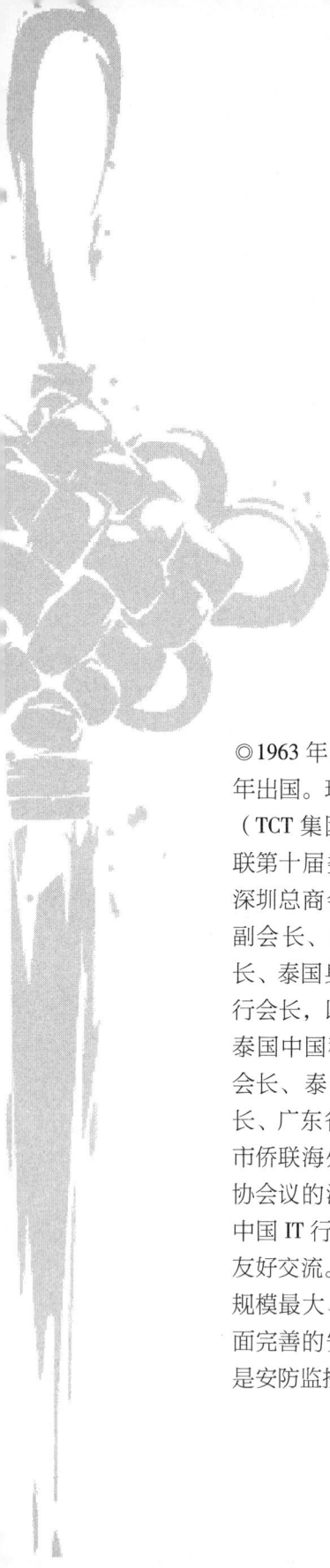

◎1963 年出生于广东汕头，1991年出国。现为泰国华星电脑集团（TCT 集团）总裁，并任中国侨联第十届委员会海外委员、泰国深圳总商会会长、泰国北京商会副会长、泰国智慧安防协会会长、泰国身份及生物识别协会执行会长，以及中华总商会会董、泰国中国和平统一促进会常务副会长、泰国华人青年商会副会长、广东省侨联海外顾问、北京市侨联海外委员，是列席全国政协会议的海外侨胞代表。致力于中国 IT 行业在泰国的发展和中泰友好交流。目前 TCT 集团是泰国规模最大、产品最齐全、服务全面完善的安防解决方案供应商，是安防监控领域的龙头企业。

谢崇通

来自中国的"安全感"

改革开放四十年，我想全世界都知道中国在这四十年里的非凡成就，它不仅使中国发生翻天覆地的变化，也同样惠及了世界。我是一个泰国华侨，在近三十年的时间里，我在泰国创办电脑公司，从事安防设备的研发生产，与国内同领域的公司交流、合作，参与和见证了中国安防设备在泰国落地到备受欢迎的过程。我十分欣喜，今天的泰国友邦感受到来自中国的"安全感"。

一、给自己开路

1963 年我出生于广东汕头的一个小乡村，改革开放开始的时候，我正读中学，1985 年从广州航海学院毕业。1991 年，我在舒适的校园里担任团委书记一职，此时广东省个体经济已经遍地开花，全国改革开放的浪潮一浪高过一浪，不甘平淡的我决定放弃公职，出去看看。就这样来到了泰国。当时的泰国经济比较发达，被称为"亚洲四小虎"之一。我初来乍到，一开始没有明确目标。但我明白，很多行业老一辈人都已经做了很久，资源积累集中，特别是建筑、钢铁等传统行业都已经有一些大财团在经营，年轻人没有基础很难取得大的成绩。我一边做着轮船驾驶员、文书等工作，一边暗自寻找突破。

文书工作有许多时候是打字，那时的泰国，很多人还是用打字机打字，但是，旧式的打字机打完后有错误不能更改，造成很大不便。我是第一批开始用电脑打字的，这给了我踏入 IT 行业的机会。我在工作中发现，这里的 Windows 98 操作系统只能有两种文字，中文和英文，或者英文和泰文，市场上还没有一款兼容中文、英文、泰文三种文字输入法的电脑。而作为中国人或者一些来泰国创业的华侨，他们的公司需要中、英、泰三种文字输入。怎么办呢？经过缜密的计划和研究，我成功开发了兼容中、英、泰三种文字的输入法，将其挂在 Windows 98 系统上。我顺利赚到人生第一桶金，由此确定了 IT 行业的发展目标。1995 年，我创立了华星电脑公司，开始销售具备中、英、泰三种文字输入软件的中文电脑，凭借着良好的使用体验和用心维护的市场口碑，我们的产品逐渐在泰国家喻户晓。1999 年，泰国国王普密蓬陛下会见中国国家领导人，以及泰国王后诗丽吉陛下访问中国时所用的中、泰文资料翻译和中文打字、排版设备全部是由华星电脑公司提供的。我们是当时泰国唯一能用电脑专业排版的公司。

现在回忆起来似乎很简单顺利，但其实中间的过程是非常曲折和不容易的，我们刚开始在泰国推广我们的产品的时候，真的很辛苦，也受了很多委屈。20 世纪 90 年代，泰国经济很发达，人们收入很高，加上泰国一直与欧美国家联系紧密，所以无论是政府、企业还是个人，都习惯使用欧美和日本、韩国等发达国家的产品。当时泰国的 IT 产品主要来自中国台湾和新加坡，中国大陆的产品很受歧视。不过，客观来讲，我们当时的技术、设备确实与欧美日韩比有很大差距。因为被嫌弃，所以即使很便宜，人家也不会买，不放心用我们的产品。为了让大家用得放心，我们一开始的时候很多产品都是不要钱的，让大家免费用，用到一定时候，没有出问题再付给我们钱。这已经是非常低姿态了，可即使如此，有时候还是会被拒之门外，所以当时真的很受打击。为了向客户推荐产品，苦等好几个小时也是常有的事。

功夫不负有心人，中文电脑销售的成功大大增加了我在 IT 行业发展的信心。2000 年我正式组建 TCT 集团，创立 DTECH 品牌，开始经营电脑配件进口和销售业务，随后将业务范围扩展至电脑周边产品，公司效益持续稳定增长。与此同时，祖国大陆的电脑使用迅速普及，IT 行业发展迎来高潮。我抓住时机，于 2000 年 4 月独资成立了广州帝特电子科技有限公司，主要生产并销售电脑周边产品。到现在，帝特的业务范围除了中国，也遍及东南亚、中东、非洲和美洲等地区。

二、给中国品牌开路

2000 年前后，也就是我们组建帝特、创立 TCT 集团的那时候，中国的产品无论是在技术、设备还是在质量上都有了快速的飞跃。在泰国，我们的产品受到了广泛的认可，中国品牌的名声逐渐响亮起来。

2005 年后我们成立了威达视科技有限公司（WATASHI ENGINEERING），从事安防监控业务。我们始终以销售中国产品为主，积极提升中国安防产品在泰国及全东南亚的品牌影响。我们的服务对象主要是泰国军、政、警、商及社团，并与曼谷各方始终保持着紧密、持续的战略合作关系。除了研发自己的产品，我们还一直是中控智慧、海康威视、浙江大华、宇视科技等中国自主安防品牌在泰国最大、最主要的代理商，也是小米的代理商。通过联合中控智慧，我们也努力在泰国的监狱安防系统、指纹识别、车牌自动识别等领域积极推广中国制造。我们已累计在全泰国销售安装了 500 多万个监控摄像头，截至目前，仅在曼谷地区，88 家警署的监控系统、上百家政府机关单位的安防监控设备、超过 1000 个路口的监控硬件，全部由我们提供。国务院总理李克强、美国前总统奥巴马及世界各国主要领导人访问泰国期间，沿途及各主要活动场所的监控系统及相关配套设备也主要是我们提供的。如今，TCT 集团是泰国规模最大、产品最齐全、服务最全面最完善的安防解决方案供应商，是安防监控领域的领头羊。

我是一个幸运的人，在泰国 IT 行业的起步期入行，紧随中国改革开放的节拍，拥抱了祖国科技进步的成果，适时地引入和推广了中国品牌，成为这个行业的获利人，成为中国品牌在泰国的市场开拓者和发展见证人。在这一过程中，对于泰国来说，公共安全级别不断提高，民众的安全感大大提升。

2016 年 11 月，TCT 集团还为全曼谷最主要的华人华侨聚集区唐人街免费搭建了全套的安防监控系统，实实在在地为改善华人华侨在曼谷的安全状态贡献了自己力所能及的一份力，这也受到了中国驻泰大使馆、曼谷各大侨领、泰国警署、广大华人华侨和周边人群的一致赞扬。泰国举行重大的全国性庆祝仪式和重要节庆活动期间，基础设施建设不够完善或需要临时加设视频监控设备及相应安防系统时，也主要由我们提供服务。

到今天，很多泰国人提起我们中国产品，特别是华为、联想以及我们代理的大华、海康的时候，都会情不自禁地竖起大拇指！看到中国的安防产品在泰国发挥作用，我非常欣慰和自豪，说那是来自中国的"安全感"，是名副其实的！

三、为智慧安防搭台，促生新的行业标准

当然，中国产品在泰国的推广，也遇到了一些阻碍，其中最明显的就是标准不同。众所周知，目前泰国军、政、警等部门的官方采购几乎全部采用欧美标准，这使得标准有所差异的中国制造和品牌在招标参与的时候遇到了很大阻碍，中国制造质优价廉的产品优势在很多时候无法有效发挥，这大大影响了中国制造和中国品牌在相关领域的竞争力。这一问题困扰我已久，我也一直没有合适的机会做出改变。2017 年，泰国政府力推 4.0 发展战略，这对中国企业来说是全新的机遇。为了推出更加利于中国企业的行业标准，进一步打开局面，我

们适时地联合泰国顶尖高端院校、研究机构及优秀企业，成立了泰国智慧安防协会、泰国身份及生物识别协会。与此同时，中国深圳已经是世界智能科技产品研发生产最具活力和规模的城市，将泰国智慧安防的行业发展与深圳结合起来，此时无疑是最适合的时机。所以，在泰国智慧安防协会、泰国身份及生物识别协会成立之时，我创立了泰国深圳总商会，旨在为广大中国优秀企业家到泰国发展、互通有无、强强联合提供平台。三个协会将在不远的未来凝聚更多世界优秀智慧安防企业和高级人才，为建设"智慧曼谷""平安泰国"所需的相应信息、贸易、技术和文化交流提供更多渠道，并进一步带动中泰两国及周边地区智慧安防行业交流、发展。泰国智慧安防协会、泰国身份及生物识别协会还联合各方发起成立泰国国家级实验室，目前已经与ADVICE（泰国最大的 IT 设备公司）、PSI（泰国主要通信设备开发商之一）、HOMEPRO（泰国最大的家居卖场）签订全面的战略合作意向，几个覆盖全泰国的大合作项目正在积极启动之中。一个高端、综合型的行业交流平台，已经开始初步发挥积极效用。这一平台涵盖中泰军、政、警、学、研、商、社、媒体等多领域、多层次智慧安防相关领导和优秀人才，可以进一步推动泰国智慧安防行业技术标准产生，进一步有效推进全泰国智慧安防行业发展，进一步促进泰国智慧安防行业与中国、与东南亚乃至与整个世界的行业、技术交流。

对中国品牌来说，这是推广中国标准的好机会，将有利于我们进一步持久、长远地影响泰国和周边国家市场，帮助我们的产品居于不败之地。对泰国来说，这一举措是高度契合 4.0 国家发展战略的，可以直接为建设"智慧曼谷""平安泰国"发挥积极能动作用。我蓄积着满满的信心和能量—— 一个更大的舞台正在铺展开来。我坚信，随着中国"一带一路"合作倡议和泰国 4.0 发展战略的不断推进，我们的中国标准会被接纳，中国产品将在泰国市场得到更多的认可。

四、安全感带来亲密感

中国侨联副主席乔卫的一句话让我印象很深："华侨除了报效祖国，最重要的是回馈当地社会，这样当地人民就会更接受华侨，感谢华侨。"我相信，除了中国的硬件设备带来的安全感，真心的付出也同样重要，心与心的连接和交融才是亲密感的来源。所以每年除了回家乡做慈善和公益外，我更多的经历是走到泰国老百姓中，在当地做公益。比如给泰国贫困地区建学校，给当地的贫困群众捐款捐物等等。因为泰国的水灾比较多，我在泰国做的公益主要围绕水灾展开。每次泰国发生水灾后，我都会拿着捐款箱亲自去募集善款，当然我自己也会带头捐款。每次我也都会和当地警察、政府联络，和当地警察一起做公益。募集来的善款大部分用来买饮用水、帐篷，遇到水灾厉害的时候，还会买一些皮划艇。水灾方面的善款，我们差不多每年都会有几百万泰铢。最近，我们还给泰国的警察总署捐献了一批高科技安防产品，深受好评。所以，现在我们中国人在许多泰国人眼里，印象很好，这是非常不容易的。

20世纪六七十年代，尤其是1975年中泰建交之前，由于政治上的原因，泰国人对中国是很不友善的，甚至连华语教育都不许。那个年代的华人，很多时候也是很不受欢迎的。举个最直接的例子，我的伯父一直在泰国发展，我的一些堂兄堂弟等亲戚也是在泰国出生，但是我刚到泰国的时候，除了伯父等长辈会接纳我，同辈的亲戚几乎完全不认我。这种情况很普遍，与我同时代来泰国发展的那些华侨，他们的遭遇差不多也都是这样。随着中国改革开放的步步深化，这样的局面慢慢发生改变。两国关系峰回路转之后，我们的产品、我们的游客都很好地展示了中国形象，加之我们一次又一次地向泰国朋友提供帮助，一次又一次地去认真服务，积极做慈善，安全感才带来亲密感，"中泰一家亲"的局面才慢慢形成。

五、我为祖国感到骄傲

我多年来穿梭于祖国的汕头、广州、深圳和泰国之间，2013年正式成为列席全国政协会议的海外侨胞代表之后，我又几次去内地考察，除了日新月异的面貌让我惊讶外，我印象最深刻的是革命老区的变化。

2017年10月，我随同列席全国政协会议的海外侨胞代表考察团走访革命老区江西，这里的景象很让我震惊。我们都知道，革命老区为我们党的发展和新中国的成立做出了巨大的牺牲与贡献，但是由于经济、技术和地理条件的限制，革命老区的发展建设一直很落后，所以在很长一段时间里，这里的群众一直都生活得比较艰苦，说起来，真的让人心酸和惭愧。

但这一次我看到的景象完全不一样。在江西南昌，我不仅看到了不亚于深圳、上海这些大都市的高楼大厦，也看到了当地政府对未来的规划是非常科学和有前瞻性的，在未来发展还会更快。甚至在革命圣地井冈山，我也看到了许多现代化的基础设施和服务设施，许多老区群众都住上了敞亮的房子。国家还在资金、就业创业技能方面为他们提供支持，他们中的绝大部分不但已经成功脱贫，甚至还过上了富裕的日子。所以当我在井冈山为我们的革命英雄敬献花篮的时候，心里也很是欣慰，我知道他们的鲜血没有白流，国家从来都没有忘记革命先烈们的巨大牺牲，也从来没有忘记老区群众为革命做出的巨大贡献，所以我真心为我们的祖国感到骄傲。

祖国是我的根，根深才能叶茂，改革开放为我们的成长创造了深厚而肥沃的土壤，我想异国他乡的枝叶定会开出更多的"中国花"！

2016年11月,向曼谷唐人街捐赠整套安防监控系统,泰国警察总署副警总长素贴警上将送鲜花祝贺

2016年,给泰国受水灾影响的灾区人民捐款,泰国警察总署警总长扎铁警上将领受善款

2017年7月16日，泰国深圳总商会、泰国智慧安防协会、泰国身份及生物识别协会成立，泰国警察总署副警总长甲威警上将送鲜花祝贺

2017年10月，带领智慧安防协会理事们参加第16届中国国际社会公共安全博览会

2017年10月，在井冈山向为中国革命事业牺牲的英雄敬献花圈

2018年2月，泰国总理巴育上将特使、泰国自然与环境资源部部长育塔塞上将亲手颁发"泰中文化贡献奖"

王家明

◎1957年5月生，黑龙江人，现居加拿大多伦多。曾在黑龙江省、广东省外贸系统担任副科长、经济师、外销员。1991年受邀到巴拿马一家国际贸易公司担任总经理，两年后以6000美元创建自己的巴拿马中轻公司，从事进出口贸易。移民海外二十七年来先后在巴拿马、墨西哥、委内瑞拉、加拿大、美国生活和工作。参加过三十多届广交会，从圣诞灯贸易起家，发展为跨房地产开发、教育投资、金融投资等多个领域的企业家。曾受邀参加新中国成立五十周年、六十周年庆典。为中外友好交流做出了突出贡献。

又一个十年的回顾与期盼

自古中国人凡事逢十年都喜欢张罗一番，不论家事国事，喜事、好事就更是隆重了。这是有道理的，因为这样能给无尽的时间画上刻度，并且用自己特有的语词将它命名，比如 1988、1998、2008、2018，改革开放十周年、二十周年、三十周年、四十周年。每个十年，我们都有不止十年的故事，往前回顾，往后期盼——

哈尔滨，如同我的注解

我是喝着松花江水长大的哈尔滨人。这是一座有着"天鹅项下的珍珠"之誉的城市。它邻近俄罗斯，融合了异国风情，透着浓郁的"洋气"；它用广袤肥沃的黑土地养育着这里世世代代的人们，所以也是一座"土气"的城市——对这片土地的深深依恋已经深入哈尔滨人的血液。哈尔滨，洋气又土气，一如我的注解。

东北人对土地的热爱似乎是天生的，是祖祖辈辈遗传下来的，这种淳朴、原始的爱，天然地造就了东北人粗犷、豪爽、仗义的性格。我的父母乐观豁达，面对困难从不低头，从小就教育我坦荡做人，孩提时代我虽然并不明白这份教诲的内涵，但却得到了一种熏陶。坚毅、果敢、耿直、上进，黑土地上的我被寄予了更多的期待。

高中毕业后，刚满十七岁的我，来到北大荒的农场做知青。四年多的知青生活培养了我与这片土地入骨至深的情义。犁地耕田、插秧播种、收割打捆儿，样样得心应手，老班长常常拍着我的肩膀说："你比我们这儿的农民还能干！"那时候我年年是劳动模范，场部的光荣榜上经常能看到我的事迹报道。当知青的四年，我不觉得苦，相反它给了我生命中许多个"第一次"和"唯一"：第一次在几百人的场面脱稿演讲，全农场唯一的学员排长——机务队副排长……这是真正让我成长起来的四年，如同上了一届"社会大学"，培养了我勤劳、勇敢、正直、忠义这些传统的美德，直到今天走遍全球，我还是这样的我，不圆滑不世故，也不做违背良心之事。

这样"老土"的我又是怎么"洋气"起来的呢？

初遇改革开放的春风

1980 年大专毕业后，我被分配到中国轻工业品进出口总公司黑龙江分公司，这个公司隶属于黑龙江省外贸局，业务上归中国轻工业品进出口总公司领导。这里是我个人"改革开放"的起点。这是一个外贸单位，需要的是经济、外语类人才，而我是师范类毕业生，来到这里首先就要"改革自己"。从办公室到招考办，再到储运科，我对公司的业务慢慢精通起来，发现了储运科的工作漏洞，掀起了这里的改革之风。

我在储运科管理三条出口路线，需要了解货物从深圳到香港报关程序的所有环节。1980 年 12 月，公司派我到深圳考察。我先从哈尔滨乘火车到北京首都机场，再乘飞机到广州，然后从广州坐汽车去深圳。这是我第一次坐飞机，第一次到广州和深圳。12 月的哈尔滨和北京冰天雪地，而广州却满眼春意，风景怡人，我顿觉到了另外一个天地，舒适而惬意。这时候，改革开放的决策刚刚落地，这里的社会气息、精神面貌已经与"内陆"有了很大不同：这里的人一心一意干事业，干劲很足。这次出差让我初遇改革开放的春风，给了我很大的冲击和震撼，深刻地影响了我的人生。

临别广州时我还恋恋不舍，特意跑到风情万种的珠江边拍照定格。那时我二十三岁，人生最宝贵的时光。这是我格外得意、珍惜的一张照片。

不同于广州给我留下的美好印象，当时的深圳就让我不敢恭维，它仅仅是一个货物出口到香港的中转站，有的地方"脚下烂泥塘、头上蚊成团"，环境很差。此行中，领导有意让我留在深圳，我心里还很不舒坦——这个小渔村，怎么让我留下！……呵呵，那是1980年的深圳。

让拉美认识"中国制造"

1981年，公司派我到广州，我在这里成家立业，一待就是十年。1991年，朋友请我到巴拿马帮忙打理公司，我离开中国，来到海外，走出了"开放"的第一步。

巴拿马科隆自由贸易区是世界上第二大自由贸易区，在巴拿马共和国大西洋一侧，几平方公里面积竟有来自全世界的3000多家公司。当时每年贸易进出口额在100亿美元以上，其中中国产品在数量上有百分之六七十，贸易额约占50%。中国在拉丁美洲的生意，80%以上都是经科隆中转，巴拿马的商业地位十分重要。巴拿马对中国产品需求巨大，从墨西哥、尼加拉瓜、厄瓜多尔到哥伦比亚、委内瑞拉，甚至智利、巴西的客人都到科隆自由港采购。起初科隆的日本货最抢手，韩国货、中国台湾货后来居上。20世纪90年代，随着国内改革开放的深入、生产力的解放，中国大陆货异军突起，也带动了一拨接一拨的中国商人来到巴拿马。

90年代初期，世界制造业经历了第三次大转移——由拉丁美洲、东南亚逐渐转向中国大陆，巴拿马几乎没有生产厂家，许多产品从中国进口，形成拉丁美洲市场对中国产品需求量的井喷式增长。拉丁美洲普通家庭的生活水平相对低，没钱买美国那些名牌产品，所以中国产品很受欢迎。在科隆，我负责的华美公司虽算不得大公司，但业务量很大，主要经营轻工产品，一年能出 200 多个 40 英尺集装箱，总金额 1000 多万美元。我每天从早忙到晚，陀螺一样转个不停。

在华美做了两年多后，1993 年，我怀揣仅有的 6000 美元，在巴拿马白手起家。我选定了圣诞灯这一产品，并且在浙江椒江找到了我的合作伙伴。

当年浙江圣诞灯产业明显集群化，椒江很多生产圣诞灯的工厂，虽然名字叫圣诞灯厂，但其实只是加工厂。厂长就是总经理兼采购员，厂长收到外商订单，就分别向生产零部件的各个厂商采购，然后发给千家万户加工。在台州，圣诞灯的各个生产环节都放给椒江、黄岩的农民，基本上每一家都是一个小型加工厂，他们白天在田里劳动，晚上回到家里加工圣诞灯，形成一个完整的产业链。我非常敬佩浙江人，家家都心灵手巧，能够按照老板的意图做出合乎要求的产品，而且有上百个品种，这在北方很难做到。浙江经济之所以发展得好，在改革开放之初就走在前列，与当地人的思维方式和勤奋、能吃苦有很大关系。他们没有经济条件，没有资源，又没有政策优惠，完全靠聪明的头脑和勤劳的双手，把他们的产品销售到全世界。

依靠良好的信誉、不懈的努力和精诚的合作，我很快度过了创业困难期，摆脱了离开华美后的生存窘境。圣诞灯，这件不起眼的节日物品，成就了我的创业梦。在 1994 年的科隆自由港，"王家明"与"圣诞灯"两个词浑然一体，我给自己的公司取名 China Light（中轻公司，light 兼有"灯"和"轻"之意）。

如果说 80 年代第一次去广州是初遇改革开放的春风，那 90 年代对我来说就是一场猛烈的风暴。站在中国与拉美的贸易枢纽上，让"中国制造"走进拉美千家万户，使我对改革开放有深深的参与感和获得感。即使身在巴拿马，我也感到与我深爱的祖国大地心心相连。

见证"中国速度"

八九十年代，中国出口经济的发展带动了整个国民经济的发展；国家在支持出口经济发展的同时，也采取了扩大内需、发展自主品牌等一系列措施。中国能发展得这么快，以这种速度走到今天，谁都没想到。这是我亲眼见证的。1989年我去加拿大多伦多，去美国纽约，感觉西方的高楼大厦特别气派。那时候中国刚刚改革开放，有电梯的房子还很少。1991年，我来到巴拿马运河畔，一百年前美国人凿出了这条河，上世纪60年代就能建成那样气势恢宏的运河大桥。1997年前后我到委内瑞拉，当时下飞机后看到他们的一个隧道，觉得是多么气派，我在中国没有见过这样的隧道。但是现在看，那算什么，那太小儿科了。我们今天的三峡工程、港珠澳大桥，哪个不是堪称举世罕有？中国今天的硬件——城市市容、道路、桥梁、隧道等等不亚于任何一个现代化国家。我在哈尔滨长大，又在广州生活这么多年，但是回哈尔滨、广州，我都找不到往年的痕迹，只能用日新月异来形容。这就是"中国速度"。

我们国家的政治体制、我们的发展道路、我们智慧而团结的人民，是"中国速度"的根基所在。中国共产党的号召力、执行力从全世界来看都是一流的，政府一声令下，大家齐动员，各种工程就建起来了——组织管理的力度绝对够！国外的制度虽然也有它的好处，但是效率太低了，政策执行太难了。

做人不能忘本。"中国速度"让千千万万的中国人脱贫致富，也让我从一个体制内的科长成长为企业家，从几种圣诞产品的外贸商人发展成为集贸易、地产投资、教育投资和金融投资于一身的华侨商人，是改革开放给了我机会，让那个曾经一门心思要留在哈尔滨的王家明也"洋气"起来了。

试水"中国创造"

过去我在外贸部门工作的时候，中国出口的主要是低端产品，如手套、衬衫、烟花爆竹等。那时候就是为国家赚外汇，只要能卖的都卖。国外劳动力成本高、效率低，国内劳动力成本低，所以出口的产品基本都是劳动密集型产品。可是，廉价工资的红利现在已经享受完了，人工成本越来越高，为了保持"中国速度"，中国政府转变了策略，激励"中国创造"。

我们国家近些年的对外贸易中，增加了创造型产品的比重，为我们带来更高效益的同时，也为世界做出了更多的贡献。最近十年，我们的高科技产品在国际市场的占有率越来越高，民族品牌越来越多，像海尔、格力、华为等等，这是国家进步的标志。过去一个货柜货值仅两三万美元，现在很多是十几万、二十几万美元，相同体积的条件下，货值增加了很多倍。这是发展趋于良性的表现，对中国来说也是最重要的。

"中国创造"走向世界，我看到许多中国技术型企业靠挣外国人的钱发展壮大起来，同时，这些"中国创造"也对当地的发展有很大的推动作用。从前巴拿马自由贸易区的货柜检查，必须由人工挨箱打开，完全是原始的方法，费时费力，而现在用的是清华同方威视技术股份有限公司研发的扫描设备，大大提高了检查的效率。再比如中国的新能源"走出去"战略，帮巴西建水力发电厂，帮比利时建"希望风电场"，等等。这是一种完全双赢、多赢的发展模式，但又不仅是一种发展模式，是"人类命运共同体"这一理念的实践，是真正谋求人类共同利益的"大国担当"。

在新能源"走出去"的道路上我也参与过、探索过。我曾用三年时间，研究可再生的柴油——用马来西亚的棕榈油再造柴油。我与马来西亚的科技部部长一起，他研究棕榈壳造纸，我和澳大利亚的一位教授合作，研究棕榈油再造柴油。可惜最终技术问题解决了，棕榈油的价格却提高了几倍，这对企业来说就不合适了，我们只好放弃了。这是我们的探索。现在光伏发电这类清洁能源产业，利国利民，也有利于当地社会，我们企业也会寻找合适的机会参与进去，希望可以继续跟随改革开放的步子，找到自己的最佳定位。

做有担当的新华侨

前不久（2018年4月22日），加拿大温哥华市就歧视华人的历史向华人社区道歉的新闻引发了广泛关注。这个道歉虽然晚了一点，却是充满诚意的，让我感到温暖和欣慰。作为一名旅居加拿大、巴拿马、委内瑞拉三国的华侨，我深知要改变一个国家对"外族"的态度有多难，而"外族"要争得话语权又需要付出多大的努力。

记得那是2001年9月28日，一百二十多名青年华侨齐聚北京，中国侨联青年委员会成立，我当选为常务理事——拉美地区唯一一个。第二天，时任国家副主席胡锦涛接见了我们。我清楚地记得，接受接见的三十多个人中，只有我拿着摄像机，坐在胡主席的斜对面。他不仅没有反对我用摄像机，还几次对着镜头侃侃而谈。从这之后，我深感作为华侨的代表需要发挥更大的作用，不能徒有虚名，我要为祖国做点什么。当时拉美地区有八个分散在各地的同乡会，如果能成立一个健康向上、朝气蓬勃的华侨组织就一定可以发挥更强大的作用，会大大有益于海外侨胞。于是2002年我酝酿筹建了巴拿马华侨青年联合会，我被推举为会长。

做了会长，我更觉担子重了，我想方设法最大限度地发挥自己的能力，为侨民办事。现在有句话叫"刷存在感"，我倒是从这个会长的职务中体验了自我的另一种存在——不仅是商人。当时巴拿马华侨有二十万人，用一个什么形式把大家凝聚起来呢？我看平时许多华侨忙于工作，文化生活枯燥单调，而不少华侨才艺压身，却无处施展。"好，就策划一场大型文艺演出！"我与几位副会长一商量，大家一致同意，华侨们的热情更出乎我们的意料，自掏腰包筹备节目，努力挤时间排练。大家的积极性更加鼓舞了我，他们不知疲倦、不计成本地为演出奔波，自费回国采购演出服装、道具，免费开车接送演员，联系演出场地……辛劳和成本没有白费，《迈进新时代》大型文艺演出先后在巴拿马城、科隆和巴拿马内地演出七场，引起巨大轰动和反响。这是巴拿马侨界第一次盛大、隆重、精彩的文艺演出，前所未有。许多侨民因为这次活动走得更近、了解更深、相处更亲，同属于一个华侨大家庭的幸福感洋溢在每个人脸上。我从中获得极大的慰藉，用现在的话说，叫"狠狠地刷了一把存在感"。

2002年8月，我为了给孩子一个更好的成长环境，携全家移居加拿大。到加拿大以后，除了谋生，我也没闲着：组建了加拿大华人青年联合总会；组织纪念抗日战争胜利六十周年活动；促成央视（长城平台）落地加拿大；多次组织华人华侨集会，申明维护祖国统一、支持北京奥运会等；被评为"加拿大十大杰出华人青年"；主办中加建交四十周年开场戏——《五洲同春》大型文艺演出……

回首桩桩件件，一次次成功的喜悦和满足感洋溢心头，而当时的艰辛和困难也犹在眼前。尤其是《五洲同春》演出，因为某些原因，所有的筹备工作只有一个多月的时间，就算在中国这也不太可能完成，何况是在文化、生活习惯都大不相同的加拿大，艰难程度可想而知。但我从不服输，成立筹备委员会、召开新闻发布会、垫付费用……千头万绪的工作，防不胜防的纰漏，极大地考验了我的意志力、能力和胸襟。功夫不负有心人，《五洲同春》的精彩演出获得巨大的成功，为中加建交四十周年的系列活动开了一个好头，获得多伦多主流社会、华人社区、新闻媒体和中国驻多伦多总领事馆的一致好评。

所有的这些活动，让华人华侨紧紧抱团，频频亮相，所谓融入当地社会，我想就是这样一种状态吧。加之华人华侨精英越来越多，对当地的贡献越来越大，祖国的实力日益增强，华人华侨势必成为一个不容忽视的群体。如今，加拿大政府在制定对华政策的时候不再轻率，"华人华侨"是一个值得骄傲的身份。

回首我和我的祖国，1999 年，我受邀参加新中国成立五十周年庆典；2008 年，改革开放三十周年时，受邀参加中国侨联在人民大会堂举办的纪念活动；2009 年，受邀参加新中国成立六十周年庆典观礼……又一个十年过去，2018 年，在改革开放四十周年之际，我再来书写"小我"与祖国母亲的过往点滴，备感幸福和自豪，我期待着见证和创造祖国一个又一个辉煌的十年。

1975年站在海林农场
红光队联合收割机上

1981年参加第50届
广交会

1989年在曼哈顿

1990年参加广东对外经济贸易洽谈会

90年代在巴西首都的花卉市场

1991年3月在巴拿马华美公司

施小骊

◎笔名子皮，1967 年出生于山西。1988 年毕业于北京大学物理系，20 世纪 90 年代到法国读书，1995 年获巴黎大学博士学位。 现居美国新泽西，从事量化金融工作。 业余爱好写作，作品发表于新媒体平台及《青年作家》《文综》《侨报》等。 在 2018 年北美华文法拉盛诗歌节获奖。

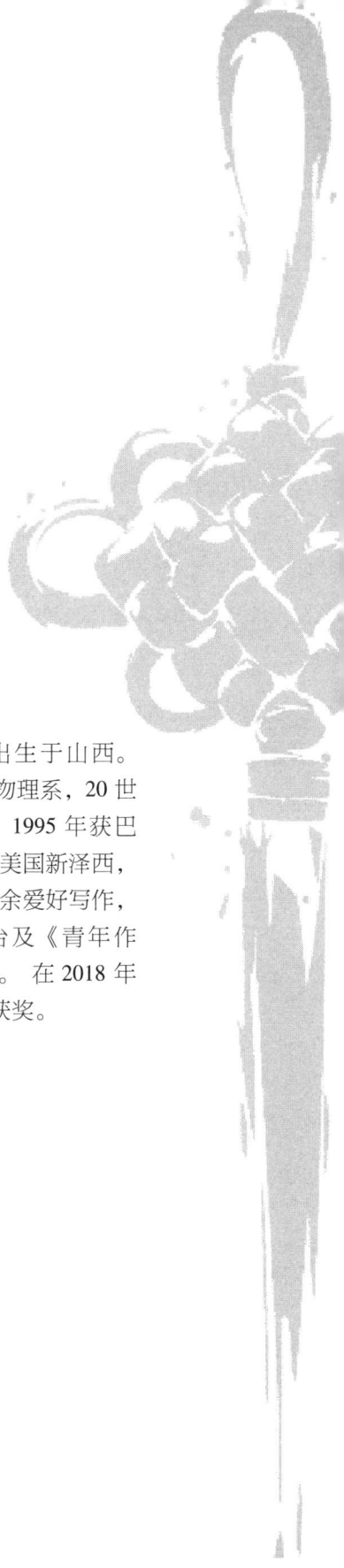

从中国城到华尔街

这些年，我在纽约工作。纽约的下城，有着许多有趣的地方，比如相距不远的两条街，看起来仿佛相隔一个世纪——从世贸中心步行二十分钟到石街（Stone Street）就是如此。世贸中心有着崭新笔直的摩天大楼，每个人步履匆匆，而石街是石子铺成的斜斜的小街，人们会悠闲地坐在街边的小店吃饭聊天，度过懒散的午后。

还有的时候，从下城的一个地方走到另一个地方，会让人觉得仿佛从一个国家到了另一个国家——譬如从中国城走到华尔街。这两条街，步行不过是二十分钟的距离，却随着中国改革开放，发生了翻天覆地的变化。

华尔街，英语是 Wall Street，直译过来其实是"墙街"。

17 世纪，纽约下城居住着荷兰移民，由于移民和当地印第安人有摩擦，荷兰人筑起一道墙（wall）保护自己。沿墙的那条街因此被称为"Wall Street"，后来墙拆了，街的名字保留了下来，中文惯常音译为"华尔街"。

18 世纪，华尔街成了美国最大的奴隶市场。后来随着金融业的兴起，渐渐地，华尔街上买卖的不只是奴隶了，人们开始买卖交换股票证券。投机商和掮客们通常在华尔街的一株大梧桐树下交易，1792年，股票商人们制定了《梧桐树协议》来规范股票交易，"纽约证券交易所"由此诞生，华尔街成了美国金融中心。

20 世纪下半叶，随着社会的发展，金融家们已不需要聚拢在步行能及的范围之内进行交易，金融业渐渐从华尔街扩散开来。大银行、大基金逐渐搬离华尔街，有的搬到下城西侧，大多数搬到更开阔的中城，还有少数离开了纽约。不过，人们依然把"华尔街"等同于美国的金融业。

世界上最著名的证券平台纽约证券交易所依然伫立于华尔街。事实上，今天的纽约证券交易所已经成为一个线上平台，很难再见到交易大厅里人头攒动的景象。不过，在华尔街和百老汇大街交叉口，纽约证券交易所古典的总部大楼依然对望着联邦大厅国家纪念堂门口的华盛顿雕像，以及纽约的三一教堂墓地里埋葬着的美国"财政之父"——亚历山大·汉密尔顿。

所以我觉得华尔街很"美国"。

纽约的中国城，已有一百多年历史。自形成规模以来，一直是纽约华人最重要的商业活动中心，其中最早的华人店铺可以追溯到 19 世纪中叶。纽约最好的广式点心、烧鸡烧鸭和广东老火汤都聚集在这里，中国城的店铺有三分之一是餐馆。

时至今日，"饮食文化"依然是中国城的主角，来到这里的人们，买蔬菜、买水果、买烤鸭烧肉，准备进入餐馆或正从餐馆走出来……

我记忆中的北京也是如此：胡同、槐树、小豆冰棍、烤白薯，还有暮色里的故宫角楼和冬天的颐和园。

中国城彻头彻尾的"中国"，有些方面甚至超过了现在的北京。

随着改革开放带来的发展，当我出国十几年之后再回到故乡北京，走在街上，我看到的是到处矗立着的高楼和穿戴时髦的年轻人，这变化远远快于美国。如今我来美国二十年了，美国基本还是二十年前的样子。

不过，美国还是有变化的——和中国、和中国人相关的都变了。

今天在美国的华人的组成和分布，与二十年前完全不同了。美国最早的华人移民是劳工。直到上世纪 80 年代，美国的华人移民基本上还是劳务移民。很长一段时间，如果说起海外华人，一般人脑海里出现的，大概会是拥挤的中国城、粤味餐馆、洗碗工……

从上世纪 80 年代开始，一批批中国留学生来到美国和其他西方国家。一开始的留学生大多是理工科博士生，因为他们基本都是国家公派或享受西方国家的奖学金。无论在中国还是外国，最容易拿到资助的就是理工科博士生。

那时很少有自费生，因为那时中国绝大多数人的收入，与西方国家普通人的收入有着数量级的差别。买一张出国的机票都要动用多年的积蓄，自己负担到国外深造的学费简直是不可想象的事。

我当年也是拿奖学金出国的。我第一次出国去的是法国：大学毕业后，在法攻读了理工科博士学位。

20 世纪 90 年代的法国，中国人不多。在法国的中国人多数是温州移民，聚居在中国城；少数是拿中国或法国奖学金的理工科学生。那时候法国的电视台或报纸上说到中国人，几乎无一例外地马上列举中国城的餐馆老板或杂货店业主的例子。不过多数法国人并不歧视当时在法的中国人群体，尤其是知识界的法国人。当他们了解你后，他们会很公平地尊重你值得尊重的地方，并且随着中国改革开放的大门越开越大，赴法留学的人越来越多，在大学和科研机构工作的法国人，接触了中国学生之后，听别人再提起"中国人"，他们头脑里浮现的，便渐渐不是一个中国城温州小老板的形象了。

我在法国拿到博士学位后，来到美国做博士后研究。和法国类似，当时在美国除了中国城，中国人的第二大聚集地就是大学和国家实验室。

但到了 2000 年前后，中国在美国的留学生不再局限于拿奖学金的博士生，因为改革开放已经让国人的钱包鼓了起来，自费读书的人占比已相当可观。

当然，直到今天，对于大部分普通中国家庭，负担美国的学费仍然不是一件容易的事情。但是，不管怎么说，从上世纪 90 年代后期起，到美国自费上学的中国人越来越多，几乎是呈几何级数增长。

如果是自费，那么学科的选择就广得多。中国人不再聚集在数学、物理、生物等基础科学领域，而是大量进入计算机、金融等热门学科。

如今，中国人在华尔街已成为一个不可忽视的群体。走进任何一家银行或基金的办公大楼，你都可以看到无数东亚面孔——他们中的多数都是中国人。

不过和上世纪 80 年代中国留学生集中在基础科学领域一样，华尔街的中国人分布并不平均。他们集中在两个部门：IT（信息技术）和 Quantitative Finance（量化金融）。因为这两个部门需要很强的计算机技能或数学知识，这是中国人的强项。

做交易员和投行业务的中国人要少得多，这些业务需要更多的软技能和人脉。我的一个朋友高中就来了美国，讲一口流利的英语，人也非常聪明，他在大银行做投行业务，成功做过几个大的 M&A（并购），看上去前途光明，但他本人并不满意。因为文化的不同和人脉的欠缺，作为在美国的中国人，业务能力再强，也很难成为主角。

随着改革开放的不断深入和中国金融业的勃兴，有不少在华尔街工作的中国人，工作了一段时间后选择回国发展。我曾经有个同事，毕业于武汉大学金融专业，在美国读了金融工程硕士，毕业后顺利地在纽约的一家大银行找到工作。这位年轻人工作非常认真，专业水平也很不错，在老板和同事中有很好的口碑。积累了一年的工作经验后，他决定回上海打拼。

那时起，在中国从事金融业的机会要比在美国多得多。因为美国的金融业毕竟已经相对成熟，外国人再要打入很是不易，向上攀爬的过程更是艰辛而漫长。另外，金融业的很多工作岗位，尤其是管理职位，相比数理知识或编程技术，更需要的是人的软技能，而掌握在美国适用的软技能对于在中国文化中长大的人来说，确实不是一件易事。如果回到中国，则不再有以上这两个问题。一方面中国的金融业处于发展阶段，正在不断地扩大，各种机会不少；另一方面，中国人在中国，没有语言、文化、人脉上的劣势。

当然，随着中国经济实力的不断增强，除了留在美国金融业的技术部门和回国发展，如今在华尔街的中国人有了另一条很有前途的路径——在大银行从事和中国相关的业务，帮助银行和中国做生意，或是分析中国市场。华尔街是世界上所有地区经济变化的晴雨表——如果华尔街对哪里有巨大的兴趣，那就说明哪里有诱人的机会。四十年来，中国经济的高速发展和金融业的迅猛生长，使华尔街对中国金融市场的各种机会垂涎欲滴。中国人如果找到这样的职位，正可以利用自己语言和文化之长，有一般美国人所没有的优势。

我在纽约下城工作的那两年，每天下了火车需要走二十多分钟的路到单位。这条路有好几个选择，华尔街并不是最短的路径，但我常不自觉地选择它，因为这条路能带给我以上种种思考。

有时候我觉得，中国城和华尔街这两个地方，可以代表不同时期在美国的中国移民：早期的中国移民多聚集在中国城，而华尔街有着今天的中国移民。

中国城和华尔街，也许还可以象征中国这四十年的发展。例如北京，这四十年来，从中国城变成了华尔街。她变得太快，虽然每次回去都让我感到陌生，但这变化却又让我欣喜。

中国城和华尔街这两个截然不同的地方相隔不过咫尺，常让我联想到美国和中国的距离。改革开放四十年来，两国间人才、技术交流频繁，经贸往来不断迈上新台阶。

我在纽约附近的一所大学里，为他们的量化金融硕士项目教一门课。这个硕士项目的毕业生，很多会留在美国华尔街工作，多年来中国的计算机和数理人才，已经成了华尔街有机的一部分。其实，中美两国都该庆幸这种交流，如果没有四十年前中国的开放，那么今天的中国、美国乃至世界都会很不一样。

几乎所有的文明进步都始于开放。华尔街原来是"墙街"，后来墙拆了，华尔街才成了世界上几乎最有名的一条街。中国四十年来铸就的发展奇迹，同样始于开放。中美两国都应该倍加珍惜改革开放以来两国在经贸、科技、人文等一系列领域取得的丰硕合作成果。

回望改革开放前夕，1972 年的那个冬天，在时任美国总统尼克松访华期间，中美在上海发表联合公报，标志着两国关系正式"破冰"。两个彼此对抗了二十余年的大国终于走到一起，关系迈向正常化。我想，如果不是因为有那历史性的一刻，我或许就不会成为今天的我，不会来到美国做博士后研究，更不会在这里拥有自己的事业。

近半个世纪以来，中美关系也经历过起伏，但总的来说两国坚持求同存异，在大国关系中堪称模范，这本应让人对中美关系发展抱有更大信心。而今年美国对中国掀起贸易战，这无论于中国人民还是于美国人民而言，都是最不愿意看到的。

中国城与华尔街的距离是那么的近，就如同中国和美国；中国城和华尔街之间没有筑起围墙，同样中美贸易间这道与开放理念背道而驰的壁垒也不应该存在。

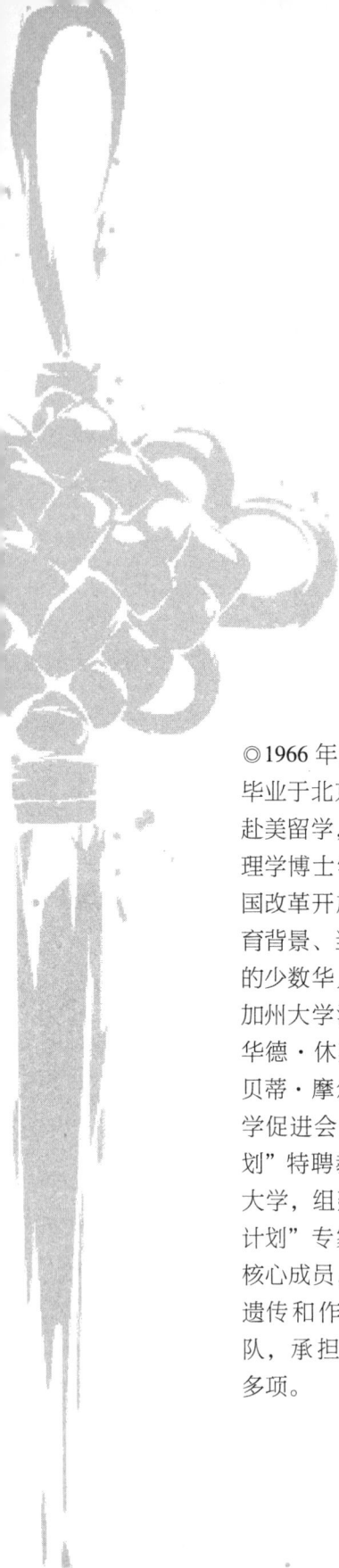

◎1966 年出生于哈尔滨，1988 年毕业于北京大学生物系，1989 年赴美留学，1995 年获康奈尔大学理学博士学位。生物学家，是我国改革开放以来，有大陆大学教育背景、当选为美国科学院院士的少数华人女科学家之一，美国加州大学河滨分校教授，美国霍华德·休斯医学研究所和戈登与贝蒂·摩尔基金研究员，美国科学促进会会士，中组部"千人计划"特聘教授。2014 年入职深圳大学，组建了一支以"青年千人计划"专家和国内外知名专家为核心成员，致力于研究植物表观遗传和作物分子育种的创新团队，承担国家级、省市级项目多项。

陈雪梅

繁花满树春才半

——我的中国故事

一、母校北大的变迁

我本科就读于北京大学生物系，专业是植物生理。很有幸通过上课和毕业论文研究接触到当时国际上蓬勃发展的分子生物学。北京大学属于国内顶尖高校，但到了康奈尔大学才发现北大那时的实验设备、实验室管理、课题研究深入程度，尤其是学术氛围，与美国一流大学相比，都有着很大的差距。

2014 年回国后，虽然没在母校任职，但一直关注着北大的近况，也几次回母校进行学术交流，感受已经完全不一样了。现在的北大不仅有着国际领先的实验条件及管理理念，科学论文的影响力也明显增强，产生了不少国际领先的原创性科研成果。在我最为关注的植物学领域，北大的同行们已经跻身于国际领先行列。近些年我也曾指导过北大去加州大学实验室访学的本科生，感觉他们的科研水平远远超过了当年的我。

在最新的全球基本科学指标数据库（ESI）排名和《美国新闻与世界报道》《泰晤士高等教育》等所列世界大学综合排名中，北大稳居世界前列。现在的北大和上个世纪 80 年代相比有了跨越性发展，已逐步迈入世界一流名校之列。

二、深圳大学生活

2014 年我入职深圳大学生命科学与海洋学院，短短的四年时间，深刻感受到了这座城市与这所学校对人才的重视和诚意，我的工作及生活各方面都发生了积极变化，真正体现了深圳速度，主要有以下几个方面：

1. 实验条件

近年来深大发展迅速，人才引进速度显著提升。后海校区的生科院实验室和办公室均比较拥挤，学校为改善实验和办公环境，在西丽新校区新修建了专业配备的生科大楼，并组建了海洋研究中心、生物医学协同创新中心等高水平合作研究平台，集中购置了一批在相关领域内急需、通用的大中型仪器设备，同时组建了技术支持服务队伍。现在我们的科研条件有了极大的改善，能充分保障科研工作者在科研平台上实现研究梦想。

2. 科研经费

除了保障实验及办公用房，国家、地方及学校还为人才提供了充足的科研启动经费，配备了学术助手，全方位满足科研工作者的学术需求，目前我的团队项目总金额达 5000 多万元。

在经费管理上，学校也搭建了"一站式"服务平台，推行"智慧校园"项目，实行网上办理、限时办结等制度，大大简化了流程，帮助学者从烦琐的日常事务中解脱出来，专注于科学研究。

3. 生活方面

（1）人才补贴。近几年，深圳的城市吸引力不断提升，市政府出台了《关于促进人才优先发展的若干措施》等一系列人才政策，吸引了越来越多的人才"来深圳圆梦"。不仅政策给力，政策的落实更是精准高效，政府及深圳大学尽一切努力为引进人才排忧解难，使得学者们可以安心做学问。2015 年，我在申请"千人计划"创新人才短期项目市级配套补贴过程中遇到了困难，学校向政府业务部门及时反馈，业务部门迅速响应，问题得到了妥善解决。现在去政府部门办理个人业务时也感受到了变化，手续越来越简单，申报材料越来越少，审批速度也越来越快了，越来越多的业务项目启动了"政务微信""刷脸认证"等智能服务。

（2）中国绿卡。因工作关系，我需频繁出入中国。之前使用的访问签证及工作签证，停留时间有限，手续办理也比较烦琐。今年起，公安部签发新版的中国"绿卡"，即"外国人永久居留身份证"。这对我来说，是个非常好的消息，意味着持有绿卡后我在中国居留的时间不受限制，可凭护照和绿卡出入中国国境，无须再另行办理签证。目前我和家人正在申请中，期待持有绿卡后的便捷生活。

（3）专家公寓。由于暂未在深圳购房，每次来深圳，都只能选择住酒店，酒店离学校有一段距离，洗衣、用餐均不大方便。2015年，学校为方便教职工，新建了设施齐全、拎包入住的专家公寓，极大地方便了来访及短期居住的学者。现在来深圳，我都会选择住专家公寓，生活的便捷度及舒适度大为提高，也为科研工作节省了时间。

（4）与深大共同成长。入职深大后，不断开阔的平台及日臻细致的行政服务让我和团队成员能全身心地投入科研，也取得了一些成绩。团队依托深大在 Genome Biology（《基因组生物学》）、Molecular Plant（《分子植物》）、PLoS Genetics（《公共科学图书馆·遗传学》）等国际著名学术期刊上发表论文多篇。承担国家级、省市级项目，依托深大在 2015 年初获得国家自然科学基金重大培育项目 1项，随后成功获得深大首个广东省"珠江人才计划"创新创业团队项目。2016 年以深大为依托单位建立广东省植物表观遗传学重点实验室。2017 年依托深大成果申请并获批国家自然科学基金重点项目。

特别是广东省"珠江人才计划"创新创业团队项目，这对我来说是一个难得的机遇，团队将采用目前国际最尖端的基于小分子RNA 的技术来改善经济作物性状，使作物品质更优良。我将把我在国外学到的小分子 RNA 基因调控方面的知识和这一应用型项目结合起来，使理论知识真正派上用场。

加盟深圳大学的这几年，我也见证了学校的飞速发展。日前，自然出版集团更新了 2018 年的自然指数，其中，深圳大学综合排名（中国内地高校）自 2013 年的第 118 名跃升至 2018 年的第 50 名，实现了巨大的飞跃。其中深圳大学生命科学学科排名更是跃居中国内地高校第 33 名。

三、国际学术报告和科研论文的可喜变化

作为科研人员，我经常参加各类国际学术会议。记得二十年前在国际会议上很少有来自中国的报告。而近年来，我所从事领域的国际会议上一定会有来自中国的报告，包括重要的大会场报告。另外，学术刊物编辑也越来越多地来自中国，说明中国学者在国际上地位提升了。近几年，中国在顶级期刊上发表论文的数量迅速增长，影响力急剧提升。例如我经常阅读的植物生物学代表刊物 *The Plant Cell*（《植物细胞》），近二十年来，中国作者呈几何级数增长。

2017 年 SCI（科学引文索引）数据库关于至少包含一位中国作者的论文的最新检索结果显示，2017 年中国科研人员发表 SCI 论文的总数已累计 33 万余篇，位居世界第二。其中，各高校的科研论文发表数量呈现出持续增长的趋势，2017 年各高校在 JCR（期刊引用报告）一区期刊上发表的论文总数超过 43000 篇。

以我所在的深圳大学为例，LetPub 最新发布的统计报告显示，深圳大学 2017 年度发表 SCI 论文 2218 篇，居全国高校第 48 位（较 2016 年上升 16 位）、广东高校第 3 位。此外，JCR 一区期刊论文数量排名全国第 37 位，JCR 二区期刊论文数量排名全国第 40 位，SCI 论文数量增长率排名全国第 2 位！

四、在国内发展的朋友的故事

我回国的时间比较晚，但身边有不少朋友、同行一直在国内发展，在他们身上，也能感受到祖国改革开放以来的巨大变化。他们的成功令我十分骄傲。说说我的三位朋友的故事吧。

第一位是我的同行——清华大学植物生物学教授戚益军。十多年前，戚教授在冷泉港实验室完成博士后研究之后，北京生命科学研究所（NIBS）和美国的名牌大学杜克大学同时向其发出工作邀请，他毅然回绝了杜克大学的邀请，选择了回国发展。当时，大多数华人会选择留在美国做科研，因而很多人对此表示不解，但事实证明了此举的明智。益军回国之际正是小分子 RNA 领域最兴盛、竞争最为激烈之时，NIBS 给予的支持使其能在短时间内组建一定规模的科研团队。而在美国，同期开始的教授很难在短期内创建这样规模的团队。回国后，戚益军在小分子 RNA 领域做出了创新性的重大贡献，成为该领域的领军人物之一。

第二位是我的大学同学兼同行——曹晓风院士。2003 年，晓风留学回国，进入遗传与发育生物学研究所工作，做高等植物表观遗传学调控植物生长发育的分子机理研究。当时我去看她，研究所的场地紧缺，晓风的实验室是用存放玉米的仓库临时改装成的，条件比较艰苦。然而，遗传所的新楼几年后建成，再次看望晓风时，她的团队已搬入崭新、高规格的实验大楼了。两年前再去她实验室时，发现他们已经进入了一座更新的大楼。由此可见遗传所这十几年的发展。回国后，晓风在植物表观遗传学领域及小分子 RNA 领域取得了世界领先的研究成果，在国际会议上常有她的身影。我戏称她成了中国植物表观遗传学领域的代言人。

我的另一位朋友李家洋院士，是植物分子遗传学家。上个世纪

90 年代，家洋在美国康奈尔大学汤普逊植物研究所从事博士后研究，彼时我也在同一个研究所读博士。当时听说他要回遗传所，我有些吃惊，因为当时身边的中国留学生几乎都在美国找工作，而二十几年后回首，不由感叹他当年的前瞻性。回国后，家洋将水稻发育机制及品种设计育种作为新的研究领域。经过多年的艰苦探索和攻关，李家洋团队发现了控制水稻理想株型的主效基因 IPA1，并揭示了一种叫独角金内脂的植物激素是怎样调控植物分枝的，为水稻生产做出了开创性贡献。

这三位朋友的经历可以说是中国科学发展的缩影。他们均放弃了国外的工作机会，选择和祖国共同成长，并在各自的研究领域取得了杰出的成就，为国家做出了贡献。他们的成功来自对科研的执着与不懈，也源于祖国改革开放大环境为科学家提供的良好机遇和广阔发展空间。

结束语

关于中国的故事还有很多很多，前文中提到的人和事给我留下了深刻印象。他们的变化折射出了祖国科研实力的巨大变化。变化来源于国家经济实力的增强、国家对科学研究及人才的高度重视、体制机制的不断创新，这些变化激发了人们的创造潜力，成就了人才的梦想，也实现了国家各个领域的飞跃式发展。

朱颂瑜

◎1975 年出生，祖籍广州，现居瑞士。 记者，华语作家，跨领域独立工作人。 1998 年留学瑞士，后在旅游集团和媒体工作。 作品《天地晖映契阔情》《挥春，游子红色的梦》等获瑞士门户网站瑞士资讯 "我眼中的瑞士" 征文比赛最高奖、首届全球华文散文大赛最高奖、首届全球华人中国长城散文·诗歌金砖奖散文提名奖等文学奖项。 多篇作品发表于《人民日报》《香港文学》《文艺报》等报刊。

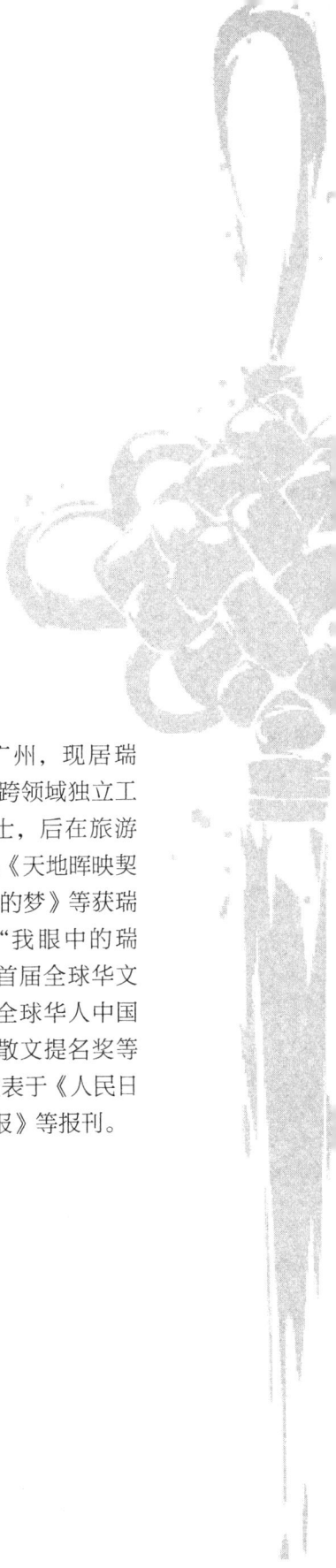

从高第街开始的梦

多年前曾经看过一个帖子，帖子上说：70 后也许是新中国成立后最幸运的一代人，他们的幼年时期不用忍饥挨饿，少年时正值港台文化的黄金年代，又在改革开放初期整个社会充满正能量的时代长大成人……如今，70 后的我不觉已步入中年，蓦然想起这段话，回首走过的岁月，那些属于 70 年代、80 年代、90 年代的旧事如倒流的桥段，在脑海里一一掠过。祖国、异乡，中国、欧洲……不同时空的画面在回忆中不断切换，使我真真切切生出了一种厚重的幸福感。

幸运的注脚

我出生在南国之城广州，单单是这个地理位置，就已经是一个幸运的注脚。小时候，我就知道家乡是中国改革开放的前沿阵地，是较早缔造经济神话的城市。20 世纪 80 年代，幼年的我在全国闻名的北京路高第街上幼儿园。高第街是全国第一个以经营服装为主的个体户集贸市场，产生了第一代个体"万元户"，这里曾经是广州的窗口。"没到过高第街等于没到过广州！"许多人这样说。儿时那一里长的街道，一里长的店铺，飘散在潮热空气里的香港流行曲，行人如潮、店铺如林的街景，深深镌刻在我的记忆里。当年何曾料想到，这里就是社会主义市场经济的发端地，将会承载多少人"闯出来"的梦想。高第街，可以说是改革开放初期中国的缩影，更是一个伟大时代的序章。

在开放中走出去

到了 90 年代，当时选择了学习商业美术的我正好遇上中国经济发展的蓬勃时期，社会各行各业都需要美术专业人才，就业前景非常好。但怀揣着初生牛犊不怕虎的冲劲，在邓小平南方谈话后不久，我加入个体私营经济的队伍，在二十岁不到的年纪自己创业。在改革开放如火如荼的时期，我用短短几年时间实现了自己走出去看看世界的愿望。90 年代末的一个晚上，我从香港启德机场出发，带着年轻的梦想来到了阿尔卑斯山的国度——瑞士。

瑞士是世界旅游业的摇篮，这里的酒店管理和旅游管理培训在全球赫赫有名。当年我来到瑞士攻读的正是国际旅游管理专业。这不是一个受热捧的学科，但中国经济的崛起和出境游的兴起助我顺利进入了瑞士旅游行业。千禧年我从瑞士大学毕业后进入国际旅游集团，一直从事拓展东南亚市场入境游的工作。这是一个可以同时报效我的祖国和居住国的工作，也让我沐浴到祖国改革开放的春风。

世界感受中国跃动

在十八年的工作时间里，我亲身经历了从日本作为欧洲首要亚洲客源的地位下滑，到中国市场迅速崛起的巨大转变。回想这段历程，2004 年秋天"北京赴欧洲旅游首发团"访问瑞士一事首先浮现在我的脑海里。对于我这样一名在欧洲从事亚洲市场入境游的中国人来说，这无疑是一个特别有纪念意义的事件。因为这既是祖国公民可正式以旅游者身份赴欧洲旅游的重大标志，也是中国境外游欧洲市场发展的一个起点，为中国改革开放后人民业余生活结构的改变摁下了启动键。

十几年前瑞士旅游业与中国出境游刚刚接轨,不管是中国游客对瑞士服务行业,还是瑞士服务行业对中国游客,都是互不了解。那时候不时会有瑞士的旅游产品供应商向我们求助,希望能为他们提供一些有关服务中国游客的实用信息,我便一字一句地在电脑上给他们列表,这样写道:中国人的早餐偏爱享用热食,酒店房间必须配备开水壶,西餐的头盘尽量安排热汤,奶酪火锅仅仅当作甜品就好了……反过来也一样,除了语言障碍,那时候中国人刚有机会到国外旅游,对国外很多规矩都不了解,对瑞士人的性格特点、瑞士的社会形态和旅游服务的传统也是所知有限,我常常在工作上接到服务商的投诉或埋怨。我在中间就充当了沟通和调和的角色,尽力以我对两种不同文化的理解来消除误会和隔阂。

了解世界的欲望无时无刻不激励着中国人往外走的勇气,而经济的发展、政策的开放才是托起中国人踏出国门、畅游全球之梦的坚实臂膀。我依然清晰记得,在世纪之交的那几年,走在欧洲的城市,常有欧洲人用日语向我问好。而今天,时光相距不到二十载,我走在欧洲的城市街头,到处都可见到中国旅游团队的身影。很多旅游用品店干脆雇用中文导购,博物馆语音解说也增加了普通话,以顺应市场的需要。年轻一代的中国人如今也不再像他们的父辈一样依靠旅行团出游,而是自己办理签证,实现有个性的自由行。科技的发展、网络的通达,让他们能够在出发前查找各种攻略,做好功课,甚至还有一些中国游客一抵达欧洲便自己租车,实现横跨欧洲的个性自驾游。借助科技的进步和对外接触的机会,中国年轻一代拥有了一份愿与世界接轨的姿态和气魄。中国人旅游品质跃升的背后,是经济发展的底气,是向世界敞开心胸的自信。

七八年前,在国内媒体圈朋友的影响下,我也开始重新写点东西,为自己的海外生活做一些记录,同时,也希望能为有需要的朋友提供有用的资讯,以袖珍的汉字还愿,乐在其中并享受付出和收获。

2010 年我参加了瑞士国家门户网站举行的征文比赛，并侥幸获得了最高奖。从那时候起，我也成为瑞士官方的一名中文记者，在家庭生活和日常工作外，再一次与文字工作和媒体圈子结缘。记者的工作特性让我对周遭的生活有了更强的求知欲，也让我有更多的机会站在一个较高的位置上，以总览全局的视野去感知世界的变化，以及祖国和世界之间的关系。2017 年，支付宝进入北欧的新闻在欧洲本地的媒体圈产生了不小的反响。瑞士日内瓦商业网就此约我撰写一篇关于瑞士旅游业是否会成为领先于其他行业接受支付宝的外语新闻报道。无疑，这样的关注与中国快速向前的进步是密不可分的。在 2017 年底的第四届世界互联网大会召开前，我受乌镇镇人民政府委托，采访一位参加过历届互联网大会的重要瑞士受邀者。在采访前的对接交流中，有一个细节让我特别难忘。那就是乌镇方面接洽的人再三向我交代说，除了互联网发展方面的专业交流，希望我也能多多收集对方对此前参会的意见，鼓励对方大胆提出批评，好让大会能总结经验，越办越好。

被采访人在评价乌镇互联网大会的时候是这样对我说的："我不知道世界上还有没有其他国家在尝试组织这样的大会，就我个人参加乌镇互联网大会的经验来谈，我觉得乌镇的互联网大会达到了国际化交流的水平和目的。通过接触不同领域的人，比如说我了解到我所不熟悉的政治层面的相关知识，我就觉得受益很多。这样的会议让互联网跨学科的专业人士汇聚一堂，对推动互联网管理上的进步无疑做出了巨大的贡献。不管有多少国家受邀参与，乌镇互联网大会不仅为中国与当下丰富多元的世界直接对话搭起了一个平台，也为互联网的国际交流搭建了一个重要的平台。"

改革开放深化后的中国，不仅让更多的中国人走出去，也让更多的西方人愿意走进来，主动去感受中国了解中国，在交流中增进理解，成就彼此。作为同时为两国的文化事业服务的媒体人和文化工作者，我对个中的变化真是深有体会。比如去年，瑞士日内瓦公立大学在汉学系学生等的要求下，在继续培训项目里增设了粤语课程，以满足学生希望多元学习中国语言文化的愿望，我有幸担任了这个课程的任课老师。在教学中我了解到，这些非中国籍的学生几乎每年都往中国跑。他们不仅在中国进行很多交流，也享受在那里自由自在的生活。这对老一辈留华的瑞士学子来说几乎是不可能的事情。我想，这也是得益于国内改革开放的深化、观念的更新、制度的完善。

这样的例子还有很多。再比如说在最近参与的一份外交翻译工作中，几篇由曾经留华读书的瑞士人所撰写的回忆录也让我深受鼓舞。一位留学上海的瑞士留学生在描写自己到达复旦大学留学生宿舍楼报到的情景时是这样写的："二十层的现代设计，可俯瞰城市和远观著名地标（如东方明珠广播电视塔）的观景大窗户，木地板，配备的便利店和水果店，百米之遥的星巴克和众多中西餐馆，还有步行五分钟就到的一个大型购物商场，以及地铁……"在短短一年的时间里，这位瑞士学生深深爱上了中国。他在描写自己离开上海的情景时又这样写道："我知道我的父母不会喜欢听到这个，但说实话，除了见不到朋友、不能与父母及兄弟姐妹拥抱，我真可以无限期待在上海。上海能有这样一种东西方融合的独特氛围，真的很难解释，我觉得这就是其中一种非得体验过才明白的事情。"

在瑞士生活了长达二十年的我，非常理解这些瑞士年轻人对中国的爱慕之情——因为改革开放后的中国更包容，社会较高的活跃度又恰好为这片古老的大地生发出一种前所未有的吸引力。

一位在华为瑞士分部工作的瑞士人有过三年留华的体验，对中国充满了热爱。她在回忆录中这样写道："在中国，不管几点你都可以下馆子吃饭，所有门店天天营业，直到深夜；到处都有热水供应，包括机场和火车上；服务质量非常好，例如在理发店，以很优惠的价格，你就不仅能享受洗头服务，还能享受按摩头部、肩膀和手臂的服务。"

在参与这份翻译工作的日子里，我曾几度感动落泪。我的感动，不仅是因为这些留华学生对中国的真挚情感，更是因为他们的文字让长久去国离乡的我有机会从另一个角度体会到祖国的好，她的丰富、她的魅力、她的成长，如隔岸窥见了她朝气蓬勃的新貌。

拥抱家乡，感恩是福

如今，已经全然独立工作的我可以更随心地做自己喜欢的事情，也有更多的自由时间陪伴孩子成长，或者时常回国，回到家乡那片父亲和我的出生地，在那里守候在父母的身边。

诚然，二十年过去了，家乡也发生了翻天覆地的变化，改革开放带来的变化也浸透到每一个角落每一个细节里，处处彰显出一派鼓舞人心的景象。我尤其记得，小时候村子里只有唯一的一家小食店，每天下午固定开门几个小时，卖点馄饨给村民解馋。而转眼间到了今天，村子的大街小巷已经开满了云集全国口味的餐厅和小食店，它们几乎全部都使用支付宝付款系统，店内也有无线网络，生生把我这个从远方归来的游子变成了半个乡下人。

让我更加蒙福的是，代表着加速地方建设的征地行动近年在家乡不断火热上演，使祖家原本闲置的空地变成了高速公路，变成了高架桥，同时，也把我变成了实实在在的房产拥有者，拥有了自己的物业。这所有的一切都是我从前不敢奢想的。

新居的阳台正对着家乡的荔枝林，那里收藏着我童年时代的记忆，一直是我心灵上的一种依归，也是祖父母的长眠之地。在它的不远处，富力的楼盘拔地而起，京东的货仓生气蓬勃，还有附近新开通的 13 号地铁线，它们一起构成了一张新旧兼容又充满活力的蓝图，为我的人生灌注入强大的生命底气。所以，每一次，当我站在自己新

居的阳台极目远眺时，心里油然升起的，除了感恩还是感恩，所有的
这些改善和变化，竟然比我梦想的来得还要快。

2017年岁末，我早早就买好了春节回家的机票。在这些期盼团
聚的日日夜夜里，我会不时梦想挽着父母亲去逛久违的花街，梦想为
家里亲手养一盆芳馥的水仙，亲手贴一对喜庆的春联，在走过不同维
度的生命空间后，安然在静好的岁月里。

黄勤

◎祖籍浙江杭州，1975 年出生，1990 年移民法国，毕业于巴黎第六大学，获硕士学位。曾任飞利浦集团驻巴黎数码应用技术分公司程序工程师，2005 年与先生赵刬一起回国。2006 年起进入法国驻武汉总领事馆工作。2010—2016 年，任法国驻武汉总领事馆经济领事，主管湖北、湖南、江西地区与法国的经济合作，是法国驻华使领馆第一位华人领事。2016 年起先后创立百优咨询、百优翻译、岚明建筑设计三家公司，现任百优咨询、百优翻译董事长，岚明建筑设计合伙人。新公司秉承 BBM（Best Best Me）理念，即"为最优秀的公司服务"，成为"最优秀的公司"，成就"最优秀的我"。

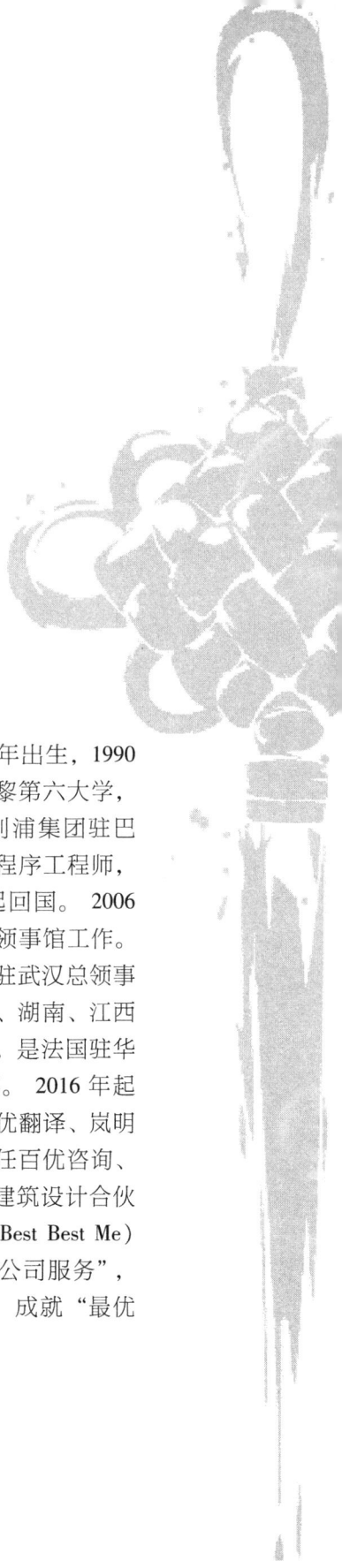

为中法友谊贡献半生

今年是改革开放四十周年，我也刚刚四十出头，几乎就是伴随着改革开放长大的那一代人。从十五岁离开祖国追随父母去法国读书，到十三年前毅然决定回国，我一直坚信我的梦想，也很幸运，在回国后这十几年的"外交生涯"能帮我完成这个梦想：成为中法友谊的桥梁。从小到大我一直有一种感觉，仿佛小小的自己一直被一片巨大的光芒笼罩着，那光芒是金色的，照耀着我的前半生，让我一路梦想成真。现在想来，那就是改革开放带来的幸福的光芒吧。

家乡富贵娇娇女，侨民二代前行人

我出生于浙江杭州的一个企业家家庭。祖父是杭州老一辈的企业家，新中国成立之前曾经营义昌丝绸厂；外祖父是虔诚的传教士和商人，每个周末都带着外祖母、妈妈和我去教堂做礼拜。因为父亲被分配到浙江青田医院当医生，我从小是在青田医院的大院里长大的。那时候医院还是清一色的红砖二层楼房，家属住宅与医院各科室还没分开，记忆里我家被医院的产房、手术室、X光室、太平间等包围着，常能听见婴儿的啼哭声、家属的痛哭声，从小便见多了生离死别、人情冷暖，这让我对生死看得很淡，从不惧怕。人来到这个世上就是要开心生活，让自己开心，让身边的人开心。

我出生的年代，"文革"刚结束，正赶上中国开启新的篇章。在改革开放的春风中长大的我，从小被祖父祖母、外祖父外祖母等长辈们宠爱着，几乎没吃过什么苦。每次从青田到杭州去，都会收到一大堆礼物，像电子琴、漂亮的衣服、洋娃娃、酒心巧克力等，可以说我是被捧在手心上长大的。大人们也从不说以前的苦，爸爸那时候在医院当医生，妈妈在刺绣工厂做女工。改革开放以后赶上了第一波市场经济的大潮，我们家开起了刺绣作坊，专门做被套、枕头、床单上的绣花，从最初的手工绣花到使用机器绣花，后来又接触到了服装。因此我们家也成了当地第一批"万元户"，是大院里最早拥有电冰箱、电视机、洗衣机、电子琴的家庭。我还记得当时学校里组织给熊猫捐款，我能捐上五块十块。妈妈总是教育我们要多付出，要与人为善，她是那种大智大善的女人，人缘很好。妈妈正直善良的品格也深深地影响了我们。在这样衣食无忧的环境下长大的我，以为生活会一直就这么持续下去。

上世纪八九十年代，国内兴起了一波到国外求学经商的"出国潮"。我的家乡青田几百年前就有"出国"的传统，清初已有县人侨居国外，他们循着陆路经西伯利亚前往欧洲从商（大多经营青田石制品），到现在青田亦有"侨乡"之称，侨民分布在世界各地。我读初中的时候（上世纪 80 年代末），青田许多人都"出去"了，我的爸爸妈妈后来也出国了，留下我和读小学的妹妹在杭州的亲戚家。他们去了法国，妈妈依旧从事服装生意，爸爸只能到餐厅去工作。回想起来，他们出国后的情景与当年热播的电视剧《北京人在纽约》几乎如出一辙，一切都是从零开始。

我当时并不知道，也不能理解，爸爸妈妈为什么要放弃国内那么优越的条件选择出国。而对于当时的我而言，生活在美丽的大城市杭州，比在青田像是更好了，依然是不愁吃穿，我的成绩也总是全班数一数二的，爸爸妈妈每个月都会寄法郎回来给我们，但是我并不开心，也终于尝到"没妈的孩子像根草"的滋味。我无比地思念他们，等我初中毕业的时候，我坚持要去法国，我要和爸爸妈妈在一起。那是 1990 年，我刚刚十五岁，妹妹才十岁，爸爸妈妈把我和妹妹接到了法国。

爱与志向，可以兼得

到了法国，对我来说第一大挑战就是要学法语。当时我读的法国学校有一个"不会法语班"，班上有二十个学生，其中有五个中国人，其余来自德国、土耳其等国家。如果我的法语在短时间内不过关，就很难再继续学。法国义务教育是到十六岁为止，如果不能继续读书的话就只有进入社会，找工作，谋生活。眼见着我们班上的绝大多数同学都因为语言不过关而不得不放弃读书，有的去家里帮忙，有的去餐厅打工，让我十分坚定一件事情，就是我一定要继续读书。

决心是有了，但求学之路并不顺利。经历了两年得零分（老师刚开始都打零分，到后来实在不忍心就不给我打分了）和留级，我哭了好几次，一度陷入迷惘。当时我的一个好朋友，也是父母朋友的儿子告诉我一句法国谚语，"一点一点坚持，鸟儿能筑好它们的巢"，以此鼓励我。在这样的日积月累中，我一点一点背，终于克服了语言这一关。到法国的第五年，我考上了巴黎六大（也称"皮埃尔和玛丽居里大学"，法国最好的理工科大学，曾培养出大批世界著名科学家，其中有多名诺贝尔奖获得者，被多项世界排名评为法国第一和世界顶尖大学），就读计算机专业，后来硕士攻读的是"集成电路与微电子"专业，一直读到硕士毕业。

大三的时候，我认识了我的先生。他当时在巴黎七大，读医学院，是我认识的华人中唯一一个医学院毕业的双博士。记得我们第一次见面的时候，他胖胖的样子像个厨师，一点也不像是未来的医生。我们有共同的语言和人生目标，他比那些追我的法国男生明显更有吸引力。或许这也反映了我们家庭骨子里传统的一面，我一直知道我会和中国人结婚，我的孩子会是中国人，包括我的妹妹也是，我们的另一半都是中国人。二十六岁的时候，我们在法国结婚了。我进入了世界 500 强飞利浦荷兰跨国集团驻巴黎公司工作，做产品研发部集成电路芯片设计的科研人员和软件开发工程师；我的先生在巴黎最大的皮提耶-萨尔佩特里厄尔（Pitié-Salpêtrière）医院急救中心工作。

在法国的生活，与在国内几乎不能相提并论。父母住在巴黎第十区，虽然房子比在国内的大，但是生活却艰难得多。后来随着我和我的先生生活条件不断改善，有了车有了房也有了假期，每年暑假回国度假，都是我们非常欢乐的时光。但是在法国，关于中国的变化，媒体报道总是呈现出两面：有说好的，会说中国有"无限的商机"；而持反面意见的，会把中国人说成"活得跟蚂蚁一样"。在法国众说纷纭的言论里，我们总是渴望多获知一些来自祖国的消息，想知道祖国发生了哪些变化，想知道我们的朋友、家人都好不好，也会想着，或许我们会再回来。

2005 年是中法文化年。我先生随他的博士生导师布鲁诺·里乌（Bruno Riou）先生（急救中心主任、巴黎六大副校长）回国访问，他任翻译。他们访问的其中一站是武汉大学中南医院，其间结识了武汉大学中南医院院长周云峰先生。访问结束时，周云峰先生向我先生发出了邀请，希望他来武汉建一座急救中心。

那一年，我和我先生都正值而立之年，报效祖国、学以致用一直是我们内心的强烈愿望，医院的建设，祖国的召唤，任务重大，使命光荣，机会难得。我的先生决定回国工作，我也随即辞去了在法国待遇优厚的工作，一起回到了中国。

翩翩外交官，浓浓中法情

回国之前，我们对武汉这座城市一无所知，一切都要重新开始。抱着满腔热情回来的我们，忙着新的工作，适应新的生活。先生很快投入繁忙的工作中，这时我也有了第二个孩子。我一边准备迎接新生命，一边寻找新的工作机会。从十五岁那年去法国到随先生回国，我心底一直藏有一个梦想：希望能为中法交流做一些有益的事情。或许是上天眷顾，很快我就得到了在法国驻武汉总领事馆工作的机会。儿子刚满月，我就迫不及待地进入了工作状态。

在法国驻武汉总领事馆文化处任文化专员助理，对我来说一切都是从零开始。那时领事馆只有文化处和签证处两个部门，文化处实际承担着文化、教育、科技、经济等除签证以外的所有事务。我开始接触各行各业的人、各种各样与以往完全不同的工作内容，面临着语言能力、沟通能力、组织能力不足的一系列挑战。我突然发现，我的法语运用还不够自如，因自小离乡中文表达也不够好。对于理科出身的我来说，除了每天要接触、处理大量信件、报告和文章，还要参与活动策划组织、与各方面的协调沟通，这些工作都不是易事。其间，我还作为总领事的助理和翻译，协助各项工作开展和活动的落地。终于在摸爬滚打中，我开始适应并逐渐驾驭所承担的各项工作。不久，首届夏至音乐节在武汉落地并成功举办，武汉由此成为第一个举办中法音乐节的城市，极具标志意义，这为促进武汉与法国的友好交往开了一个好头。

第一次让我领略到外交的魅力，让我知道外交是什么，外交领域都需要做什么事情，什么是中法合作，得益于一次偶然的机会。还记得那是个周末，时任法国驻华大使高毅（Philippe Guelluy）、法国建筑大师岚明（Denis Laming）来武汉访问，在与时任武汉市市长李宪生会见时，当时负责安排会见的法国驻武汉总领事费勇（Michel Freymüth）一时找不到合适的翻译，我主动要求顶上了。担任临时翻译的我，第一次有机会近距离感受外交的魅力。会面中他们所表现出的人格魅力、丰富的知识经验和观点交流，在谈笑风生中你来我往。这次偶然的经历，对我之后更好地承担起工作职责产生了极其重要的影响。从此，我开始努力学习外交理论，实践外交方法，探索外交秘诀。

而让我有机会真正参与和见证两国外交史上重大时刻的，是那一年（2006年）时任法国总统希拉克访华行程中的武汉之行。因为之前我在成功举办中法音乐节中的表现，当时的总领事费勇先生借调我作为他的助理，全程参与了希拉克总统武汉之行的筹备和实施工作：四个月的筹备，几百人的代表团安排，包括全程策划、组织协调、接待等事宜。像这样的中法两国之间最高级别的访问活动，对于那时候的法国驻武汉总领事馆，对于总领事费勇，对于我，以及对于武汉，都是一次极大的考验。

在武汉期间，希拉克总统与武汉市政府官员就进一步加强法国和武汉之间的合作交流、提升合作水平形成广泛共识。希拉克总统一行参观了神龙汽车公司并出席神龙二厂奠基仪式，参观了武汉大学中南医院急救中心，对中法合作的良好态势给予了高度评价。总统一行还游览了东湖之滨的李白放鹰台，总统夫人饶有兴致地参观了湖北省博物馆。

希拉克总统访问武汉行程结束，总统座机离开武汉的那一刻，我们的整个访问实施协调工作才宣告圆满完成。至此，我有幸参与了推动和深化武汉与法国合作交流的重大历史进程，见证了中法友好交往的重要篇章。希拉克总统对武汉之行给予了高度评价，法国媒体从多角度详细报道了希拉克总统的武汉之行，专题集中介绍武汉市。以希拉克总统的成功访问为契机，武汉与法国的合作交流进入了新阶段。

通过从事外交工作的实践和思考，我对"外交"的含义和本质也有了新的理解。我认为，外交既然是人类行为的本质表现，因此真正的外交应当是"人的交往、理解和合作"的外交，其本质是和平友好的外交，是沟通协作的外交，做好外交工作一切取决于"人"。武汉与法国的关系能够进展得这么好，重要原因就在于人的因素发挥了根本作用。武汉人与法国人的互相欣赏、互相沟通、相互理解，为武汉和法国之间建立牢固有效的友好关系奠定了坚实基础，并将这种关系不断提升。希拉克总统访问武汉后，赞誉武汉为"法国最亲近的中国城市"。时至今日，法国总统、总理都来过武汉访问，武汉已成为法国投资最为集中的中国城市之一，是法国在中国有最大工业投资项目的城市之一，是法国人最多的中国城市之一。武汉与法国科教、文化交流的规模和发展水平不断提升，去法国留学成为武汉籍留学人员的主要选项。在这样的背景和发展势头中，我的人生转折由此开启，很幸运地成为促进中法友好合作交流的纽带和桥梁。

挑战自我，超越自我

2007 年起，我开始正式担任时任法国驻武汉总领事费勇先生的助理和翻译。费勇总领事在武汉任职期间，被评价为最受媒体欢迎的外交官，他是个完美主义者、工作狂和好客的人。与他共事三年，我从一个有着一定专业基础的专业人士逐渐转变为一个"万事通"，撰写、翻译演讲稿、工作报告和各种信件，与政府机构及科技、教育、文化、经济等各界人士联系、沟通、谈判和协商，策划、举办各类大型活动，事无巨细。这个过程中，在提高全面驾驭能力的同时，活用外交技巧和秘诀至关重要，最重要的是强化团队的执行能力，发挥其协同作用，要"让大家感觉到自己被重视"，相互理解、相互信任、善于沟通成为一个团队能打硬仗、能打胜仗的关键。

2010 年，为加强经济工作，法国驻华大使馆将经济处从原经济商务处独立出来，专设武汉经济处并向全球征聘经济副领事。征选时间超过半年，历经数轮笔试和面试，最终我被确定为经济副领事。由此，我成为法国驻华使领馆第一位华人领事，也是目前为止唯一连任两届的华人外交官。自 2010 年起，作为法国驻武汉总领事馆经济副领事、经济领事，我主管湖北、湖南、江西地区与法国的经济合作。

此时武汉与法国的合作进入了一个相对减缓的"瓶颈期"。随着希拉克总统来访效应的递减，武汉和法国的经济技术合作仍停留在汽车领域。寻找契机、突破"瓶颈"迫在眉睫，也是我们武汉经济处面临的最大难题。突破瓶颈要从增进联系、方便交往入手，我提出以开设武汉—巴黎国际航线为突破口，扩大并深化武汉和法国合作交流的设想。在各方都还缺乏信心的情况下，我加强了与政府和有关机构的沟通、交流，组织中法双方机构进行协商和相互考察，终于在两年后的 2012 年，促成武汉—巴黎直航航线正式开通，武汉成为继北京、上海、广州之后，法航在中国开通直航的第四个城市。武汉—巴黎航线的开通，极大地便利了武汉乃至中国中西部地区与法国的商贸往来，对增进中法合作意义重大。

我们经济处对接中国"引进来、走出去"的对外开放战略，引介、帮助更多的法国企业来武汉投资发展，通过各种形式帮助指导武汉企业到国外发展，整合国际资源，拓展国际市场，合作范围不断扩大，由汽车领域进一步拓展到电力、交通、能源、水务、环境、建筑规划与设计等多个领域。作为中法两国国家级合作项目，中法武汉生态示范城项目于 2014 年"中法建交五十周年"之际，在习近平主席访法期间正式签署合作意向，确定生态城选址武汉市蔡甸区，倡导低碳生态和产城融合发展理念，打造城市可持续发展典范。同时，中法两国发表联合声明，共同开创紧密持久的中法全面战略伙伴关系新时代。习近平主席指出：中国梦是法国的机遇，法国梦也是中国的机遇。开创紧密持久的中法全面战略伙伴关系新时代，是我们唯一正确的选择。中法两国和两国人民在实现中国梦和法国梦过程中相互理解、相互帮助，共同实现"中法梦"。习主席对中法关系的高度评价和前景展望使我们深受鼓舞，进一步增强了信心。

在中国改革开放的重要时期，得益于祖国对外开放的兴起，我能够到世界发达国家深造、学习。同样，得益于对外开放新进程，以及经济全球化的深入发展，我有幸参与并见证了中法关系的发展变化和合作交流的历史新进程，在构建武汉与法国友好合作关系、促进双方合作共赢等方面，贡献出我的一份绵薄之力。六年职业外交生涯，两任经济领事工作，让我越来越有信心继续为促进中法友谊与合作交流奋斗终身。2016年，在我的领事任期结束的时候，我选择了继续留在武汉，开始了新的人生选择——创业，为了中法友谊，为了合作共赢。新公司秉承BBM（Best Best Me）理念：我希望新公司"为最优秀的公司服务"，成为"最优秀的公司"，成就"最优秀的我"。根据市场服务需求和业务发展需要，两年来我已先后创设了三家企业：百优翻译、百优咨询、岚明建筑设计。

创业之初，家里人并不支持，认为这条路太辛苦、太艰难，可是在我的坚持之下，最终家人以及同事、朋友也理解并愿意支持我。我知道，我还能为中法合作做更多的事情：在同样的领域，武汉还没有一家专业的法国咨询公司；很少有人有我这样的经验和经历；我想要经历这个从0到1的过程。这也是在外交领域工作多年带给我的最大收获：喜欢创新，喜欢去挑战各种不可能。我没有创业者的焦虑，因为我知道只要我把各个环节做好，只要能让我的能量最大限度释放出来，这就够了。对于四十一岁的我而言，创业不是唯一的路，却是最合适的路。法国的浪漫让我懂得，如何在工作与生活之间找到最舒服的姿态，活得优雅、独立而且自信。我的孩子们，或许也是受我的影响，学会在中国与法国之间吸收好的养分，长成独立、特别的大人。

这就是我的前半生。时代造就了我，也成就了我。中国改革开放的四十年，就是我的半生，而我相信未来还有很长的路，中国在一路向前，我们也在开创人生新的篇章。

爸爸、妈妈、爷爷和我

小时候总是收到许多礼物的我

在法国，与先生初识的时候

2007 年和时任法国驻武汉
总领事费勇先生合影

与法国前总理贝尔纳·卡泽纳夫合影

和法国建筑大师岚明先生一起接
受媒体采访

李丛

◎1987 年 12 月出生于天津。 2010 年赴德国维斯马（Wismar）大学读研。2011 年在德国建筑灯光设计公司（Licht Kunst Licht AG）实习。 2013 年与爱人李一韬在德国阿尔卑斯山区成立楚格山里人有限责任公司，这是阿尔卑斯山区第一家专注做华人滑雪度假、考察、培训的公司。 2018 年和其他三个伙伴一起在德国楚格峰主办第一届欧洲华人滑雪比赛。

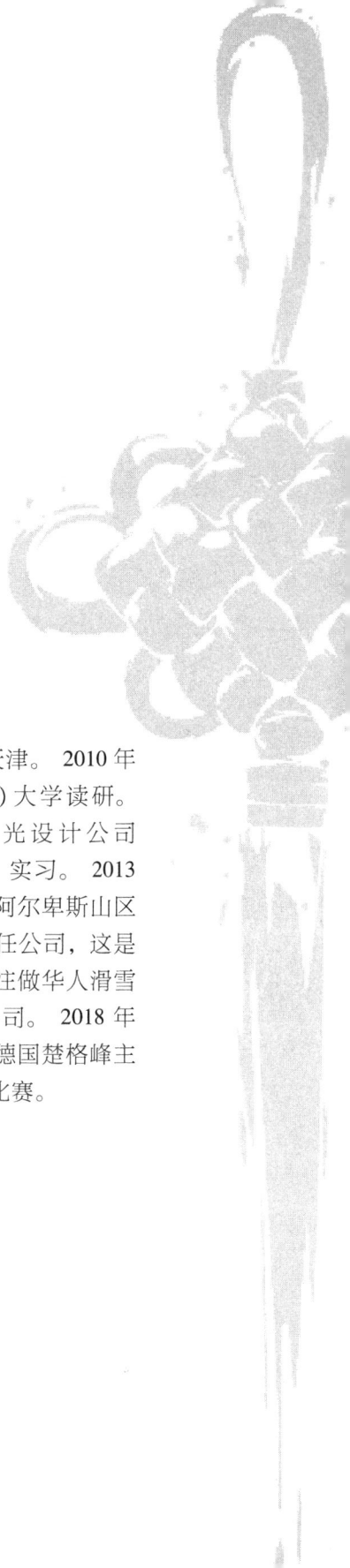

在路上的冬梦人

下午，从海拔 3000 米的雪山顶滑雪回来，照例和远在 4000 公里外中国的老妈用微信视频聊天，我说我要写一篇自己的经历，来印证祖国改革开放四十年的成果，她浅笑着又一次说"你总是出乎我的意料"。这时我正坐在阿尔卑斯山家中阳台的木椅上，4 月山区的阳光正好，院子里的残雪已经被绿草替换，鸟鸣配着屋后冰川融水流远的声响，一阵微风带来新鲜嫩芽的清香，远处的楚格峰峰顶还能清楚地看到白色，那是冰川上的积雪。阿尔卑斯山的雪季还没有结束，一切都正是我喜欢的样子。

五年前我想象不出现在的自己，十年前我不相信我会远离故土，十五年前我还在做着画家梦。我义无反顾地一直在追着自己的梦想跑，努力把生活过成自己喜欢的样子，因为我知道，我的父母理解支持我，我的祖国是我强大的后盾，我出生在 1987 年，这是最好的年代，像梦一样，一切都是最好的安排。

感谢改革开放九年的成果，加上计划生育政策，1987 年底，我出生了，作为独苗，独享了家里的资源，父母都希望给我最好的。三岁时因为能用彩色蜡笔生动地涂鸦出一只黄色的下蛋母鸡，我妈认为我很有天赋，从此我踏上了画室学画的路。那时我喜欢天马行空地想象，喜欢用自己的方式画看到的东西，邻里总是夸我，当然这很有可能只是为了给我妈面子。上小学后，可以经常因为画画不去上课，也可以代表学校去比赛，偶尔会赢奖品，有一次赢了 5 元钱，那对我来说简直是一笔巨款。周围人大多是开放的态度，这种不怎么寻常的生活让我很自在。后来我感兴趣的东西越来越多，加上我妈急于培养他们唯一的基因传人，我又开始学弹琴、练书法、学英语、学游泳，但当时很多同龄人应该也都这样。游泳恐怕是我那时唯一还算喜欢的运动，我依然记得初中一节英语课上，老师在练习对话时问："你喜欢什么运动？"我毫不犹豫地回答："不动。"我并没有说谎，因为我确实喜欢在画室一坐一整天，不喜欢去做什么体育运动。如果我现在回去和当时的自己说，我现在一直在做滑雪相关的事，还举办了滑雪比赛，当时的我一定不会相信。那时的我们都没有什么零花钱，同学有漫画书大家都会羡慕地借来传阅，玩的游戏女孩子就是跳橡皮筋，男孩子就是拍烟牌，一个带橡皮的自动铅笔都能新鲜很久，上小学前德芙巧克力是要表现好才能得到的奖励。爸爸的一个朋友从比利时带回的一盒各种贝壳形状的巧克力，简直就是宝贝，每次只舍得吃一点点。和路雪的雪糕印象中并不便宜；小学前，爸爸一直用凤凰牌自行车驮着我，很拉风；电视机还是很大的块头……那时的钱挺值钱，可每户家庭都没多少。出国？从来没想过，我只想去北京看看。

我们这一代人是有高考压力的，那一两年出生的人很多，竞争激烈。十五岁初中升高中是第一次重要的考试，因为所有人都会告诉你，升入好的高中代表有更大的进好大学的可能性。班主任严肃地找我妈谈了一次话，大概意思就是必须决定这孩子是走艺术还是走文化课了。如果要走文化课，必须专心来上课写作业。想想那时我们的路还真多，我爸当时高考刚恢复就去考试，作为恢复高考后的第一批大学生，好像考上大学就是最好的，哪有什么其他考虑。可能是大环境的影响，我们家很民主，我清楚地记得我爸妈问过我意见，让我自己决定。我选择做一个文化人，所以那一年我不再去十多年来一直去的画室，专心学文化课。

"前人说的不一定对"这句话太对了。当我高分进入当地极好的高中时，却经历了很多痛苦，高考前也因为生病，休学了几个月，最终也没能考进很好的大学。我爸妈依然是做了很多准备，也告诉我还可以选择出国，那是我第一次知道我还可以出国求学。但最终他们还是让我自己选了学校和专业，遂了我的愿，让我在离家不远的城市学了建筑学。那时我并没有考虑选什么专业毕业后可以养活自己，单纯就是觉得又可以画画，还很有趣，就去学了，也挺草率的。这可能是我们这一代人与上一代人的不同，因为我们从没饿过，也不知道害怕，在我们面前可以有各种各样的选择。

学习建筑学的五年间，我很快乐，大学的学习氛围很自由，只要自己愿意，就可以接触到很多新的事物和想法。我尝试了学生会、社团、办活动等等有趣的事。那时出国已经不是什么新鲜事了，大家也都很理智。大三那年，我第一次强烈觉得有很多新的技术和设计方法是我在国内学不到的，我要去海外读书，我要和杂志里的牛人库哈斯一起做项目，我要学国外住宅建筑的优秀设计方法，然后学成回国大展拳脚，改善国人的住宿条件。那时的我目标明确，觉得体内有使不完的能量，觉得自己只要付出努力就可以改善很多人的生活。

说干就干，网上查选学校后，我选了荷兰的三所学校，和爸妈商量了一下，他们表示支持，也算了一笔账，觉得这些年的积累也可以承受。于是我就彻底忙起来了，做一份能拿得出手的作品集，报名雅思考试，办签证，办各种手续。虽然那时像我这种不那么闪耀的普通学生都可以出国了，但手续还是很多，周围出国的人也没那么多，出国旅游也刚刚开始，和现在没法比。

正在我忙得不可开交的时候，一次差点错过的同学聚会，让我找到了失散多年的好"兄弟"，我的小学同学韬，现在也是我的老公了。当时他刚从德国放假回来，他是 2006 年高中一毕业就去德国读书的，看中了德国的机械专业世界领先，当时也是一腔热血要学成归国的。两个有着自由心智的"有志青年"一拍即合，韬是"老司机"，马上帮我筛选了三所德国学校，这样荷兰加德国我一共申请了六所学校，准备让老天决定去向。最终德国的三所学校早早地录取了我，在韬的大力协助下，注册、申请学生宿舍，一系列当时觉得相当复杂的事就都办妥了，签证一办机票一买，就等着去德国了。第一次飞德国的行李箱我记得很清楚，里面被老妈塞了各种调料，几包米和豆子，还有一个超级重的电饭锅，那时我作为家里唯一的宝贝还没做过什么家务，做饭技能也只限于煮泡面，我妈估计觉得德国是蛮荒的高科技大国，一直担心我吃不好，睡不好。但我那时全是对未知世界的兴奋，觉得这都不是事儿。

来了之后才真正知道什么叫独立生活，自己管理自己的生活和学业，自己组装家具，遇到任何问题自己联系人解决，更别说还有语言问题，德语不会，英语出了学校当地人很多听不懂。一个人也不认识，像全部清零，从头开始。但没关系，我有一腔热血呀，就凭这，我每天像打了鸡血，和当地人聊，凭着不差的设计和被同学羡慕的手绘能力，和班里的德国人组队，和来自各国的同学交朋友。当时有些外国同学对中国还是有误解的，他们的理解还停留在很早的阶段，不了解中国现在的快速发展，但对中国传统文化相当感兴趣，我自然骄傲地要向他们普及一下。两年后，我以优异成绩读完了研究生。第二年的实习，在教授和德国朋友的推荐下，去了德国最好的灯光公司之一德国建筑灯光设计公司。其间和库哈斯的事务所一起合作了多哈的一个城市项目，圆了大学时的梦。这真是最好的年代，只要敢想，只要敢做，舞台很大，总能圆梦。

当我觉得一切都将顺其自然，毕业后也会留在我喜爱的灯光公司工作的时候，我们做了一次大改变。

欧洲研究生课程自由度很大，合理安排后有很多时间可以自行支配。因此我有时间和韬一起穷游了欧洲很多地方，也开始在韬的带动下尝试欧洲人最狂热的滑雪运动。第一次滑雪是在奥地利的圣安东雪场，那里雪山景色很美，虽然我不是一个有运动天赋的人，但不滑雪很多景色就看不到，也无法体验置身其中的美妙感受，因此我一狠心，就入了滑雪的坑，也从此一发不可收。

2012 年在马特洪峰雪山上答应韬的求婚，是我目前为止最成功最得意的一次组队，从此结束了单打独斗的日子。我们都爱滑雪，都爱雪山，这里的景色和滑雪体验都让我们沉醉，我们把阿尔卑斯山从德国、奥地利、瑞士、意大利、法国一直到西班牙的好的雪场都跑遍了。可这里滑雪的中国人太少了，当时各大好的雪场根本看不到中国人，偶尔有一两个亚洲面孔，上前一问都是日本人。这么美的地方国人都不怎么知道，很多人还以为阿尔卑斯山就是瑞士，宣传还停留在瑞士小镇因特拉肯阶段，可那根本不是小镇，完全是大旅游城市嘛。我们去了挺多地方，但真正想一遍遍去的就是阿尔卑斯山的雪山，想到这里真正的美、滑雪真正的魅力国人还没能看到，真是太可惜了！因此，2013 年毕业后，我们反复考虑，最终一致决定搬到山里来住，立志要让更多国人能来阿尔卑斯山最好的雪场滑雪。为此，我放弃了我爱的灯光设计，韬放弃了正热的能源专业，我们义无反顾地在德国的阿尔卑斯山脚下安了家，在这里成立了公司。公司名字直译过来是"山里人"，取意山里有人家，又因为这里是德国最高峰楚格峰脚下，所以意译为"楚格山里人"方便国人记忆，当时我们是第一家在阿尔卑斯山区专注做华人滑雪度假的公司，这真正开启了我们新的生活，直到今天。

在德国成立公司并不难，难的是如何得到当地工商业联合会（IHK）的认可，让移民局给签证。那时全德文的商业企划由韬独立完成，公司已经注册成功，移民局也给了正面回复，所有手续都就位，等 IHK 的评价到了就可以换签证了。可这个评价一直都不来，我们打电话，上网搜索，托人去问，最终找到了审理我们这件事的当事人，第一通电话打过去，要约时间才能通话。好不容易通话了，他说我们没有任何商业经验，他对我们计划的实施能力并不看好。这一通电话结束，我们俩心凉了大半截，因为一旦 IHK 给了负面评价，我们就没有任何机会经营我们的小公司，让更多国人来这么美的地方滑雪的愿望就无法实现，一切努力就都白费了。我们伤心、焦虑，开始考虑以前的老计划，继续做灯光设计，积累经验然后回国。可这不符合我俩的做事风格，而且最终的结果还没有下，那就是还有机会，不可以现在就放弃。我们需要当面见一次这位先生，约见是不可能了，于是我们试图在网上查他最近的公开行程，竟然幸运地查到了第二天他要在慕尼黑进行一次演讲。那时我们没有车，当即买了第二天的火车票，在演讲当天，他结束发言后，拦住他，和他讲了我们的计划，可能是被我们的努力和真诚打动，这一次他的态度有缓和，说会回去再仔细看一下。此时，我和韬都觉得我们尽力了，可以等结果了。一周后，我们等到了 IHK 中立的结果，顺利拿到签证。

如果说差点得不到 IHK 的认可是我们公司的第一道坎，那第二道就是没有客户。我和韬都没有在这个领域做过事，家里也没有做这件事相关的人。除了双方父母半支援的一点启动资金，和我们推广滑雪的热情，我们没有任何优势，是真正的白手起家。2013 年，欧洲这边滑雪的华人还很少，国内过来的就更不用说了。2013 年到 2015 年两个雪季，我们的客户两只手可以数完。整整两年，我们一遍遍考察各个雪场，从夏季看地形到冬季看雪况，将每一年的照片与前一年的对比，看不同雪场的地形、雪道变化，看冰川裂缝流动。我们尝试各种方法，我们做网站，发微博，做微信公众号，了解这个圈子，追着圈子里的前辈讨教。可我们清楚地知道这很难，瑞士花了多少人力财力才在中国做了那么好的推广。德国楚格峰的一位市场经理也告诉我们，他们在中国做了八年的推广了，他知道这不容易。而我们又有什么呢？偶尔也会有沮丧，我常常想起我喜爱的灯光设计，想起以前的梦想，也会流泪，不知道这样是不是真的值得，是不是做了对的选择，那段时间是我长这么大最迷茫的时期。韬会安慰我，说能做设计的人有很多，但在山里坚持推广滑雪的华人就我们俩，反正也饿不死，最难的都扛过去了，还有什么能难倒我们？

这期间，我们认识了同村的德国前滑雪世界冠军布伦纳（Brunner）先生和他的太太，他也是加帕（GaPa）滑雪学校的校长，当他得知我们在做中国人滑雪度假这件事时，为我们免费提供了德国滑雪教练培训的全部课程，让我们加入他的学校。因为帮忙把楚格峰的官方介绍翻译成中文，我们结识了楚格峰当地缆车公司的市场总监尚达（Schanda）先生。他也为我们提供了很多帮助。

2015年7月31日，北京以44票对40票击败对手阿拉木图，赢得2022年第24届冬季奥林匹克运动会的举办权。这对我们是莫大的鼓舞，远在4000公里外的我们，衷心为祖国高兴。我们也看到了希望，冬季滑雪运动在中国终于要崛起了。

2015年到2016年的那个雪季，我们接待了十个国内过来的发烧友团队，其中包括万龙滑雪场董事长罗力先生带领的高管团队，他们要在这里进行一次为期两周的欧洲雪场考察。在朝夕相处中，我们听万龙人讲他们当年开山做雪场的故事，听他们的坚持和努力，听罗力先生讲他当年不顾反对，坚持做万龙雪场的初心。这一切对我们都是及时的鼓励。这一年的雪季后，我们的公司开始有了起色，国内来的考察团变多了，来欧洲参加展会让我们帮忙谈雪具雪服代理的也变多了，来滑雪的国内雪友也变多了，连从欧洲其他地方找过来要学滑雪的华人都多了起来。这个过程中我们交到了很多朋友，这些人后来也成了我们的老客户，有的客人每年都会来我们这里滑雪，甚至把一整套滑雪装备寄存在我们这里。我们没有做大量的广告，也没有和各种旅行社合作，但我们凭着对欧洲当地雪场等滑雪资源的熟悉和整合，凭着对滑雪的热爱、对每一个客户的用心，使大家口口相传，把滑雪场经营得越来越好。

一切都不会是一直顺利的。2016年到2017年的雪季，在公司蒸蒸日上的时候，韬经历了一次生死劫。2017年3月初，在万龙考察团队第二次来欧洲考察的前两周，我们在奥地利雪场考察粉雪线路，一次线路略微偏离的疏忽，让韬在我眼前滑落进冰川裂缝。我不能相信这是真的，我绕过裂缝，在空旷的雪地上一遍遍喊他的名字，希望他只是摔倒，迅速站起来滑走了而已。耽搁了一会儿，我清醒过来，来不及害怕和悲伤，马上叫救援。当我再次上山回到这个地方时，山区专业的救援队已经赶到了，只是他们一直找不到裂缝，因为雪大，裂缝是半掩埋被遮挡的状态。时间就是生命，好在我记得位置，当他们怀疑地问我是否确定是那个位置时，我坚定地说，一定是那里，我看到了。一架小无人机和一个队员上去踩点，很快他们找到了，一切交给专业团队，我只能在旁边祈祷。一个多小时后，当五六个人的专业救援小组，加上当地雪友，一共十人，齐心协力把韬拉上来的时候，我看到他在瑟瑟发抖。确认韬只是受了腿伤，意识清醒，四肢有知觉后，我腿一软，坐在雪地上，感谢老天，总算还是幸运的。因为怕有二次受伤，救援团队中的两个人把韬抬着送下山。在确认我可以自己滑下去和他们的救护车会合后，其他人就在现场做后续清理工作了。山下的检查都很顺利，非常幸运，滑落 15 米，只有左腿撕脱性骨折。感谢所有经验丰富的救援队员，他们告诉我，今天是韬的"生日"，这是他的新生，他们见过很多滑落冰川裂缝死掉的人。当晚，韬就出院了，我把他接回家，终于再也忍不住大哭起来。

这一次事件后，我们也开始逐步调整公司发展方向，开始做更多新的尝试。在保留原有的精品小团之外，2017 年我们与几个视频平台签约，发这里雪山的美景，发我们滑雪的视频。两个月后，我们有了两万名左右黏性很好的粉丝，有的粉丝和我们私下聊天，也成了朋友。

为了响应祖国三亿人上冰雪的号召，我们这些在欧洲从事滑雪相关工作的华人也应该做点什么。写这篇文章时，我们刚刚在德国楚格峰顺利举办了第一届欧洲华人滑雪比赛，有约一百五十人参与，九十多人参加了比赛，最小的两岁，最年长的七十二岁，是目前欧洲规模最大、水平最高的华人滑雪比赛。虽然准备时间仓促，但全欧洲的雪友都在响应，德国、奥地利、意大利、法国、英国、匈牙利等各国的雪友纷纷赶来参赛，还有嫁给当地人的华人，带着混血宝宝和蓝眼睛老公来参加这次的大派对。德国当地电视台派专员过来现场采访，4月16日德国电视台的晚间新闻也做了长达三分多钟的报道。国内各大滑雪平台、杂志也纷纷做了报道，德国国家旅游局网站对我们的活动报道做了转载。很多雪友说自己周围的朋友喊着下届要来参赛，还有不会滑雪的朋友也说要开始学滑雪了！而这，只是一次新的开始。

至此，我们依然是两个在路上的冬梦人，寻寻觅觅，抱着想让更多人爱上滑雪的梦想，一路上与朋友们结伴同行，接受了很多前辈的帮助，遇到了很多善良的欧洲本地人，一路坚持着，这是一个时代给予我们的机会，是祖国给了我们力量。

游子思亲，近乡情怯，我们是身在异乡的冬梦人，在遥远的欧洲，与祖国呼应，愿我们的祖国越来越好。

2011年在西班牙阿尔汉布拉宫

2015年在德国楚格峰滑雪

2018年与德国滑雪学校两位滑雪世界冠军一起,推出大众滑雪等级证书

2018年4月15日,在德国楚格峰举办第一届欧洲华人滑雪比赛

余根亮

◎笔名余烁，1963年出生于浙江金华，1982年丽水师专毕业后留校，1986年调往丽水市文化局及群众艺术馆工作。 1995年移居匈牙利布达佩斯，练过摊，发过货，开过饭店。 现为中华诗词学会会员、匈牙利华文作协会员、欧洲中华诗词研究会副会长、欧洲一道诗艺社(总社)社长、匈牙利丽水商会秘书长、匈牙利华人华侨反邪教协会会长。

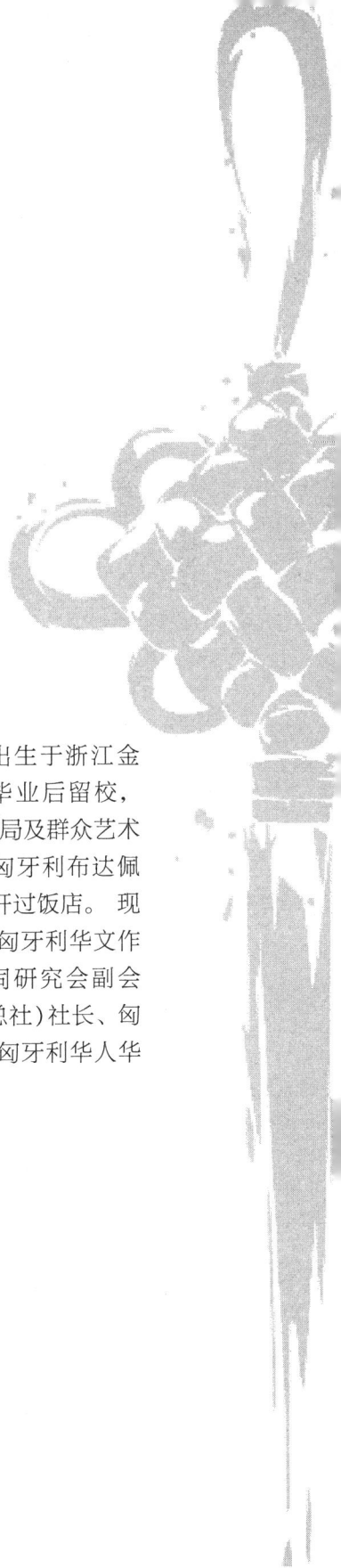

借雨追风立潮头

路

恢复高考之前，是无所谓梦想的，祖祖辈辈厮守着这一方谈不上肥沃也不算贫瘠的土地，不悲不喜，无欲无求。1977 年，正逢我初中毕业，恢复高考的喜讯传来，梦想就这样荡漾开来……

这年高考，浙江省的作文题目是"路"。我也偷偷写过两篇，满含着对阳关大道的种种期许、种种向往。可是当年上高中是半考试半推荐的，尽管我初中毕业考了全校第一，仍然未能如愿被区中学录取，原因是三年前我哥已被推荐上高中了。就在这山穷水尽之时，传来了公社办高中的消息，我激动万分，只要还有继续读书的机会，就还会有希望，就会有走出农家的路……

高一那年的暑假，全县的公社高中裁撤，学生除了选拔一小部分插入高二年级外，其余都转为初三。经过残酷的选拔淘汰，我考入了金华一中，入读高二年级毕业班，正式向高考冲刺。这一年是艰难而忘我的，我像海绵一样，不放过任何一点水分，不流失任何一点营养。从刚入校时摸底考试全班倒数第一，到高考前夕多次模拟考试全班前三，重点大学似乎已向我绽开了如花的笑靥。可是，真正上了考场，却发挥失常，成绩非常不理想，我沮丧至极。

当同学们陆陆续续收到北大、浙大等大学的入学通知书时，我被调剂到了丽水师专——一个做梦都没想过的学校。去，还是不去？最终，我下定决心去丽水师专：虽然不是金字招牌，但终究是一块寻梦的敲门砖……

早晨六点，从金华上汽车，一路走走停停，摇摇晃晃来到山城丽水，已是下午两点多钟。看到七拼八凑、因陋就简的校园，我备感失望。可是，来不及患得患失，很快我就陶醉于新的生活和友谊。至少早上有了稀饭和面包，至少午餐有了肉，晚餐有了蛋，那是中学时代根本无法相比的。中学时不管是城里的同学还是乡下的同学，每到饭点清一色是白花花的蒸饭、乌黑黑的梅干菜，母亲宠爱程度的区别体现在梅干菜中油多油少——以至于往后的十年我都不愿闻一闻梅干菜的味道，这股味道已深入骨髓，而到现在，它成了我挥之不去的乡愁。现在我隔三差五还要蒸一碗梅干菜扣肉，解解馋。虽然当时每月只有 27 斤定额的粮食，对于青春的生命来说远远不够，但这已是从糠箩跳入米箩，我心存感激。

对比高考前的文山题海，大学生活可谓精彩纷呈。我如饥似渴地读巴尔扎克、雨果、萨特，为北岛、舒婷的诗着迷，以金庸、邓丽君、陈景润为偶像。那是个特别的年代，就如返老还童一般，整个民族突然年轻了十岁，充满了斗志和渴望，想把失去的夺回，把现有的抓紧，把未来的追寻。整个社会就像一片希望的田野，因为有了奔头，所以信心百倍，所以朝气蓬勃！

但毫无疑问，精神的蓬勃还不能扭转多年来物资匮乏的局面。大学毕业后，我留校工作，刚开始月薪是 36 元，一年后加到 42 元，之后面临恋爱、结婚、生子，种种捉襟见肘的窘境，如影随形。"万元户"是那个时代的标签，对我来说也是个充满诱惑而可望不可即的目标。80 年代初期不曾想过，中期无从想起，直到 80 年代末才有了些许机缘，那时弃笔从商的大潮尚未掀起，但春江水暖，鸭已先知。

80 年代我曾从师专团委被借调到地区文化局艺术科一段时间，因而学着试写了几个古装剧本，其中一个《白衣卿相》是关于宋朝词人柳永的故事，意外地得到了浙江省文化厅举办的戏剧文学比赛三等奖。与数百位白发苍苍的饱学之士、专业编剧同台竞争，颇为不易，更何况当年一等奖空缺，而后来获文化部文华奖的浙江越剧院著名编剧魏峨老师的《巧凤》得的也只是二等奖，可见获得此奖有多难。后来魏峨老师亲自到丽水商调我去浙江越剧院担任专业编剧。能到省城工作，是我梦寐以求的事，但我考虑再三，还是委婉地谢绝了魏老师的好意。他讶异地盯着我，双眼一眨不眨，以为我是说笑呢——这么好的一个机会，怎么可以说谢绝就谢绝呢？之后，魏老师还两次婉劝我。但我心意已决，非常不舍地拂了老先生美意。因为当时刚承包了丽水群众艺术馆的录像厅，食髓知味，在前途和"钱途"面前，我终于选择了后者。也许是穷怕了，也许想在历史的大潮里搏一搏，就这样背离了曾经的梦想，毅然下海了。

后来，许多次扪心自问：做这样的选择后悔吗？也许当时选择到省城工作，会开启另一种人生，但如果可以重新选择一次，我依然会选择"钱途"！因为定亲的时候没钱买戒指，因为结婚的时候没钱买家电，因为妻子到南京市儿童医院进修了，儿子只能送到乡下父母那儿，却掏不出钱买奶粉！

欲望释放的90年代，中国人拥抱物质，回到生活，小日子从未如此有滋有味、有声有色。国家因为穷，所以要摸着石头过河；个人因为穷，所以要思变，个人的命运与国家的命运总是这样息息相关。如果没有高考，我们就走不出异于父辈的路；如果没有市场经济，我们就脱不了贫；如果没有打开国门，后来的我们也无法走向世界；如果没有改革开放……可以没有吗？无法想象！

诗和远方

那时有首流行歌曲说，"外面的世界很精彩，外面的世界很无奈"，但十分的无奈也阻挡不了一分精彩的诱惑。

1995年，在朋友的鼓动下，我毅然决定跟随出国大潮，涌出国门。那时的我是那么义无反顾，甚至有些迫不及待。平心而论，刚来到匈牙利，发现外国的月亮其实并没比中国的月亮圆时，内心是挣扎的。远方只有生存的压力，诗在何方？

碍于面子，再苦再难，我都没有回头，没有回到那个有温度的国、有亲人的家。从摆摊开始，在异乡打拼，当起了"搬砖头"的"洋插队"。虽然每天的收入也相当于当时在国内的半个月工资，但当初选择出国，毕竟不是冲着干苦力来的，是冲着国际贸易做"倒爷"而来的，所以还是要在这方面找突破口。见到市场上衬衫好卖，就动了心思卖衬衫。此时国内尤其是沿海一带，加工工厂满地开花，市场经济的呼喊声甚至传到了国外，于是我通过亲戚朋友牵线，与老家的衬衣厂取得联系，厂家为了甩库存，以极优惠的价格卖给我，并只收取 30% 货款预付金，一下子发出了两个货柜。本以为手上有货就可以大笔收钱了，可热闹了两天后，客户纷纷回来退货了，原因是国内的尺码与欧码差距太大，所谓的 XXL 号，比欧码的 L 号还小，也就是说，进了两大柜尺寸不对的衬衫，一下子就晕菜了。没人教过我们此 XL 非彼 XL 呀？既然都是 XL，差距怎么可以这么大呢？人家适销对路的，快的一星期慢点的两星期，就可以走完一个货柜，而我三个月的还款期到了，才卖出了十分之一。怎么办？打落的牙齿只能和血吞，为了还余款东凑西借，几乎折尽了之前几年掘到的第一桶金。那可是不折不扣的血本啊，这学费交得也太过惨烈了一些。其实，当时亏掉的何止是老本，还有一往无前的豪情和天不怕地不怕的勇气。

做生意这玩意儿，和知识水平高低真的不成正比。在市场练摊的一个老教授，而且是个如假包换的匈牙利语教授，照理说该如鱼得水、游刃有余了吧？可是与刚从青田乡下出来，背着一身债务且不会一句匈语的新侨民相比，毫无优势可言，因为人家都沾亲带故，成帮结队的。谁谁的货好卖，哪儿进的，什么价格进的，晚饭吃完就全清楚了，第二天就举着个计算器，操着青田方言大卖特卖了。等你门槛摸清了找到了货源，他们早已几家十几家一起把货柜包了，看着人家生意做得风生水起，自己却因信息闭塞而门庭冷落，老教授也只能黯然早早收摊，收徒办匈语夜校去，以养家糊口。

商场如战场，没有谁会教你此 XL 与彼 XL 的不同，只有在不断的试错中萃取真经，可我们又经得起几次失败呢？但不去试又岂甘心平庸一辈子？吸取了第一次发货失败的教训，第二次发货我可谓铆足了劲，做足了功夫，从面料款式、国内厂家到价格等，都做了充分的市场调查，以期万无一失。经过再三论证，我终于选中了雪地靴项目，却不是到冰天雪地的东北去找货源，而要到常年不下雪的广东东莞去订货，一切水到渠成。为慎重起见，在厂家发货前我亲自回国验货，一验吓一跳，发现存在严重质量问题，与合同要求相去甚远。厂长一再拍着胸脯保证，马上赶出一批保质保量的成品，要求我宽限一个月。我掐指一算，尚能在 9 月底 10 月初到货，也就同意了。谁知一个月期限到了，厂里因订单太多，供不应求，也不跟我摊开明说，时间一再往后推，我看实在不行了要求终止合同，对方说已出货，还煞有介事地把出关单传真给我看了。可是盼星星盼月亮就是盼不到货柜，人家的雪地靴都走疯了，我的货柜还不知在哪个天涯海角流浪。等到货柜到达已快圣诞节了。若像往年一样，雪一直要堆到二三月份倒还有一丝希望，可偏偏遇上个暖冬，第一次碰上没有白色的圣诞节，雪地靴滞销了。三分之二的货要租仓库封存，不仅还不了款还要多花一笔仓储费。尽管多次与厂方交涉，厂方也承认过失减去了部分费用，但货款缺额仍然很大，怎么办？只能把几年前买的刚建成还没享用过一天的新别墅转手卖了。又有谁能预料，当时几十万的房子，十几年后居然涨到了一千多万？何况有钱也买不回来那依山傍水、坐北朝南的风水宝地，谁卖了也如割肉一样钻心疼啊……

两次失败，元气大伤，国际"倒爷"也不是想干就能干的。许多人一顺百顺，卖出的货量从一两个柜到十几个、几百个柜甚至上千个柜，都不是传说，而更多人在起跑的时候就栽了跟头，被淘汰出局。外贸是不能做了，经过再三考察，我决定挤进正在蓬勃兴起的中餐业。经过半年的寻找和比较，我决定盘下匈牙利工程大学边的一个比萨店，改成中餐馆，经过半年装修后开张。由于中餐味美价廉，受到了广大匈牙利顾客特别是青年学子的青睐，生意因此很快红火起来。可是好景不长，饭店三年使用期一到，租金接连翻番，几乎吸干了餐馆的利润，眼看无以为继，怎么办？要么再花十几万美元买几年使用权，要么退租，也就是说前期十几万美元买的使用权以及后期20多万美元的装修费都打水漂。我只好咨询律师，律师建议干脆向区政府申请购买餐馆的产权，只是不管成功与否，昂贵的律师费是要付的，并且还要付300万福林（匈牙利货币）闻所未闻的政党赞助资金！试一把吧。没有退路了，也许鸡飞蛋打，或可一劳永逸！

在远方试错，错落成诗。我咬牙买下了餐馆产权，安顿好服务人员，心有不甘地又杀回了外贸市场，兜兜转转考察了一段时间，决定回老家义乌去，义乌的小商品物美价廉，且许多都是日用品，没有季节性就不会有库存，干脆多样少量拼柜再试一次错。后来终于一举成功，从而一发不可收，成全了自己做一个国际"倒爷"的初衷。

回归心灵

想当年，为了更富裕的生活而远离了梦想，干了半辈子并不专业也谈不上擅长的工作，而今，把饭店分割成了四个小店，一个租给越南人开越南河粉店，一个租给印度人开印度餐厅，一个租给马来西亚人开烟酒专卖店，一个留给中国人开中国快餐店，以前自己的"阳光大酒店"俨然成了亚洲美食角，我做起了甩手掌柜。

财务实现了自由，于是我重又拾起青春时代的梦。凭借微信平台，全民诗浪词潮席卷而来，我也优游其间，乐而忘返。从前年开始，我和诗友们创办了"欧洲一道诗艺社（总社）"，在公众号上推出了120

多期新诗及近体诗集。据不完全统计，在前 95 辑中，有 51 辑分别被 16 个平台转载，受到了国内外，特别是欧洲诗友们的广泛关注和支持。我自己也先后加入了中华诗词学会、欧洲华文诗歌会、匈牙利华文作家协会，并担任欧洲中华诗词研究会副会长及欧洲一道诗艺社（总社）社长。

让身外的去到身外，让心灵的回归心灵。既是文化人，就做点文化事。我们呼朋唤友，在旅匈的华人华侨间举办一系列诗书画雅集、讲座，让中华民族瑰丽的文化密码滋养我们这些龙的子孙。同时我们还组织了几次征文比赛，为活跃当地华人华侨的精神文化生活，出谋划策，不遗余力。我们组织了书画院，把国内的一些书画家请出来办展览，再把外国的画家、摄影家介绍到中国去，让他们真切地去感受中国、展现中国。就这样，我做起了一个名副其实的民间文化大使。

春节，自然是"民间文化大使"不能错过的机会。多年来，我都会在新年时节邀请一些匈牙利朋友来店来家做客，一起涮羊肉、包饺子、喝二锅头，甚至猜拳行令，欢度佳节。久而久之，几月几日又是中国农历新年了，他们比我们都弄得清楚，早早就会来电确认，期待我们邀约。中国驻匈牙利大使馆每年都会倡议举办中国文化交流活动，2018 年春节期间，驻匈使馆"欢乐春节"系列文化交流活动如期举行。特别是"欢乐春节·美丽中国春"文化节，得到了各大旅匈社团、华人华侨机构和个人的积极参与，更是得到了活动所在地的市长、区长等政府人员的积极筹划、大力宣传，得以在布达佩斯十区、布达佩斯十五区、韦切什市等地分三场隆重举办。在"美丽中国春"活动中，我们欧洲一道诗艺社（总社）、塞上鲁西书画院匈牙利分院联合匈牙利丽水商会，独树一帜，积极策划，征集了许多匈牙利残疾人艺术家的画作进行义卖，向广大华人华侨发出倡议，积极回报住在国，慈悲为怀，用行动为残疾人艺术家点赞！我们不仅将残疾人画家们的介绍用毛笔抄写挂出，还通过各微信群广泛宣传，结果活动受到了广大侨胞的积极响应，共卖出 26 幅作品，为残疾人筹集了近百万福林的资金，受到了中国驻匈牙利大使馆领导的表扬。这次活动在 1 月 20 日中央电视台的《新闻联播》中也有报道。2 月 25 日，农历大年初十，"欢乐春节·美丽中国春"活动在韦切什市天空绽放的璀璨烟火中圆满落幕——永不落幕的是我们对祖国的深情。

匈牙利虽然在地理上是个不折不扣的中东欧小国，但却是中国在本地区的第三大贸易合作伙伴，而中国则是匈牙利在欧盟以外的第一大贸易合作伙伴。2015 年 6 月，匈中签署推进"一带一路"建设的合作谅解备忘录，成为中国与欧洲国家签署的首份"一带一路"政府间合作文件，标志着中方"一带一路"倡议与匈方"向东开放"政策实现成功对接，为双边关系发展注入了新动力。2018 年 3 月，我们全匈牙利的中资商会在中国驻匈牙利大使馆的领导下，成立了联合会，打算以民间筹资的形式，投资匈塞高铁的匈牙利路段，以实际行动，为祖国"一带一路"倡议的推行做马前卒，当排头兵。

2017 年 11 月，李克强总理到访匈牙利，主持和参加"16+1"中国-中东欧国家领导人峰会。作为志愿者，我们自始至终参与了总理的外线安保工作，有史以来第一次亲手让鲜艳的五星红旗在布达佩斯的大街小巷高高飘扬。一组组各国领导人的车队从身边驶过，他们是否会诧异：这是一群怎样的侨民，对自己祖国的领导人这般热爱、这般热情？因为我们深深地体会到，只有身后有一个强大的祖国，华人华侨的腰杆才会是硬的，在别人的屋檐下，也才能抬起头来。

弹指四十年，虽然身在海外，但我的每一次成长、进步，每一次命运转轨都与祖国的改革开放紧密相关。毫不夸张地说，没有改革开放，根本就不会有我的今天—— 一个农民的儿子，从泥泞乡路到康庄大道，做梦都没想过能漂洋过海，贯通东西。所以，不管走到哪里，身在何处，我都会牢记自己是中华儿女，一个堂堂正正、普普通通的中国人，胸怀中国心，认真叙说美丽的中国故事！

2017年9月，旅匈华人华侨书画交流活动，吸引了不少外国人参观

2017年9月，与塞上鲁西书画院匈牙利分院等联合举办的书画活动

2017年11月，欢迎李克强总理访问匈牙利

2018年欢乐的"美丽中国春"
活动

匈牙利残疾人艺术家画作义
卖活动

参加"美丽中国春"活动的匈牙
利残疾人艺术家

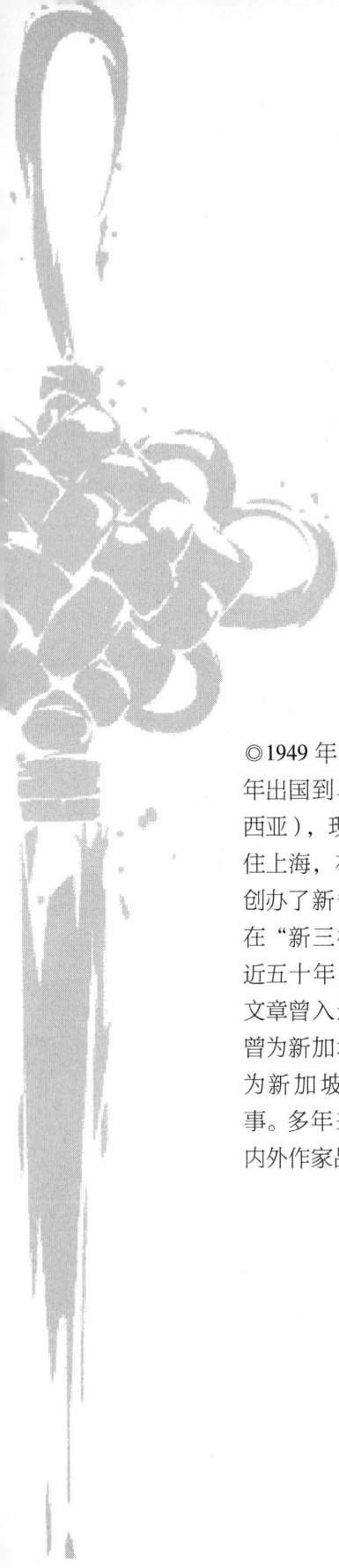

◎1949年出生于广东潮州，1957年出国到马来亚柔佛（今属马来西亚），现为新加坡公民。 现常住上海，在苏州从事医疗行业，创办了新宁诊所，这是中国唯一在"新三板"挂牌的诊所。写作近五十年，出版图书三十余种，文章曾入选新加坡中学教科书。曾为新加坡作家协会副会长，现为新加坡—江苏合作理事会理事。多年来，五次与官方联办海内外作家品读交流会。

蓉子

我是新加坡的文化钟点工

我的家乡只是个小村落，却是我心中的宫殿。

1978 年中国改革开放，举世华人欢呼！这是件令我泪流满面的欢喜事！

我出生在中国广东潮州，八岁被姨母带出国，亲友族人都认为这是好事，却没人知道我的心情！我在国外，百般心酸，苦苦等待了二十七年，才回乡见到父母亲人。

1982 年，我申请将母亲接到新加坡探亲，等待中，极其煎熬，二十几年没见到母亲，我已从一个小女孩成长为两个孩子的妈，思乡之心并无丝毫消减。尽管家乡只是个小村落，但它是我心中的宫殿。世间所有的美，除却情感都是空白的。

我接到母亲来新加坡的批准信，手抖得厉害，十岁的小儿子明白我的压抑，鼓励我：妈妈，你想哭就哭吧！

我是哭了，喜极而泣！中国中国，我的母亲要从中国来看我了！我的心已飞到南海，日夜期盼这喜悦的日子快点到来。

快四十年了，想起母女海外相会，想起回乡见亲邻，我还是满怀激动，我依然泪流满腮。不是自幼远离家乡亲人的你，能否感受我这终生的爱恨呢！

我现在就怀着感恩的心，叙述我的个人故事。

一、祖母嘱我：回来，顾家！

1957 年 2 月，新年刚过，春寒料峭，我穿着母亲为我赶制的红格子衣，在金石路边与母亲道别，并不知此去天涯，更不知从此苍茫云海难相见。如果我懂得,我就是哭死也不会去。

临出家门,祖母对我再三叮咛:你去过番[1],以后有钱了要寄回来顾家。

"回来,顾家",这四个字深铭我心!

我领着祖母的嘱咐,随着姨妈上了金安轮,还以为过番是去看一出街戏。

经过新加坡的海岛检疫后,出了海关吃了一顿白粥,乘车到马来亚(那个时候马来亚还没独立,属于英殖民地,马来西亚还未出现)柔佛州一个小渔村——笨珍。

到笨珍的半年后,进入培群中小学做了插班生。这时候马来半岛发生了一件大事:1957年8月31日,马来亚独立了,我被学校选入参加庆典,整个小镇喧声沸腾,各民族的文化节目都上街表演了。

那天,学校没上课,我们下午早早就穿着校服整整齐齐到了学校,负责的老师指导我们调整提灯笼的姿势,身体要站直,手的高度要一致,脚步不能快……我们都很兴奋,仿佛重任在身。出发前,我们各领一包香蕉叶包着的马来饭,白色椰浆饭上有煎蛋和一条小昆宁鱼,一个煎得焦黄的鸡翅,几片黄瓜和辣椒。那是一生印象最深刻的一顿饭:用右手抓饭吃。

转眼六十年,马来亚变成了马来西亚,我已远离小镇,但这是我人生的一个重镇,离开出生地,移民后的第一站就是这里,还荣耀地参与了一个国家独立的盛典。那盏灯笼,点亮了马来亚的自由与希望,也照见了我的人生转折点。

二、一本书,是我少年的乐园

我在笨珍小镇度过七年,插班跳班读完小六,因为成绩名列六班前茅,家里勉强允许我升学,却坚持必须读英校,因为英校的学费是华校的一半：六块五角。因为不能读华校，我哭了好几天。英文中学读了三年，之后因为借不了旧课本无奈辍学。我抱着两个纸袋，一袋旧衣、一袋旧书到城里找工作。十六岁的我，无一技之长，只能去应聘家庭女佣，主人家嫌我戴眼镜，说看来像个读书人，断定我不能干家务。我就胡乱找些能糊口的工作，先后做过包装女工、玩具供应厂铁模女工、化妆品推销员、照相馆学徒、黄梨厂女工、童装店售货员……

少年失学，举目无亲，孤寂的心灵，全靠一本《古文观止》陪伴。七年在校，除却一本巫语、一本国语（那时的国语就是汉语，看我们那年代多牛！在人家的国土上，我们的母语课本公然印着大大的"国语"二字），其他的全是英文。我独爱国语，作文常得高分。

喜爱华文的心，并不因为进了英校而消减，反而尤烈，我用各种方式去寻求阅读机会。每到周末不上课，我就自告奋勇替隔邻酿豆腐小贩阿伯剥虾、刮鱼肉、打鱼丸，种种能做的都帮了，为的就是跟阿伯借一张报纸。我喜欢《南洋商报》的"青年园地"版。阿伯有时也租武侠小说看，我记得第一次看的是卧龙生写的《绛雪玄霜》。我也常到表姑家，他们七兄妹，书很多，没人看，常淘汰些旧书让我搬到后巷去焚烧。仗着常帮做家务，我讨了书带回家，偷偷藏起来，夜里蒙着被就着如豆小灯啃读。书本，就是我少年的乐园。

少年时，我要做许多家务活，洗衣抹地、劈柴挑水，清晨去菜市捡烂菜叶，买点鱼腥（不成形的小鱼）回来煮饲料喂养家禽。每天时间填得满满，还帮姨父的工友熨衣服，工友为了感谢我，买了一本《辞源》送我，我高兴了好久，天天翻着读，几年后把《辞源》翻烂了，其时已经在工厂上班，就给自己又买了一本。算起来，我前后拥有四本《辞源》，许多字都会用，就是不会读。

如今我两个儿子，拿了八张大学文凭，似在对我说：替你消气解恨了吧！

三、世界地图中，潮汕最美丽！

我从没想过会当作家，我连一张初中文凭也没有。最初的写作，是给家里人写信。痴爱华文，也许是我心中潜藏的愿望，我痴念的是家乡。

当年在海外，一年年期盼，不知何时见娘亲，不知何时回故乡，萧瑟此心，无语凝噎！

我以为，我将老死他乡，白骨埋异国；我以为，再也见不到亲娘；我以为，所坚持的华文再无用武之地；我以为，海外华人还需忍辱负重！

那年代，乡人见面总是谈家乡，再无别事挂心牵肠！说的就是我们唐山，唐山家里的萝卜、白菜，田里的番薯，园里的龙眼，屋后的小溪，过节的热闹……魂牵梦绕，谈着会笑，想着会落泪！岑参的《逢入京使》"故园东望路漫漫，双袖龙钟泪不干。马上相逢无纸笔，凭君传语报平安"念过千回百回，字字敲击心灵深处！

1984 年 4 月 12 日，我终于踏上家乡土地，欣喜欲狂！家啊家，暌别二十七载余，人事几番新！伤心的是，祖母、大哥、二弟、四弟，皆已故去！

离乡去国几十年，家道中落，兄亡弟故，母亲满眼是泪！然而，故乡故土情深浓，我心中暗下决心：我要让母亲过上好日子，我要为乡亲奉上我的爱。

记得第一次在汕头出席会议，签名本上我写下：世界地图中，潮汕最美丽！

四、一生最大的喜悦，重回祖国！

我这一生最大的喜悦，便是能重回祖国，看到改革开放，并且参与建设，见证祖国天天进步，欣欣向荣！

记得昔年还乡，想打个电话回新加坡，三弟用脚踏车载我上邮局，路上崎岖，我生怕会摔跤，一路忐忑。邮局大姐让我填表格，叫我坐在板凳上等着。很简陋很干净的地方，但是人都很严肃。等了一个多小时，我跑去问大姐：还要等多久？那大姐大声回答：快了快了！现在我们潮州已经有两条线通香港了！

五六年后，人们开始谈论家装电话、传呼机，不久手机面市了，一款比一款新。那年代，没有计程车，没有商品房，没有信用卡，甚至街上买不到报纸，什么东西都是新鲜的。我带着胡姬花来送朋友，朋友们收到花都很兴奋，于是我不辞劳苦，每次回来都提着几株生花。有个朋友擅养，把胡姬花养得开了 41 朵，还上了新闻，他乐呵呵地把报纸留给我看。后来，实在提不动了，我改为带镀金仿真花饰品，也很受欢迎。

曾几何时，胡姬花在中国竟然大大盛行，品种繁多，而且越卖越便宜。而镀金饰品在中国，更是款式新颖别致，精工细作！我后来改为在中国买礼品回新加坡了，现在送中国朋友手信，除了新加坡肉骨茶包，我不知道还能送什么。中国发展太快，物资丰富得一眨眼就有新奇！

1984 年我们一队人到上海，一个下雨天，我用一方色彩艳丽的围巾将头发护住，结果引来好多人围着看。司机说：我们这里没有人这么包头发的。

没想到路人竟然把我当怪人了。如今中国的围巾是全世界最漂亮的！

五、人家跑出去，我走进来！

我原本在新加坡开设老人护理院，每周在报上写几篇稿，并兼任新加坡作家协会副会长。随着中国改革开放，人家跑出去，我走进来，我的人生因此变得多姿多彩！

我把中国的花岗岩和手艺送出去，把国际诊所医疗方式引进来。2006 年，世界华文女作家协会在上海召开年会，我邀请部分作家到扬州采风。2003 年至 2010 年，我多次陪同商界人士、媒体工作者和外交官到我老家潮汕三市参观访问。

从那之后，我就常做马前卒，多次请来大批外国华文作家品读中国，细看中国社会的优良文化。在上海，在广东，在江苏，我举办了多场文化交流活动，合奏成新时代的国际交响曲。

1991 年我带动乡亲，在家乡建学校，扶持地方的教育。2010 年，我受邀为上海世博会诗歌征文集写序。我邀请海内外作家用文章点赞海外华人华侨的家国情怀。我支持海归专家推动环保教育。我参加慈善活动，关爱弱势人群，年年搞慈善，并成为 2013 年广东十大慈善人物之一。我甚至在上海当了十三年的小区业委会主任，全身心投入工作。

医疗、教育、环保、文化、慈善……我过着前所未有的充实生活，我实现了作为一个海外华人的价值。

六、两万五千年的花岗岩

我平生三最爱：做饭、写作、挣钱。

在中国，我经营过旅游景点、信封厂、茶餐厅、花岗岩加工厂等。

1990 年，我的亲戚为文莱皇室提供意大利花岗岩，由于误了供货期，损失惨重，他想在中国寻找新的供应货源，找了我。我完全外行，专程到香港，一路学习辨别大理石与花岗岩，识别硬度、光度、烧毛板、磨光板，花纹、石眼、颜色等等。

那两三年，我出门的行李箱装的都是石材样本。任谁都没想到，我这弱女子居然也干着大男人的事业。那是很累很苦的工作，每当业务做完，回到新加坡，第二天早晨下床，脚底如踏针板，一步一痛。

虽然时隔近三十年，回想那段到广西龙胜寻觅石头的经历，还是心有余悸。我曾在文章里写道："清明前后，春寒料峭，微雨纷飞，山路崎岖，湿滑而弯窄，几乎不容两车相避，一边是高山，另一边是峡谷，稍不小心，连人带车往下坠。路上只有我们这辆车，前后渺无人迹，有时车子熄火往后溜，眼见就临崖，吓得要闭上眼睛急呼菩萨慈悲！而司机临危不乱，又把车子开动了，还一路指着山坡下：'这里上月掉下八个人。'走走又说：'看前面坡下那棵树，车子还挂着呢！'哎呀！真吓死我了！司机一路走一路念叨：这时候上山很危险，稍不留神，车子就滚下去……"

"这么危险，为什么你还来？"我问他。

司机说："你出的钱多，我要养孩子呀！"

司机当然不知道，我也是因为皇室出的钱多才来。我有两个上大学的孩子要供养啊！

到了龙胜，当地厂家惊讶："都没人上下了，你们还来？"

因为我是女人，他们更不可置信。陪同的李经理冷冷说道："莫看她是女人，人家才是花岗岩呢，两万五千年的。"

惊讶未消，满座大笑！

开老人护理院，经营花岗岩加工，这些行业足以吓倒女性，我却因此受益。我是第一个把中国花岗岩送到文莱皇室的人，这让我备感自豪。

七、好事之徒，不务正业

我命中应是注定无缘读书。1992 年，我在暨南大学师从饶芃子教授，作为一个走读生，本就一心二用。为了新加坡电视台一部《潮州家族》，我好事，应聘为顾问，与监制蔡萱带着陈澍承、郑惠玉、曾江等剧组一大帮人到潮汕，从采风到拍摄，整整八个月，戏拍成了，硕士学位也丢了！饶老师笑予八字评语：好事之徒，不务正业。

我只有惋惜，但不后悔，丢了一个学位，却得到三市六县的采风经验，完成一部电视剧的顾问工作，也因此更熟悉家乡潮汕的历史文化。

这个经历，又引发了我的一个新行当。电视剧中，那个老宅子，比《大红灯笼高高挂》里的山西大院还精致，就是汕头澄海隆都镇的陈慈黉故居。拍剧时，凋零破落的老宅吸引了我，于是我特意向老友林静辉书记提出将其发展为旅游景点。多年以后，居然如愿！我以潮汕文化加上垦荒牛劲开拓陈慈黉故居，我住进老宅，没日没夜地做了许多修整、添置、收集等工作，趁 2000 年世界华文文学研讨会在汕头召开，特邀参会的全体海内外文学名家到故居免费参观。

我把老宅当家业，不遗余力地为地方开创一个旅游景点，为汕头赢来旅游城市的美号助力。

文人、商贾的价值观很难拴在一起，若意见相左，便难持续合作。然而此时，欣慰的是，陈慈黉故居已经名扬海内外。

八、我早知东方将亮！

十余年前，因看好苏州工业园区的发展，我放弃上海的茶餐厅，到苏州开了间小诊所——新宁诊所。在三位新加坡医生的带领下，诊所采用新加坡的医疗方式，口碑极好，渐渐发展为江苏著名品牌，并在苏州市政府的扶持下，成为全国第一家在"新三板"挂牌的诊所，获得省市区三级政府的奖励。同年，苏州市政府把新宁诊所列入市政府业绩之一。2017 年，国家卫计委在半年内两度带团专程到新宁诊所调研。

在有众多海外从业者的医疗行业，新宁能够跻身前列，唯一可解释的，就是中华文化的底蕴使我接地气，让我发挥所能。

新宁诊所挂牌，好多人视为奇迹，家人笑说：还得感谢你那副眼镜，要不戴着眼镜，当年就当了用人，没眼前这光景了！我不服气，笑说：只要肯努力，做事用心，何事不成？我若当了保姆，可能研制出最好的中国饺子皮，卖遍全世界！

我是个不按牌理出牌的人。1969 年长子文威出生，我以华语取代方言教孩子说话；1972 年次子出世，我逆道行，教他方言。长子学中文，很辛苦，我别出心裁，勉之以武侠小说。1993 年长子于新加坡国立大学毕业，即引他读东方文化，之后到北京大学、清华大学、香港大学求学，四张大学文凭中三张在中国取得。我早知东方将亮，他应该为前途多认识中华文化，这绝对不是赌注。

九、我没有文化障碍！

我深深意识到，文化能助力企业。在中国，我没有文化障碍，举凡一切报告、通知、书信、官方条文，不论阅读与书写，对内对外，完全可以掌控。我的障碍是发言，但在南京举办的新加坡—南京合作理事会上，我被要求发表了有关医疗的讲话，没想到赢得在场两地官员的掌声，新方官员更赞我"为国争光"。另一场合作理事会在新加坡香格里拉酒店召开，我战战兢兢的发言也得到与会者赞赏。去年，新加坡财政部部长王瑞杰颁发证书给我，邀请我加入新加坡—江苏合作理事会。但愿他不会失望！

我对中文写作的痴迷，在新加坡报界众所周知，虽然长年忙于商务，专栏仍然不断。写了将近五十年，犹自乐此不疲！

我写，我也编。新中建交二十周年，我集新加坡老中青作家们的力作，编辑了《鱼尾狮之歌》，成为新加坡驻华大使馆送给中国的国庆礼品，又送千本给上海世博会新加坡馆，赠贵宾为礼。这些都是我的人生奖章！

2011 年起，我连续三年，与上海市政府、广东省政府联办海外作家"品味上海""品读广东潮汕"活动，集合众家名篇，出版了《品味》。

新中建交二十五周年，我与苏州市侨办文宣处合作，举办了一场中国名家评论新加坡华文作家中国在地书写研讨会，同时邀请了新中两国二十五位作家共游苏州，会后出版《玄奘之路》，并写下《乐为马前卒》一文。这篇短文有幸在习主席访问新加坡时，刊于《联合早报》的特辑中敬陪末席。

今年是改革开放四十周年，我正策划出版两本书：一本是我个人作品，收集多年来写的中国好人好故事；另一本是众家读侨批[2]感知昔日海外华人华侨的家国情怀，已签约出版社。

华文，是我的人生脐带，没有它，我将与母胎断了联系。

注释：

[1] 过番：潮汕方言，指出国。

[2] 侨批：潮汕"侨批"俗称"番批"，指海外华人华侨通过民间渠道寄回国内的汇款凭证，其中绝大部分附有家书，是一种信、汇合一的特殊邮传载体。

冯蕴珂

◎1955 年出生于北京。1979 年到香港，半工半读取得香港理工学院（现香港理工大学）国际贸易系大专学历。在英资公司工作一年后进入香港华润公司，十年之后自组公司。1989 年移民新西兰，举办十数场中国产品展览会。1995 年回流香港，继续在商界奋斗。2010 年又回到新西兰。现任新西兰华文作家协会会长、新西兰国际妇女会常务副会长、新西兰华人环保教育基金会理事。

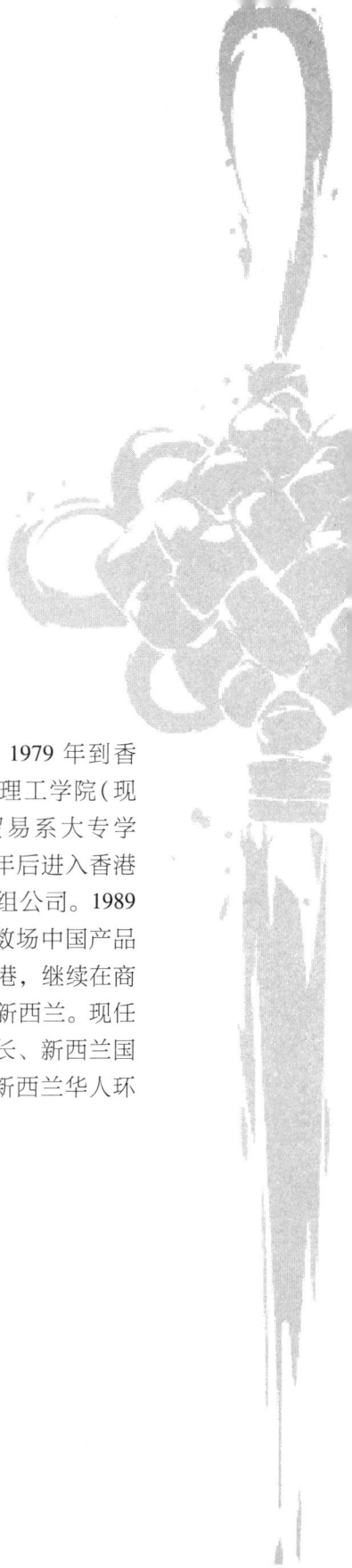

走过罗湖桥之后的故事

1979 年夏很普通的一天，我离开了出生和长大的古老的城市北京，走向那不知未来的远方，本来签证的目的地是美国，因为囊中羞涩所以飞机票只买到了广州，打算从广州搭乘火车去深圳过关经香港转机。

关口到了，我知道从这个叫深圳的小镇走过那座叫罗湖桥的木桥，就算是出境了。谁知一下火车，一股又闷又湿的热气流就迎面来了个下马威。从未经历过南国的夏天，着实快被这气流窒息了。刚下过雨，深圳火车站出站口又没有水泥地，只在一个个水洼上铺着一块块铁皮，人们拎着行李一蹦一跳地向关口走去。

过了关口，入境香港后，需要转乘另一列开往红磡车站的火车。车厢内乘客寥寥，较为空旷。我从车窗向外望去，一片片芦苇闪过，不见什么房屋，却能看到远处的菜田。路过一片退了潮的海湾时，还能见到几只白鹭孤傲地站着，或似在树丫上睡着了。我开始想："难道香港就是这样？看来也不过如此。"转念一想此番出国目的是去美国读书，香港怎样与我似乎并无多大关系。

火车抵达，站在红磡的海边向香港岛望去，对岸高楼林立，鳞次栉比，似海市蜃楼，也似梦幻虚空，那么地不真实。我那时才明白：这才是到了摩登的现代大都会香港。夏日的下午，酷热难当，但站在海边仍觉得清风拂面，海峡之间，小快艇和渡轮在银光闪烁的水面上滑过。

一切的计划都赶不上变化，我后来居然就鬼使神差地留在了香港，定居了下来。

明明使用着同样的文字，但广东话却像是外星语言，听不懂说不通。那时的香港，没有人说普通话。到香港的第三天，姨父叫我帮忙买两根腊肠，我对卖熟食的售货员说："广东腊肠。"他听不懂，我说"腊肠"，他比画了一个将面拉长的姿势，我又摇头，后来我看到上面有些挂在那做样品展示的腊肠，就比画两根手指，售货员终于明白了，却摇了摇头说："卖晒（卖完了）。"我以为"卖晒"就是腊肠在香港的叫法，就点了点头："两根卖晒。"那人像看外星人一样看着我摇了摇头，不再理我了。我迷惑又沮丧，只好转身去超市买了那种用绳子扎起的不太新鲜的腊肠。

读书、工作、生活都在香港，克服语言障碍后，我渐渐爱上了这个城市。那时的香港日新月异，一个月不去中环就不知又是哪一栋楼被拆掉重建了，刚记住的大厦名字，很快又变更了。

地铁更是方便快捷，但我有个习惯，喜欢乘坐渡轮往来湾仔和尖沙咀之间，横渡维多利亚海峡时，可以望着两岸的变化，尖沙咀又盖起了一组大厦，湾仔又出现了更高的楼，金钟兴建的大楼刚刚打破了世界最高的纪录……就这样天天见证着香港的发展。

20世纪70年代到80年代，香港作为亚洲"四小龙"之一，玩具、电子、服装、金融、零售各行各业都充满着朝气。我很幸运找得到好工作，先在一家知名的英资公司，后又转入中资的华润公司。

1982年，中英开始对香港回归事宜进行谈判，在撒切尔夫人提出"主权换治权"的条件时，邓小平坚决反对并断然拒绝，提出必须整体收回香港。香港市面上也出现了一些不稳定的现象，股市下跌超过60%，地产金融危机来临，银行被挤提。那是我第一次亲历金融危机。当时的我只是一个半工半读的学生，绝对的"无产"阶级，对于这些时代的波澜就像是个局外人，但是它们在我脑海里留下了深刻的印象。

我后来工作的华润公司，是当时中资在香港的"领头羊"，办公大楼就在湾仔海滨，并非很摩登的大厦，给人以深厚稳重的感觉，门前那几根粗壮敦实的大柱子显露着强大支撑力。可是有一段时间，柱子的周边都放上了两圈沙包做保护，门口安保明显加强。公司的同事纷纷购买人身意外保险。

但随着"股照炒，马照跑，舞照跳"声音的叫响，"五十年不变"的方针深入人心，香港慢慢稳定了下来。

与此同时，改革开放的春风也吹拂着香港。与香港毗邻的深圳成为连接香港与内地的纽带和桥梁。香港人是聪明的，最早嗅到了先机。那时国家政策是吸引境外资金在内地开厂及生产，一夜之间香港的工厂不论大小，几乎是争先恐后地进入深圳。香港的搬厂热潮一直延续到90年代中期。

社会上大事在不停地发生着，从不会有间断或让人喘口气的时间。

不知不觉，我在华润公司已经工作了近十年，从一名小小的文员做到秘书主任。在这个大家庭中我找到了归属感，有了些依赖。

命运是不会让人停滞不前的。在积累了一些经验、人脉和关系后，我们决定创业，自己干贸易。当时得益于改革开放，中国独特的魅力吸引了世界的目光，外资企业纷纷来中国寻觅商机，而我们公司则为欧美商人和内地公司提供贸易服务，互通有无。那段日子忙碌而充实，今天与欧美商人面对面地谈判，明天与内地公司谈合作，在谈判桌上周旋，使我的活力倍增。香港人和外国人不擅在酒桌上谈事情，都是坐在会议室中，正襟危坐，一板一眼，针锋相对，反而使我没有太大的压力。

在生意场上没多久，香港又遭受另一波金融危机的冲击。我们决定移民，新西兰本是我们的第二选择，但申请递交才一个月，就接到了批准通知。

我一向是思维比较直截了当的人，不会过多地去想问题，就向前走。告别了香港又来到了一个陌生的环境，但这次对我来说适应得更快了。在这里迎接了小儿子的诞生后，我计划休息一段时间。

没想到一位老上司（其时任中国驻新西兰大使馆商务参赞）找到了我，让我负责筹办中新建交十五周年庆祝活动的重头戏——在新西兰举办中国产品展览会。我在华润公司工作时，参展的黄金时期一年要参与三十六场中国产品展览会，经验是丰富的，但那是整整一个部门很多同事一起合作的。而在新西兰，从头到尾都得我一个人挑大梁，集策划、指挥、操办、运输、订馆、装潢、接待等工作于一身。这是一个大挑战。但我们还是圆满地完成了任务，受到了中国驻新西兰大使馆的好评及鼓励。这些展览使新西兰的商家目睹了中国制造业的崛起。有了第一次，就有第二次、第三次……

在一个环境中生活太久时，就总会有新的挑战来找你。虽然一些大的新西兰公司曾找过我为他们工作，包括 The Warehouse（新西兰首屈一指的大型仓储式超市），但我都没有接受。在新西兰六年后，我决定回流香港，和我先生及伙伴们一起再干一场。

六年没有回国，当我携家带口回到香港时，我坦然地接受了新的挑战。1995 年，在香港重新安顿好之后，我们全家先来到了深圳旅游。这时的深圳再也没有芦苇荡浅滩的景色了，这里逐步形成了一个新城市。虽然在路边还可以看到有一些破旧民居，但一条笔直的大道通往华侨城方向，路经锦绣中华、世界之窗、科技馆等主题公园。那时我们从新西兰回到香港不久，为这小小渔村只经过十年时间就发展成为一个新城市而感到惊讶。

接下来的工作几乎就是紧锣密鼓地开展起来。

公司代理的都是外国品牌，和厂家合作进入内地市场。一开始我们全力以赴协助那些外国工程师，亲力亲为地带着他们在全国各地安装生产线。令我奇怪的是，外国工程师安装生产线时，中国的工程师和工人们却在私底下用中文说着如何如何可以省事，怎样就可以代替。当时我没将这些话翻译过去，生怕会影响了他们双方的关系。但是我私底下还是为厂家遗憾着：那么昂贵的一条生产线，能这样那样改动吗？为什么不按照正确的方法解决问题呢？他们这样做会不会影响生产线的寿命？会不会影响产品的质量？我哪里知道，那是在学习外国先进的生产线的基础上对其进行改进，不久之后这家工厂就照猫画虎自己制造出了生产线。在这点上，我还真是佩服中国工程师，他们真的是敢想敢做。正因为有了这样的一群工程师和工人，经济才发展得这么快。

那时，内地公司总想刷新对外出口额，国家还对出口产品给予优惠的退税政策。但是产品的质量是出口的关键。我也曾义务在广交会上帮助内地的工厂推销产品，我曾为一家名声很大的国营工厂带起了一个外销队伍，教他们怎样算每个货柜货物量和价格浮动量，根据不同地区的客人怎样报不同的价格，等等。

由于内地的经济在改革开放后发展得很快，市场变化很大，我们也必须不断地调整生意的方向，香港接触外来的信息很快，我们也看到了一些非常好的销售管理的先机。我们以北京为基地开展了新的项目，将境外先进的管理经验带进内地。

1997年，香港回归了，令我们这些在香港的创业者信心倍增，坚信前景会更加美好。正当人们在欢天喜地庆贺时，金融危机又一次降临，在索罗斯横扫泰国、韩国之后，又对港币进行了围剿，当时的港币就像是坐过山车，整个香港都在颤抖，所有人都在胆战心惊。但是这次香港却得到了中央政府的支持，在时任国务院总理朱镕基的公开言明支持下，香港财政司出手与对手开战，屡战不败的索罗斯第一次战败而归。这也是香港人第一次感到有了祖国做后盾的好处，期望以后生活因有了靠山会更好。

2003年，回归进入第六个年头的香港走出了金融危机的阴影，旅游业和出口贸易双双劲增的势头让香港各界为之振奋，人们开始谈论如何削减财政赤字，如何让香港经济重上巅峰。然而就在这年春天，一场突如其来的疫情——"非典"席卷香港。随着这死亡率极高的凶狠病毒的到来，首当其冲的就是医院的医护人员，一批批的医生和护士倒下，另一批从其他专科调来的医生、护士顶上。被隔离的人员越来越多，医护人员被证实患病人数日益刷新。媒体上报道医护人员人手严重不足，一度人心惶惶，市民连上街都戴着口罩自保。在此困难时刻，香港人不是怨天尤人，而是团结一致、互相支持。众多社会团体、企业和民众自发捐款捐物，加入抗击"非典"的行列。香港疫情也受到了中央政府的高度关注。时任国务院总理温家宝郑重宣布，凡是香港需要的医疗卫生物资和医护人员，中央政府全力支持，一切需要保证供得上、拿得出，全部费用由中央财政承担。无偿援助香港的大批口罩、眼罩、防护服等用品很快就送达香港。中央政府还组织了一批医护人员在深圳准备着，一旦香港召唤就立即奔赴过去应急。当香港市民知道这些情况后，心里很感激。这也是中央政府送来的温暖。

6月下旬，香港特区行政长官董建华在香港淘大花园向媒体和公众宣布，已经得到世界卫生组织的正式通知，将香港从非典型肺炎疫区名单中除名。香港在中央政府、特区政府和全体市民的努力下，终于度过了艰难的时刻。

在香港奋斗的日子是愉快的。遗憾的是，正当事业发展得还算顺利时，我却因为急症住进了医院，一条大静脉的栓塞差点要了我的命。做了手术后，病情得以稳定。我决定回新西兰休养。

时隔二十多年后回到新西兰，我发现这里和当年我刚移民过来时已经完全不一样了。那时华人并不多，我们一直在努力地让新西兰民众了解"中国制造"；而现在无论是大型商场还是小商店，到处都摆着"中国制造"的货品。侨办、侨联不断将国内高水平的文艺节目带来这里，中新文化交流变得愈加频繁。以前没有什么华人社团，现在由于华人成倍地增多，华人团体如雨后春笋般各放异彩。就算不怎么会讲外文，仍旧可以生活在自己人的圈子里，而且过得很精彩，只要你有兴趣爱好就能找到志同道合的朋友。中国国力的强大，使这里的华人感到自己可以挺胸抬头，可以扬眉吐气。这些改革开放后出国来的新移民，就像是一支生力军，在这美丽的国度绽放着光芒。

从那个夏天走过罗湖桥之后，不知不觉已奋斗了近四十年。岁月匆匆四十年，白发已悄悄爬上了鬓角。青涩岁月里的故事像悠悠的白云，在记忆的天空里徜徉，凝聚着游子无数的思绪。不管出国多少年，不管离家有多远，在生活和工作的路上都有祖国的影子相伴。这种感觉真好！

李彦

◎1955 年出生，北京人。1987 年毕业于中国社会科学院研究生院新闻系，同年赴加拿大留学。1997 年起在滑铁卢大学瑞纳森学院任教，现任文化及语言研究系中文教研室主任，副教授。2007 年起担任滑铁卢大学孔子学院加方院长，长期致力于在海外推广中华文化及促进东西方交流，组织过多次国际研讨会。中英文双语创作作家，加拿大作家协会会员，曾获数个中外文学奖项，出版中英文长篇小说《红浮萍》《雪百合》《海底》《嫁得西风》等，作品集《羊群》《尺素天涯：白求恩最后的情书及其他》《吕梁箫声》，合著《沿着丝绸之路》《重读白求恩》等。

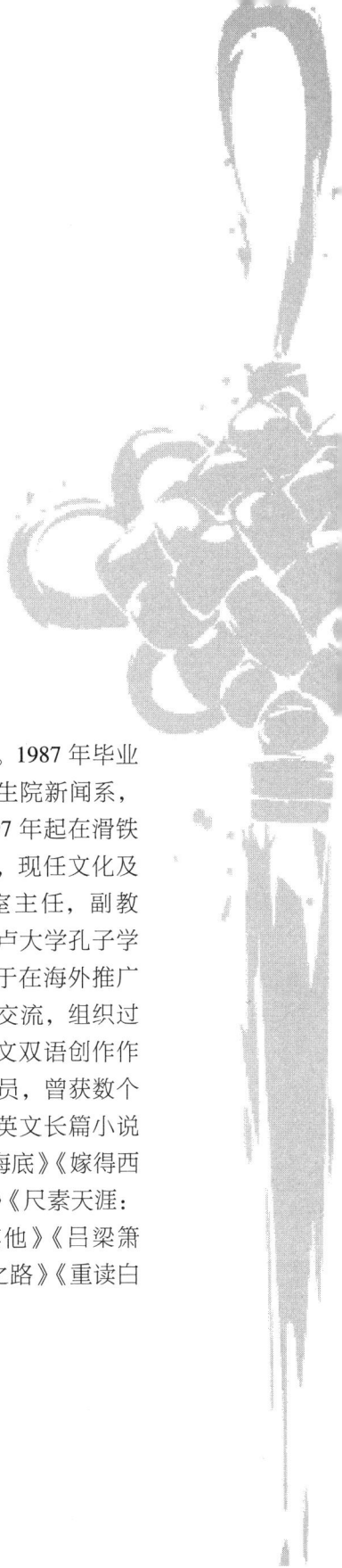

文化搭起中加友谊之桥

一

近年来，我生活中的一大乐趣，就是带老外们参观我的祖国。乐趣不仅仅来自老外的反应——首次赴华，讶异或惊喜乃情理中事，乐趣也发自我的内心——去国三十载，故乡的一草一木，都会在我胸中掀起无边的涟漪。

一般人到了北京，总爱把颐和园的亭台楼阁、雕梁画栋呈现给客人，在一片赞叹声中得到满足。我却偏爱把队伍拉到圆明园，在无言的惊愕中，触摸人类心灵共通时的震颤。我至今忘不了十几年前的一天，我领着一群年轻的大学生走进圆明园，当面前突然出现那一片断壁残垣时，他们的笑声戛然而止，眼中涌出了泪水。

去年开春，莺飞草长，我带领加拿大教育者访华团，再次来到废墟上。

校长们经多见广，心中骇然，却不动声色，默默掏出小本子，记下了镌刻在石雕上的雨果名言："两个强盗走进了圆明园，一个抢掠，一个放火……"看到旁边围起来的施工现场内一摞摞似乎是新造的砖石，他们掩饰不住心头的担忧，匆匆打探是否要重建被毁坏的圆明园。"千万不能啊！一定要保留目前的样子才好！彦，你能不能转告他们？"关切的目光，令我感到温暖。

逗留北京的数日，马不停蹄。工作座谈之余，领众人到利玛窦四百年前修建的宣武门南堂，与中国信众一同礼拜；在月明星稀时起身，陪几位兴趣盎然者一路小跑去天安门广场，挤在来自天南海北的同胞们中间，踮起脚尖看升旗。虽疲惫不堪，心底却是快活的。

大家皆为首次来华，纷纷感叹："真没想到，中国竟然和脑子里的印象截然不同！原以为满大街站着的都是头戴钢盔、手握冲锋枪的军人呢！""见到的人都那么友好和善。真喜欢中国人啊！"

黄浦江畔停留数日，其繁华迷人，自不待言。此时有人宣称，更喜沪上的奢华舒适，但多数人坚称，仍偏爱北京的悠久文化。萝卜白菜，各有所爱。在酒吧区"新天地"游览时，众人都被爵士乐、咖啡座吸引住了，唯有一教育局局长自告奋勇，随我去了中共一大会址。本不期望老外能理解什么，没想到吃惊的却是我。

"想当年，古巴共产党成立之初，也是中途转移到船上完成的，和中共的经历巧合呢！那时的毛泽东才仅仅二十八岁啊！这十几个年轻人，都是有志于改造社会的理想主义者。"他轻声慨叹。我回过头来，认真地打量着这位金发碧眼的老外。他在我眼里已变了模样。

因了他的兴趣，今年春天我带队回国时，便特意安排了参观中共一大会址的行程。这次来的都是学校的同事。大家兴致勃勃地站成一排，与壁上的浮雕合影时，恰逢一队中国人在旁，齐齐举手，高声宣誓。同事们不解，探问他们在做什么。我解释说是在入党宣誓或是重温入党誓词，大家露出恍然大悟的神色。也许，直到那一刻，他们才开始理解脚下这片土地，以及在这片土地上生活的人民吧。

教学相长，给我启发最多的，应该是勃兰特教授。几年前我曾陪这位同事来华，拍摄一部介绍中国宗教历史的教学片。抵达北京当晚，他就按捺不住，掏出电脑，在酒店大堂里给妻子发邮件："我终于来到中国了。一切都出乎意料！"我明白，他心中的震撼源自何方。勃兰特研究了一辈子宗教，著作等身，是《不列颠百科全书》世界宗教条目的编审。平日闲谈，论及儒释道各个流派，他如数家珍，常令听者生出高山仰止之感。但他不过是纸上谈兵罢了。老教授曾多次赴印度、日本、泰国等亚洲国家考察，却从未踏足华夏大地。此次来华，他像一个好奇的小孩，扛着摄像机，兴致勃勃地捕捉着他眼中的珍宝。在西安古城，步入"碑林"，在一尊石龟驮负的高大古碑前，他颤抖着双手举起了摄像机。一不留神，老人后退时踩了空，从一米多高的台子上仰天朝后跌倒下来。围观者一片惊呼，却见勃兰特一个后滚翻，怀中紧抱着摄像机，端端地立起身来，全然不像七十岁的老人。面对围观者的诧异，他整整衣襟微笑道："我每周要打两次篮球呢。"

早已风闻回民街小吃的美名，也做好了准备，要放纵自己一次。可惜勃兰特面对琳琅满目的美食诱惑，无动于衷，仅索要了一碗豆腐粉丝酸辣汤和两枚烧饼，与我分食，草草打发了午餐。一头钻入近旁深巷中的清真寺时，他却兴奋得如获至宝，拉着我一刻不停地帮他采访、翻译，流连忘返。

雨过天晴，我俩在当地作家陪同下，结伴出城，去探访终南山下的"楼观台"，据说那里保留着两千多年前老子讲经传道的遗址。阡陌田野，桃红柳绿，一山一水都在娓娓述说着古老的传说。那一刻，我心头涌起了无限的眷恋，追问当初离乡背井，价值究竟几何。

二

时间回到 1987 年，在改革开放第九个年头，每个人的人生都有了更多的可能。我从中国社会科学院研究生院新闻系毕业后，来到加拿大继续深造。当时，班里的同学有一半去了美国，只有我一人选择来加拿大。原因是，二十岁那年，一个春风和煦的夜晚，我站在露天广场上，看了一场中加合拍的电影《白求恩》。从那个夜晚之后，在以后的若干年里，我曾无数次地魂牵梦绕，无数次地定睛寻找"一个高尚的人，一个纯粹的人，一个有道德的人……"加拿大是白求恩的故乡，我从小就对加拿大有一种神圣的向往。这位国际主义战士，在我之后的写作道路上，多次成为我作品中的主角。

离开家乡，一切都是新的开始。读书、工作把我的时间挤得满满当当。写作成为我繁忙之余安放梦想和乡愁的伊甸园，跟随着心里真实的声音和呼唤，在电脑里，在稿纸上，留下我对人生的思索和对家国的情怀。渐渐地，写作成了我一个重要的生活方式，命运也因写作给了我莫大的回馈。1997 年，当滑铁卢大学聘请我教授中国文化和中国历史课程的时候，一切如同梦境。从此我更加相信：坚守信念，诚实做人，生活绝不会欺骗你。

长年累月置身于中西文化交汇的海洋中，我逐渐经历了从写熟悉的故园往事，到写移民生活的艰辛，再到关注跨域文化的故事、探寻人类命运的异同、比较与思索中西文化价值观的异同三个写作阶段。这三个阶段也是我人生中三段不同的心路历程。

上世纪 80 年代早期出国的留学生，最熟悉而难以忘却的，是记忆犹新的故国情怀，恰如"昨夜西风凋碧树，独上高楼，望尽天涯路"。我的第一本书，英文小说《红浮萍》，便是在那种心态下完成的。十多年后，越来越多的中国人走出国门，移民海外，周围的祖国同胞多了起来，我的关注点转向了移民生活。回望自己走过的路，我创作了英文小说《雪百合》，对新的生活进行了批判性反思，也表达了在理想信念的支持下，人无论到了何种环境，最终还是可以走出困惑和迷惘的主旨。那时我的心境可以用"衣带渐宽终不悔，为伊消得人憔悴"来形容。

如今，我的创作已经进入了第三个阶段——"众里寻他千百度，蓦然回首，那人却在，灯火阑珊处"。由于工作的原因，我不可避免地会与不同文化背景的人频繁接触。改革开放大大提高了中国的国力，中国人在国际舞台上可以和西方人一起共舞，跨文化的故事越来越多，越来越受到关注。这些故事，加之中国悠久而命途多舛的历史，就是我这一阶段写作的不竭的素材。写作的过程又自觉不自觉地沟通了中外，加深了友谊。

刚到加拿大那年，在一次晚宴上，我的邻座是一位白人老者。当一盘什锦炒饭被端上桌后，老者突然开口，一口地道的河南方言使我大为震惊。原来，他曾担任过加拿大驻华大使，并有个颇为响亮的中文名字：明明德。谁能想到，仅仅两个星期之后，我就读到了《人民日报》（海外版）上的一篇文章，提及加拿大人明义士在河南安阳研究甲骨文、自学成才的往事。当我好奇地写信给明明德大使，确认了他就是明义士的独子之后，我多次去他位于渥太华的家中采访，日夜倾谈，记录下口述资料，并与他有了频繁的书信来往。但世事荏苒，接下来的岁月中，我陷入了年复一年的忙碌。直到二十多年以后，我才终于提笔，写下了非虚构中篇《小红鱼儿你在哪儿住——甲骨文与明义士家族》，介绍了这个在中加关系史上留下了浓墨重彩的一笔，却低调得令人惊讶的家庭。

一百多年前，明义士以传教士身份来华，却对中国的古文字痴迷不已，并成为发现殷墟甲骨文出土之地的第一人。后来，他大概彻底忘却了自己当初来华的职责，华丽转身，成为齐鲁大学的考古学教授，为中国培养了第一批研究甲骨文的学生。他花费毕生心血收藏了数万片甲骨。在日本侵华的危难时刻，他将甲骨分别保存在中国的不同城市，使这批宝贵的文物躲过了劫难。

在河南安阳出生成长的明明德，在离开中国几十年后，于上世纪70年代中期以加拿大驻华大使的身份重返故地。当他对我回忆往事，描述起共产党领导下的新中国展现出的巨大变迁时，老人的声音充满了感情。与他同样在中国出生的两个姐姐，也曾在40年代帮助中国做战后重建工作。今天，明家与中国的交往已经传承到了第三、第四代。

当我在灯下执笔，将明家四代人与中国一百多年的交往史——这段反映中加两国人民之间情谊的历史展现给读者时，耳旁响起了明明德大使多年前为我吟唱的豫北民歌："小红鱼儿，你在哪儿住……"

2010 年，已经九十三岁高龄的明明德大使，在时隔多年之后第一次接到我的长途电话时，竟然立刻听出了我的声音，并说出了我的名字，令我惊喜，也十分感动。然而，万分遗憾的是，几天之后，他在读到我的英文原稿后，便溘然长逝了。他的儿子肯尼教授写信安慰我说："彦，请你相信，我父亲一定是带着欣慰和满足的心情告别人世的。"

命运仿佛会悄悄安排一些巧合，不仅让我与明明德大使相遇，也让我实现了出国追寻白求恩足迹的梦想。

不少中国人都知道，1939 年初冬，白求恩临死前，躺在太行山里的土炕上，留下了一份长长的遗嘱，把身边的东西一一分给了他在中国和加拿大的战友。遗嘱中有一句话，"那面日军大旗留给莉莲"。但是，中国人都不知道这个女人是谁。七十五年过去了，我在偶然中寻找到线索，揭开了这个谜底。就在距离我住处一百多公里的地方，我采访到了一位老人比尔·史密斯，发现莉莲就是他的母亲。老人的手中，不仅收藏着白求恩写给莉莲的最后一封信——信中，白求恩邀约她前往太行山，与他并肩战斗，还保存着全世界独一无二的毛泽东与白求恩的珍贵合影照片。这实在是太神奇了！我怀着激动的心情，一气呵成，写就《尺素天涯——白求恩最后的情书》。

写作的过程，也是一次对生命的感悟过程。从白求恩身上，我看到的，是一个直面真实的勇者。那种果敢与坦诚、光明与磊落，恰是人性本真的珍贵品质。他的理想主义、他的献身精神代表着人类一种高尚的情操，永远像黑暗中的一盏灯，让我不管遇到什么样的逆境，都有勇气走向光明。

这个故事，也为我赢得了出国三十年来在祖国获得的第一个荣誉：第二十五届上海新闻奖一等奖。

2015 年的秋天，在中国人民纪念抗日战争胜利七十周年之际，我带领着来自加拿大各界的代表们，再次奔赴华夏大地，沿着白求恩的足迹，考察英雄战斗过的晋察冀边区。一个开放而便捷的环境，让我有机会将祖国的这些英雄历史分享给更多的人，将友谊的种子播撒在中加两国人民心中。

在北京饭店的金色大厅里，加拿大老人比尔·史密斯捐赠了中国革命历史的珍贵文物：毛泽东与白求恩的合影照片。"如果有机会，我将十分愿意为中加友谊贡献自己的绵薄之力。虽然目前身体状况不佳，但我有一个想法——未来如果有中国友人到加拿大白求恩故乡追溯白求恩的成长和工作历史，我将乐意做向导。"比尔·史密斯接受媒体采访时说。

三

2007 年，滑铁卢大学成立了孔子学院，上级问我是否愿意出任孔子学院院长，我欣然应允。我不禁回想起 1974 年的春天，我在所在单位开展的"批孔"运动中发出了另类声音，质疑为什么对孔子不能一分为二地看待。而在改革开放的今天，以孔子命名的孔子学院在世界各地落地开花，担负起了传播中华文明的使命。

滑铁卢大学孔子学院成立十多年了。十多年来，我曾自问：在海外传播中华文化，目的何在？我深深懂得，人类精神文明各有千秋，很难说某一种文化比其他文化更优秀。我们的目的不是要取代他人的信仰。让世界了解中国、了解中国人，消除误解、求同存异，才能赢得长久的友谊与和平，孔子学院才不辱使命。

为了这个目标，十多年来我们致力于高端学术研究与文学交流，组织召开过十次国际研讨会。"故土—历史—呈现""文学中的历史—历史中的文学""文学百衲被""文学与我们的环境""文化间性与人类命运共同体"等等，一个个主题，无不寄托着我和同事们的殷切期盼。

在孔子学院这个平台上，我们编辑出版了双语读物及中华文化研究专著，为海外大学生提供了简明易懂的教材，启发并培养他们对中华文化的兴趣。我们邀请中外专家学者互访，举办交流讲座，针对人类共同面对的问题集思广益，出谋划策。同时，我们还在不同城市建立了多个"孔子学院中文资料室"，每年举办中文朗诵比赛、作文竞赛等，鼓励、促进华裔青少年用中文写作，促进中华文化在海外的薪火传承。在公共建设方面，我们持续与周边三座城市的公共图书馆合作，举办汉语培训班、中华文化兴趣班，组织传统节日庆典活动等，在多元文化公平竞争的环境中，为汉语在海外的运用与发展寻求和创造机会。

在搭建祖国与世界文化交流的桥梁、帮助世界人民之间增进友谊的过程中，我的工作充满了快乐。蓦然回首，我似乎悟到了几十年前奔赴异国他乡时，冥冥中那个神圣的使命。

参观孔子学院总部
留影

圆明园留影

捐赠毛泽东与白求
恩合影照片

郎莉

◎满族，1957 年出生于沈阳。1982 年毕业于中国医科大学医疗系，后从事妇产科临床工作五年。1988 年 5 月出国，先后在加拿大温莎、美国南加州阿凯迪亚、加拿大温哥华等地学习、工作和生活。1997 年开始在温哥华做房地产经纪人，连续多年获大温哥华地区菲莎地产局金牌大奖、加拿大著名房地产公司皇家地产（Royal Lepage）终身成就奖。业余时间写作，多篇诗歌、散文在温哥华华人报刊发表。著有长篇纪实小说《郎格格温哥华卖房记》（美国南方出版社）。

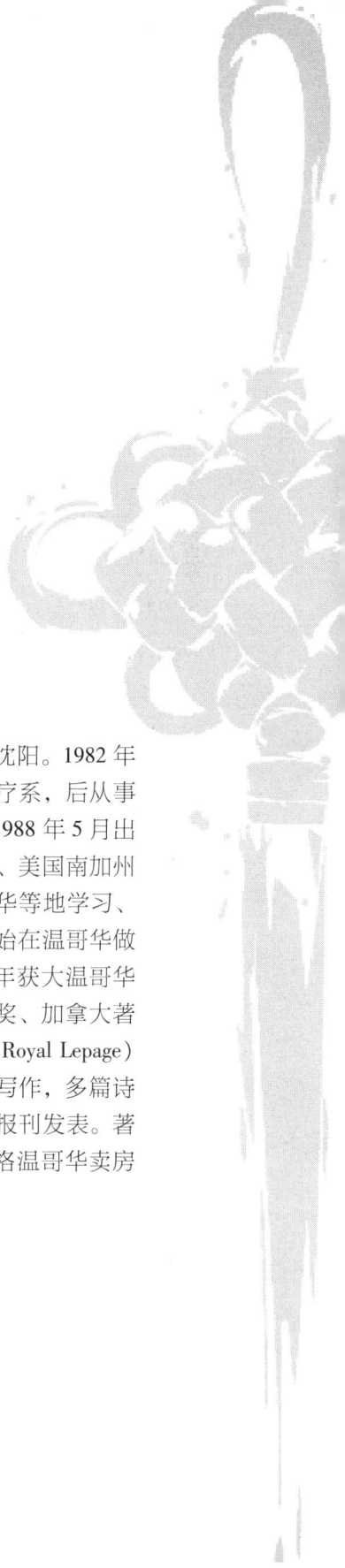

做中国人的海外置业顾问

正值我的长篇纪实小说《郎格格温哥华卖房记》最后一稿修改完成，准备在 5 月 1 日把书稿发给美国南方出版社，以此纪念出国三十周年之际，我从加拿大大华笔会的微信群中得知《四十年来家国》的征文启事。这个征文的标题深深地触碰到了我的内心深处，三十年海外生活的种种经历涌上心头。我的经历就是"四十年来家国"最真实的记录与写照。

1988 年 5 月 1 日，我带着不到四岁的大儿子以陪读夫人的身份来到加拿大东部的温莎市，陪伴正在攻读博士学位的老公。初到温莎，我立刻就喜欢上了这座底特律河边的小城：春风荡漾，底特律河波光粼粼，小城街道整洁优美，到处是绿草茵茵、鸟语花香，仿佛到了天堂一样。物质生活更是极为丰富：牛肉、鱼、鸡肉及鸡蛋都非常便宜，更有多种非常可口的冰淇淋。可是这种比当时国内物质生活更为优越的日子没过几天，我就为精神上"低人一等"的贫穷而产生了巨大的烦恼。其实，人活着最重要的不是吃什么、穿什么，而是尊严和骨子里的一种自信。

那个时期从中国来的留学生给人的印象是有知识、有才华，但是贫穷。那个时候留学生都很努力学习，在实验室加班加点，在各自的领域中脱颖而出。但不论怎样优秀，因为我们的国家穷，中国留学生也还是贫穷的代名词。特别是一些来自亚洲其他地区的人在中国留学生面前趾高气扬，一派蔑视的神态。那个时候中国留学生大多在餐馆中打工，拿着最低的工资做着最辛苦的工作。

我一边陪老公读博士，一边在大学读书，同时在老人院打工，吃了很多苦。老公博士毕业后去美国国家航空航天局工作，我们的生活有了一些改善，似乎摆脱了贫困。可是这种状况没有持续多久，老公因去美国工作的签证出现了麻烦，失去了工作，我们一家在1994年陷入了困境。

我出国七年才于1995年第一次回国探亲。故乡沈阳的变化真的太大了：许多旧楼被拆除，盖起了高楼大厦。我熟悉的家乡焕然一新，我已经找不到记忆中的感觉。当我乘出租车来到太原街的时候，我根本就不知自己身在何处，一个劲儿地对出租车司机说："我要去太原街。""这就是太原街！"太原街就在我的母校中国医科大学附近，多少次从这里走过，这里留下了我青春的足迹。多少次与同窗漫步街头，在这条当时沈阳最繁华的大街上畅谈人生。随着时代的发展，旧貌换新颜，我再也找不回青春的记忆，再也看不到斑驳时光的痕迹：现代化的高楼大厦鳞次栉比，坑洼不平的小路变得宽阔平坦。我为家乡的巨变而震撼！

故乡在很多方面都得到了改善，这里的人比我们在国外生活得还好：小弟家住上了160平方米的新房子，宽敞明亮，还有大屏幕电视机。我的家人想吃饺子就去门口的超市买，各种口味都有，生活特别便利。

第一次回国给了我很大的震撼，七年"洋插队"所吃的苦、所遭遇的精神上的压力非笔墨所能描述。

为了生活，我于1997年开始在温哥华做房地产经纪人。那个时候，从中国内地来加拿大的人中做地产经纪的不是很多。在温哥华做地产经纪的中国人大多从香港来，香港移民很富有，大多住在温哥华西区"富人区"及生活便利的列治文市。富有的香港人有自己的说粤语的经纪人，我们说普通话的人很少能做香港人的生意。有些台湾客户虽然有从台湾来的经纪人，但我们说共同的语言，也可以做一部分生意。那时候内地来的移民大多是技术移民，买房子的人还不是很多，所以，对于像我这样从内地来的房地产经纪人而言，工作可以说是困难重重。

随着 1997 年香港回归祖国，大批香港人回流，温哥华房地产市场上房源积压。当时的卑诗省经济低迷，大批人员失业，有的因没有能力付银行的房屋贷款，房子被银行拍卖。经济的衰退使人们丧失了购买能力，房地产市场一片萧条。人们总是买涨不买落，萧条的房地产市场使人们紧紧地握着手中的钱，不轻易出手，怕房价进一步下跌。那时候做一单生意要付出很多劳动，我经常带着客户在大温哥华地区各个城市看房，有的客户看 200 多栋房子后才最后决定买房。

在生活的重压下，老公的身体越来越差，两个孩子又小，我拖着满是病痛的身体努力地支撑着这个家。工作的劳累、生活的压力几乎把我逼上了绝路。我不知道前途在哪里，每天都活在压力与恐惧之中，怕由于收入少而跌落在贫困之中。虽然说加拿大福利好，可是谁又愿意把自己放在那个位置呢？

得益于国内改革开放，一部分富起来的中国人移民海外。我们移民在海外工作的人得益于"本是同根生"的优势，与这些国内来的新移民有更多感情上与语言上的共鸣，因此有机会为他们服务，在事业上越来越成功。没有国内改革开放的成果，没有富有的中国移民登陆温哥华，我们何谈成功？

从国内来的富有的中国人成了房地产市场的香饽饽，各个族裔的人都想以各种方式接近：加拿大人、韩国人、印度人学习汉语已蔚然成风。中国以一个全新的面貌呈现在世人面前。

如果没有中国的改革开放，我不知道怎样才能在异乡打拼、养家糊口，我还不知道要再受多少苦，再遭多少罪。与其说我在加拿大取得了巨大的成功，成为加拿大最大房地产公司 Royal Lepage 的终身成就奖获得者是由于我自身的努力，不如说是改革开放的祖国把我推向了成功。

2000 年以后，我基本每年都回国一次，每次都感受到祖国日新月异的变化。我的家乡沈阳高楼林立，街道宽敞整洁，一片欣欣向荣的景象。我的发小及同学中很多人都有了汽车。这些年我游历了北京、上海、天津、南京、杭州、苏州、嘉兴、大连等城市，所到之处都让我感到极为震撼：北京、上海一派国际大都市的风范，杭州等旅游城市整洁干净，一切井然有序。改革开放后的中国以一种前所未有的活力影响着全世界。

让人感到变化最大的是祖国的交通：高速公路四通八达，道路平坦开阔，公路两旁绿树掩映，景色宜人。高铁的开通使交通变得更加方便快捷。感觉自己刚刚在天津站坐下，一转眼就到了北京。高铁不仅快捷方便，而且特别整洁舒适。车中播放的悦耳的音乐、乘务人员亲切的服务态度都给我留下了深刻的印象。高铁使幅员辽阔的祖国变得随处可去，普通老百姓也有机会旅游观光，游遍全中国。沈阳的地铁使家乡的亲人生活更便捷，从东北大学到我儿时的故乡三台子只需半个多小时。在这块土地上生活的人越来越幸福快乐。我们海外的移民也觉得腰杆子直了，我们的"娘家"祖国发达了，我们在"婆家"的地位才稳定。

出国三十年了，在温哥华做房地产经纪人也有二十一年了，我经历了种种磨难。在为国内来的移民买卖房子的过程中，我接触了许多商业精英、企业家、画家、作家以及科学家等等不同的人群，从他们身上，我也看到了这四十年来的变化：刚刚做房地产不久的1997年，我的客户大多是留学生。那时出资20万加元上下，就算是投资移民，而买房的价格也就是40万加元上下，但投资移民仍不是很多。从2000年开始，很多富裕起来的中国人来到温哥华投资房地产，推动了整个房地产市场及建筑、汽车、家电、家具等等市场的全面发展，给加拿大的经济注入了鲜活的血液，中国人贫穷的印象彻底被清除，各族裔都对中国人很友好。大约在2009年，中国人来加拿大不仅仅是买现房、土地，还涉足商业地产，更有在温哥华兴建高楼大厦、老人院、高尔夫球场等获得极大成功的人士。在加拿大发展及建设中到处都有中国人的印迹。

　　四十年过去，弹指一挥间。这是中国发生巨变的四十年。2008年北京奥运会的成功举办让全世界对中国刮目相看，我们身在海外的人脸上都洋溢着满满的幸福，脊梁骨挺得笔直笔直。四十年努力拼搏，四十年沧桑巨变，中国经济更上了一层楼，中国人民过上了小康生活，安居乐业。感恩改革开放让中国人过上了好日子，感恩改革开放使我有机会接触来自国内的新移民，并把他们的故事写进书里。感恩我赶上了改革开放的好时代，即便身在海外也能分享改革开放的成功与喜悦，也能让我与家乡的父老乡亲一样，内心充满幸福感。

刘凤霞

◎1958 年出生，笔名白雪，新疆乌鲁木齐人，祖籍河北。现居美国亚利桑那州凤凰城（Phoenix）。1982 年获新疆大学数学系学士学位，1998 年获美国亚利桑那州立大学计算机硕士学位。曾为新疆师范大学讲师，美国霍尼韦尔公司计算机软件工程师。2002年创办北美女人创作协会，2005 年出版《她在海那边》（中国文联出版社）。持有美国教师资格证，2010 年至 2014 年在美国公立高中教书。2008年在美国创办孟子中文学校并任校长至今，为美国孩子了解和学习中国语言、文化提供平台。

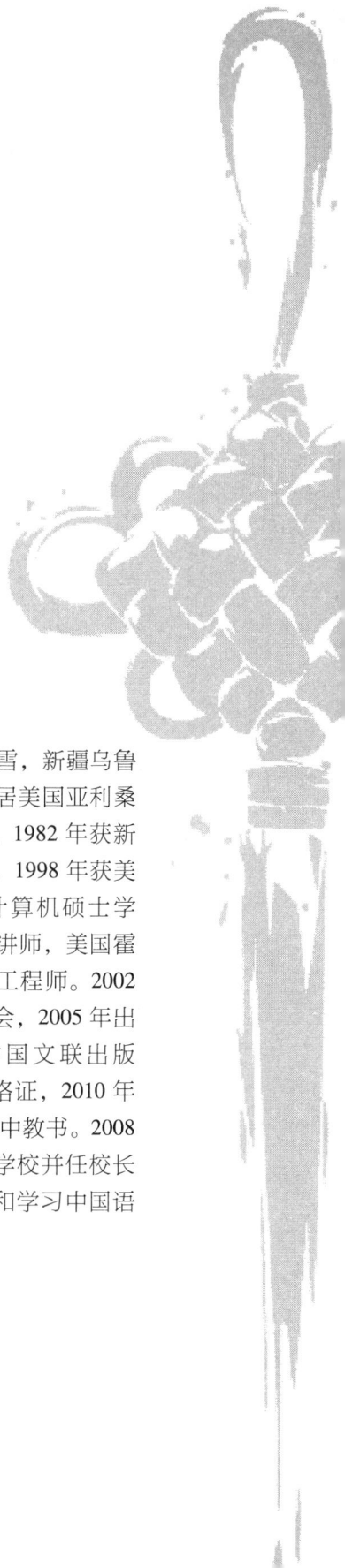

我为中美搭建文化交流之桥

2018，美丽而令人心颤。时钟撞击"花甲"，岁月逝于瞬间。国内历练与海外打拼、文化碰撞与时代变革，使我置身于雄伟的历史画卷。童心未泯的我，正站在明亮的教室里，教一帮金发碧眼的"洋娃娃"学习中文、唱儿童歌曲、跳红绸子舞。那红红的绸带伴随着家乡的音乐和孩子们的歌声，飘得好高、好远……它穿越了时空，从此岸飘向彼岸，飞到了四十年前一位秀丽姑娘的手指间。那姑娘正在一间农场的教室里，对着一群孩子，教他们学习知识、编织未来。

一、相会在 70 年代的大学校园

1977 年的秋天，新疆乌鲁木齐西郊农场泛着金黄，霞光映照着上山下乡知青们的面庞。寂静的大地忽听一声惊雷：国家恢复高考制度！这个重大的好消息，令知青们不敢相信自己的耳朵。历经了十年动荡，人们总是被重大的新闻所震慑。1976 年大半年，举国上下哀乐不断，周恩来总理逝世、朱德委员长逝世、毛泽东主席逝世，唐山大地震二十四万人失去生命。转而到了 10 月份，"四人帮"被一举粉碎，欢庆的歌声飘荡在空中。一个民族的悲与喜，在祖国这片大地上演得淋漓尽致。

从高考消息发布到考试开场，只有一个多月时间。1977 年 12 月，我加入了全国五百七十万人的高考大军。在"百里挑一"的录取比例下，幸运之神降临，我被新疆大学数学系录取。1978 年 3 月入学，成了一名大学生。

新疆大学位于新疆首府乌鲁木齐，是全国重点院校之一。1977

年高考招生，学院决心收罗人才，凡是第一志愿报考新疆大学并且取得高分的，没有一个能漏网去内地大学的。数学总分 100 分，我考了93 分，算是让自己骄傲了一把。数学系招收了两个班，一个汉族班，一个少数民族班，共有六十名学生。刚刚从混乱的教育体制中走出来的我们，个个惜时如金，埋头苦学，每天都是宿舍、教室、食堂三点一线，恨不能把被耽误的时间都补回来。八个女生住在一个几平方米的宿舍，上下铺紧挨着，狭小的空间充满着理想、奋斗和爱情故事……

2007 年，我回国参加入学三十年同学聚会，几乎认不出母校的面目。校园里高楼林立，当年的数学楼早已被新楼取代。那平房旧宿舍早已无影可寻。可喜的是我们入学后新建的女生宿舍楼还在，年头虽老，倒还"风韵犹存"。那破旧而温馨的食堂，早已改成了豪华汉族餐厅。这正是我们同学聚会的地方，桌上摆满了山珍海味。难以想象，同样是这群同学，四十年前竟凭饭票吃饭，男生大部分都吃不饱，有的女生省下半个馒头留给心上人。

几对大学情侣如今成了老夫老妻，他们双双走入新数学楼参观。走廊宽敞，教室明亮，教师桌上有电脑连接到智能白板，好羡慕新时代的大学生有优越的物质条件和丰富的学习资源。近年来出现的智能手机和微信，功能强大到可以视频电话、语音聊天。在同学微信群里，多年未见的同学聚在一起，聊天犹如面对面。

有了手机和微信，大学校园里似乎也安静了许多。四十年前校园里的高音喇叭也变成了古董文物。然而大学期间我主要的音乐收听渠道就是校园有线广播。改革开放打破了样板戏一统天下的局面，文艺百花齐放，涌现出了许多流行歌曲。彼时，优美的旋律从高音喇叭中传出，拨动着年轻的心弦，记忆犹新的一首歌是《年轻的朋友来相会》：

　　年轻的朋友们，今天来相会，

　　荡起小船儿，暖风轻轻吹。

　　花儿香，鸟儿鸣，春光惹人醉，

　　欢歌笑语绕着彩云飞。

　　啊，亲爱的朋友们，

　　美妙的春光属于谁？

　　属于我，属于你，

　　属于我们八十年代的新一辈！

　　……

　　妙龄芳华，在"春光惹人醉"的校园里，谁去想象三十年后的模样？然而这首歌如预言般地，将年轻的心带入了"举杯赞英雄，光荣属于谁"的远久盛宴。如今这盛宴已经在同学间进行过多次了，两鬓斑白也无止息。时光荏苒，斗转星移，我们的祖国已经立于世界强国之林，无数英雄的奋斗和努力汇成了一部强国交响曲。

二、异乡打拼路漫漫

　　1982 年 2 月我大学毕业，被分配到了新疆师范大学数学系教书。我的同窗，后来成为我先生的他也被分配到一起。生机勃勃的改革开放为前途和理想大开绿灯。摆在年轻人面前的主要有三条路，即"红路""黄路"和"黑路"。

　　"红路"是走仕途。党政机关部门急需接班人，大学毕业生有不少被分配到自治区党政机关工作。国家还重点培养了一批优秀的大学生作为"第三梯队"，从内地分派到新疆接受锻炼。师范大学就有好几位内地来的第三梯队成员，都在教学第一线。

　　"黄路"是下海经商。当时已经有"让一部分人先富起来"的思想指导，许多年轻有为的人辞职自己办公司。1983年五笔字型的研发，为计算机的汉字快速输入开辟了蹊径。计算机软件公司和计算机印刷公司也像雨后春笋般涌现。新疆师范大学计算机系开始参与北大方正的排版印刷技术研发和商务活动。我的先生刚刚拿到计算机硕士学位，也被派到北大方正学习交流。在下海经商的机会面前，书卷气十足的他却不为所动，因为他早已立志"两袖清风做学问"。

"黑路"是国内求学或者出国留学拿洋学位，毕业时戴上黑帽帽。我先生英语好，在读硕士时参加过湖南省英语考试竞赛并获得第二名，他的理想是出国留学。

1990年，我先生赴美国亚利桑那州立大学自费留学，一年后我带着三岁的儿子来美国凤凰城陪读。

凤凰城是亚利桑那州首府，人口居全美第五。但是该城市过去华人少，居住得也比较分散。20世纪90年代初在亚利桑那州立大学读书的华人不超过三四百。整个城市没有地道的中餐馆，中餐馆的饭菜都是经过改良而符合美国人口味的。所以每当从国内探亲回来，我就会有个把月吃饭没有味道。

近些年来，随着赴美学子与日俱增，州立大学已经有了几千名中国留学生。大学附近和华人居住集中的地带，中餐馆也应运而生。四川麻辣、东北小吃、陕西泡馍等各类餐馆都相继开张，且生意红火。

我和先生出国前都是大学讲师，月薪200余元人民币，我们没有任何积蓄。先生赴美时，双方父母给他凑了机票钱。他勤工俭学，学费大半是向同学和朋友借的。我一来就到中餐馆打工，而日用品则靠买旧货或捡旧家具解决。我们从来不舍得下餐馆。有时带儿子去麦当劳解解馋，我们俩看着孩子吃得香，摸摸口袋，只有几块打工挣来的血汗钱，哪里舍得给自己花。

当时出国被称为"洋插队"。洋插队和土插队的区别在于社会地位的差异。在农场，作为有知识的青年，我被选派到学校教课，做代理出纳员，为生产队写各种稿件，在全场万人大会上发言，等等，都是被器重的角色。

然而初到美国时，我的学历和大学讲师的资格都得不到承认，一切都要从零开始。因生活所迫，我需要去餐馆打工，周围的太太们和我的境况差不多，我们就联起手来，每人一周抽出一天照看所有人的孩子，其余的妈妈们就出去打工。

我打工的餐馆，老板是位老华人，很喜欢讲过去的经历。他上世纪40年代从广州来美国做苦力。当时美国还实行种族隔离政策，华人属于有色人种，子女不能就近入读白人学校，因而每天要走很远的路，去上专门为有色人种设置的学校，连公共汽车也只能坐有色人种的。

当老板说到毛泽东主席时，便开始眉飞色舞，说他很喜欢毛泽东主席，因为让华人扬眉吐气。他说黄华外长的英语很好，但是在联合国会议上发言也只用中文，这让华人前所未有地挺起了腰杆。老板的兄弟姐妹一大家子都定居美国，在国内已经没有亲人，但他身体里流淌着的中华民族的血液，与生俱来，不可改变。出国时间越长，对祖国的依恋越深。因为"娘家"强大了，自己就有了尊严。

三、一个大国悄然崛起

先生硕士毕业后到一家公司就职，我便考入亚利桑那州立大学攻读硕士学位。当时学计算机很热门，工作好找，因此在国内学中文的，甚至学体育的都改行学计算机。1998年我拿到计算机硕士学位，并在大公司霍尼韦尔找到了工作，成为计算机软件工程师。

工作五年后，由于工作环境和身体状况等原因，我辞职准备在家休养一段时间，但实际上并没有真正闲下来。一是义务做了社区中文学校的董事长，二是组织创立了北美女人创作协会，写文章，出版书籍，向国内的亲人倾吐在异国的各种挣扎。在我的积极努力下，北美女人系列丛书之《她在海那边》和《女人三十不愁嫁》于 2005 年由中国文联出版社出版。

然而，当我们留美女性将目光聚焦于个人打拼、倾吐人生酸甜苦辣的时候，世界格局正在发生着巨大变化。而这种变化早几年就已经开始了。

2001 年，美国发生了"9·11"事件。那天早晨我上班一进公司就觉得气氛不对，有人抱出一台电视机来看，纽约双子塔倒塌的画面非常惨烈。那一天，大家都吊着脸没有心思工作。第二天看见邻居眼睛哭得红红的，说是她和孩子们哭了一遍又一遍，美国人经受不了这种打击，那几个月美国教会人群爆满，向上帝呼求。2003 年，小布什总统又发动了伊拉克战争。

"9·11"事件带来的损失和战争的开销，使得美国经济走向低迷。而在这期间，一个大国在悄悄崛起。中国的经济蓬勃发展，其速度令世人震惊。美国人开始对学习中文有了兴趣，华人的地位也在悄然改变。

在美国，华人当中文老师不足为奇，但是华人竟然当起美国白人大学的校长来，这令许多美国人不爽。2008 年到 2014 年，一位中国教育学博士坐了七年白人的传统宝座——某社区大学校长。他刚上任不久，我参加了那所大学的一个公开会议。一位校行政官员发言说："当时听说中国人要来当我们的校长，我简直不敢相信。这个世界到底发生了什么？"

2006 年，大儿子考上了亚利桑那州立大学的商学院。系主任对他们新生讲的第一件事就是：在未来的二十年，若想做生意必须和中国打交道，因此必须学好中文。这话不仅仅是说说而已，他们暑假把学生送往中国学习，后来又在中国开设了分校。其实美国许多大学都在中国开有分校。我的一名学生就被纽约大学上海分校录取了。

更有甚者，一所美国中小学已经在中国开了十几所分校。其分校在中国的收费很高，小学生一年的学费也要 3 万多美元，但是注册的人还是挤破头，由此可见国人为获取优质教育资源而不惜花费重金的教育投资理念。

四、打开一扇文化交流之窗

2008 年，我开办了"孟子中文学校"，教美国人中国的语言和文化。学校一成立便跟英特尔公司打上了交道。

2000 年前后，美国公司都把工厂往中国搬。英特尔这样的大公司也不例外，他们准备把凤凰城的整个晶片工厂搬到大连，于是他们选中了孟子中文学校为员工培训中文。员工们学习热情很高，一拨学完又来一拨，一年后全部搬到大连。有的几年后回到美国，又到孟子中文学校继续学习。

世界经济格局的改变，令许多美国家长对孩子的知识结构进行重新规划。他们最初是觉得新鲜，认为孩子们学习中文有可能多一个生存技能，现在是认真，认为孩子们不学中文简直就像缺了一条腿。于是乎，凤凰城从幼儿园到小学，从初中到高中，从公立学校到私立学校，中文课遍地开花。如果哪个学校没有开设中文课，简直就是落伍了。

2010 年，我被聘请到公立高中当老师。因为是刚开设中文课，一个学校提供不了一天五节课的教师工作量，所以我不得不一天跑几个学校上课，非常辛苦。另外，根据教育部门要求，我不得不同时修完了三十多个教育学分，并考取美国的教师资格证。

又是几年的拼搏，我已无暇顾及自己创办的孟子中文学校，学校奄奄一息。然而，每当暑假前，都有大量的家长打电话或发邮件要求我继续开办中文夏令营。还有的家长告诉我，他们宁愿放弃家门口的学校，也要开车一小时送孩子去上沉浸式中文小学。这些家长不是律师就是医生。他们让孩子学习中文的执着来自对于中国未来的乐观。这种态度极大地感染了我，使得我痛下决心，辞去公立学校的教师职位，全职开办课后孟子中文学校和中文夏令营。

孟子中文学校的学生当中，有一部分来自没有任何中文背景的美国家庭，这些家长对中文感到神秘和向往，愿意花重金送孩子去中国游学。另一部分来自混血家庭，这些家长有一种危机意识，怕中国的文字和文化会被下一代遗忘，他们都有一颗中国心。还有一部分孩子是从中国领养来的，大都是女孩子，养父母们生怕她们忘记自己是中国人，送她们学中文，带她们回中国，到当初领养她们的孤儿院或原来寄养的家庭去看看。他们当中有许许多多感人的故事。

开办学校的同时，我也兼顾着北美女人创作协会的事情。这个协会成立至今已经有十七个年头了。协会成员包括才女江岚、枫雨、楼兰、凡草等人，成员们笔耕不辍，希望能写出时代好作品。三年前，在社区的喜迎新年晚会上，协会成员又同声唱起了《年轻的朋友来相会》这首歌。激情洋溢的表演，把大家带回了青春年代。

四十年的穿越，在宏伟的历史变革中演绎。我们这一代人，是跟随中国改革开放的步伐成长起来的。当把个人的人生轨迹放到时代的大背景下去审视时，我不得不发出这样的感慨，我们是改革开放一路风雨的见证者，是推动者，也是成果的受益者。有人问我，你为祖国的发展做了什么？我说，我奋力拼搏，教美国人学习中国的语言和文化，在远隔重洋的祖国和美国之间架起一座文化之桥，也算是对祖国建设的一份贡献吧。

北美女人创作协会成员再唱《年轻的朋友来相会》

孟子中文学校的孩子们跳起红绸舞

刘建萍

◎笔名春阳，出生于 1955 年，原籍武汉。1982 年毕业于武汉大学化学系。1988 年赴美，后在美国获化学硕士学位。在美国施贵宝（Bristol – Myers Squibb）医药公司任研究员多年，现已退休，定居美国新泽西。业余爱好写作，参与出版《与西风共舞》等多部作品集，获奖多项。著有个人文集《岁月流沙》。

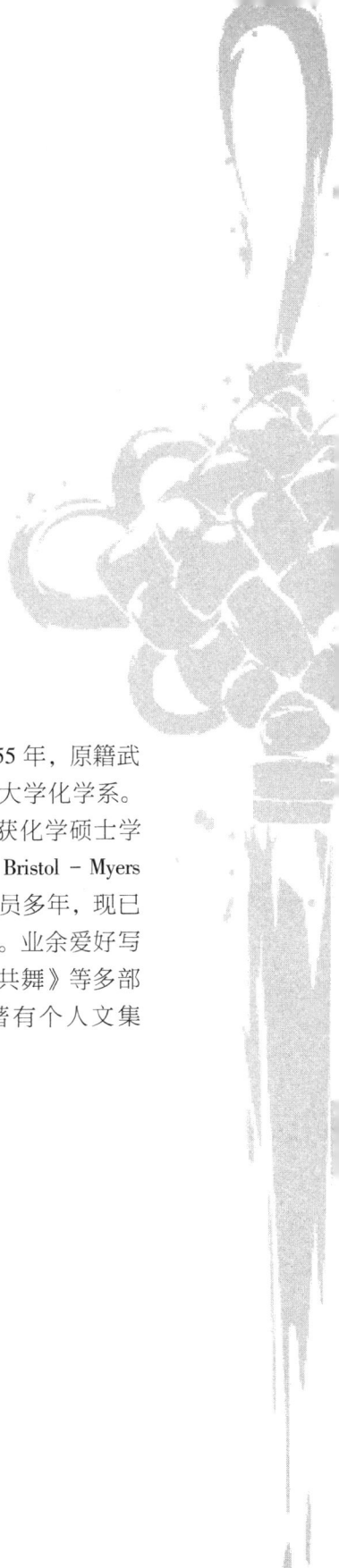

家乡，每年都不一样

中国的改革开放从 1978 年算起，已经四十年了。距离我去国离乡，也已有三十年。

最近几年，我几乎每年回国。感受最深的是上一次回国，看到了武汉街头的这句口号："武汉，每天都不一样！"因为我几乎每次回国都要惊叹："家乡，每年都不一样！"

改革开放以来，中国的巨大变化是世人有目共睹的。我虽然身在异国，却也从每次回来的见闻和在国外的观察中，真切地感受到了这变化之大、变化之快。

一、行路不再难

"妈咪，我们快到了吗？离我演出的时间只有四十分钟了。"女儿九岁那年去纽约参加钢琴比赛，我们被卡在"林肯隧道"动弹不得。在暗暗的隧道里，我望着前面纹丝不动的车龙，除了叹气，没有任何办法。

"妈妈，我们快到了吗？离我们比赛开始只有一个小时了。"女儿十三岁那年去纽约参加游泳比赛，我们被堵在"荷兰隧道"的新泽西一边进不了城，看着前面密密麻麻的车辆，好半天前进不了一米，时间一点一点过去了，心里焦急如焚。

"妈，我们还没有出城吗？都在这条街上快一个小时了。"女儿大学毕业了，我们去纽约参加毕业典礼，回家的路上又被堵在纽约城里的华盛顿大桥那头，出不了城。

在新泽西州住了二十多年，女儿也从一个黄毛丫头成长为藤校毕业生。可是每次进纽约城心里都发怵：进城一趟太难了，几乎每次都毫无悬念地被堵在哈德逊河两岸。

　　尽管纽约是美国乃至世界的金融中心，但哈德逊河却成了隔断新泽西和纽约城的天然屏障，这一老大难问题几乎是众所周知，却无人能解决。小河两岸的纽约和新泽西州政府，为了再修一座桥已经论战了几十年了，结果是论战还在继续，堵车依然如故，唯一变化的是不断增长的过桥费、隧道费。

　　而在地球的另一边，我离开了不到三十年的武汉，"天堑变通途"已经不再是梦。武汉长江大桥1957年10月通车。将近四十年后，武汉长江二桥才于1995年通车。而从1995年到现在仅仅二十多年，长江上的第七座桥正在建设中。原来从汉口到武昌都得用半天时间，现在几十分钟就到了，并且武汉市所有的桥都是不收费的。仅此一点，就让我们这些被年年增长的进出纽约的隧道费、过桥费折磨得头痛的人羡慕不已。

　　我对以前武汉市内交通的感受，几乎可以用"恐惧"来形容。记得每次等车的时候，人都可以挤满半条街，来了车大家就一拥而上。徒手挤车还不算那么可怕，跟着车跑出几十步，顺着门边往上挤，都是当年练出来的好身手。但是抱着孩子挤车，几乎每次都是个噩梦。

　　记得有一次带儿子坐公交车，在15路公交车起点站，站了半个小时都没见车来。好不容易盼来了一辆，拼命在众人的推搡中挤上了车，关了车门，人和人之间几乎没有间隙。突然儿子尖叫一声大哭起来。听到孩子的哭声，大家拼命挤出一条缝，我才有机会低头查看了一下，原来儿子的腿，不知道被什么东西划开一条长长的口子，还在流血。

　　多年后，我和孩子们宽松地坐在同一路公交车上，向孩子们说起这件事，他们的反应让我很吃惊："妈妈，你抱着孩子怎么不打的士?"当时的感觉就像是一个饥饿的人被问道："没有饭吃,你为什么不吃肉?"我只好告诉他们,那时候除了公交车,并没有别的交通工具。可孩子们还是不懂:怎么会没有的士呢?

行路难,是我离开中国以前对中国的交通出行总的印象,从很小的时候就开始了。我童年时在河北的姨妈家住了几年。记得有一次,我和姨父姨妈一起去赶集,远远地看见两座桥,近处是一座绿桥,远处是一座红桥。姨父问我:"妞儿,你喜欢红的,还是喜欢绿的?"我说:"我喜欢红的。"姨父说:"好,我妞儿喜欢红的,我们就走红桥。"说完就把肩上的我往上耸了耸,让我坐稳,然后大步流星地向远处的红桥走去。那时候,没有坐车的概念,好像无论要去哪里,姨父的肩头就是我的出行工具。

从河北回到武汉,我和姨妈是坐火车的。记得那长长的绿皮火车,冒着热腾腾的白烟,不时还会"呜呜"地响几声。白烟中的细颗粒还带着煤渣,会随风吹进车窗,打在脸上。坐车时间长了,脸就变黑了。那火车开不了一会儿就停一次,不知道走了几天,也不知道换了几趟车,只是模糊地记得,总是在黑夜里,被姨妈紧紧地拉着手,睡眼蒙眬地翻过一条条铁轨。

第一次到上海印象特别深刻,就是离开中国到美国来的那一次,是坐轮船去的,用了整整三天的时间。船上脏乱而窄小的餐厅,几乎无法下脚的厕所,都给我留下了不好的印象。那是我第一次坐船出行。然而就在十年前,我们转道上海回武汉,坐上了宽敞明亮的动车。那是我第一次坐动车,车上舒适干净的程度令我惊叹。更令我惊叹的是:上午十点钟上车,下午三点已经走在武汉街头,吃到了我日思夜想的热干面!当时我心情是非常震撼的,没想到原来三天的路程,竟然缩短到了五个小时,据说动车还不是最快的。

第一次从武汉去北京,是坐火车去的,那是我们大学毕业前到北京去实习。和另外十个同学一起,坐的是直快。头天下午六点半上车，第二天下午三点半才到北京，总共花了二十一个小时。而后来回国转道北京，坐上到武汉的高铁，只要四个小时就到了。

原来从老家信阳到武汉，都是一大早就起来去火车站，晚上才能到。那次表姐们放下电话，两个小时后就来到我身边的时候，我真的惊呆了。我问她们怎么这么快，她们说现在方便得很，车又多，说上车就上了，不一会儿就到了。所以总的感觉是，所有的距离都缩短了，无论到哪里，都不再需要用天，而只需用小时来计算了。

如果说高铁改变了远距离路程，那么武汉市内交通情况的变化，也是日新月异。公交车的车次、车站都增加了，服务态度也有了长足改进。以前没听说过的地铁已经修了好几条线，并且连接了机场、高铁站，让人感觉十分便利。建设速度也让我惊叹不已，常常是头两年回国听说在规划隧道呀，地铁呀，第三年回去的时候就已经通车了。我清楚地记得自己对武汉的地铁和江底隧道一直是持怀疑态度的："安全吗？质量能保证吗？"但是当我第一次坐车过江底隧道的时候，那份激动，真是难以言表。

改革开放四十年，行路不再难。

二、发自内心的微笑

这些年来，每次回国时间都安排得很紧。有次临走的时候，突然想起来，已经很多年都没有在国内下厨了。于是决定，无论如何也要亲手给八十多岁的母亲做一顿饭，所以带上俩孩子去了超市。

我们先从熟食肉部开始，只见猪牛羊，鸡鸭鹅，辣的，不辣的，炸的，烧的，卤的，样样俱全。我开始很贪心，每样要一斤，眼看着太多，就改成半斤，后来发现肉部还没走到一半，东西就太多了。等儿子把青菜、水果拿过来时，我们的购物车就快堆满了。后来想要的东西还很多，就只敢每样买二两了。

我们推着车去付钱时，女儿突然问我："妈妈，你为什么一直在笑？""我在笑吗？没有啊。"我一点儿也没觉得自己在笑。"是的，妈妈，你一直在笑。"女儿肯定地说。啊，真的吗？如果我一直在笑而自己毫不察觉，那一定是发自内心的笑。于是我告诉女儿："妈妈高兴啊，妈妈是真的高兴。""买菜有什么好高兴的啊？你在美国不是每个星期都买菜吗？"儿子在旁边也插嘴问道。"那就是因为我高兴，我高兴家里人再也不用为买菜发愁了。"看着儿子女儿一脸的茫然，我给他们讲起了四十多年前，我们半夜起来买菜的往事。

"文革"时期，国营商店里的东西很少有不要票的。粮、油、布、柴、煤、肉、豆制品通通要票。到了过年的时候，就会发黄花票、木耳票、粉丝票、京果票、杂糖票等等。就算是有票，也还要排很长很长的队才能买到。每个星期天，买菜都是一件让人非常头痛的事。星期天家里有时会来客人，我们要拿着肉票去买肉（每人每月一斤），肉很紧缺，因此我们三姐妹经常和邻居的女孩们一起半夜起来去排队。

现在大名鼎鼎的汉口商业一条街——汉正街上，当时有家"紫阳菜场"，那是我们常去的地方。晚上，菜场正面的大铁门紧闭，侧面的小巷子有三个小门。通过小门的缝，可以看见在黯淡的灯光下，各有一堆青菜。卖菜的小窗口前早已经有几块砖头、几个破篮子占了位子，我们就把菜篮子放在后面开始排队。武汉的冬天夜里很冷，我们的棉衣棉裤挡不住那刺骨的寒风，出门没几步手脚就冻僵了。一开始，就使劲地跳啊蹦啊让身体暖起来，可是跳一会儿就跳不动了，不跳吧又冷得要命，我们就互相把手伸到对方的腰间取暖。其实腰也凉，只比手热一点。

早上三点到五点是最难熬的，因为那时候我们不但又冷又饿，还困得睁不开眼睛。一般过了五点以后天会特别黑，五点以后人开始多了起来。我们也都来了精神，因为一场紧张的位子保卫战就要打响了。这时前面的砖头和破篮子都变成了人排在前面，我们开始数前面到窗口还有几个人。

菜场一般是六点半开门，而快到开门时原来排得好好的队就开始变形了。一些新来的但特别有劲的"狠人"开始往小窗口边涌。这时候最重要的是不能被挤出人堆，只要是在人堆里，就还有希望接近小窗口。

好不容易盼到六点半，菜场里的灯亮了，小窗口打开了。立刻就有十几只手，通过小小的窗口伸向女售货员。她只能每次都拿那只伸得最长的手里的钱，然后把菜倒进在很多手上面摇晃的篮子里。等到前面的"狠人"都差不多买好了，那一堆菜也剩不了多少了。好在限制每个人最多只能买三斤，所以我们这些半夜来的，又能坚持待在队伍里面的，才有希望接近小窗口。即使这样，有时候也买不到菜。很多时候，我们三姐妹排三条队，能买到两样菜就算很幸运了。

改革开放最初的十年，我和大家一起经历了国家最初的转型。那时，什么都要票的生活常态刚刚被打破，大家都不习惯。所以最开始盐不要票的时候，所有人都感到惊慌，冲进疯抢的队伍，我一口气买了二十斤盐搬回家。最开始领不到布票、豆制品票、煤票、柴火票的时候，心里觉得空落落的，特别是看到虽然不要票，但是价钱却涨了，心里非常不踏实。还有几次，我冲进不知是卖什么的长队，买了一大堆几年都用不完的物品。

在美国长大的俩孩子，听了这故事，都呆呆地看着我，不知道说什么好了。古人曰："民以食为天。"作为一个普通人，当我看到我的老母亲和家乡的亲人们，不用每天再为饭桌上的几个小菜发愁时，我打心眼里感到高兴。从最初粮食供应制度取消到应有尽有的超市一个个开张，前后用了不到十年时间。再到后来，人们习惯了应有尽有，年轻人都不知道那些票证的存在了。

四十年，对个人来说很长，对一个国家来说不那么长，在历史的长河中更不值一提。可是能在短短的四十年里，让十几亿百姓过上丰衣足食的生活，不能不说是一个奇迹。

三、于细微处见精神

物质的丰富，也带来了精神文明上的变化，让我不断感到震惊的，主要还是家乡的人。以前的武汉以"脏乱差"闻名全国，武汉人不论男女，都是火气十足的，常常是一言不合就火力全开，吵得天翻地覆。大街上吵架屡见不鲜，商店里服务员的脸色就像谁欠她钱似的。以前在餐馆里吃饭，不论桌子上剩下多少菜，都是嘴一擦就走。记得我好几次让亲戚们打包，他们都说不好意思。难道浪费粮食就好意思了？我们的国家还不富裕呀，记得那时候真的很痛心。

变化是潜移默化的。

第一次看到高大敞亮的天河机场大厅和崭新的地铁站，面对干净得能照出人影的墙壁与地面的时候，我的判断是：过不了多久，就会狼藉一片了。可是事实证明，我错了。当我第二年、第三年，以后每年回去的时候，发现那些地方依然光彩照人，崭新如初。看着自己映在墙上的影子，我感到欣慰，也感到吃惊：家乡的人真的变了！

武汉的地铁是最近几年才通的。那天我在地铁站等车，看到人们安安静静地排成两队等车，不拥不挤，那一刻，我非常惊奇。因为在我印象中，武汉人是不会排队的，总是要堵在车门口挤上车的。当我上车后一转身，却发现还有几个人居然没挤上来，而是站在原地等下一辆，这也让我感动了，因为我以为他们肯定是要推操着挤进这趟车里的。

随后我发现，再过两分钟，下一班车就来了，所以不用紧张，也不需要挤，人们不在乎这两分钟等待的时间，因为他们知道后面还有车，而且肯定会来。这不就是物质文明带来的精神文明的变化吗？我深感欣慰，印象中的那种挤车挤破头的事情，再也不会出现了。

　　以前回国最头痛的事之一，就是烟民无处不在，所到之处都是烟熏火燎，让人很不自在。不记得从哪一年起，我看到几个大城市的公共场所都设有吸烟室。无论是巨大的无支柱上海火车站，还是规模较小的杭州火车站，烟民们都规规矩矩地到吸烟室去吸烟。当我在武汉机场看见一位中年人匆匆忙忙地向工作人员询问吸烟室在哪里的时候，我真的有些震惊。

　　第一次在武汉的长途汽车上看到了"无烟车"三个字，心里很高兴，不过上了从武汉到黄石的无烟车，却碰上了司机抽烟的事。当时我指着"无烟车"三个字对他说："师傅，这是无烟车，请你把烟灭掉。"谁知司机不听，竟然说："我需要抽烟提神，是为了保证旅客安全，安全第一。"这样一来，我就不高兴了："保证旅客安全是你的责任，按规定这是无烟车，你就不能抽烟。你抽着烟还开什么无烟车？"司机不理我，还继续抽。我拿出手机看着举报电话，又说了一遍："请你现在就把烟灭掉！"司机悻悻地看了我一眼，把烟灭了。不过那是十几年前的事情了，如今，中国许多城市都在公共场所全面禁烟，百姓的禁烟意识和氛围都有了很大改观，我想这样的事情不会再发生了。

　　新一代人的改变，让我看到了希望。当我和母亲在陌生的路上犹豫的时候，热情的年轻人会走过来问："阿姨，您要去哪儿？"然后仔细地告诉我们应该怎么走。在公共场所，人们都会保持一定的距离排队等候，不排队的人也会得到善意的劝告。服务人员也都态度和蔼，笑容可掬。在车站里，一个年轻的妈妈坚定地告诉小男孩："你不能打妹妹。去，去给妹妹道歉。"在公园里，年轻的父母对孩子说："不能乱扔垃圾，捡起来，扔到那边的垃圾箱里去。"特别是现在在餐馆里吃饭，我很高兴地看到，顾客吃不完的大都主动打包，很少看到浪费粮食的现象了。"于细微处见精神"，从这些小事上，我看到了国民素质的变化和一个国家文明程度的提高。

　　每年回国，每年惊叹不已，感觉改革开放四十年带来的家乡巨变，比我想象中的还要大。我看到的改变，不仅仅是新建的高楼大厦和道路桥梁，更是家乡人民精神面貌的改善、文化素质的提升。武汉，我还会每年都回来，因为这是我的故乡，这里有我的亲人、朋友。与四十多年前比起来，国家的巨变、人民的富足，都让我感觉到，家离我更近了。作为一个久居国外的华人，我衷心地希望：每年都不一样的家乡，越变越好！

汤丽娟

◎笔名茹月，1957 年生，祖籍江苏大丰。1980 年北京医学院药学专业毕业，1984 年获南京药学院硕士学位，1989 年底留学美国，1998 年获美国费城药学院博士学位。现居美国费城，从事制药企业管理工作。爱好写作，著有短篇小说《金龙之死》《丝袜》《白蚁》《老康复师邦德》，散文《生命的美丽》《视角》《那份消失的宁静》《朱莉的海外同居生活》等，散文随笔和纪实报道散见于海内外文学期刊与媒体。

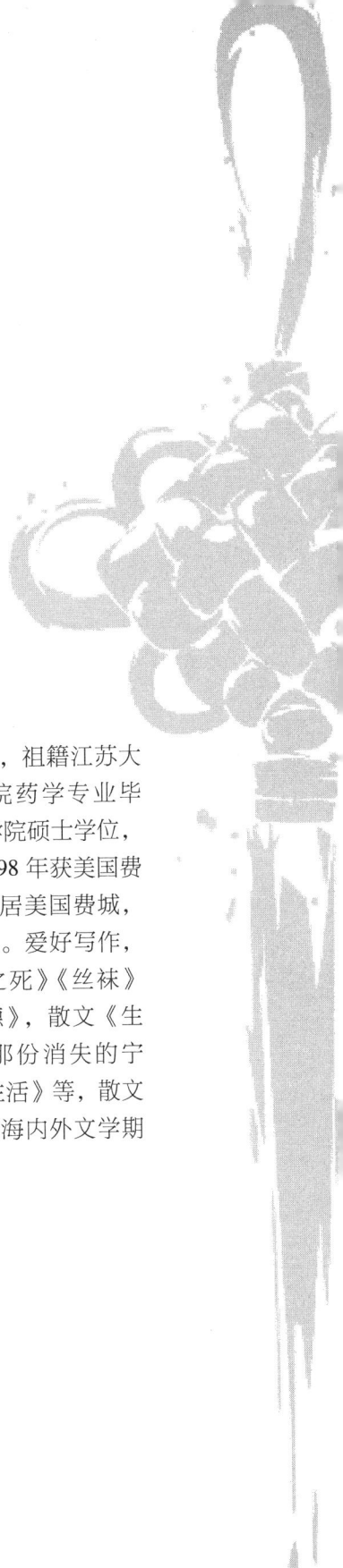

对岸的灯火

今年我第二次回国的时候来到了重庆。接机的师傅第一句话就问：你来过重庆吗？我突然呆住了：没有？不对！明明是在重庆的中心广场留过影的，还在一个码头上了船，畅游了三峡大坝建成之前的三峡，但那似乎是很久远的事情了，以至于看着眼前飞速发展的重庆，我都不敢肯定自己曾经来过。

惊艳重庆

听说上次我到过长江和嘉陵江边游览，这次接待的公司又特意安排我去了那里。记忆中上一次，也就是 2000 年，我在岸边看到了对岸的万家灯火，点点灯光如漫天的萤火虫，在黑暗中给人温馨和神秘的感觉。可是这一次，当我来到两江汇合的岸边，看到的却不仅仅是灯火，而是一个放大了百倍的迪士尼灯光秀。对岸的点点灯光已经变成了一座座披着彩灯装饰的巨大楼宇。楼宇的整面墙壁变成巨型幕布，上演着仙境般的迷幻和奢华，免费赠送给每一个来到她面前的人，不论是当地居民还是游客。朝天门码头上曾经高高的台阶夹杂在高楼林立的灯火之中，看起来竟然有些寒酸。俯首脚下，路人停留的江边小憩之处，竟然随意地呈现着我曾经在美国新泽西州大西洋城一间神秘的房间里才看到过的彩色喷泉，而且这里的喷泉似乎更大、更美丽。脚下的河岸上，露天的茶座里，有舒适的藤椅和逍遥的酒吧。河口处两条装点着彩灯的游轮在不停歇地穿梭着，似乎只是为了提醒我，面前看到的并不是一幅巨大的图画，而是真实的城市夜景。

看着眼前的灯光变换，我切身地感到，中国已经变了，从一个相对落后的国家，变成了非凡的、现代的繁华国度。而这个变化，似乎在一夜之间发生，快得像对岸变换的灯火。而所有这一切的发生，都来自一个重要的开始——20 世纪 70 年代末的改革开放。

踏出国门

我是 1976 年上大学的最后一届工农兵学员，改革开放是随后发生在我们身边的事情。我当时还很年轻，没有忧国忧民的意识，在政治气氛浓郁的北京，每天只知道与一些刚刚在北京市卫生学校留校当教师的同学开开心心地玩，以为自己的一生将在这些朋友之间、在这个美丽的校园里、在漫长的牛街上度过。

还记得，1976 年，在返回北京医学院的公共汽车上，我看到街上群众游行，欢呼粉碎"四人帮"的胜利，心里止不住地开心，扭头看看车上挤在周围的陌生人，他们也看看我，给我一个微笑。那时人们知道，"文革"真的结束了，中国即将掀开崭新的一页。很快，1977 年，高考制度恢复，570 万考生步入考场。1978 年春，我们在大学里迎来了"文革"后第一届通过考试进校的大学生。尽管我们七六级与七七级好像属于完全不同的人群，但是在校园里，大家从未感觉有隔阂，所有的人都共同汲取着来之不易的知识甘露。我每天泡在图书馆里，不仅仅是学习专业知识，更多的是在翻阅刚刚被解禁的那些文学作品，我读了曹禺的《雷雨》和巴金的《家》《春》《秋》。记得我当时非常喜欢《雷雨》，所以急切地去寻找曹禺所有的作品。北医的图书馆提供《人民文学》《十月》《收获》《小说月报》《译林》等文学期刊，在象牙塔里的我从这些期刊中感受着中国改革开放的步伐。记得读了刘心武的《班主任》，这是第一篇从思想上批判"文革"的小说。后来有了《街上流行红裙子》的电影，那一年街上的女孩几乎都穿红裙子。那时几乎每一期期刊、每一部电影都会带来前所未有的新的开放和改变。我计算着日子期盼每一期新期刊的到来,然后急切地一口气读完所有的小说,为每一个新的趋势和观点欢呼和叫好。那时的我尽管不知道未来是什么样的,但是坚信整个国家、整个社会一定会越来越好,而我的未来也充满着无限可能。

1980 年,当我走出北医校门,又回到当年送我去上大学的北京市卫生学校,并成为一名老师的时候,那个我曾经以为会待一辈子的美丽校园已经无法留住我的脚步了。在所有人惊奇的目光中,我报名参加了第二届研究生考试,并在半年以后进入了南京药物研究所,成为翁帼英研究员的硕士生,我当时是北京市卫生学校建校四十年以来第一个考上研究生的人。

我的研究生课程是在南京药学院,即现在的中国药科大学完成的。在这所知名的药科大学里,我们不但从中国最好的药学老师那里学习知识,而且经常能够与外国来访的学者和归国的留学人员交流。我还记得,在一次与归国探亲的学姐交流的时候,她告诉我们国外的电动打字机很好用,比我当时正在使用的机械打字机好用很多。后来我出国以后一直寻找她说的电动打字机,却不知道秘书使用的那个很简单的有一个电线插头的打字机就是那个学姐说的神奇的打字机。因为我两年以后留学美国,看到美国的办公室里已经很少用打字机,而是开始使用王安电脑了。

1984 年研究生毕业以后,我又回到了北京,并且被分配到了中国医学科学院药物研究所从事我从小就梦想的药学研究工作。记得我去北京人事局报到的时候,那个工作人员说,我是他见过的第一个从北京出去,又回到北京的研究生。在全国最高水平的研究所里工作,我们有条件阅读大量的国外文献,很多研究工作并不比国外差多少,但是,我们却不知道国外的制药工业是怎样的,也不清楚我们与国外的差距。了解国外的机会很快来临,国家高瞻远瞩,为了科技现代化的需要,制订了与美国进行人才和学者交流的计划。这对于我们研究人员来说，无疑是打开了一扇大门。

　　1986 年，我有幸参加了国家科委选派青年学者交换的计划，成为当年中国第一个被派到美国制药企业学习的进修生。据说当时一位参与交换计划的美国教授认识 G. D. Searle 公司的老总，所以通过私人关系，把中国的青年学者派到了私人的制药企业学习，而在我之前和之后，中国的学者都只能到大学里学习。我到了 G. D. Searle 以后，美国同事们都盛传我有什么背景，否则怎么会被选中出国呢。其实，我被选中是因为当时出国的名额最先给到了中央直属单位，而我所在的单位是卫生部的中国医科院系统，我又是研究所里少数几个刚刚毕业的研究生之一，还凑巧通过了英语的口试。尽管当时我的英语口语基础很差，但是那个考我的美国老师，竟然听懂了我说出的几个英文单词，最后她问我："你觉得以你现在的英文水平，到了美国能生活吗？"我当时是多么渴望出国学习呀，于是壮着胆子说："如果把我放在英语的环境里，我会很快适应的，应该没有问题。"也许是我的回答让她满意了，我竟然把一个英语系的毕业生比了下去，成为研究所唯一获得这次机会的人选。

　　我到美国的第一站是在佐治亚州的亚特兰大，当时的佐治亚理工大学有一个中国学者交流中心，我在那里先熟悉了一下美国的生活。记得那位已经叫不上名字的老教授，给我演示用微波炉烧开纸杯里的水。我惊奇于水开了可纸杯竟然没有一点变化。在接待我的中国老师的家里，我学会了吹头发、打电话，还有穿合体的上班裙服。两个星期之后，我只身前往芝加哥的 G. D. Searle 公司。

　　在 G. D. Searle 一年的进修中，我对美国的制药工业有了最近距离的观察。当时我印象最深的是，美国的制药厂规模非常大，且十分重视产品研发，一个药厂的实验室的规模就比我们中国国家级的研究所的实验室大得多，科研仪器也更多。再到高等学校参观以后，才发现，美国的很多产品研发和科研其实都是在公司里完成的，高等学校的经费和资源反而比较紧张。美国制药企业研发投入大，这是美国制药行业中，研发与生产紧密结合，一线生产与尖端科技密切联系、与基础科学研究密切联系的原因，也是促使新的药物研究成果能够快速投入生产、服务社会的重要原因。当时，我意识到，我们国家的药物研发在这一点上确实与美国存在差距。不过，我也相信，随着改革开放的推进，我们国家的科技实力也会蒸蒸日上，我来到这学习，不就是为了把好的经验和方法带回祖国吗？

一年的进修时光非常短暂，转瞬即逝。回家时，我买了四大件和四小件家用电器，在俄亥俄飞机场登上飞往北京的飞机，那时的航程是十九个小时。飞机飞到首都上空即将降落时，我非常激动，毕竟有整整一年没有回到家乡，没有见到亲人了。先生来机场接我，坐车经过前门大街时，我突然发觉前门大街很窄，两边的房屋很矮小。我疑惑着，这不是我印象中的前门大街呀。第二天再去时，那种感觉就没有了。当时空快速变换的时候，人就会不自觉地产生对比，感受到差距。第一次出国，美国的一切都让我大开眼界，包括公共汽车的刷卡机、机场的完备设施、家家户户的自动车库大门，都是当时的中国所没有的。

定居国外

两年以后，我和先生又飞往了美国，这一次，我们决定定居美国。没有了国家的支持，我们在美国从最艰难的打工开始。当时我们居住在费城治安比较差的地区，房子稍不小心就会被小偷光顾。很多人挤在一所房子里分租，每个人都试图省下生活费，为国内的家人带些东西回去。记得有一对夫妻来到美国后开了家洗衣店，每次回国前他们都会到旧货店买很多衣服，准备回去时送给国内的亲友。我们第一次回国的时候，也带了很多二手的衣服送给亲友。那时美国的二手货，在国内亲友中很受欢迎。但是很快，国内的亲友们告诉我，国外的二手货穿不出去了，再也不需要了。于是，我们把当时买好的二手衣服全都丢掉，重新去买美国商店打折卖的新衣服。再到后来，美国打折的衣服也不用买了，因为样式过时了。

等我们经济条件稍好些时，便把父母也接到了美国，这样就免去了思念之苦。当我们终于可以带着孩子们回国的时候，已经是 2000年了。改革开放使得我们熟悉的北京变得很不同了，但还是能依稀找到过去的影子，西单商场的高层里，我们还能吃到卤煮火烧和炒肝，还可以在新开张的连锁店吃一顿涮羊肉。那时我们赶在三峡大坝建成前去游了三峡，在山城重庆的解放碑购物广场上玩得很开心。广场周围高楼林立，已经有些像美国大城市的感觉。不过印象最深的，还是在街头的小理发店，只花 15 元人民币就足足享受了 45 分钟的洗剪服务。而在美国，一次 15 分钟的剪发，却至少要 20 美元。那时我们回国，还有衣锦还乡的感觉，行李箱中给亲友们带去的是在美国买的衣物、首饰和香水。

后来，我们每隔一两年都会回国一次。中国的发展越来越快，几乎每回去一次，都有不一样的变化。人们的生活消费方式越来越多元，以前物质条件所限，下馆子是比较奢侈的消费行为，一般人家都不轻易下馆子，而现在去饭店吃饭是非常常见的了——朋友聚会、招待客人、过生日等等，有时去饭店吃饭甚至都不需要特别的理由。吃过饭，可以到商场里逛个够，还可以去唱唱歌、看看电影、听听音乐会。而我从美国带回的礼物也越来越少，反而从中国带去美国的东西越来越多了。

回到美国后，我会绘声绘色地在朋友聚会中动员大家回国的时候也去各家餐厅过过吃货瘾，去豪华的商场里逛一逛，去音乐厅里享受美妙的音乐会。这个时候我们这些海外人士曾经的优越感已经没有了。国内的同学们开始问我：国内怎么样？和美国差不多了吧？你干脆回来发展吧。但当时，我们还没有真正接收到中国正在成为世界强国的信号。

中国巨变

又十年过去了，我的孩子们已经长大，我在美国过着如同十几年前一样的生活，不论居住的房屋，还是工作，都没有什么变化。然而中国的发展，可以用"腾飞"来形容。城市突然间变得比美国任何城市都更豪华和先进，灯光比世界上任何地方都耀眼。我的发小以前在医院的化验室里工作，告诉我她如今的退休生活就是每年冬天离开寒冷的北京，到海南三亚或是出国到泰国清迈去住两个月，享受异域风情。国内的同学们退休以后，参加各种旅游团，在全国各地、世界各国尽情游玩，令我羡慕不已。

因为业务的关系，我每年都会出差回国两次，而每次我都要去很多制药公司联系业务。今天的中国制药业尽管在技术上与美国仍然有差距，但是赶上来的速度是惊人的。特别是近两年来，国家特别注重制药企业的改革，鼓励制药企业自主研发，促使药厂投入了大量的资金和人力进行改革，并积极研发新产品。目前，美国制药业因为市场竞争的加剧，很多企业裁员、兼并，而中国无疑是最具有活力的新兴市场，没有哪一个公司愿意放弃中国市场，于是有越来越多的美国制药企业主动寻求与中国制药企业展开合作。中国公司出口产品到美国也成了趋势。

每次回国，洽谈业务之余，我也会去细心感受祖国新的变化，去触摸改革开放跳动的脉搏。我住的酒店也越来越高级，敞亮的房间、宽大舒适的床、豪华的洗手间、丰盛的早餐，远远超出了我的想象。住在这些高档酒店中，我不禁感叹，这样的奢华是世界水平的，而这只能用中国的富强来解释。而我在机场里和飞机上看到，国人的修养和素质也在提高，候机时和飞机着陆后，大家都自动排队。走在街上，不时可以看到汽车礼让行人，人们互帮互助，"谢谢""不客气"等礼貌用语常常闪过耳边，文明礼让已经成为风气，人们更加宽容和友爱地对待他人。在秩序井然、友好文明的背后，我看到的是一个真正强大起来的国家，一个由内而外散发着自信的魅力和开放包容的气度，逐渐赢得别国尊重的国家。这一切，都彻底刷新了我十年前对祖国的肤浅认知。

如今改革开放还在路上，中国的强国之路将继续前行。我在想，如果我五年以后再来重庆，对岸的灯火会是什么样？我会看到一个怎样的中国呢？那一定会是更加艳丽、更加让人惊叹的对岸灯火，中国也将会创造更多的奇迹。

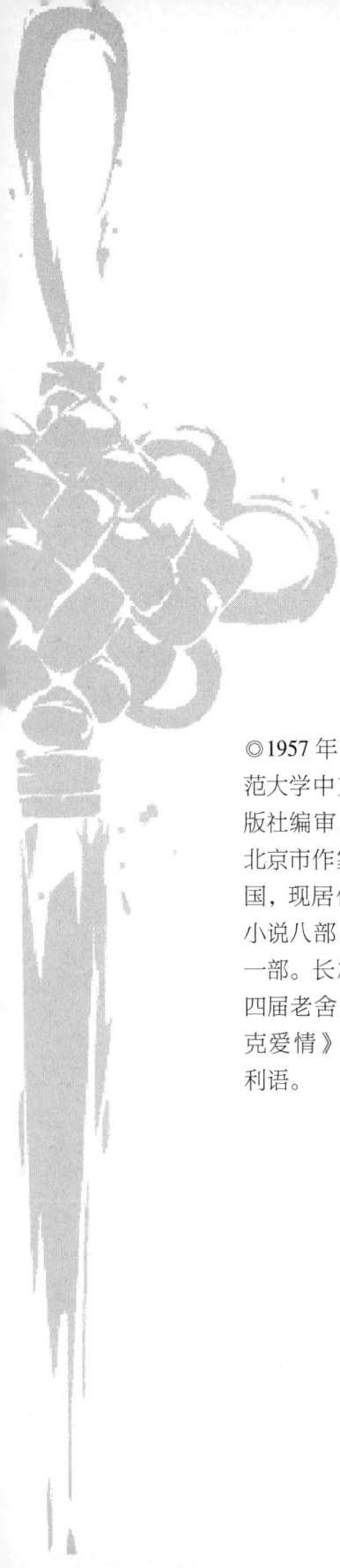

◎1957年出生，北京人，北京师范大学中文系毕业。中国文联出版社编审，中国作家协会会员，北京市作家协会会员。2011年出国，现居住于匈牙利。出版长篇小说八部、散文集两部、小说集一部。长篇小说《琉璃》获得第四届老舍文学奖，长篇小说《21克爱情》被翻译成德语和匈牙利语。

薛燕平

在布达佩斯回望

说起改革开放，确实有些心潮起伏，回首过去，尤其是自己亲身经历的事情，如同回放一场电影，里面的场景以及细节历历在目，伸手可触。改革开放这场"历史大戏"，确实让每一个亲身经历过的中国人感慨万千。

听，改革开放的号角

1977 年 10 月 21 日，中国的各大媒体刊登了一条重大消息：中断了十一年的高考即将恢复，本年度的高考将在这之后的一个月进行！这应该算是吹响改革开放的号角了。在那个特殊的年代，恢复高考不仅是一个考试制度的改变而已，更是尊重知识、尊重人才的体现，公平、平等的理念给千万中国人带来了希望——包括我。

我那时正在北京的一个郊县插队，得到这个消息的时候已经过了一个星期了。大队领导把知青召集到一起，传达上级的指示，说支持我们高考，但派给知青的活却没少。生产队长更是放了话，不能因为复习功课影响生产！北方农村的冬天是农闲期，但我所在的这个郊县多岗子地，所以冬天大部分人都要推着独轮车平整土地。这种活别说是知青，就是对于长期干农活的当地人来说也是重体力劳动，上百斤的独轮车一天推下来，浑身如同散了架，吃完晚饭就已经快睁不开眼了，甭说复习功课准备考试了。但报名高考的知青，却像是打了强心针一般，坐在炕上，简单裹起被子便开始复习功课。农村停电是家常便饭，每遇此时，复习功课的知青便用手电筒代替电灯，每天都要复习到深夜。

高考的地点在离我们生产队十里地的一所县中学里，参加高考的知青带上馒头和咸菜，头顶着星星便踏上乡间的小路。上午的考试结束了，考生们没有地方待，只能在操场上蹲着。呼啸的狂风一阵阵掠过，考生们的身上头上落满了一层一层的黄土。带的馒头已经冻成了冰坨子，不知道谁找到了一壶开水，大家这才就着水把冻馒头和咸菜送进了肚里，这就是午饭了。下午的考试完成后，大家又步行回自己所在的大队。高考结束后，我们便天天支棱着耳朵听大队广播站的新闻。终于有一天，吃过晚饭，大家正在知青点聊天，突然一个同学推门进屋喊道："你们没听到吗？录取名单下来了，快出去听！"大家一窝蜂跑到院子里，听到自己的名字时，都激动得欢呼雀跃。

离开村子的那天，我还记忆犹新。我们几个考上大学的知青拎着行李从村头走过，我感受到春天的气息扑面而来，似乎田头有无数的种子就要破土而出，让人精神振奋。我们站在了一个全新的起点，重整旗鼓，走向充满希望的远方。这希望被紧随而来的改革开放稳稳托起，真正改变了千万中国人的命运。

市场经济来了

进了大学，所有人都被那种百废待兴的气氛鼓舞振奋着。老教授们更是焕发了青春，纷纷把看家的学问拿出来，毫无保留地教授给学生。现在列出教授过我的老师名单，真是如雷贯耳：启功、郭预衡、聂石樵、童庆炳、邓魁英、黄会林、韩兆琦……同学们个个都像上了发条，废寝忘食地学习，铆足劲要在改革开放的大潮中，创造一番伟业。

大学毕业以后我到了一家综合性出版社做编辑，切身体会到市场经济带来的变革。整个 1980 年代，中国处在思想全面解放的阶段，读者对知识如饥似渴，国外很多优秀图书被引进出版，可以说那时是出版业的春天。

我进出版社的时候，出版社的发行体系还是旧有的。出版社把书发给新华书店，新华书店以 7.0 折扣与出版社结算，甚至有的书以 7.3 折结算，无论什么书都是货到即付款，出版社没有任何风险。而出版社向新华书店提供的图书介绍，只有 175 个字，那是一张四联单据，其中 175 个字便是图书梗概，一个编辑只需将这份迷你版的图书梗概写好，书的销量便不成问题。那时候的发行没有竞争对手，从做书到卖书都是只赚不亏的买卖。

但"好景"不长，几年以后，民营书商便应运而生。很快，书商带着新生的强大生命力，以敏锐的生意嗅觉、快捷灵活的运营方式，在中国的出版行业占据了一席之地。它们发展迅速，大部分出版社只得低下高贵的头，与那些当时被认为文化素质普遍不高的书商合作。

在计划经济时代，出版社的编辑是个让人羡慕的职业，任何场合问起职业，听说是编辑，人们便会投来羡慕的目光。进入市场经济时代，人们衡量事物的标准悄悄改变了，在那面经济大旗的辉映下，编辑的头衔显得没那么耀眼了。而一些过惯了"安稳"日子的人怨声载道，面对改革大潮的冲击，感到不适应。

但新生事物的生命力是强大的，时间会将其魅力一一释放，而人们自然而然便会适应新事物，并在心里企盼下一个新事物的到来。出版业也是一样。书商慢慢地成长壮大，越来越多的高学历人才加入其中，人员素质得到提高，更有诗人、作家也做起了书商。公私两种企业形态的并存，大大刺激了图书市场的繁荣，给文化的发展开拓了天地。

习惯于那些曾经不敢想的事情

改革开放给中国方方面面带来的变化几乎每天都在显现着，人们也渐渐习惯了那些以前根本不敢想而时时刻刻发生在周围的事情。

90 年代我有一款黄色翻盖的爱立信手机，信号虽然不是很好，但在当时却很拉风。有一天我接到一个电话，是我一位久未联系的小学同学打来的。她说好久不见，想约我晚上吃饭，并说如果能联系上其他小学同学，也希望他们能一起过来见见面。接下来我一通忙活，好不容易召集了十个人，大家晚上来到东四北小街一家烧烤店。

"我那会儿招呼没打就消失了，你们可能都觉得很奇怪。我现在告诉你们，我是因为与一个外国人发生了恋情而消失的，但这事无疑给我的家庭带来了很大麻烦，当时的经历真的可以写一本书了……不过现在好了，改革开放以后，异国恋逐渐被国人认可和接受，我这次回国，惊讶地发现中国的姑娘可以大大方方地挽着外国小伙的胳膊大摇大摆地走在大街小巷，这是我那时候连想都不敢想的事情。"

原来我这位小学同窗莫名其妙消失是因为一段异国恋情。改革开放前的中国大地上，人们思想意识的局限可想而知。那时她家里不接受这段跨国婚姻，她的父亲更是气得血压升高，她的回国之路也步履维艰。

"突然有一天，我接到一封从中国寄来的信，一看笔迹就知道是我父亲写的。他说了很多国内改革开放的事，说各行各业在改革的春风里都变化很大，人的思想意识也在变化着。最后绕了半天，终于说到他老了，很想女儿，现在与过去不同了，他的思想也改变了，想让我回去见见面，叙叙家常……"

貌似这世界上会有一成不变的东西，但仔细想想，即便是岩石，经过常年雨水的冲刷也会慢慢改变它的形态。我能想象同学的父亲原来是怎样的态度，后来变成怎样，但无法想象那个缓慢而不可思议的变化过程。但无论我能否想象得出，事实是，一切都在改变，这对于一个大国来说，是那么的不易，甚至难以令人相信。

"嬉皮"库山爱北京

借用一句曾经时髦的话：世界那么大，我想去看看。改革开放以后，国门大开，国人纷纷走出国门，探寻西方世界，关注我们生活以外的地方，看看这个星球上的其他地方的人们是怎样生活的，他们有着怎样的喜怒哀乐……以前都是从书籍里了解西方人，现在有机会亲自走出去，真是一件很幸运的事。同样，其他国家的人也有机会来中国走走看看了，甚至在这里工作，在这里生活。这一切在今天的年轻人看来是多么稀松平常，但从历史中走来的我们深知，这是多么的不易——是改革开放架起了中国与世界往来的桥梁。

2010年前后我几次前往德国旅游度假，在一座中等城市不来梅，我结交了很多朋友，其中一位叫库山的德国人令我印象深刻。他五十开外的年纪，头顶上的头发秃了一大片，就是人们调侃的那种"地中海"发型。库山不像一般德国人那样不苟言笑，他性情幽默，为人处事随性，喜欢与人开玩笑，德国人称这种人"嬉皮"，有不少人喜欢他，也有不少人对他的举止颇有微词。他会说一点中文，而且让我吃惊的是他对北京时髦热闹的地方了如指掌，比如三里屯、大栅栏儿、鼓楼、后海等等，说起这些地方的妙处丝毫不输北京人。我问库山为什么对北京这么熟悉。库山告诉我，他就在北京工作，在一家垃圾处理公司做外国顾问。我这才了解到库山是一位垃圾处理专家。库山的嘴里满是北京的事，从饭馆到胡同，他恨不能徒步走遍北京旧城，他被北京的胡同深深吸引。

有一次库山对我说："你们应该早点改革开放，哪怕早十年呢，那样我就移居贵国了，然后娶个中国人做老婆，可惜我在八年前已经结婚了。"我这才明白库山嘴里的十年意味着什么。哈哈笑过，我从心里为自己能赶上改革开放的大潮而庆幸。后来库山多次表达他想加入中国国籍的愿望。愿望虽然没能实现，可他对中国的喜爱可见一斑。

布达佩斯的中国人

90 年代，随着中国改革开放的浪潮涌起，很多人走出国门，想找一条异国生存之路，改变原有的生活方式。因为当时的匈牙利不需要签证，所以涌进来大批来自中国的生意人，给匈牙利的贸易市场带来繁荣。在布达佩斯的中国市场，从建筑便能看出中国商人在匈牙利发展的轨迹：一开始是一些低矮的小平房，据说当时如果进到里面连身子都站不直；十多年后在对面建了新的中国市场，这个中国市场至今还运转着，我去过一次，整个感觉不比中国的一个县城市场强多少；如今新的中国城已经初见规模，一个大超市占据了很显眼的位置，在国内耳熟能详的餐馆比如"沸腾鱼乡"等的招牌，也赫然在目，火锅店、饺子馆、茶餐厅，不一而足。中文报纸天天报道着中国人在匈牙利的生活，他们的追求、向往以及越来越红火的日子。老一代移民的孩子是在匈牙利降生的，孙辈也到了成人的年纪，他们与当地人恋爱结婚，两国人的血液流淌在一起，让世界看上去那么亲，如同一家人。

一个周末，我被一对中国农民夫妇邀请到他们家做客。这对夫妇居住在离布达佩斯三十公里的一个小村镇上，多瑙河的一个分支绕村而过，村子中央的小教堂给人一种安静祥和的感觉。他们早就在花园里准备了烤炉，请我吃烧烤。我看了看四周围的环境，虽然比起旁边的匈牙利邻居家来，这对中国夫妇的家显得不那么整洁，但他们的衣着、举止以及生活的习惯，已然与旧式的中国农民大不相同了。丈夫喝了几杯白酒，红着脸感叹着走出国门来的这段日子。他说，十几年前他跟着一个包工头来到匈牙利，把仅有的一万多元人民币交给了那个包工头，办好了签证便成了一个真正的穷光蛋。那个工程完工后他便失业了。他说他当时没有选择回国，是因为不喜欢走回头路，改革开放这么多年了，就认准了一个道理——开创新生活。他笑着看着我，指着他的房子和花园说："你看我现在的生活不是很好吗？有洋房，有花园，如果想旅游开车就走，捷克都去过很多次了，要是搁以前，这是连想都不敢想的事情。"他在跟我说话的时候，还不时冒出几句匈牙利语。他的妻子，一望便知是一位朴实的妇女。我问她想不想家，她憨笑着说："想家就回去看看，我们那个县来这儿的人不少，都是一个带动另一个来的，换一个地方活，不然的话总在一个地方就待腻歪了。"

我在一旁听着两人亲密地说着话，他们的背景是一片绿茵茵的草坪，匈牙利邻居家的尖顶房子上的瓦片正反射着落日的光芒。我想这对夫妇的内心一定是强大的，探求未知事物的好奇心是他们生活的动力，改革开放的政策为他们提供了更多的机会和更广阔的想象空间，也激发了他们勇闯天涯的干劲，吸引他们来到美丽的蓝色多瑙河畔，创造一种更有新意的美好生活。

不停歇的脚步

很多人说我是个幸运儿，高考让我走出农村，紧接着改革开放的春风吹遍中国大地，人生轨迹由此改变。"忽如一夜春风来，千树万树梨花开"，这一句诗被我们这一代人赋予了新的内涵。有时候我的脑海里会突然闪现以前的一个个生活片段。比如在中学的校园里跟同学们一起挖防空洞，梳着两条长辫的女老师催促我们加快速度；又比如在插队的知青点停电的黑屋子里唱歌，歌声欢乐但内心却有些迷茫。人们在回看过去的时候，总有一种难以割舍的激情，我们在这个世界上存活的有限时间里，每一个生活的细节都是人生可贵的瞬间。改革开放带来的是翻天覆地的变化，从物质到精神，每一个前进的脚步，都值得被历史铭记。

游历了大半个欧洲以后，我决定在匈牙利停留，在这里过过日子。我去大使馆办理了一个两年的长期签证，然后在布达山上的一个公寓安顿下来。匈牙利的消费水平与北京相近，只要保持正常消费，一个月几千块人民币就能应付过去，剩下的事情就是安静地创作。

很多次我站在布达山顶看着万家灯火，望着故乡的方向，回忆过去，心里无限感慨。感谢我们生长在和平年代，没有战争没有流血；更要感谢改革开放的大业，让千千万万中国人受益，有机会、有条件为自己理想的生活而奋斗。

夜里睡得安稳，醒来鸟语花香，做自己喜欢的事情，心情愉快，明天更好，这样的生活是每个人都向往的——许多人在四十年的改革开放中梦想成真，也一定会有更多的人在新时代的机遇里心想事成。

李永华

◎1955年出生，笔名老木，祖籍山东聊城。出国前曾在中国农业科学院工作。20世纪90年代初移民捷克，创办捷克最早的华文纸媒《商会通讯》等。2001年加入欧洲华文作家协会，曾任四届副会长。2006年牵头创立捷克华文作家协会，任首届会长。著有长篇小说、散文等九种，合作主编《仲夏相约布拉格》等多部作品集。

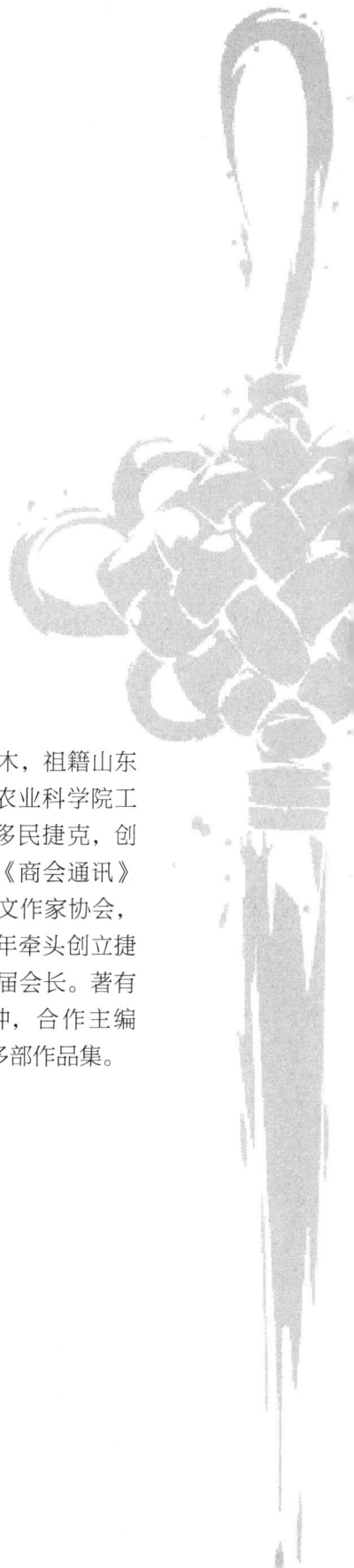

飞机旅行三十年

清早，从南航的夜航飞机上下来感觉浑身困乏。这次专程飞回北京一趟，是为了参加外甥的婚礼。

回到家，一碗面条还没吃完，竟有了想要倒下去睡一觉的感觉，不知是上了岁数的缘故，还是已经失去了坐飞机的新鲜感。如今的直航班机，把过去加转机需要十四个小时以上的行程缩短到了不到十个小时。坐飞机回国，就像如今天天几菜一汤的生活过惯了，到了年节已经觉不出"改善生活"的意思一样，早已成了家常便饭。万里之外专门飞过去参加一个婚礼，主家客家都没有什么稀奇的感觉。

说起坐飞机，我算是国内坐飞机比较早的了。大概是 1988 年，我与在中国农科院气象所共事的大姐去广西出差，做有关香蕉储藏保鲜的实验调查。

在前一年的 6 月，气象所委托我协助课题组长、副研究员老廖注册创建所里的科技开发公司，制定章程、注资、选定场地、招聘人员……那时候办公司手续比较烦琐，都会邀请专业人士协助。我学以致用，摸索着创办公司倒也算顺利，最后竟然还在中国首个科技开发区——北京海淀科技开发区中，办成了全国第三十六家"高科技企业"，在此之前的同类企业包括四通、联想、同方等。于是，为研究所注册公司有功的我，也就从科研管理系统的"主任科员"一转身变成了生物科技开发公司的"副总经理"。

我们研究所研究香蕉保鲜的工作开始得早，我本来没有参加。但是大姐一人没出过远门，于是就有了我这次实际上起护驾作用，名义上却是"副总经理带队"的科研考察之行。

我们乘火车到达广西，与合作方一起收集"京-2B 保鲜膜剂"

的应用数据，讨论以后合作推广膜剂的工作等。工作进行得很顺利，大家相处得也很愉快。因为工作结束得早，地点离桂林很近，周末我们便自费（那时漓江旅游船票是 12 元一张）乘船游了漓江。

岸边长着茂密的凤尾竹，奇异的山石令我们目不暇接。吃饭的时候，我们点了一条漓江鱼，只见那艄公提了鱼叉，凝视清澈见底的水面……突然他手起叉落，叉中了一条不小的漓江鱼。原来船家不准备鱼，而是有人点餐才"现捉"！问起这是鲤鱼还是草鱼，艄公说都不是，就叫漓江鱼！脊背的颜色与三米多深江底的颜色一样，不仔细看根本分辨不出来。细看那鱼，的确不一般。它的身体细细长长的，与北方的梭鱼接近。

艄公帮我们煮鱼，我和他有一搭没一搭地闲聊。"管财务"的大姐掰着指头算我们这几天的费用，突然插话说："想不想坐飞机？反正咱公司的出差是包干的，咱们节约点吃饭钱，加上前几天节余的钱，够坐一回飞机了。怎么样，想不想坐一回？我从来没坐过，陪我坐一次吧，好吗？"说着大姐眯起笑眼鼓励我。

尝试新鲜事物自是年轻人喜欢的事。我高兴地说："咱们自己出点钱也行啊。"

兴冲冲回酒店订机票，一数钱发现不够，二人免不得沮丧却又不甘心错过机会。于是大姐就让我试试打电话跟合作伙伴借点钱，然后我们到北京后再寄钱给人家。心中知道大姐脸皮薄，不好意思借钱，而我为了不放弃坐飞机的机会，就主动给合作伙伴打了电话。没想到人家接到电话就一口答应了，很快就把钱送了来。

钱是凑齐了，可到了买票的时候又傻了眼：大姐算的是第二天飞回去，可那时桂林到北京的航班不是天天有，只有隔日的飞机。这样一来，买完两张 170 元的飞机票之后，除去多住一天的住宿费 50 元（武装部的招待所 25 元一天），我们所剩的钱总共就只有不到 15 元了。我们就只能一天吃两顿，我每顿饭吃 8 角钱一小碗不带肉的米线加5角钱一个的鸡蛋，大姐为了节约，少吃一个鸡蛋——毕竟到北京下了飞机还要坐公交车。

第三天，我们兴致勃勃地来到飞机场。据飞机场的地勤人员说，这天我们的运气好。本来按规定，我们这天的飞机应该是苏制的什么伊尔型号的小飞机，而因为特殊情况，临时改成了三叉戟飞机。它不但现代化程度高，而且可以超音速飞行！

看起来真是"没有白受的罪"，挨两天饿换来了坐三叉戟的机会。于是，过了安检走向飞机的时候，我们从容地远远近近地与三叉戟照了好几张相。那时大概好几天才有一架飞机，它就停在候机厅不远处的辅助跑道上，乘客出了候机厅不远就可以步行登机。哪像如今的机场，从安检到登机口，总有个几百上千米。

坐飞机的感觉的确与坐其他的交通工具不同，不但耳朵疼得不舒服，还飘乎乎的有点晕。只是不知道那是两天的"减肥餐"饿的，还是因为飞机太小不稳当，反正是既兴奋又晕乎。有心仔细体验坐飞机的快乐，却因为耳朵疼、头晕而难以集中精力。

飞机在中低空飞行，随时能看见底下的山川河流。第一次居高俯瞰祖国的河山，会觉得自己心胸也"一览众山小"似的开阔了不少。窗口的位置只有一个，我和大姐很自觉地及时换座位，尽量让对方多看窗外景色。还没换几次，飞机就落了地。

出了北京机场，上了去东直门的大巴车，大姐说："坐飞机也就那么回事。"话虽这样说，但她笑眯眯的脸上却是满足的表情。而我这时只顾着肚子咕咕叫了。

后来有了第二次坐飞机的机会，但没坐成。那是出国那会儿的事儿了。20世纪90年代初，北京到布达佩斯没有直航飞机，要到其他地方中转。不坐飞机坐火车的话也要转车，大概需要九到十天。问题是：坐飞机一是行李重量受限，带不了多少东西；二是价格大约是坐火车的三到四倍，1000多美元（1991年美元兑人民币汇率大概1比

10，坐一趟飞机就丢一个"万元户"），不值。而坐火车除了节约费用之外，据说还可以带一些中国货，乘车沿途叫卖，赚出车费来，只是时间较长。那时的中国人不怕浪费时间，就怕浪费钱。何况列车要路过蒙古国，俄罗斯的贝加尔湖、莫斯科，以及乌克兰的基辅，还能够顺便旅游观光一番。当然，这都是不坐飞机的理由，最主要的目的还是省那时低工资不容易挣到的钱。那年头攒1万块人民币，即便是双职工也得好几年。

出国一年多后，着急赶着回国时就不是出国时的样子了。一是急于回家见妻女，二是在捷克赚到了些钱，已经不在乎1000美元的机票了。出国前我作为副总经理的工资每月不到10美元（97元人民币），在捷克买了小汽车之后，下乡送货每天至少收入200美元，最好的时候能收入400多美元。

再后来，生意做得大了些，每年飞来飞去就多了起来。但是对国外乘坐飞机的环境总会觉得有些别扭——无论是飞机上的盥洗设施还是飞机场里的路牌标识，英、法、德、俄语种标注自不必说，而亚洲语言只有少数机场有日语和韩语，看不见一个中国字。来到飞机上，搭眼一望，大多是金头发，即便是那些黑头发的，也多是阿拉伯人、南欧人、俄罗斯中亚地区的人。旅途中能碰上个中国人做伴，就觉得很难得。那时，我家的亲戚大多都还没有坐过飞机，会觉得我们从海外飞回来的人都很有见识。

1997年，我接年逾七十的老母亲和姐姐来捷克旅游，从波兰转机到捷克受了不少罪。不会外语的老太太在机场海关还闹了一场小小的笑话，弄得机场边检人员从小屋子里出来，拿着别人邀请信的原件给老太太连比画带示范，才把事情解决。

2003年我在巴黎转机，远远看见转机过道的商铺前有中国字！走近一看，上面写着"欢迎"两个大字，下面写着：软中华30欧元（草算一下欧元兑人民币1比9.8的汇率，大约合一条300元，而那时国内零售一条 700 多元）。一旁小桌上，大红色的中华香烟如同早年合作社摆放香烟的样式：两横两竖地呈井字形交叉逐层码起十几层，一米多高。许多国人纷纷购买。再往柜台里看，有一排葡萄酒下面的价签明显地比其他的价签大好几倍。上面用中文写着：正宗波尔多葡萄酒××欧元……不知怎么，突然我感到鼻子里酸酸的，眼睛发涩——资本主义社会，看的是金钱，以前我们中国人穷，被人家看不起。现在，中国人有些钱了，这才有了市场中西方人对中国人手里的钱的尊重。

还是有很多不能用钱买尊重的地方。90 年代，欧洲许多国家的边防关卡对中国人实施特别的验证检查，防止偷渡。于是常会见到欧洲许多国家的边境入境检查处，开设一个专门让中国人通行的窗口，然后一个个仔细认真地盘问检查，工作效率极低，通行很慢。通常是其他窗口的人都没有了，中国人这边还排着长长的队伍等候过关。过了关，取行李时，转盘已经停转。中国人的行李都被拿下转盘集中在一起。每每这时，我会想起早些年美国风行麦卡锡主义的时代被歧视和受屈辱的华人。如今这种地域和种族歧视在某些地方依然存在，只是它隐蔽地成了某种"冷歧视"。

从 2005 年开始，我先后担任了几家来欧洲投资建厂的中国企业的投资顾问，感受到了祖国经济的腾飞，中国企业开始了海外投资的新阶段。同时，我在天空中飞来飞去更多了。这时不但飞机上开始有了中国电影、新闻和讲中文的乘务员，转机路过的许多国家的机场也开始有了中文服务提示，中国航空公司飞往欧洲的航班也越来越多了。与之相对应，许多富起来的中国人游完了亚洲的新马泰，开始游欧洲。

2008 年的奥运会，是中国国际形象的重大转折点。精彩绝伦的开幕式、闭幕式，整个的组织和比赛过程在各国的飞机上、机场里、机场摆渡工具中播放……这场体育盛宴让世界人民看到了现代中国的真实面貌，有力反驳了西方某些媒体对中国的抹黑和污蔑，为中国和世界提供了一个增进了解、加强沟通的平台。我们这些华人也感到无比自豪。

后来有了"天宫"系列、火箭、导弹、高铁、诺贝尔奖，再后来有了"新四大发明"……当我的捷克朋友向我炫耀他在我介绍给他的淘宝网上下单，然后很快收到从中国空运来的价廉物美的物件，赞扬中国的网商走在世界前列时，我心中的那份自豪难以言说。我告诉他，从2014年开始，中国内地陆续有四家航空公司开通了到捷克的直航航线时，他方恍然大悟地说："难怪我网购中国的东西会来得这么快！"

如今，从祖国到我生活了二十七年的第二故乡捷克共和国，已经开通了南航、东航、川航和西安航空四条航线。捷克周边国家的旅客要去中国，也纷纷来捷克转机。飞机上绝大多数是操着各种方言的华人同胞，与三十年前航班上的人员构成情况恰恰相反。这种情况不仅发生在中国航空公司的飞机上，我乘欧洲的航班去其他国家，情况也大致如此——中国人成了飞行乘客的主流。

出国人员的增加显然从一个侧面展示了国家改革开放的魅力。在我与朋友们辩论如何看待改革开放四十年成就的时候，当有人说中国快速发展的四十年，主要富裕了百分之一的富豪，而百姓并未真正受益，却越加相对贫困时，我会用飞机上的乘客构成的变化和我自己大家庭中普通工薪族的生活状况，以及他们中的大多数都有多次出国旅游经历的事实来反驳。我会问那些否认中国改革开放四十年成就的人：难道百分之一的富人们会没事坐经济舱满世界跑，还要成群地排长队退税吗？你去看看世界各国机场海关退税的地方，哪里不是中国人排的长队？难道他们都是富豪吗？过去国人为了摆脱贫穷偷渡出国，被人歧视。如今，华侨拿了海外的劳工指标回国招工已经不太容易，难道不是因为老百姓富裕、国家富强了吗？

　　有一系列的数据为证，单从飞行旅客数量这个指标，就可以看出中国社会整体的进步有多大。自 1978 年至今的四十年间，中国大众乘坐的飞机增加了多少？航班增加了多少？出国旅游、工作、定居的人增长了多少？无论我们自己纵向比，还是与世界任何大国比，在这样短的时间里，谁有过如此巨大的进步和成就？历史会庄严地记录下：中国改革开放的四十年，是令世人惊叹和羡慕的腾飞的四十年，是中国乃至世界历史上未曾有过的、如此体量的经济体取得惊人进步的四十年！

　　这次回国，飞机起飞前，借着机场的 Wi-Fi 翻看手机里的新闻，发现一条我一直关注的信息：国产 C919 大型客机还没有正式投入运营就有了八百多架的订单。心里高兴之余，便盼着能早日乘坐它在蓝天上转一圈。更盼望不远的将来，往来祖国和捷克的大型客机中，能有国产大飞机的身影！

　　我坚信，中国梦，一如大飞机梦，终将实现。

孙博

◎1962年出生，祖籍上海，1990年移居加拿大，现任加拿大网络电视总编辑、加拿大中国笔会会长、世界汉学学会加拿大学会副会长、多伦多华人作家协会会员。曾荣获新移民文学突出贡献奖等多个文学奖项。著有长篇小说《回流》《茶花泪》等十余部和电视剧本《错放你的手》，导演《福建人在多伦多》《加拿大中国留学生纪实》《加拿大警察实录》等纪录片。

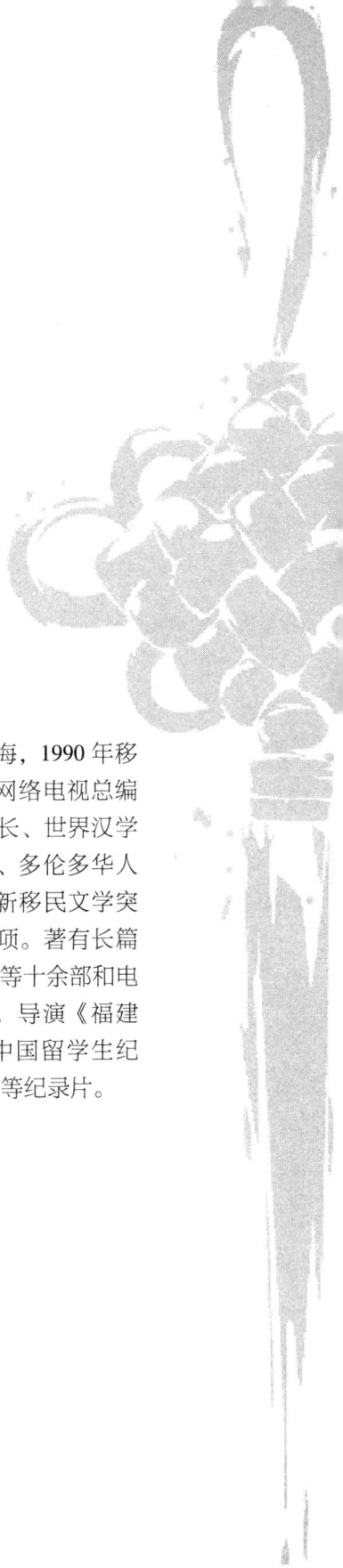

故乡巨变激发我的文学创作灵感

一

任凭岁月流逝，也流不走刻骨铭心的美好记忆。

不妨将时光追溯到公元 2001 年。人间四月天，我回国参加长篇小说《茶花泪》的首发式，分别在北上广和读者见面。一切活动圆满结束之后，家人建议我好好逛一逛上海，因为我出国已十一年，家乡发生了不少变化。

那天，碧空如洗，万里无云。大哥怕我迷路，特地陪同我来到浦东的陆家嘴地区。远远望去，高达 468 米的东方明珠塔卓然屹立于现代化建筑楼群之中，雄伟而壮观。十多个大小不一的球体晶莹夺目，犹如一颗颗从天空撒下的明珠。

登上高速电梯，来到上球体主观光层，鸟瞰两岸全景。隔江是外滩万国建筑博览群，左侧为南浦大桥，右边则是杨浦大桥，无限风光尽收眼底，令人心旷神怡。上海巨变深深震撼着我，全身上下的每一个细胞都处于高度亢奋之中。那时，我有意写一部反映留学生群体的作品，但面对着数以百计的同类题材作品，始终觅不到新颖的切入点。就在那一瞬间，我茅塞顿开，灵感似乎从天而降，文思如泉涌，决定尽快写一部以浦东为背景的"后留学生时代"小说。

可惜，那时手头正在撰写访谈录《小留学生闯世界》、自助旅游书《上海》，与出版社已签了合约，只好将小说计划搁置一边。一直忙到 2001 年 8 月底，两本书全部脱稿，才有喘息的机会。接下去，除了在报社上班外就是准备撰写长篇小说《回流》，先做中英文相关资料的收集工作。从我的几个朋友那里和不少新闻中得知，已有不少

"海归"登陆上海、北京和深圳，所以，我很自然地就把"海归"和浦东结合在一起，构思小说。10月底，正是多伦多寒风凛冽的时候，我完全进入了创作状态，从白雪皑皑的冬天开始，一直埋首写到绿草钻出泥土，经过了整整一个冬天的拼搏，26万字的《回流》终于在2002年3月杀青。甫脱稿，即被加拿大的《星星生活周报》及"星网"相中，马上首发连载。6月回到北京，又对书稿做了一次润色，10月份由中国青年出版社隆重推出单行本。

《回流》被视为中国第一部以"海归"为题材的作品，小说在中国经济快速发展、上海变化举世瞩目的大背景下，聚焦浦东张江高科技园区，生动形象地反映了故土对海外留学精英的巨大吸引力，展示了几位"海归"博士的开拓精神和创业勇气，表现了中国知识分子的爱国情怀。具体通过"海归"回到浦东创办生化公司的故事，围绕上市前后的喜怒哀乐，将三对中青年的命运再次推向了十字路口，穿插纽约世贸中心被袭后人们价值观念的微妙变化，反映中国加入世贸前后的上海巨变，展现他们创业的艰辛以及中西结合的情爱纠葛，将人性欲望进行了大曝光，挖掘出人类的真善美。

潜意识里，我也希望通过《回流》引起"海归"的更多思考，使自己的事业锦上添花；也希望触发更多留学生回国，因为他们具有国际化的教育背景，掌握着最先进的技术，懂得国际市场运作，又了解中国文化。可以说，"海归"是加快中国与国际接轨的桥梁，也是把上海建设成为国际一流大都市的重要支撑。上海这块风水宝地，正以翻天覆地的变化、巨大的商机呼唤着海外游子归来，相信随着祖国日益富强和繁荣，"海归"的队伍将会越来越壮大。

由于紧贴时代脉搏，长篇小说《回流》的喜讯接踵而至。2002年12月份，被著名的《小说月报》杂志选载了20万字，占整本杂志的一半篇幅，引起了海内外中文媒体的广泛关注和竞相报道；上海影视集团下属的一家影视公司于2003年2月买断了《回流》影视改编权；上海人民广播电台在 2003 年 6 月至 7 月，隆重推出广播小说《回流》连播，受到了听众的喜爱。电台还携手市侨联、张江集团公司，举行了《回流》及海归作品大型研讨会，因我无暇回国出席，请大哥代劳，但电台提前拨打越洋电话采访了我，并在研讨会上播放。那天，著名作家叶辛、赵丽宏等人都对《回流》给予充分肯定，他们认为作品视角新颖、技巧纯正，有新时代生活气息，并因此对海归派文学充满更大期待。

毫无疑问，这次是故乡巨变给了我创作的灵感，离开上海越久，思念之情越深，对我来说，写作也是一种回乡。浦东开发逾十年，硕果累累，值得大写特写。

二

谁说往事不堪回首？相比饱受灾难的祖辈、父辈，咱们这一代人是极其幸运的！坦诚地说，我们也是改革开放的受益者。

有人在分析中国哪些人最生不逢时的时候，意外发现 1962 年至 1972 年这十年出生的人比较幸运，理由包括：躲过了三年困难时期，大学毕业时包分配，与世界同步进入信息社会，电脑等工具已融入生活……详细对照以上所说，发现不无道理，而我恰好诞生于那个时期，可谓生逢其时。

教育部在 1977 年 10 月决定恢复全国高考。翌年 9 月我进入高中，顺理成章地提前融入高考大军中去了。1978 年 12 月召开的十一届三中全会宣布，中国开始实行对内改革、对外开放的政策。从此，我个人的命运就与祖国的改革开放息息相关了。1980 年 7 月参加高考后，我进入上海一所大学中文系求学。后来，我毕业留校工作，兴趣又转移到心理学上，边工作边进修，还给全校大学生开设"人格心理学"选修课。

对于我来说，1990 年无疑是人生的分水岭。那年 10 月，我以"年轻心理学学者"的身份，匆匆告别黄浦江畔，踏上了天寒地冻的加拿大，成了时代的弄潮儿。在异国漂泊的岁月里，我和许多学子一样，饱尝辛酸苦辣，一改以往单纯的学院式生活。现在回想起来，那段"洋插队"对于我来说，何尝不是一笔珍贵的财富？

也是从那时起，我偶尔提笔记录心灵的挣扎。1993 年春天，我有幸到一家大型中文日报当新闻编辑，后来又兼任同一报系的周刊记者，深入采访各行各业人物，广结三教九流，人生阅历倍增，写出了一系列专题报道，多次被海内外报刊转载。两年后，随着第一本散文集《您好！多伦多》的出版，我不知不觉地重拾起"作家梦"。青少年时代，我的理想有三个：画家、运动员、作家。前两个都基本实现了，且均达到了一定水平。自从稀里糊涂地入读中文系后，才正式追逐"作家梦"，边系统阅读古今中外文学作品，边尝试各种文体的写作，偶有短作发表，并侧重于中国现代文学研究。毕业留校后，由于担任教育杂志的编辑，兴趣忽然转移，半路转攻心理学，并学有所成，"作家梦"只好搁浅了。

出国五六年后，经过脚踏实地的奋斗，顺利达到了衣食无忧、"四子"（房子、车子、妻子、儿子）俱全的境界，照理说有条件享受生活了，然而，内心深处总有挥之不去的孤独、苦闷、抑郁、彷徨，充满了难以名状的悲剧情怀，我再也不想承受这种新移民的痛苦了，常常觉得有话要从心里跳出来。1997 年春天起，我把业余时间全部用于读书、写作、思考，再也不把文学作为"高兴时的游戏，失意时的消遣"，而是作为神圣的事业来追求。那时明显感到，纪实类的报道已无法满足表达的欲望，就悄悄开启了虚构的大门，尝试短篇小说创作，并很快发表了一些短作。从此，我边做新闻边写作，一半是现实，一半是虚构，在有意无意之间走上了创作之路。这也许应了米兰·昆德拉的那句话："碰巧的另一种说法，就是命运。"

1998 年对我来说，是一个难以忘怀的重要年份。辞旧迎新之际，我在旅加著名作家冯湘湘女士的鼓励下，开始了第一部长篇小说《男人三十》的创作，没想到，写得非常顺利，并于翌年经白舒荣总编之手，在《世界华文文学》杂志全文首发。而这一发就不可收，就像福克纳所说的总有"写不尽的人和事"，我好像被一股巨大的力量推动着，日夜兼程，笔耕不辍，不知疲倦。《茶花泪》《回流》《小留学生泪洒异国》等数部长篇小说，接连面世。

也许是长期站在新闻第一线的缘故，我比较擅长书写贴近现实的题材，自然与改革开放有关。笔下的故事往往使读者难以分辨是真是假，有时甚至比生活更逼真，栩栩如生的人物仿佛就在我们身边。

诚如旅美著名评论家陈瑞林所云："读孙博的小说，扑面而来的首先是强烈的时代气息，这是孙博作为一个职业新闻工作者所具有的突出特点。常年的记者生涯，锻造了他不同寻常的敏锐洞察力，他出手快，气势磅礴，在他数百万字的小说中，总是能迅速准确地把握时代最敏感的脉搏，无论他写'现代茶花女'海外风尘的辛酸故事，还是而立之年的东方男人移民海外的生命悲剧，再到他表现'小留学生'浪迹海外的种种苦涩境遇，直到他轰动文坛的描写'海归派'回国创业的诡谲波澜，可说是每一部作品都捕捉着新移民的故事里最引人瞩目的风口浪尖，展现着我们这个特殊的时代最敏感的神经。孙博，正是用他自己鲜活快捷的文字为我们留下了新时代最清晰真切的焦点面影。"

三

自从长篇小说《回流》被买断影视改编权后，我也渐渐开始"触电"了，客串写起影视剧本来，并略有斩获。

我与多伦多华人作家曾晓文合作，前后断断续续花了数年，撰写了中关村"海归"题材的二十集电视剧本《中国创造》。我们首先翻阅了有关中关村"海归"回国创业的上百万字的材料。之后，三度赴北京进驻中关村体验生活，采访了数十名中国高科技界的顶尖人才，参观有关企业，与众多"海归"及家属座谈。在一系列活动中，我们亲身感受到了改革开放带来的深刻影响和巨大变迁。

这部电视剧本我们前后写了五十万字，三易其稿，最终定稿三十万字。《中国作家》杂志影视版在2010年底分两期全文刊登了二十集剧本。《中国创造》是中国首部全景展示 IT 精英回国创业的情感、商战电视剧本，情志相容，人生风云与时代风云并蓄，通过展示新世纪中国企业与世界接轨的曲折历程，抒写经济转型时期当代人情感的漂泊与回归、执着与困惑。剧本跨越二十年，在东西方文化的对比与融合中，刻画复杂的人物关系，注重描写人物细腻的情感世界，并力图表现两种文化的共性与美好，体现"中国梦"的深层底蕴。在情节设置上曲折跌宕，常常峰回路转，悬念迭起，全剧突出发人深省的主旋律：中国企业急需创新，树立品牌，由"中国制造"逐步向"中国创造"转型。

剧本在2011年捧回了三个奖项：《中国作家》鄂尔多斯文学奖，"中山杯"华侨华人文学奖，北京市广电局优秀剧本奖。这也是我们连做梦也想不到的荣誉，一次次站在领奖台上，心潮澎湃。尤其是站在人民大会堂领奖台上时，心情久久未能平静，倘若没有改革开放的春风，我们不可能创作出如此获各方褒奖的剧本。

《中国创造》甫发表，马上获得了国龙联盟投资有限责任公司青睐，他们打算花重金拍摄，并决定仍由我们两位编剧亲自操刀，扩编为三十集电视连续剧《错放你的手》。我们又进行了深度采访，融入近年发生的重大事件，使剧本更接地气，更具正能量。该剧由著名导演曹保平执导，演艺明星罗晋、童蕾、聂鑫等加盟。剧组原定赴美国拍摄，后因签证问题转至澳大利亚悉尼取景，2012年全部制作完成。

2014 年 2 月先后登陆北京电视台影视频道、江西卫视黄金档热播。

恰如影评人所说："电视市场经典作品的翻拍、续集屡见不鲜，其题材发展已遇到前所未有的困境，而《错放你的手》另辟蹊径，尽显原创魅力。该剧恰到好处地填补了国内海归剧题材的空白，丰富了电视剧类型，如一场及时雨，让电视剧市场如沐春风。该剧聚焦海归与励志，还淋漓展示命运和爱恋的曲折，广受业内和观众的好评，成为电视剧宠儿。"

我们两位编剧也趁机火了一把，成为海外华人作家"触电"成功的代表。

四

俗话说，工字不出头。一辈子打工很难有较大的成功，也很难靠打工来实现自己的梦想。

2012 年初夏，我趁报社编辑部重组的机会，告别了工作十六年的传统媒体，参与创办新媒体"加拿大网络电视"（365netTV. com）。由于之前的"触电"，我对影视有了较深的了解，精力自然集中到编剧和导演上，来了一个"华丽"的转身，成为跨媒体的作家，集编、导于一身。近年担任电视系列片总策划和导演，作品包括《福建人在多伦多》《加拿大中国留学生纪实》《加拿大警察实录》《名人厨房》等纪录片，这些作品均赢得海内外观众的好评。

近几年来，因投身于电视制作，没有大块时间从事文学创作。2015 年底，出版人郏宗培先生推荐我担任第三届武陵微小说节颁奖嘉宾。12 月中旬，我先飞上海，与郏总约在虹桥机场相见，然后一起去湖南常德。

在候机室，郏总突然与我大谈起微型小说。他说"微阅读"时代生活节奏加快，微型小说已成为海内外读者喜闻乐见的精神食粮。

他知道我最近几年忙于网络电视的创业，所以希望我能抽出零星时间从事微型小说创作，这也是可以大有作为的。他担任中国微型小说学会会长、世界华文微型小说研究会会长多年，并且是著名的小说编辑，见多识广，他的话不无道理。而我从事电视制作好几年，有意进军微电影市场。如今网络时代，传统纸媒只有与多媒体相结合才能真正做到与时俱进，如果把优秀的微型小说搬上大银幕，岂不是两全其美吗？我当场答应可以考虑写一些微型小说，以"短平快"的形式反映改革开放多年的成果。

子曰："工欲善其事，必先利其器。"尽管我以往出版过数部长篇小说，但在微型小说方面还是一个门外汉。在郏总的热情鼓励下，我先广泛涉猎海内外经典微型小说，包括美国的欧·亨利、日本的星新一、中国的冯骥才等人的佳作。

从2016年3月开始，我尝试创作微型小说，初试啼声就有"一鸣惊人"之感。处女作《并不平静的平安夜》在次年获得了"黔台杯"第三届世界华文微型小说大赛优秀奖，那次比赛有八千多人投稿参赛。2017年9月，拙作《归去来兮》又获得了"紫荆花开"世界华文微小说征文大奖赛优秀奖，那次是纪念香港回归祖国二十周年的征文，投稿人数超过一万人。在郏总的鞭策下，我不知不觉地喜欢上微型小说创作了，并着手筹拍微电影。可惜，他于2018年2月驾鹤西去，我想对他最好的怀念就是将微型小说创作进行到底。

忆往昔，天地悠悠；看今朝，万物熙熙。

倘若没有走出国门，我现在十有八九已成为学者，或者下海经商，也不排除从政，涉足任何行业都有可能，唯独不会成为码字的作家。也许，这一切都是命中注定。

屈指一算，我从事文学创作已二十多年，道路算不上曲折，但也付出了不少代价，套用句鲁迅先生的名言："我是把别人喝咖啡的时间都用在学习上了。"对于文学创作，天分、勤奋缺一不可，还要有一颗耐得住寂寞的心。经过多年的默默耕耘，我深深知晓文学创作的艰难困苦，然而，我仍会坚持不懈地探索下去，继续站在东西方文化的交汇点上，关注重大社会问题，淋漓尽致地书写人性人情，创新求变，竭力反映时代变迁。

余泽民

◎1964 年出生于北京，1989 年毕业于北京医科大学，同年考入中国音乐学院攻读硕士学位。1991 年赴匈牙利。现居布达佩斯，致力于中匈文化交流和翻译、写作。为北京第二外国语学院特聘教授、中国作家协会会员。代表译作有《命运无常》《赫拉巴尔之书》《宁静海》《烛烬》等。著有长篇小说《纸鱼缸》《狭窄的天光》和中篇小说集、文化散文集等多部。获"中山文学奖"（2016 年）、首届"吴承恩长篇小说奖翻译奖"（2017 年）和匈牙利政府颁发的"匈牙利文化贡献奖"（2017 年）等多个奖项。

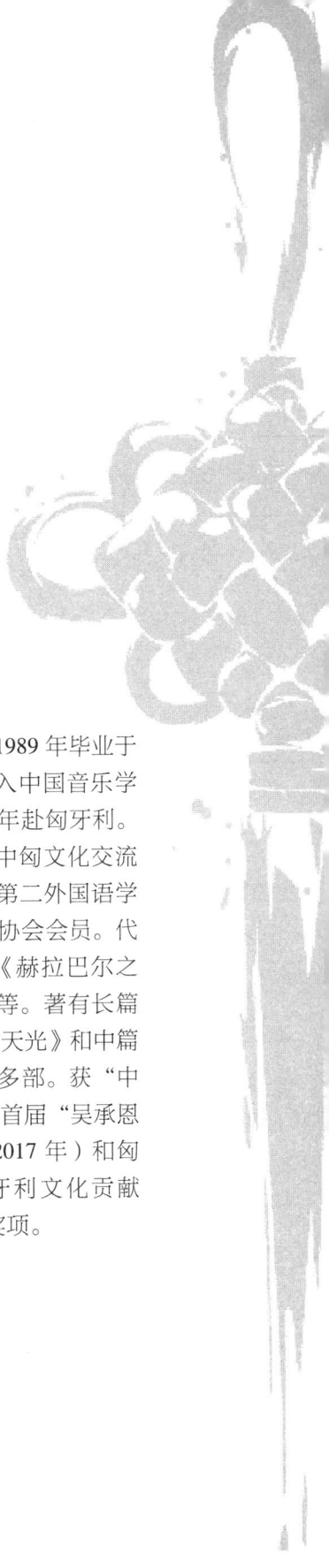

四十年回首：从读书热到"走出去"

我们这代人的不幸，是出生在一个"读书无用"的年代，而我个人的幸运，则是在那个年代瞎猫撞死耗子般读了不少书。我上小学时，当时在北京三十五中上中学的表姐兼做学校图书馆的管理员，可以把封存在库里的"禁书"偷偷搬回家读。那都是些竖版、繁体字、纸页脆黄的洋书，一大串书名至今刻在我的记忆里，比如许多年后才知道是"世界名著"的《地心游记》《上尉的女儿》《俊友》《红与黑》和《高老头》。我很喜欢"俊友"这个词，因为在那个年代的特殊而疲乏的语境里，"俊"和"友"这两个字是凑不到一起的。记得我还读过《红岩》《新儿女英雄传》，很为小说里宁死不屈的主人公们的豪迈气概所感染，那时候并没人告诉我这些书是"毒草"。

毫无疑问，对于十岁左右的孩子来说，那些书我只能囫囵吞枣似的翻着字典读，最大的收获是学会了繁体字。再有就是染上爱捻纸页的癖好，这或许就是我为什么习惯了电脑写作却无法读电子书，想来手感早已成了读书快感的一部分。

在表姐的影响下，我还从读书痴迷到抄书。她花了一年时间抄完了《牛虻》，我也一笔一画地用繁体字抄下了《安徒生童话》，从那之后对我来说，印着红字的浅棕色日记本皮和浅蓝色墨水的视觉记忆与遥远、陌生大陆的奇妙童话再难剥离。

当时，我家住在一个拥挤、已变成了大杂院的四合院东跨院里，原是书房的三间高台阶的大北屋，地板上的漆早已磨没，木雕隔断上的字画用高丽纸糊盖。我和表姐、外婆睡在最小的一间。表姐会在每天睡觉前躺在对面的小床上给我念一段她新抄的书，我至今记得，当她讲到牛虻抛弃他的吉卜赛情人时，我居然蒙着被子哭了……那是我有生以来第一次因为文学感动，尽管那只是小说里最无关紧要的一个情节，尽管当时的我幼稚得还不懂情感。在小说的结尾，牛虻在写给革命伴侣琼玛的遗书里有一首小诗："无论我活着，还是我死了，我都是一只快乐的大苍蝇。"其实，小说里写的是"飞虻"，表姐怕我不懂，故意念成了"大苍蝇"，让我至今不忘。

家里只有一张属于父母的书桌，孩子读书，要么蹲在大门道外的上马石上，要么骑坐在高高的、包有铜皮的门槛上，要么坐在走廊下的小马扎上，要么就在煤炉旁或被窝里。屋里的灯泡是 15 瓦的，光秃，昏黄，夏天的时候还垂着刺鼻的敌敌畏布条。就这样，我成了班里第一个戴近视眼镜的红领巾。

当然，也有些书是正经渠道得来的，比如浩然写的《西沙儿女》《艳阳天》和《金光大道》，以及父亲从单位领回来的、印有"供批判使用"字样的《水浒传》，总之，只要是书模样的东西，只要我能够拿到手，我都会读，甚至包括母亲床头的《赤脚医生实用手册》——我对"男女有别"的最初知识就是从那里面的线描穴位图上获得的。现如今，原来学院胡同一号的大四合院早已被拆除，取而代之的是金融街上的高楼大厦，那时的生活成了一段被遗忘的记忆，但读书的记忆却像圣母升天，带了光环。

不过，我真正意义上的读书还是从中学开始。1978 年，改革开放拉开序幕，书籍也迎来了一次大解放。上有邓小平倡导发展科学，尊重知识，下有两岁就能背几十首诗的"神童"宁铂被树做榜样，一时间读书成了风行的时尚。我记得，当时第一批重见天日的文学书大多还是繁体版，想来那时候社会上的读书欲望是那般强烈，出版社甚至来不及重新编辑，改排简体。那时是纸媒的黄金时代，买报读报是人们每天里的一件要事，感觉一日不读就会落伍。那时的报纸并没有铺天盖地的广告，但是新华书店每发行一部小说，报纸上都会刊登一则消息，这样的场景是经常发生的：市民们天不亮就赶到王府井或西单新华书店门前排队抢购同一本书。那时人们的读书热情真可谓"如饥似渴"，这也感染了年少的我。有一个星期天，我攥着一块多的零花钱，天不亮就赶到王府井新华书店排了半天的长队，买到了一本竖版的《牛虻》。揣着书步行回家，兴奋和幸福感无以言表，那是我生平第一次自己购书，那一年我十三岁。这本《牛虻》我读了不知多少遍，封面木刻是一张疤痕明显的男人脸，李俍民是被我记住的第一个译者名。

高一那年，结识了同样嗜书的男生李夏，我俩几乎每个周末都一起蹭车按照习惯的线路转遍城里为数不多的几家书店。有一次，李夏一下子买了十本《少年维特的烦恼》，顺手给了我一本，没想到这本绿皮的薄薄的小书成了我情感教育的启蒙读物，它让我又记住两个名字：歌德和杨武能。

年轻时交友很重要，李夏是我读书生涯中一个重要的朋友。那时候我喜欢去他家玩，有时一连几日吃喝拉撒睡都在他家，就是为了看书。虽然后来他从事计算机业，文学书看得少了，但是我每出一本书，都会想着要送给他，怀念少年读书狂的日子。

20 世纪 80 年代，随着国门打开，出版业变得日益繁荣，读遍了古典的世界名著，而后开始读海明威和劳伦斯、海勒和川端康成。即便在北医读本科，我读过的文学书也远多过医学书。记得有一个冬夜，我和一个同学聊欧文·斯通写的凡·高传《渴望生活》，一直聊到天亮。一夜的飞雪，校园里皑皑一片。在回宿舍的那段路上，心里亮着一盏温暖的灯。舍友们陆续起床，我们一起有说有笑地去教室上课，我像一个间谍，不动声色地坐在他们中间。

改革开放不仅引入了文学，也引入了思潮。托夫勒的《第三次浪潮》即便没有给我们带来直接的财富，也给了年轻人对未来的梦想，如今这代人已成了中国经济建设的中流砥柱；弗洛伊德的《梦的解析》像烛光照亮了人类内心生活的幽暗地带，揭示了我们心理深层未探究的奥秘；而美学热、哲学热和科学热，更让读书的潮流漫延得深远，让个体思考的问题和自觉担负的责任从某种角度上讲升华于日常琐碎计较的物欲之上。现在回想，80年代人的精神气质之所以特殊，是因为改革开放让人开阔了眼界，充满了憧憬，全民读书使人们的身心染上了特殊时期的理想主义色彩和个体觉醒后的集体梦想。

对我来说，80年代是我在家乡生活的重要阶段，透明而浪漫，坚实而诗性。人在青春年代，大多有过迷恋诗歌的日子，不过对我来说，与其说迷恋诗歌，不如说是迷恋诗人，包括雪莱的私奔、拜伦的跛足和叶赛宁的躁郁，在我看来都很高贵。时过多年，有一首拜伦的短诗至今能背："我总想把琴弦弹唱得欢乐，/可忧伤强做的笑颜/就像墓碑上的紫罗兰垂着露。/虽然我有许多爱我的伙伴，/可是我的心哟，依旧孤独。"其实现在读来，这首诗并不深刻，但由于对应了那时期多愁善感的心境，所以记忆很深。

另外，法国作家莫洛亚写在《拜伦传》里的一句话也对我影响很大："惟有拜伦，曾是拜伦的诱惑者；惟有拜伦，会严惩拜伦身上的拜伦；惟有拜伦的摧毁者，将是未来世界的拜伦。"我把这句话视为自我反叛的启蒙，我对生活的态度和对自我的认知，就是在一系列貌似懒散、内核激烈的自觉反叛中形成的。所以，我很庆幸自己的青春是在改革开放最蓬勃的前十年里度过的，如饥似渴地读书，是在人性中自由地穿行，对一个人心性、情感、承受力和理解力的影响是巨大的。在书里，我可以饱尝爱的狂烈与冷落，找到情感的解脱与宣泄，发现生活的误区，透视到灵魂的原色。在用文字构筑的空间里，我既是主人公，又是评判者，既是美好的拥有者，也是磨难的受难者，局限的个体生命在文字中得到无限的伸延。我通过读书知道并相信，今后生活的幸福与否，都将建立在自己爱的能力上。

爱读书的年轻人梦想多，我那时的最大梦想就是，一个人光着脚，到世界上走走。"流浪"，我很喜欢这两个诗意的字眼，带着地上的泥，牵着天际的云。对那时的我来说，阅读就是一种流浪，这种流浪与其说是时空的，不如说是心灵的，是一种在虚构中的真实成长。

1991年深秋，正在中国音乐学院读研究生的我，终于实现了流浪的梦，搭乘十天的国际列车从北京到了匈牙利，将自己投进一个全然陌生的实验场，行囊里揣的唯一一本书，就是那本《渴望生活》。再有，就是带着自己年轻的本钱。当我在布达佩斯东火车站跳下站台时，感觉自己就像一位准备屠龙的少年英雄。我不信命，但有件小事又叫我不能不信：当年我学钢琴时，能够弹奏的第一支曲子就是勃拉姆斯的《匈牙利舞曲5号》。

时光一晃过去了二十七年，现在我在国内和在国外生活过的岁月正好相等，对我个人来讲，漂泊的生活让自己身上80年代的理想主义状态从某种程度上得到了"保鲜"。自我出国之后，国内的改革开放也继续了二十七年，这期间有彷徨、跌撞和摸索后的坚定，作为海外华人，我始终用客观的眼睛关注着。都说"出了国的人会更爱国"，这话的确是有道理的，因为人在异邦，你身上所携带的民族性和与异邦文化相异的传统性会显现得更加充分，甚至会形成难以避免的冲突，这时候你会更自觉地思考自己是谁，代表谁，保留什么，如何保留——不仅如何保留，还有如何传达、沟通、接受和修正。在国外生活，我既不主张绝对地继承，也不赞同盲目地接受，而是认为应该坚持跨文化视角，怀着包容、理解和尊重的态度，持建设性的初衷和批评性的认知，成为不同文化的沟通者和融合者，即所谓的"世界公民"。正因如此，我和我身为汉学家的妻子艾丽卡一起，自觉扮演起文化桥梁的角色。

许多人可能不信：十五年来，我翻译了二十多部匈牙利作品，但我从没"正式"学过匈牙利语，甚至连语言班都没上过。对我来说，酒馆、咖啡馆是我的语言学校，朋友们和字典是我的老师，再有，就是得益于我出国前后的疯狂阅读。

十分幸运，我刚出国不久，就结识了历史学家海尔奈·亚诺什先生。1992 年，他在我最落魄的时候帮了我。通过他，我认识了许多匈牙利作家，包括后来的国际布克奖得主、《撒旦探戈》的作者——克拉斯诺霍尔卡伊·拉斯洛。

拉斯洛喜欢中国文化，1990 年就曾出访中国并写了一本游记，写下了他想象中的古典中国和亲眼看到的改革下的中国。1998 年，我陪他沿着李白的足迹走了十座城市，目睹了改革开放二十年后的中国，江河的巨变令我惊叹，民生的改善也让人欣慰，我们还沿途做了一系列采访，触到了改革后人们的内心生活。回到匈牙利，他写了一部游记《只有星空》，我也兴奋地记录下一路所见所想。也正是那次，我对拉斯洛的文字产生了好奇，于是翻着字典开始阅读他的小说，由于他的句子太长太绕太复杂，我干脆逐字逐句动笔翻译，没想到之后一发不可收，不仅翻译成瘾，而且自己也写起小说来。不久前，我翻译的《撒旦探戈》出版，成了我们文学缘分的见证。

文学很重要，往往一两位作家的几部作品就能够影响世界对一个国家的印象和了解。2002 年凯尔泰斯·伊姆莱获得诺贝尔文学奖，使当代匈牙利文学在世界范围内受到了关注；同样，几年前莫言戴上了诺奖的桂冠，客观上为中国文学做了一个广告。回顾改革开放四十年的历程，最重要的成果之一就是打开了国门，为文学松绑，将外国作品请了进来。无论余华、莫言，还是苏童、阎连科，无不在创作的过程中从外国文学中汲取了养分。有人说，最好的汉语在翻译文学里，这话听起来夸张，但细想实际是有道理的，想来现当代中国文学的成长，离不开外国文学的输血。四十年的改革开放，不仅让中国读者开阔了眼界，也为中国作家提供了相对自由、开阔的创作空间，涌现出一大批优秀作家、诗人和有影响的作品。正是这四十年的成长和积累，为今天的中国文学"走出去"提供了资本和可能。

记得 1990 年代初我刚到匈牙利时，匈牙利人对中国文学的印象基本上只限于古典文学，像《水浒传》《西游记》《红楼梦》《金瓶梅》《儒林外史》《老残游记》等经典小说早在五六十年代就有了匈文版，从《诗经》《乐府》《楚辞》到李白、杜甫、白居易的诗词，从《易经》《论语》到《孙子兵法》，光《道德经》就至少有五六个译本，但对现代文学的介绍却少得可怜，除了鲁迅的杂文集和老舍的《猫城记》外，只有古华的《芙蓉镇》和溥仪的《我的前半生》。到了 90 年代末，在匈牙利的书店里仍很难见到中国作品，即使偶然出现一两本涉及中国题材的作品，也局限于伤痕小说或美女小说。像余华、苏童、莫言、刘震云这样优秀作家的名字，只是近些年才被介绍到匈牙利，特别是这两年中国政府在"请进来"的同时力推"走出去"的计划，让匈牙利读者逐渐走近了中国当代文学。

去年我和妻子艾丽卡合作，将诗人吉狄马加的诗集《我，雪豹……》翻译成了匈语，并请匈牙利诗人朋友参与润色，由匈牙利笔会推出，并跟匈中友协合作，在布达王宫内的塞切尼国立图书馆里举行了新书发布和中匈诗歌朗诵会，续上了已经中断近半个世纪的中匈诗歌交流。要知道，在吉狄马加之前，匈牙利人读过的中国自由体诗，还局限在郭沫若、艾青、徐志摩、闻一多的作品上，他们即便听说过北岛、杨炼的名字，也从没有读过。现在，若没有中国政府在文化领域的发力，很难想象日趋边缘化了的诗歌能够突破市场经济的绞杀"走出去"。然而，一旦走了出去，诗便会变成外国人心中的中国式浪漫。匈牙利人很喜欢李白，他们觉得李白带着现代性，诗人苏契·盖佐不久前还写过一首诗，讲述他在北京的一家酒吧里听到李白谈论死亡，我刚翻译了他的一部诗文选《忧伤坐在树墩上》，里面就选入了这一首。

同是去年，我和妻子还做了一件开拓性的事情，将山东画报出版社出版的《山东汉画像石汇编》译介到了匈牙利，让当地人第一次了解到汉画像石这一有着两千多年历史的古老艺术形式。当地发行量最大的《匈牙利民族报》用了四分之一的版面介绍了这个大部头作品，文章的标题很赚眼球——《来自新丝绸之路的奇神怪仙》，副标题更长，"与罗马帝国同龄的中国画像石记录下了神话故事与日常生活"。可以理解，面对不知汉朝在何时、山东在何地、画像石为何物的匈牙利读者，要想吸引他们读这篇文章，确实需要在标题和副标题上下一番功夫。我读完之后，不能不称赞，这是一篇内容稠密、表达清晰、说古论今的文化普及范文，介绍完山东介绍孔子，讲完了汉代再讲汉画像石，回顾完中匈交流的历史又展望未来的合作远景，谈了古代的丝路又谈"新丝路"，当然还不忘介绍这个大部头出版的前因后果，讲解几句拓片的制作，甚至提到了东汉辞赋家王延寿……显然记者为了写好这篇文章，认真地做了很多功课。新书发布会刚刚开过，匈牙利总理办公厅就打来电话索要样书，还有艺术史学家打算进一步研究这些石头里的秘密……就这样，一部画册，突然打开了一扇穿越历史的时光之门。这个项目不仅得到了中方"丝路书香工程"和"齐鲁文化典籍翻译工程"的资助，也得到了匈牙利国立图书馆的支持，说它是新丝路的成果丝毫不拔高。

更值得一提的是，匈文版《山东汉画像石汇编》的出版人不是别人，正是二十多年前曾在我最落魄的日子里救助过我的好朋友海尔奈·亚诺什，他现在既是匈牙利国立图书馆副馆长，同时也担任Q.E.D出版社社长。早在我们相识之前，亚诺什就对中国文化感兴趣，在我们相识之后，他更是爱屋及乌，先后出版了由哲学家、汉学家考拉冲·伽伯尔翻译的匈文版的《道德经》和《易经》，在匈牙利还没有中文输入法的时代，书里的中文小楷都是我用毛笔亲手写的。因此，这次当我要为《山东汉画像石汇编》寻找出版社时，首先想到的就是他。由于我们亲人般的交情和信任，他答应得毫不犹豫，并把这部书做得漂漂亮亮。今年，我们再次合作，艾丽卡翻译，我来校订，亚诺什出版，推出了匈文版《中国民间孤本年画精粹》，用浓艳、多彩的民间艺术再让匈牙利的读者惊艳一回。

在别人看来，天时地利人和，搭筑这座中匈文化交流的桥梁对我来说似乎只是举手之劳，轻而易举。只有我自己心里最清楚，在这看似水到渠成的成功背后，离不开出国前的疯狂阅读和出国后的漂泊，离不开这从友情变成的亲情。对我来说，我脚下的新丝路，既是用自己的青春铺出来的，更借力于改革开放四十年的劲风。我希望中国会继续开放，将胸襟敞向大海，将眼界投到远方，让中国文学涌入世界文学的海洋。

张晓春

◎1967 年出生于湖南。1988 年至今一直从事对非洲贸易，从最开始的三四个客户，扩展到鼎盛时期的四十几个客户，贸易金额从几万美元增长到四五百万美元。被非洲客户亲切地称为"兄弟张"，主要将五金工具和小型设备等产品推荐给非洲客户。主要市场在尼日利亚，也包括埃及、坦桑尼亚、贝宁等。2005 年成立自己的公司，2015 年随妻女定居英国伦敦。

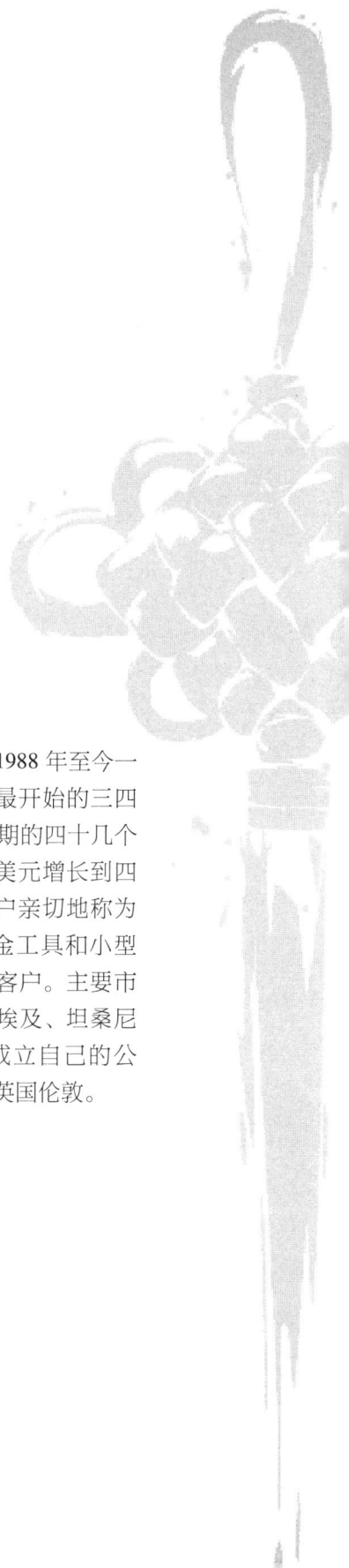

中国梦与非洲梦

1988年冬，公司举行的那场打字比赛，开启了我多彩人生的幸福之门。我从两百多名同事中脱颖而出，勇夺第二名。加上英语口语比较流利，我立即被业务繁杂、单据繁多的工具科的罗科长委以重任，赴埃及开罗参加1989年国际五金展。

拿到出国任务通知书的当天，我就迫不及待地给家里拍了电报，告诉父母这一特大喜讯。那几天自己步子格外轻快，没人的时候还不忘吹吹口哨。一个月之后从公司回家乡过年，家里大门上，父亲手书的大红对联格外醒目，左联是"爆竹声声辞旧岁"，右联是"红梅朵朵送出国"。儿子能够出国，在当时是多么光宗耀祖的事，比我几年前考上大学，更让家里扬眉吐气。掌管家里财政大权的继母，破天荒地拿出200元钱，买了一大堆平时都舍不得买的好菜，在他们看来，我又一次给父母长脸了。父母穿上过年的新衣，父亲邀请了单位合得来、合不来的所有同事，热热闹闹地办了好几桌。那餐饭吃得比年夜饭还久，父母都喝醉了。

春节后，我去公司的行政办公室，领取500元的出国服装补贴。当时每个月工资才100多。对于突然到手的厚厚一叠10元大钞，我兴奋激动了好几天。怀揣这笔巨款，我去了市中心的友谊华侨商店。在西装柜台前徘徊良久，终究舍不得出手，最后花了百来块钱扯了三米"的卡"布料，送到附近的裁缝店。半个月后，去试做好的西装，盯着镜中的自己，左看右看，感觉像在做梦，想起人们常说的"人靠衣装马靠鞍"。当时没有料到，我人生的第一套西装，后来一次都没有穿过——北非的埃及，2月底已是艳阳高照、干燥炎热，连长袖单衣都穿不住。后来，经济条件改善，我开始在专柜购买西装。这套西装就一直搁置着，这些自然是后话。

置好西装，经过反复比价，我又买了两件条纹短袖衬衣，没有人告诉我穿西装得配长袖衬衣。好在，这阴差阳错买的两件短袖，在埃及开罗还真派上了大用场。然后买了几双厚薄不等的袜子，想到终于可以将那两双有些破洞的袜子更换掉，心里美滋滋的。接着买了双本地产的黑色三接头皮鞋，虽然，心里痒痒地惦记着上海产的皮鞋，但究竟还是舍不得买。没想到，后来，在埃及那酷热干燥的地方，不到半个月，我那双新皮鞋接头的地方就开裂了。

如此一番精打细算下来，所有行头开销还不到200元。想起老家用了十几年的两个做饭的铝锅，其中大的那个既蒸饭又烧全家人的洗澡水，好几次因为自己看书入迷，忘记及时从煤气灶上挪开而被烧得变形了。于是，"挪用"公司给的置装费，买了个双喜牌的高压锅，一个大的铝锅，连同剩下的200元"巨款"，寄回仍旧拮据的老家。

出发前半个月，接到北京总公司电话通知，让我和同事各带上四十斤大米。那一刻我和同事都蒙了："我们是去出国吗？"加上那时候粮食是每月定量的，只好写信向父亲求援，同样蒙了的父亲赶紧找农村的亲戚帮忙，扛了一麻袋米来为我送行。

就这样，拎着几十斤米，我第一次跨出了国门。到了埃及，才明白总公司领队的良苦用心。埃及当地主食是干硬的面包，搭配烤牛肉。刚开始尝尝鲜还行，连续吃上几天就不习惯了。多数人开始牙疼上火，严重者已无法如厕，整个人都蔫了。这时，各自携带的特色产品就派上用场了：湖南、江西的大米，山东的花生和大蒜，大连的墨鱼干，广东的腊味和咸蛋……（现在出国，这些东西已被有些国家的海关列为禁止携带物品）厨房被堆得满满当当。两位精干的上海大姐被委以主厨的重任。早上，大家分工协作准备早餐，并将当天的中餐一起做好，打包带去展馆。晚上回来，大家轮流做晚餐。不但终于吃舒服了，还节省下来了不少餐费，大家琢磨着该为家里添置台什么进口电器。

因为胆大心细，兼之英语口语也不错，领队吩咐我协助管理财务，每三天定时去附近的银行用美元兑换埃及镑。当时汇率是 1 美元兑换 2.4 埃及镑。当年的埃及在铁腕人物穆巴拉克总统的领导下，物价稳定，秩序井然。

为期半个月的展会结束后，领队给了一周的时间，让大家分组自由活动。我们先去了世界闻名的胡夫大金字塔。站在浩瀚的沙漠边沿、雄伟的金字塔附近，我们感到自己是如此渺小。金字塔历经千年的风吹日晒，巨大的石块表皮有很多地方脱落了，但人们感受到的震撼和肃穆却丝毫没有减少。不远处，当地人正在搭架维护外表斑驳的狮身人面像。

晚上，我们去参观了尼罗河边的埃及铁塔。那铁塔高度可能有巴黎埃菲尔铁塔的一半，被装点得五彩缤纷。周边是游客聚集及饭店区域，人潮涌动。但因为是伊斯兰国家，公开场合不能喝酒，所以，没有我们常见的吆五喝六的高声喧哗，相反，有一种静谧，就像大家眼前静静流淌的尼罗河。

我们抽空去拜访了新结识的两个客户。其中一个后来跟我做了很多年的螺丝批生意。他年过六十，但是保养得极好，看上去不过四十多一点。他介绍自己只有四个人的前店后仓的公司时，非常自豪地说，他的产品销往附近的两个国家已经超过十年了。中国产的螺丝批比他们以前从迪拜进的手柄更大、刀杆硬度更好，真正算得上价廉物美。他边娓娓道来，边亲自动手研磨了一大杯咖啡豆，再拿出三个杯子装好，每个杯子足有半杯的咖啡粉。

这是我平生第一次喝咖啡，或许，从那刻起，非洲就走进了我的生活。至今，我已喝过无数杯咖啡，但那杯浓烈的咖啡，略带没有完全溶解的颗粒，却成了我记忆中永远的一个定格。就像我熟悉的非洲人，简单直率，感情浓烈又朴素。只是，我没有料到，再次踏上非洲的土地，竟然是二十年之后。

开罗之行后的二十年，我陪着非洲客商们辗转于中国各地，他们看我、看中国的眼神，由平淡到感慨再到惊叹……

事业之余，我忙于料理家里的事情，操心着柴米油盐、孩子上学……我的衣橱里整整齐齐地挂着一排西装，橱柜下是同样整齐摆放的各款皮鞋，而最里面，仍然挂着我花费百来块做的从未真正穿过的第一套西装。

2009年3月，我到达尼日利亚拉各斯国际机场。

让我吃惊的是，机场十分简陋。一踏进出入境大厅，一股热浪迎面扑来。墙上不多的几台风扇嗡嗡地摇着，感觉不是送来清凉，而是在推送热浪。远处卫生间的指示灯箱歪斜着，上面布满了灰尘和蛛网。人们不断地用纸巾擦汗，拿翻开的护照扇风。那些身着橄榄绿制服的海关人员居然可以纹丝不动，神态安详，慢条斯理地翻找每本护照里的签证，还不时地让旅客出示邀请函一类的证明文件。这儿，没有任何优先通道，各类肤色的人们都等候着。

飞奔而来的客户连忙道歉，不停地解释因为道路过分拥堵才迟到了。他直接将我的拖杆箱往后排座位上一扔，崭新的深色皮座上立即显现红土的轮印。坑坑洼洼的道路上车流很密，车与车都贴得很近。客户不停地刹车，我感觉自己仿佛坐在中国农村的拖拉机上。客户抱歉地说，全国的路况都差不多，机场到市区的主干道还算是宽敞的，其他的道路至少窄一半。我思忖着，这大概意味着"拖拉机"要变成"过山车"。

来到预订的酒店，条件跟80年代国内的县城招待所类似，但是价格却奇高，每晚130美元。哪怕住一周也没有折扣，还得入住时一次性全部付清。"你们是这样待客的？"我与客户开玩笑。

使用半尺长的L形铜钥匙，捅开老式的横挂锁，推开沉重的房门，进入昏暗的房间。定睛好几秒钟才能辨清物体，摸索半天，在门边找到垂吊着的电灯拉绳开关。灯泡点亮了，是一般工地上使用的那种插口式的白炽灯泡。忽然记起，客户曾向我采购过几个集装箱的这种老款灯泡，以60瓦和100瓦的居多。在万里之遥看到自己经营的产品，这种亲切感多少减轻了自己进入房间的种种不适。17英寸的小彩电是那种旋钮开关在右边的，那时在中国已经很少见到了。暗红色的拉毛墙壁，铺设着暗红色的缝隙大小不一的地砖，再搭配咖啡色的木制家具，整个房间显得很暗。唯一的白色，是悬在床头的壁挂式空调，因为有些旧了，成了米黄色。见我拿遥控器想去开空调，客户忙解释说，要等到晚上八点左右，宾馆自己发电后才能使用。推开吱吱作响的另一扇木门，比卧室稍小一点的卫生间呈现在眼前：立式的洗脸盆，四周有些泛黄的污渍；螺旋式的铜质水龙头，不紧不慢地滴着水；污渍面积更大的白色浴缸里，躺着一个红色的塑料水桶，冲凉的花洒也被顺手放在里面。客户又向我解释，城里很多区域没有自来水。大家都自己打井，将水抽到跟屋顶一样高的黑色橡胶水塔里，所以水压非常低。热水器很多时候点不着火，得将热水接到桶里洗澡。

就这样，熬到晚上八点多，一直大汗淋漓的我终于可以洗澡了。

花洒挂上去，热水器真的点不着火，只好将它取下来，悬吊在桶里，再去开热水器，这才听到弱弱的打火声音。那涓涓细流要装满一桶，估计得等上十分钟。趁这间隙，循着声音去拍打花斑蚊子。来之前，我特意去国内的卫生防疫中心注射了防登革热、防疟疾、防黄热病的好几种疫苗，还带上了好几种常见疾病的应急药。对非洲蚊子，我心怀恐惧。好在非洲的蚊子没有国内的狡猾，直来直去的不绕弯，我拿出小时候在家乡对付蚊子时练就的本领，不一会儿，就拍了十多只，都没见血。看样子，这儿的蚊子比较讲规矩，不到时间不开工。

我正在洋洋自得，突然，灯灭了，黑暗立即包围了一切。我手里还握着卷起的报纸，不清楚方位，只好站在原地等着，感觉蚊子要对我发起反攻。此时的等候显得如此漫长，大约五分钟后灯又亮了，我赶紧冲凉。

第二天，我早早起床。尼日利亚很多地方仍然没通火车，从拉各斯去其他城市，只能坐飞机。我被告知，这里不能通过电话或者网络订票，只能在机场购买。不过，飞机出行属于奢侈享受，所以，基本上无须提前购票。

仍旧漆黑的门口隐隐约约地停了台车，却不见司机。询问服务员，他笑着一指，那车子后面的大树底下不是吗？我睁大眼睛，辨认了好久，原来皮肤黝黑的司机，还穿了件黑色衣服。

客户阿里（Ali）的门面在当地的五金批发市场。建筑老旧，货品堆得满满当当，让人担心会不会塌下来。不少摊位的货样都摆到了门外，使得狭窄的过道更加拥挤，不时有顾客因为边走边搜寻产品而被绊到。嘈杂的人声，被摆放在店面门口的发电机的巨大轰鸣声盖过。刺鼻的尾气，伴随着人们拖鞋扬起的尘土，在燥热的空气里盘旋，久久不散。但是，门面里外的人们都笑容灿烂，悠闲交谈着，仿佛一切就该如此。

阿里有两个对开的门面，每个不足六平方米。粗糙的砖墙上密密麻麻挂满了各式样品。几种新款的畅销产品，都被挂在容易拿取的位置。每个门面里，都有三个年轻人在照看着。产品目录繁杂，这些年轻的员工却能随口报出产品的价格。

阿里自豪地介绍，这些年轻人，一般都是雇主的亲戚或者朋友的孩子，他们十三四岁就跟着雇主，无怨无悔、勤勤恳恳地工作。没有工资，雇主只管吃管住。五六年之后，雇主高兴了，会一次性地给他们一到两万美元，资助他们自立门户。万一遇到经济萧条，他们也可能只拿得到三五千美元。

见阿里这会儿来的客户比较多，我请他的一个员工领我去看看本（Ben）的摊位。我担心若没人引路，自己会迷失在这错综复杂的"迷宫"里。七拐八拐地走了五六分钟，我们来到本的摊位。这儿阳光直射，里面凌乱的情形一目了然。本一边笑着站起身，将店里唯一的凳子让给我，一边吩咐忙着记账的小姑娘，从她身后的纸箱里抠瓶矿泉水递给我。这儿也是三个年轻人，他们看上去年纪更小。记账的小姑娘在刺眼的阳光下，将旁边一叠小纸条上的品名和数量，登记在一个大的硬皮本上。她用纤细的手指随意地抓着圆珠笔，歪着头认真地书写着。意识到我在盯着她工作，小姑娘抬起头，给了我一个礼节性的微笑，露出一口洁白整齐的小贝齿。在那皮肤紧致而黝黑的脸上，这一抹笑容显得格外耀眼，如同深色绒盒里一串晶莹的珍珠。

经过没有扶手的水泥楼梯，我们上到二楼本的办公室。透过楼板的一些破洞，可清楚地看到一楼密集晃动的人群。本熟练地使用拉绳开关，启动了门口的迷你发电机。狭小的办公室里摆了两张 1.5 米左右的办公桌和一个双层的简易木柜。木柜下层塞满了各种样品，上层杂乱地堆着些文件夹和样本。挂在窗户顶上的空调，在这个如同面包车大小的狭窄空间里，效果非常好。没几分钟，就感觉清凉了。现在我终于明白，那次本走进我国内的办公室，脸上那种惊奇羡慕的表情。

在这狭窄的空间，有点发福的本勉强坐下去之后，肚子紧紧地贴着办公桌的抽屉，拿出他在中国购买的手提电脑，调侃着说："怎么样？我以前跟你诉苦，说自己每天都在煎熬，没骗你吧？我们今天过的日子是不是相当于你们改革开放之前的生活？"

亏他还记得"改革开放"这个词。几年前，我向他清晰地描述了中国改革开放以来的巨变，也将之前的生活描绘了一番，本似乎刻骨铭心地学会了这几个中文字——"改革开放"。

"你看，我们这儿几十年了，没有任何的改变！"本嘟囔了几句。他的办公室虽然窄小，但是比起一楼的门面还是稍微清静些。除了办公，还能躺在办公桌上稍微休息下。夏季，每天他们都得冒着 35 摄氏度以上的高温，连续工作十几个小时，十七八岁的年轻人靠体力，对三四十岁的人们而言，则完全凭毅力。整个市场里，几乎看不到五十岁以上的经营者。

尼日利亚，这个拥有 1.73 亿人口（占非洲总人口的 16%）的国家，目前已是非洲最大的经济体。

与尼日利亚客户打交道近三十年，中国的日新月异让他们目瞪口呆。略懂中文的本曾告诉我，他们尼日利亚的国歌是《起来吧，同胞们！尼日利亚人听从召唤》，"你们中国人的'起来'，是一跃而起，我们的'起来'却是半梦半醒"。

刚开始，尼日利亚连电报都很少，生意往来靠信件交换信息。遇到火烧眉毛的事情，才使用昂贵的 DHL（敦豪航空货运公司）快递。到了 1997 年前后，开始有人使用手机，电子邮件跟着慢慢普及。

西方社会对中国产品在非洲大受欢迎颇有微词，殊不知，这其中饱含中国几代人辛勤耕耘的心血。比如销往非洲国家的工具，为了保证品质，1995 年以前，工厂都使用进口钢材来生产，后来，国内的材料改进了，工艺设备也改进很多，逐渐地，都使用国产钢材，不但价格低，有部分产品的品质还超过了国际著名品牌 IRWIN（欧文）。就拿手板锯来说，我们跟 IRWIN 一样使用 65 号锰钢，取代刚开始的50 号碳钢，以保证锯片有足够的韧性和硬度。同时，根据非洲人高大有劲的特点，加大了拨齿的距离，将欧美人习惯的 9 齿 10 点改为 7 齿 8 点，相应地每个锯齿变大了。再将通常的双面磨齿改为三面磨齿，这样一来，提高了锯子的锋利度，减少了锯齿的摩擦，大大加快了切削的速度。因为有了这样与众不同的品质，这款产品在尼日利亚市场全面战胜了老牌 IRWIN，获得了绝对第一的销量。

经过几十年的合作，非洲客户们喜欢称我为"兄弟张"，遇到家有喜事，都会第一时间告知我，若是婚礼大庆，更是盛情邀请我前往。

就这样，几年前我重访尼日利亚。经历过中国改革开放巨变的我，对他国的发展变化尤为敏感。

拉各斯城区不少地段在修建轻轨，工地上到处都是中国建筑的标识。由中国承建的尼日利亚沿海铁路也于 2014 年动工了。2016 年，中尼签订了货币互换协议，现在，部分业务已经能够直接以人民币进行结算。而我的非洲朋友们更是学会了使用支付宝，"扫一扫"成了他们说得最地道的中文。

本举着手中的华为手机向我招手，他告诉我，尼日利亚智能手机市场份额中，三星占了 34%，华为只有 4%。中国产品质量不错，但还要学会讲故事。年轻人喜欢"酷"，所以，产品得酷。

我问本："非洲还比较落后，可你们怎么总笑得那么阳光灿烂呢?"

本想了想，说道："贫穷不可怕，只要有希望。兄弟张，你们有中国梦，而我们，也有我们的非洲梦。你不是常说，有梦的地方就有希望嘛。"本雪白的牙齿在阳光下格外明亮。

颜向红

◎笔名命若琴弦、安静，1963 年出生，祖籍福建，2008 年出国，定居奥地利萨尔茨堡，现任欧华文学会理事、《欧洲时报》欧华文学副刊主编。华东师范大学中文系硕士研究生，历任中学教师、记者、大学教师。近年致力于中西方文化交流，在各类期刊、报纸发表文章约百万字。出版《萨尔茨堡有张床》、"你好，福建"丛书之《和乐福建》（中文部分），撰写电视专题片《相约音乐之都萨尔茨堡》解说词等。

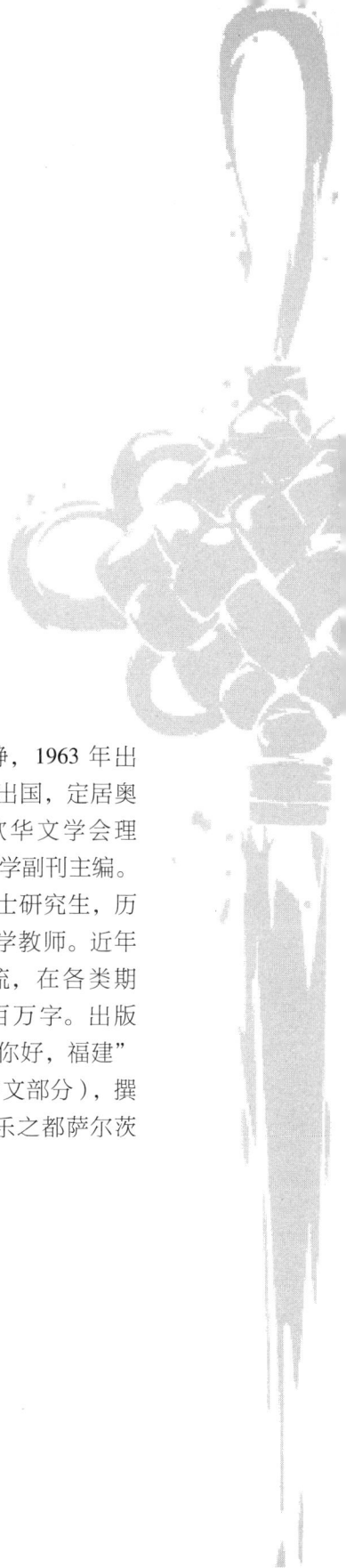

四个十年，四个四重奏

素年锦时从指尖滑落，韶华春光在红尘中流过，但总有一些回声栖息于岁月之树，开出满枝繁花，令我们在花树下流连品赏。

四十年，克绍箕裘，弦歌不辍；四十年，风云际会，华章如诗。

第一个十年： 轻轻敲醒沉睡的心灵

我是你簇新的理想

刚从神话的蛛网里挣脱；

我是你雪被下古莲的胚芽；

我是你挂着眼泪的笑涡；

我是新刷出的雪白的起跑线；

是绯红的黎明

　　正在喷薄；

——祖国呵！

——舒婷《祖国呵，我亲爱的祖国》

2018 年的这个黄昏，我在玫瑰馥郁的塞纳河边，回望 1978 年夏虫啾啾的麻阳溪，那是我读中学的地方。我看到自己穿着皱巴巴、打着补丁的衣裤，第二次坐在高考考场中，愁眉不展。

我们这一代人的作文是通过写大字报练习的，阅读训练是通过背诵"老三篇"[1]完成的，音乐启蒙是在无数次观看样板戏中实现的，审美能力是在看苏联、阿尔巴尼亚和朝鲜电影中培养的。小小年纪，一人能把《智斗》从刁德一到胡司令再到阿庆嫂的所有唱段连同过门一并完成，《战地新歌》可以从第一册唱到第三册，能背《列宁在1918》中瓦西里的台词；会插秧割稻，淘粪耘田，挑水打柴，养猪卖菜；学天津小靳庄的农民冲上赛诗台喊口号……当然，我们还读浩然，看小人书，我们会这会那，就是不会数理化和英语，梦想高中毕业后去插队，做一名光荣的女拖拉机手，豪迈地站在绿油油的田野上放歌。

除了高尔基的《我的大学》外，压根儿就没想到大学和我们有什么关系。

历史大变革之前，往往静若止水，接着便是排山倒海般的壮阔波澜。国家突然恢复中断了十年的高考，猝不及防中，希望和压力一道从天而降。1977 年 12 月，我以十四岁在校高中生的身份（未毕业）被学校选送去参加高考，因惧怕而哭哭啼啼，坚辞不去。被绑架似的，我手忙脚乱被逼上考场。在录取率仅为 4.7% 的这次"省考"（各省自行出卷）中，我的分数应该可以上专科学校，爸妈说，还是等正经高中毕业再去好好考吧！半年后，我懵懵懂懂再次迈入考场。墙上挂着"一颗红心，两种准备"的标语；社会应考青年捏紧拳头，坚信"考上与否，就是穿皮鞋和穿草鞋的区别"……这一次我轻松过关，成为我们县第一中学那年唯一考入本科的文科生。这次高考俗称"国考"（"文革"后第一次全国统考），610 万人报考，40.2 万人考上，录取率仅仅 6.6%。

不知不觉中，我亲历了中国高考历史的重要转折，也见证了"千军万马过独木桥"的激烈竞争。后来的四十年里，我总会伸长脖子嗅着那夹杂地瓜干、爆米花和的确良气味的空气，频频回首自己和整个民族命运改变的那一年。

大学里我读的是政治教育，心里没有"漫卷诗书喜欲狂"的快乐，而是充满了惶惑。十一届三中全会在我们入学几个月后召开了，"两个凡是"被否定了，席卷全国的关于"实践是检验真理的唯一标准"的大讨论石破天惊，改变了两代人的思维，话剧《于无声处》横空出世，重评瞿秋白《多余的话》振聋发聩……1980年，"潘晓"以"人生的路啊，怎么越走越窄？"的追问引发数千万青年对人生观的大讨论。

小小少年多烦恼，我内心疑虑重重，囫囵吞枣地啃着枯燥的《资本论》和《反杜林论》。粮票、布票、糖票总是不够用，肚子总是饿得咕咕叫，每一餐都要打半斤饭，终于吃成了小胖子。班上同学年龄悬殊，有的当过小学校长，有的当过村支书，有的是或现役或退役的兵哥兵姐。期中考试时，忽听说年龄大我一倍的师兄请假回老家，原来，他的妻子生了一对双胞胎！周末，我们潜伏到连江琯头镇偷偷购买从台湾运过来的尼龙面料和羽绒衣；穿喇叭裤留长发的"不良青年"手提日本三洋双卡录放机，播着港台"靡靡之音"招摇过市，管理人员伺机而出剪破他们的宽裤腿；邓丽君的歌曲也悄悄在大学校园流传开来；中文系的才子到各个宿舍兜售油印粗糙的"朦胧诗"集，我们在系阅览室读卢新华的《伤痕》、礼平的《当晚霞消失的时候》、古华的《爬满青藤的木屋》和《芙蓉镇》，由此窥到了新时期文学的第一抹曙光；在外语系蹭西方文学的课，眼前打开了一道神秘的世界之门，由此知道莎士比亚、歌德、托尔斯泰等西方文学巨匠，埋下了我出国的种子。

与"文革"前"老三届"（指1966、1967、1968届初、高中毕业生）相对应，"新三届"（指1977、1978、1979级大学生）的称号，就像接头暗语，素不相识的人只要一说"我是七八级的"，便一拍即合成为"自己人"。新三届中很多人后来成为各行各业的中流砥柱甚至国之栋梁。身处这不可复制的特殊人群，我时常自问：有没有辜负"七八级"这一光荣的名称？

第二个十年： 抬头寻找天空的翅膀

让青春吹动了你的长发让它牵引你的梦

不知不觉这城市的历史已记取了你的笑容

红红心中蓝蓝的天是个生命的开始

——罗大佑《追梦人》

2018 年的这个午后，我在暖风拂面的多瑙河边，回望 1988 年秋风瑟瑟的官沙田，那是我供职的高校所在之处。我看到自己在齐秦"我是一匹来自北方的狼"的歌声中爬上学校拉煤的卡车，灰头土脸一路狂奔到报名即将截止的市招生办。

在此之前，我被分配到山区教书，由于山区师资缺乏，我一直未获准报考研究生。青年教师们进行了一系列抗争，我终于得到这一次的考研机会。很幸运，我被华东师大中文系录取为文艺学专业的硕士研究生。接下去的十年，我看到东欧剧变、苏联解体、两德统一，邓小平视察南方、香港回归……国际形势风云诡谲，中国改革开放深入推进到各个领域，一切过往的经验都在重构。存在主义、解释学、现象学、结构主义等各种哲学思潮流派充斥着我们的话题；听格非讲写作，听王晓明讲鲁迅，听宋琳谈诗，与王安忆、孙甘露在同一间教室讨论先锋文学的精妙；看李宗盛、罗大佑的演唱会也是我们生活中重要的内容。

那时的上海，艺术和学术气氛浓厚，探索戏剧十分盛行，我们宿舍三个女研究生与学校艺术团的同学一道，在上海戏剧学院同学的指导下，找来了一个复旦大学女生写的本子，演出了一部很另类抽象的海派话剧，讨论存在主义问题。演员只有一男二女，不仅有对白，还有歌舞，颇具古希腊悲剧之风，时光和场景在幻想与现实之间交替。

演出开始,大提琴乐声缓缓地流出,在舒曼的《梦幻曲》中,大幕徐徐拉开。女主角执着地追索生命的答案,真诚动人;仙女们在有些荒诞的喜多郎的乐声中翩翩起舞,少顷,却化作古希腊歌队与追问者一问一答;我负责现场配乐,捏着一把汗;上戏的同学指挥着灯光操作者。整场三幕话剧,在如此巨大的礼堂里,挤满了观众,没有麦克风,除了舞台上的台词和配乐,还能听到观众的心跳。

演出结束后的一段时间,每天都有人谈论这场小小的校园话剧。在此之前,华东师大的礼堂从未有过彩色灯光演出,因为我们的"创举",以后每次演出甚至开大会,主办者都要在灯上贴红红蓝蓝的色纸或者架起追光灯。不夸张地说,在某种意义上,我们为大家打开了一个新的思路。从现在来看,这场话剧仍是很前卫很小众的,富有探索性、象征性和思想性。我们的表演很稚嫩,但是态度很认真;我们的思考很淳朴,但并不浅薄,所以引发很多共鸣。这是上世纪八九十年代青年的共同特点。我们没有任何功利性的考虑,自己贴钱花时间去做,没有人褒奖我们,我们没有因此当上学生干部,也没计入个人档案和成绩,连照片也没留下一张。上戏的同学不计报酬,往来奔忙;华东师大虽然没给经费,但是也十分宽容并包,同意我们在学校最重要的大礼堂演出。

后来我们毕业了,老狼、高晓松《同桌的你》和《睡在我上铺的兄弟》等校园民谣代替了崔健的《一无所有》和《一块红布》,窦唯、唐朝乐队风靡一时。女孩们的发型,从麻花辫换成了长卷发,又从长卷发换成披肩直发,衣着材质从乔其纱换成棉布,又从棉布换成真丝。市场意识和消费主义登场,娱乐至上来袭,理想主义衰退。而我们心中笃定沉着,青春的记忆,就像一首牧歌,留在我们心中的这幅图景,将一直鲜活美好。

第三个十年：　让我拥抱着你的梦

> 让无力者有力，让悲观者前行，让往前走的继续走，让幸福
> 的人儿更幸福……
>
> ——《南方周末》1999 年新年献词

2018 年的这个夜晚，我在滴水成冰的多瑙河边，回望 1998 年春水荡漾的榕城。我看到我站在大学讲台上侃侃而谈，授课之余，背着采访包风尘仆仆。我以记者这一职业的眼光打量社会各个层面发生的变革，看到自由与桎梏、传承与反叛、进取与踌躇、理性与冲动，各种力量互相博弈、此消彼长。

高考这扇通向象牙塔的门，依旧是时代的风向标，是全民热议的话题。那几年的作文题目很多是话题作文，比如以"假如记忆可以移植""答案是丰富多彩的""心灵的选择"等为题作文，富有生活气息和时代气息。2001 年，国家取消对高考考生"不超过二十五岁"和"未婚"的限制，于是考场上出现了七十二岁高龄的考生，连考十多次均落榜却毫不气馁。

作为读者和观众，我眼角的余光也饶有趣味地扫视文坛和娱乐圈：80 后作家韩寒、郭敬明、张悦然等成为文坛新星；男神柳云龙因《暗算》而走红；韩剧风靡全国，偶像剧登场……

进入 21 世纪，申奥成功，加入 WTO（世界贸易组织），中国越来越融入世界，互联网驶上快车道，资本摆开盛宴，中国的经济和政治按自己独有的方式和逻辑出牌。大哥大、BP 机逐渐退出历史舞台，翻盖、直板、滑盖等各种小型手机成为人们的新宠。我用了几个月的工资买了一部爱立信，之后又陆续使用过诺基亚、索尼、摩托罗拉、三星等外国品牌，直到现在定格于国产华为。

我们唱着《走进新时代》，告别了以"物"为中心的消费时代，进入多元消费的时代，大多数人再也不用为吃穿发愁，提高生活质量成为首要话题。分配住房政策结束了，房地产业方兴未艾，我经常陪想买房而又举棋不定的闺密去看房，巴望着再等一等也许会降价。有些人老也买不上房，有些人囤了好多套，有些人专职炒房，甚至炒到国外。最火爆的是全民炒股，人们奔走相告关于购买原始股的信息，连菜市场上的大爷大妈都貌似成了股票专家，几乎无人怀疑可以一夜暴富。我也于最高潮时茫然无知地被裹挟，股市终于在 2007 年涨到最高的 6100 多点时发出了撕心裂肺的长啸，穷凶极恶的股灾降临了，900 多只股突然跌停，我的全部积蓄血本无归。

尽管如此，物质的繁荣仍是不争的事实。当商品短缺的基因一去不复返，在各种行业中，目标为一枝独秀的自我推销成为最重要的技能——不仅职场如此，情场也如此。社会上出现一个新名词：剩女。伴随着物质的过剩，我和很多大龄女性一道也"过剩"了，报刊副主编或主编的职位只能给自己减分；副教授和副编审的光环，不能阻止自己陷入被适婚男性遗忘的尴尬境地。老妈忧心忡忡给她的昔日老同学打电话，为宝贝女儿寻觅对象，也全然不顾女儿面子，四处给适龄男士写信。工作之余，到麦当劳约会、参加各种联谊会、网上相亲，成为我当时生活的主旋律。

这真是一个五味杂陈的年代。

第四个十年： 为明天献出虔诚的祈祷

我送你离开 千里之外 你无声黑白

沉默年代 或许不该 太遥远的相爱

——方文山《千里之外》

2018 年，我在沉郁古典的萨尔札赫河畔，回望 2008 年喧闹繁华的闽江之滨，那是我魂牵梦绕、亲人居住的家园。我看到自己乘坐国航班机，飞越万里来到欧洲。一眨眼，世界变成平的，地球村越来越小，生活越来越丰富多彩，一个沸腾的时代已然来临。

游学途中，我和一个奥地利男子建立了一个中西合璧的家庭。这十年，我以"第三只眼"看中国，我看到中国成为世界第二大经济体，我看到杭州 G20 峰会上中国的自信与担当，我看到阿尔法狗打败李世石之后，人工智能"少女诗人小冰"竟然作出"她嫁了人间许多的颜色"这样清新脱俗的诗句……

有人说，如今物质主义、拜金主义甚嚣尘上，理想主义已经过气了，但我却说，世界已然越来越斑斓多姿，生活已然越来越丰富多彩，不能再用简单的是非对错和单一的价值观来判断这个多元繁复的社会。这个十年，提供了比以往多得多的渠道、平台和机会，与其做判断，不如去实践，以自己的姿态参与进去。我希望可以用文字呈现我看到的世界、讲述我体验到的中国，为绚烂的世界再添一笔色彩。

2015 年，我在《福州日报》上开设专栏《从三坊七巷到阿尔卑斯山》，立于东西文化的交叉点上，写下自己在奥地利萨尔茨堡收获爱情养育后代的故事，写下"到阿尔卑斯山耕云读雪，到多瑙河畔酌酒赏花，到亚得里亚海钓水樵山"的经历，写下乡愁，思考华人移民在异国流徙中的文化困境和自我突围等问题。2017 年，我出版了《萨尔茨堡有张床》，以自己的异国婚姻经历、双重世界、两面人生，呈现东西方不同的价值观、各种文化冲突与交融等问题。2017 年金砖国家峰会在厦门召开，我参与撰写的"你好，福建"丛书作为峰会国礼，赠送给参会的各国元首和嘉宾。我很欣慰我能在文化交流中扮演一个使者的角色，向世界介绍中国，讲述中国故事。

2018 年 4 月，奥地利总统和总理联合率团，带领包括内阁部长、联邦商会主席等在内的高规格代表团访问中国之后，我协助拍摄制作了电视专题片《相约音乐之都萨尔茨堡》，担任撰稿人，并作为东南卫视客座主持人采访了奥地利萨尔茨堡市的市长，携奥地利丈夫和女儿作为中西合璧家庭的代表为该片出镜。

中国和奥地利之间有古代贸易大道"丝绸之路"；到今天有引领世界科技前沿的中奥量子通信合作项目搭建的"空中丝绸之路"；近来，中奥还建立了友好战略伙伴关系，不论是高层政要还是普通百姓，两国人民之间的交往，筑起了一道"情感丝绸之路"。在这条"情感丝绸之路"上，我好比一头驮着东方文化财富的骆驼，穿行在这一个十年、下一个十年。

注释：

[1] "老三篇"：是毛泽东在抗日战争期间写下的三篇经典之作《为人民服务》《愚公移山》《纪念白求恩》的统称。

1977年高考准考证（正面）

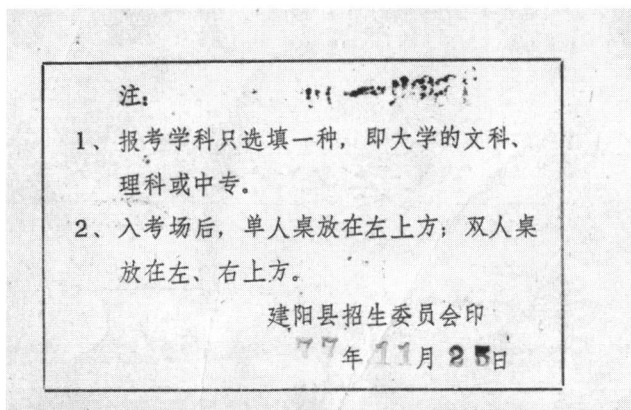

1977年高考准考证（背面）

清纯素颜的1978级女大学生（中上为本文作者）

20世纪80年代的中国女排三连冠引发全国排球热,图为福建师范大学政教系女排

向奥地利萨尔茨堡市市长赠书

2016年,在斯洛伐克布拉迪斯拉发老城广场

杨坚华

◎祖籍上海，1968 年出生于湖南。1991 年第一次作为经贸代表远赴欧洲，之后常年往返中欧两地。 2007 年定居德国。

莱茵河边的回忆

回忆是什么？我们为什么要回忆？

当我们满怀信心并拥有能力去怀抱、创造未来时，我们是否就该不断向前，不断忘记，争分夺秒地只为明天而拼搏？可为什么偶尔我们也会停下脚步，到记忆里去搜索过去？

概因那个回不去的昨天，于不经意间，一点一点仍然在悄悄地涂抹着我们未来的色彩；又常常在万籁俱寂之时，或深情或粗暴地闯入我们记忆的深处，掀开看似轻盈实则沉重的外壳，用那已被遗忘的古老言语，提醒我们：我们到底是谁，我们曾经怎样生活过。

20 世纪 80 年代末 90 年代初，中国正在逐渐向世界开启改革开放的大门，空气中到处弥漫着一股朝气蓬勃的气息。作为我国最早的经贸专业毕业生，我们也个个摩拳擦掌，办公室的墙上贴着"努力奋斗，为祖国建设争创外汇"的标语，楼道里到处传来老式英文打字机咔嗒咔嗒的键盘敲击声，走廊里急匆匆的脚步声夹着同事们彼此打招呼的声音……

我被分派到欧洲部，德国、法国、荷兰、意大利等地自然就成了出差的主要目的地。也有同学被分配到非洲部、美加部或东南亚部。在一遍又一遍背诵外贸战线"三大纪律八项注意"之后，我们跨出了国门，用当时流行的语言来说，我们背负重任，奔赴不带硝烟的战场。

那时出国都是组团形式，一个团队四五十人，包括各行各业的经贸人员。尽管在当时人们的眼里，我们俨然是时代的宠儿，但严格的外事纪律让我们身在国外时，就像不带枪支的作战军人，个个都一副凛然不可侵犯的样子，时刻保持着绝不能被资本主义思想腐蚀的警惕之心。为了节省外汇，我们就像打游击战似的，三五成群分布在欧洲便宜的家庭旅馆中，早餐时叮嘱房东多煮一些鸡蛋，然后每人兜里面揣上两个当午餐；晚餐是大家最开心的时候，旅游大巴通常会把大家拉到一家中餐馆，然后每个人拿出出国前塞在行李箱中的辣椒酱、腌菜，浇在中餐馆的菜肴上饱饱地吃一顿。

遇到天气好，晚餐后大家就能争取到一些自由散步的时间。所谓自由，也是严格规定必须按组行动，个人单独外出那是绝对禁止的。

有回在德国，我们几个走着走着，竟来到了莱茵河边的一片住宅区。一栋栋整齐排列的建筑，在落日的余晖映衬下显得格外宁静和漂亮。有人提议拍照，当大家正在摆姿势时，一个金发男孩从一栋别墅的前院跑出来，见到我们，不由得发出惊讶的叫唤声，一位中年女子循声找来。该女子有和男孩一样的金发以及湛蓝的眼睛，面孔精致，一照面我们彼此都愣住了。那时候的我们，在外都身着国家统一配置的出国服装，男士一律深色的西装配领带，女士则是深色的西装外套搭配西裙。而这位德国女子身着休闲的家居装，随意而不失优雅。她笑着问我们："你们从哪里来？"我们面面相觑，一方面遵照当时规定，我们不得与外贸客商之外的外国人交谈；另一方面，我们又被要求在外时，言谈举止要有礼有节。短暂的沉默之后，我答道："中国，我们来自中国。"然后一行人匆匆离去。走了段路，我忍不住又回头遥望，但见那女子蹲着，面朝着我们，正在向小男孩解释着。"她在说什么呢？"我问自己。

十年后，作为一家欧洲企业的中国总经理，我邂逅了后来成为我先生的德国青年托马斯。当我和同事被邀请去他家喝咖啡时，我震惊得难以用言语来形容，托马斯的家就坐落在莱茵河边，当年那个微笑着和我打招呼的女士就是他的邻居之一施密茨夫人，以至于后来我的朋友们与我打趣说："你大概早就知道那将是你未来的家，所以才去拍照的吧？"

　　命运有时就是这么奇妙，她常常会在某个时刻给我们以某种暗示，尽管当事人往往浑然不觉，但若我们沿着命运的轨迹前行，终有一天会发现原来很多事情，冥冥中早有安排，这大概就是我们常念叨的缘分自有天注定。

　　这些当然是后话，我们再接着说回 90 年代的德国。为了将外汇节省下来，购买当时国内紧缺的电器产品，在国外出差时，我们个个节衣缩食，除了中餐馆的聚餐，我们从来没有踏进过任何一家欧洲餐厅或咖啡馆，客商也不敢邀请我们，因为动辄几十人的集体行动，吓得他们都捂紧了荷包。那时走在德国的街头，烤香肠的味道总在我们饥肠辘辘的时候飘进鼻子，似要挑战我们的抵抗力。这时候我们就会摸摸袋子里早已放凉的熟鸡蛋安慰自己，终将有一天可以阔气地对摊主说："来十根烤肠。"

　　有一次在德国，忽然强冷空气来袭，我们个个冻得直哆嗦，可当时德国百货店的衣服，不但价格在我们看来宛如天价，尺寸也大得可以将上衣当作连衣裙。一位热心的当地华侨闻讯赶来，将我们一行人带至一家较偏僻的商店，看到衣服上的价格，我们忍不住欢叫起来，挑挑拣拣，最终因为尺寸问题，我们女生都在童装部为自己购置了件毛衣。后来我们才知道，那是家二手服装店，里面的衣服大都是德国家庭捐赠的。

　　俗话说："有人的地方就有江湖，有江湖就有恩怨。"若不巧这江湖还远在万里之外，隔着语言、文化、种族的障碍，怀揣一颗易感之心的我们，往往轻易就被恩怨打个措手不及。

　　90 年代的中国，在"贫穷不是社会主义"口号的感召下，大家努力解决温饱问题，纷纷忙着"脱贫"，那年代自然还顾及不到猫猫狗狗们的幸福生活，或者说根本还没有养宠物的概念。

　　一天，我们在德国街上遇到了一场游行，游行队伍很长，人人都牵着条宠物犬。同行的小李出于好奇，想去触摸其中的一条京巴狗，结果狗的主人一把扯紧牵引绳，嘴里嘟囔着，大意是：你们这些吃狗肉的野蛮人，别碰我的宝贝。

去德国次数多了，自然能听懂一些简单的德语，又兼年轻气盛，我马上用自己不太流利的德语回敬道："不懂得尊重他人的才是野蛮人。"德国人有点吃惊，不再吱声。

那时候在国内，我们一群年轻人统一住在单位分配的单身公寓里。每到周末，那里就洋溢着欢声笑语。经常有其他行业的年轻朋友们来访，他们怀着强烈的好奇心，向我们打听那个"外面的世界"："西方人吃生菜生肉。""女人们寒冷的天气还穿着短裙。""满大街都是我们叫不出名字的汽车。""你们说会不会有一天，不懂外语也能畅游世界啊？"

在大家七嘴八舌的讨论声中，那个"外面的世界"既神秘又有趣，让人不由得产生探索的欲望。

90 年代中期，中国经济开始快速发展，越来越多的中国人因为工作、学习、访问而走出国门。

我也加盟一家欧洲企业主持中国业务。因为工作需要，更是频繁地往返中国和欧洲各地。

欧洲总部附近有家中餐馆，我与同事下班后经常去那喝碗酸辣汤，吃点饺子和春卷。那时候，中餐馆里面打工的都是兼职的留学生，去的次数多了，大家也就熟络起来。一天我正在吃饭，餐馆的服务员李丹有点羞涩地走到我面前，询问待会儿能否允许她到附近我住宿的酒店洗漱一下。李丹有着弯弯的眉毛，不大却细长的丹凤眼，笑起来有个深深的酒窝，目前正在这座城市的某所大学攻读物理方面的硕士学位。见我点头应允，李丹的眼眉都在笑，看来今晚的聚会对她意义重大。

到了酒店，李丹有点神秘地从随身挎包里取出个包装袋，放在沙发上，又蹲下身子，小心翼翼地打开，一件漂亮的晚装呈现在我们面前。看到我惊诧的神态，李丹告诉我这是她借钱从时装店"租"来的，第二天就得还回去。李丹边说边将衣服上的各种吊牌小心翼翼地摘下，又认真地包好。

"时装店的衣服还能出租？"我问李丹。

"当然不能，但因为提供一周之内的退换服务，我就去商店先买下来，明天再去退还。"

这一刻我才明白，难怪那些时装店的店员见到我们经常摆出一副鄙夷的面孔，说到底人家也识破了这其中的猫腻，碍于制度规定却也无可奈何，就只能在言行上稍作发泄了。

"等我将来学成有钱了，我一定会堂堂正正地去时装店买几套心仪的服装。"说这话时，李丹将头稍稍昂起，眼里满是憧憬。

我不忍去责备这个女孩，尽管她的做法或许已违背了诚信之道。但这个年轻的女孩无非是希望在一个重要场合，让自己的着装稍许体面点，能够给别人留下一个较好的印象。

若干年后，每当我在欧洲看到奢侈品店外排成长龙的中国人，就会想起那个笑起来有着好看酒窝的李丹：她现在在哪？是否已过上了自己想要的生活？

岁月进入21世纪，中国效率开始令世界瞩目。此时德国的托马斯已与我成了无话不说的好友。每次见面，我都会将自己生活、工作以及情感上的困惑和烦恼一股脑地倒给他，他总是那么好性情善解人意地聆听，时不时给我些建议。同行的同事和友人看出了端倪，对我说："这德国小伙挺帅的，脾气又好，你不妨考虑考虑？"我领会大家的美意，却反问道："难道你们认为我应该搬去德国居住？就算我可以，我的'中国胃'也不会答应。"

"那倒是，德国菜实在太难吃了。"

"嗯，我的中国胃大概也会受不了。"

当年，"吃货"一词还没有横空出世，但对美食的执着和钟情，自古就是我们的传统。

2002 年一场突如其来的 SARS("非典")引发了全球恐慌，2003 年市面出现抢购米醋和板蓝根的风潮，学校停课，工厂停产……世界卫生组织发出旅游警告。此时托马斯给我发来封邮件，说他打算来中国，因为愈演愈烈的 SARS 事件让他很担忧我。

如果说人生总有一些转折点的话，这个契机很可能仅仅是因为一句贴心的话，一个善解人意的微笑，抑或是脆弱时对方一个有力的拥抱。

我决定放下手上的一切去跟随托马斯。对于这一决定，身边的亲朋好友是截然相反的两种立场。我的父母亲极力支持，在他们看来，女子不应该风风火火在外闯荡，回归家庭才是本分。我的好友们却认为辛苦打拼下来的事业就这么放弃实在可惜，我不应该选择去充当"洗手做羹汤"的主妇型角色。

亲情、爱情、友情，故乡、他乡，何去何从？我究竟该怎么办？

如果说作为一名普通人，我有那么点儿不普通的特质，那就是相较于我身边的大多数人，我比他们多一份果敢，多一份将一切归零从头开始的勇气。这也让我凡事一旦做出了选择，就义无反顾。

话又说回来，伴随着第三次工业革命——数字化革命的快速发展，全球化呈现出不可阻挡的磅礴之势，空间的概念也被重新诠释。视频通话在 20 世纪 90 年代初还只是梦幻般的憧憬，到了 21 世纪已成了普遍的通信应用。数字化革命让隔山隔水的思念从此不再那般煎熬。

虽说跨国间的距离已不再那么令人纠结，但对于当今世界的异乡人来说，真正的考验在于：当你曾经拥有的熟悉的一切被搁下，你是否有勇气去面对一个纯粹的自己，一个不带过往任何符号和标志的单纯的自我。

曾听国内一位企业家抱怨：德国效率太低，许多事都得自己亲力亲为，耽误了他不少办"正事"的时间。

我却恭喜他"重返凡间"，那些诸事有秘书代劳、"不食人间烟火"的日子虽说不用理会柴米油盐酱醋的艰辛，却也剥夺了他在锅碗瓢盆中能享受到的人生乐趣。

宁静的德国生活，让我放慢曾经奋斗的脚步，也让我有时间去重新审视自己，去反思过往一路走来的对错。

2008 年 8 月，儿子汤姆出生，伴随着这个新生命的降临，我也开始了作为女人的第二次成长。

空闲时间，我开始攻读幼儿心理学、营养烹饪，并满怀喜悦地记录下育儿的点点滴滴。国内我那些依然风风火火在事业上拼搏的女友们嗔怪我，认为我回归家庭之举是现代女性独立的退化，我只是笑笑。

2016 年我的德国生活随笔集《遇见德国》由人民出版社出版发行，女友指着我书中的感悟"人生就是不停地在做选择，抓起一些，就得放下一些。豁达的人经常问自己，我得到了什么，而不是我失去了什么。选择了一条路，自然会错过另一条路上的风景，与其眺望远处，不如珍惜眼前，每个地方都会春暖花开"告诉我，她们终于明白了我的选择。

在欧洲流行这么一个典故：德国人爱法国人，羡慕法国人的生活方式，却不尊重法国人。法国人讨厌德国人，但却尊重他们。

这个典故自然来自两国历史上的恩怨纠缠。每每提及，在场的德国人、法国人都不以为忤。我将这典故告诉我国内的朋友们，大家几乎异口同声地回答："如果必须二选一，我们中国宁愿选择被尊重。"

大概只有历史上长期被迫"跪着"的人们，才会有如此齐整又痛彻心扉的呐喊。

2017 年 11 月 11 日，中国全民"买买买"的双十一购物节的同一天，德国发行量最大的新闻周刊《明镜》格外吸睛。封面采用大红底色配以黄色字母，正中间是醒目的两个汉语拼音"Xing Lai"，外加粗壮的惊叹号和一颗五角星。杂志用九页版幅论述今天的中国，并以当年拿破仑的一席话收尾：一旦中国这头睡狮醒来，全世界将被其震撼。

媒体如此兴师动众，自然又引发社会大讨论，殊不知，永远最灵敏的市场早已先知先觉采取了应对措施。德国百货公司里的指示牌上，日文部分早已被悄悄地替换成了中文；售货员们以能秀几句中文而自豪；一些号称从不打折的德国百年珠宝老店、品牌店会悄悄地为中国游客提供特殊的折扣；而德国的一些中学，也开始将中文与传统的法语、西班牙语一起列为第二外语的选项。

中餐馆已不再是廉价的代名词，德国人开始身着正装在中餐馆宴请宾客，以往以留学生为主体的中餐馆跑堂换成越来越多东欧人的面孔，餐馆老板娘一脸的无奈：家庭条件好了，孩子们都不愿吃苦了。

甚至德国电影、电视剧里，以往那些身着西装带着翻译前来并购德企的日本人，也换成了"李先生""王先生"的称谓。

光从这些方面来看，相比过去，今天的中国足以让几千万海外华人扬眉吐气。我们常说，人若微则言轻，反之则一言九鼎，人如此，国亦如此。

但如今世上一切实力的抗衡和较量，皆包括软实力和硬实力两方面的竞争。后者让人生畏，软实力则令人生敬。

因为工作原因，我走访过不少德国的企业家，交谈中他们不约而同地提及作为企业家的责任、担当和情怀。当被问到如何看待今天的中国时，他们往往聚焦于中国的软实力上，强调在尊重、人文关怀、创新能力等方面，中德双方还存在一定的差距。

有一次我去德国南部拜访一位在德国家喻户晓的企业家，Trigema 公司总裁沃尔夫冈·格鲁普（Wolfgang Grupp）先生。格鲁普先生在德国被誉为"民族之子""企业家的良心"。历经三代的百年企业掌门人、大名鼎鼎的企业家，居然与员工们共用办公室，平时与自己的家人也是过着极为简朴的生活，据说连一个垃圾袋破了也要用胶带补补再用，可他却将大笔资金用于员工的福利安排。格鲁普先生有句名言："作为一名企业家，如果他的员工无法凭薪水过上有尊严的生活，这是企业家的耻辱。"

如果不是亲历，我大概也会以为这只是传说。他们的言行不但让我感到震撼，更令我萌生出一种强烈愿望，希望能通过交流、访问和学习，让德国企业家的这种精神，也在中国生根发芽。

身居海外的人们常常会被国内朋友们问及："出国之后是否更爱国了？"虽说，爱就是爱，感情不是集市上买东西，可以按斤论两来计数，但人漂泊在外，哪怕物质生活优裕，也往往弥补不了精神上颠沛流离的痛苦。因为远离，家国记忆才更加刻骨铭心。当"碧波滚滚的南海，白雪飘飘的北国"只能在梦里亲近，当家乡成了远方时，千思万绪再拌入乡愁，中国人血液中流淌的故乡情怀便喷薄而发。

谁不说自己的家乡好？谁不想自己的家乡好？故乡在，再远的征途都只是场旅行。因为有家在那，知道有一份亲情始终在为我们守候，我们才敢把梦想塞进背囊，去浪迹天涯。尽管年轻的生命会找出千百个理由去远方，但归来却只因为思念，又或许曾经的离开只是为了归来。

章云

◎1961年出生，笔名文章，江苏淮安人。 1979年考入南京大学大气科学系，毕业后在中国农业大学气象系任教。 1987年赴加拿大攻读硕士学位，1995年获理学博士学位，现就职于加拿大农业与农业食品部哈罗研究与发展中心。 2006年创立大温莎中国艺术学院并任院长。 为加拿大中国笔会理事、中国江苏省作家协会会员。 著有长篇小说《情感危机》《失贞》等和随笔集《好女人兵法》，译作《瓷狗：方曼俏短篇小说集》，多部作品获奖。

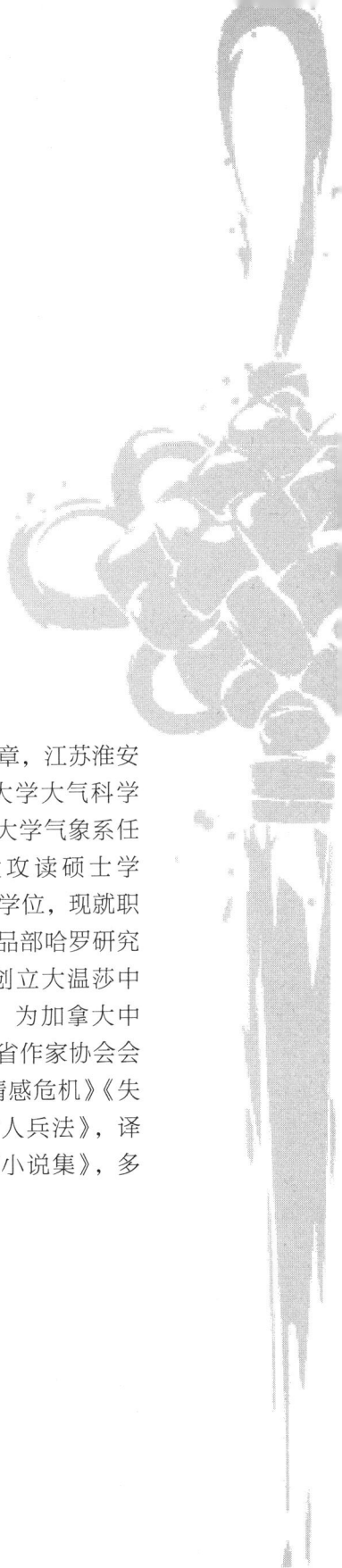

加国流行"中国热"

我 1979 年考入大学，1987 年随着出国大潮漂洋过海。如今，我在大洋彼岸感受着"中国热"。

一、所里来了中国人

上午的咖啡时间，刚在桌边坐定，简的声音飘过来："前几天刚来的那个中国人跟谁干？"话音一落，大家的目光一齐投向我。我想起老板从中国科学院捞来的那个研究员，这个叫东的男人貌似是宅男，怎么一来就被他们盯上了？着实不是本人感受力迟钝，在研究所混饭十几年，同胞如此受关注的情况并不多见。

研究所最近跟中国来往频繁，名目也较杂。年轻面孔大多是我们所与中国的大学、研究所联合培养的博士生。这些孩子对出论文的兴趣远甚于对所谓尖端技术或先进仪器的兴趣，有的干脆带了数据，一来就直奔主题——缠着导师修改文章。除此之外，也有一些短期来访的大学教授或研究员。东属于后者。可能比较年轻，尚需学术资本，已是副研的他像一只充了气的皮球，到处找活儿干，还睁大着一双雷达似的眼睛，寻根问底，大有不"偷"到点核心技术誓不罢休的架势。

谁知生活跟渴望成功的东开了个玩笑。前几天下午，老板找到我，说需要东的工作许可办理安全检查。我用中文问老板身后一脸无辜的东："你有工作许可吗？"东递上他的护照，上面只有一个一次性入境的公务签证。原来东是他们单位第一位来加拿大的访问学者，单位的办事人员只熟悉美国的签证种类，对加拿大的一无所知。我把老板的原话翻译给东听："没有工作许可，不允许用所里的电脑，不可以独自进实验室。换句话说，你去这栋楼里的任何一个角落都需要有人陪着。老板的意思是你也不必来所里了，因为我们实验很忙，不可能抽出一个人全天陪你。"

上网查了一下，中国境内补办工作许可需要两个月，这意味着访问期为两个月的东将无功而返。这可把这位雄心勃勃的年轻人吓坏了。他火速跟国内工作单位的相关部门联系。交上材料三天后，东的工作签证办下来了。

东终于可以像大家一样自由出入，上内部网了。虽然他的英语还有待提高，就像老板告诫我们的：大家要小心，东说"yes（是）"的时候他不一定"means yes（是'是的'的意思）"。东很满足，结束被边缘化的处境，挖金寻宝，不虚此行。老板很高兴，费了那么多周折，不就是为了弄个不花钱的劳力使唤嘛，虽然英文不好，但说不出不代表做不出，东的专业知识并不弱。我很欣慰，从东的身上，我看到了中国学术界的希望，也意识到中国确实已今非昔比。

单就经费来源一项，已足以让人感受到这种升腾。过去出国人员不是从世界银行贷款就是靠 CIDA（加拿大国际开发署）项目资助，现在中加学术交流多由中国单方面出资。东这次来加，以及两个月后我老板去中国，全部是由中国方面负担。我有一种久违了的扬眉吐气的感觉。

虽然当地主流媒体对中国的报道并不多，但是，中国公司成功买下加拿大的油砂矿、通用电气公司积极寻求在中国的发展机会等等，这一个个让人刮目相看的事实，让"中国"成为"大国"的代名词，"中国人"成为"聪明"的代名词，"中国热"成为"时尚"的代名词。这个神秘的东方古国正在成为全球关注的热点。

我接住来自桌子四周的目光，微微一笑："哦，你是说那个个儿不高、英文发音很有趣的家伙吗？他是我们组的，来自中国北京，访期两个月。"看到他们脸上满意的神情，我暗自责备自己：什么时候沦为狗仔队了？再想一下，就乐了：被人在乎的感觉很爽，不是吗？

一波刚平，一波又起。

在东与我们的合作项目里，还包括我老板去中国为期一周的访问，费用也全部由中方出。过去这类事是这么操作的：中方买好机票，订好酒店，甚至请好陪吃人员，外国专家只需在合适的时候，出现在合适的地点就可以了。谁也没料到就是这么简单的一件事突然变得困难重重。

首先是从今年开始，加拿大农业部出台了一项新规定，就是政府工作人员出国，并由对方出资的，机票必须先由加方购得，然后向对方出具 invoice（发票）报销。据称这涉及政府雇员的旅行保险等事项，几乎毫无商量的余地。而中方坚持，中方可以支付外国专家的一切费用，唯独不能向国外汇款。因为这是一个国家特批课题，而非国际合作课题，这项规定涉及财务政策，不可更改。

其次，我老板坚持要住 Holiday Inn（假日酒店），而离东的单位最近的 Holiday Inn 开车也要半小时以上，并且由于位于闹市区每天早上严重堵车，这给中方负责陪吃早餐的人员带来很大不便。过往的外宾都是住单位招待所，并且强调这个招待所是专为贵宾准备的，虽然外表普通，实际级别很高。可我老板是一个较真的人，他说他是高级研究人员，出差住宿标准是四星级以上的酒店。他坚持要住 Holiday Inn 是因为这是一家美国人开的酒店，生活习惯会比较适合他。在这一点上，双方再次陷入僵局。

几个回合交涉未果，中方的主要负责人发话了：别人都没问题，就这个人这么挑剔，我们有我们的规矩，实在不行就不要他来了。你可以告诉他，中国不是三十年以前的中国了。这可急坏了东。他的研究项目跟我老板极其相近，他正想着以后两人申请一个国际合作课题，争取来加进修一年呢。而且，为了申请这次中国之行，我老板已经填了大量表格，现在再说不邀请他，肯定会彻底得罪他。

东找到我，让我从中周旋一下，千万促成这次中国之行。其实依我对我老板的了解，他倒没任何瞧不起中国的意思。他这人就是一个典型的加拿大人，从没去过中国，对中国零认识，吃中餐要先服助消化片，Holiday Inn 在这边也不算多高级，他不过是怕自己不习惯罢了。

那怎么办呢？刚拿到工作许可的东，数次与国内领导、会计等相关人员沟通。由于时差关系，这些沟通全部是深夜进行。眼看双方坚持自己的原则，似已无法调和，一日，我老板突然提议："机票我自己支付如何？"我很错愕：一向霸道的老板什么时候学会让步了？中国，真的成了他非去不可的地方？

小组会上，老板面带笑容，慈祥地问东："下周我带你去参加一个国际会议，另外，你还想学什么技术？"

此时距东回国只有两周了。

二、戈温的中国情结

最近戈温对我频频示好，弄得我不知如何应对。被她虐惯了，猛然来了个 180 度大转弯，有点不适应。

戈温是温室的劳力工，一个中年白人妇女。我们在温室做的实验是需要温室工人做日常打理的。虽然我们的要求都是通过填写工单直接发到他们的头儿那里，但遇到需要特别交代的地方还是要跟工人当面说的，这其中就有戈温。戈温个儿不高，腹部有不少赘肉，眼神阴郁，显得不那么友好。但是有两件事，让我知道她不只是不爱笑，还是个白人至上主义者。

第一个事件是"味道风波"。新上任的农业部责任副部长来我们所参观。这是惯例，每一任部长一上任，先到下面的研究中心转一圈，算是打个招呼，免得见了面都不认识。讲完话后，问大家有什么问题。这种询问属于礼节性的，一般没有人会提问，但这次来的这个副部长长得慈眉善目的，看上去比较亲民，所以就有人提了，而且很尖锐：中午吃饭时，餐厅的气味很怪异，令人难以忍受。

这个人就是戈温。

自从所里华人研究员明从中国招了几个中加合作培养的博士研究生，所里的中国人多了起来，餐厅的微波炉马上就不够用了。午餐当地人大多带三明治，不需要热，中餐恰好相反，不热就没法吃。所以到了午饭时间，厨房里满眼都是等着热饭的同胞。而且他们就像原来的我一样，不懂尊重当地人的语言习惯，一边等热饭，一边操着乡音浓重的普通话大声聊着天。

事实上，让我隐约不安的还不光是公共场所大声喧哗这一项，更让人担心的是中餐的气味。人少时不觉得，现在人一多，就形成了势，蒜香、酱爆、豆豉、糖醋，一旦混杂在一起，就形成一股独特的气味。如果我是当地人，走进这个怪味扑鼻的厨房，也不会没感觉的，除非我的嗅觉失灵了。

戈温说完，下面鸦雀无声，我感觉会场的空气都快凝结了。所有人的目光都聚焦在副部长脸上。我在心里猜测，这个握有员工"生杀大权"的人肯定会打太极吧。没想到，这位胖胖的、气色红润的长官操着动听的美式英语，极其肯定地说："不能忍也得忍，加拿大是个移民国家，农业部更是倡导雇员肤色、族裔、文化平等的政府部门，员工的生活习惯应该得到尊重。"

要不是副部长大人此时就站在我面前，我真不敢相信这话是出自一个白人之口。我环顾四周，没错，我此时就坐在以白人为主的人群中，责任副部长在告诫他的雇员接受中餐的强烈气味。我相信这不是作秀，因为无论明从中国收罗多少博士生，中国人在这里都是少数群体，这个农业部最有实权的人没有必要取悦我们而得罪占绝对多数的他的同胞。

再看看戈温，脸上表情复杂，似已认命。

第二件事是"语言紧箍咒"。有一天，研究所每月一期的内部期刊 *What's Green On*（《绿色消息》）上出现了一条消息，标题是"工作场所的官方语言"。不长，只有一段话，这段话的大意是：根据《官方语言法》第五条，英语和法语是联邦各部门的官方语言。联邦雇员在工作时间工作场所可以使用的语言仅限于英语或者法语。工作场所包括办公室和实验室。使用英语和法语之外的其他语言可能会导致同事之间的交流障碍，并引发严重健康和安全隐患。

这天中午吃饭时，我们中国人饭桌上的所有同胞都传看了这条消息。大家默默地看完，竟无一人说话，气氛有点沉闷。

"这不是啥新鲜事，早就知道有这个规定。"有人打破沉默。

"这个时候抛出这条似乎有点意味深长哦。"

"那些白人是不是听我们说中文刺耳啊？副部长说尊重别族人的生活习惯的话音还没落，又抛出这个话头，什么意思嘛。这些白人也够虚伪的。"来自武汉大学的胖女生情绪有点激动。

"嘘——"明示意，"我说同志们，大家以后说话小点声行不？我看这条消息提得很及时，公共场所不要大声喧哗，尤其不要用中文大声喧哗。"

"那我们以后就跟洋人一桌吃饭得了，融入主流。"武汉女生赌气地说。

"那也不成。不是还有味道问题嘛。"也确实是这样的。我们中餐，哪怕不用醋，不用酱油，就这么简单地炒一下，微波炉一热，都会产生一种很特别的味道。

"我们中国人就是太善于揣摩别人的言外之意。依我看，这个规定呀它没别的意思，就是提醒咱们别中文用顺口了，忘了不懂中文的大多数。据说过去就有过这样的情况，实验室的药瓶上用印地语标注，别人看不懂，差点出事儿。"明想息事宁人。他手下有两名技术员是中国人，现在又从中国招来几个学生，他的小组在公共场合用中文的可能性最大。

"还有一种可能，副部长大人嗅觉比较迟钝，听觉比较灵敏。"大家七嘴八舌地说。混乱之中有个声音飘进我的耳朵：

"我听说是戈温去所长那里告的状。"又是戈温！这人一定跟中国人有仇。

因为这两件事，我对戈温一直退避三舍，基本跟她零交集。现在她突然示好，并没有给我带来惊喜，反而引起了我的警觉。那天她又来跟我套近乎，问"今天很热"的中文怎么说。前面几次来，我已经应她的要求教了她用中文说"你好！我叫戈温，认识你很高兴"。我实在忍不住了，问："你打算去中国旅游吗？"她笑眯眯地说："不是。是我女儿去中国教英文了。我对中国很好奇。"

原来是这样！我知道她女儿是学教育的。这段时间加拿大政府为了削减开支，关闭了不少生源不是很好的中小学。估计她女儿在这边找不到工作，只好去中国教英文了。戈温对我套近乎，似乎我就是那个给她女儿饭碗的中国。我觉得好笑，嘴上还不忘客气一番："这没什么，中国很需要你女儿这样的人才的。他们像当年的白求恩一样，是去帮助我们中国的呀。"我心里却在为强大起来的祖国自豪：中国终于有能力疏解发达国家的就业压力了。

张晓至

◎1949 年出生于上海，祖籍宁波。1956 年移居北京，1969 年赴宁波镇海插队，1978 年入读浙江师范学院宁波分校中文系，1980 年赴美国留学，1997 年获波士顿大学应用语言学博士学位。 1991 年 9 月至今于波士顿大学外国语言文学系任教，曾任波士顿大学外国语言文学系汉语教研组组长。 1995 年出版译作《寻宝奇谋》，发表论文、文学作品多篇。

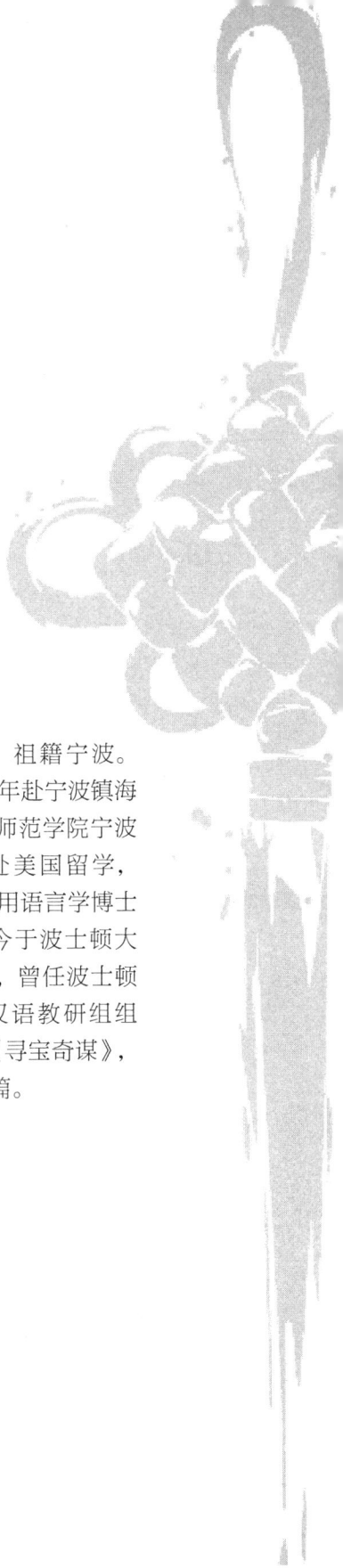

我的房东芭芭拉

1980 年夏我来到美国。出国前我在浙江师范学院宁波分校中文系学习，属于"文革"后恢复高考的第一届大学生。到美后先进修英语，年底通过"托福"考试，次年进入波士顿麻州大学读英文系。20 世纪 80 年代初，中国留学生人数尚少。记得我的第一个英语老师课后曾邀我去喝咖啡聊天，说见到我这个中国大陆来的人感到很稀奇，就好像见到火星人似的。

麻大算不上名校，但对我这个读本科的自费生来说，首先要考虑的是学费。麻大是公立大学，学费比较低廉，然而这也只是与私立大学相比而已。5000 美元一年的学费对我来说也是一个不小的负担，因为我唯一的经济来源就是业余在餐馆打工挣钱。除了学费，还要维持生活。波士顿地区住房向来不便宜，如在剑桥一带租个有卫生间和厨房的房子最少要 300 美元一个月。好在我对住房条件要求不高，而且也很幸运地找到一个约十平方米带小厨房的阁楼小屋，月租只要 140 美元。

于是那段时间我每天上午上课，下午课后去餐馆打工直到深夜，读书做功课只能白天见缝插针再加午夜下班后完成。虽然这种生活对今天的年轻人来说可能太辛苦了，但我这个曾经在山区度过九年农村生活的老知青反而觉得日子过得很充实。当初插队时到农忙季节一天干上十五六小时重体力活是常事，而且除去吃用，年终分红所得无几。现在至少吃得饱穿得暖，住处有电有自来水。本着挣什么钱过什么日子的原则，仗着自己还年轻又能吃苦，除去学费及生活开销，我竟然还能稍有盈余。

本来能维持这样的生活我已经很满意了，只是没想到我的日子就像小农经济似的，风调雨顺的时候日子还过得不错，但一旦遇到天灾人祸可就麻烦了。1983年初，一场几乎致命的飞来横祸落在我身上。我虽然侥幸不死，却不得不暂时停学停工养伤。生活一下子变得十分困难。

幸好我一向爱好运动，身体底子还不算太差。到夏天自觉身体已基本复原我就又去上课打工了。作为留学生，我必须向麻大留学生办公室为缺课一学期申请补假。留办负责人贝蒂与我私交不错。听说了我的遭遇，她表示同情，说有什么事需要她帮助就告诉她。我谢了她，但也没把此事放在心上。

年底有一天贝蒂给我打电话说她有个朋友在找房客，问我有没有兴趣，要是有就去见个面。我开始还有些举棋不定，只是觉得不好意思拒绝她的好意才答应了。结果见面后不久我就成了芭芭拉·立普克太太的房客。

芭芭拉五十八岁，是小学五年级教师。祖上原是德国犹太人。她祖父在19世纪末移民到美国。父亲是美国第一代电视商，与罗斯福总统是朋友。母亲是美国第一代女医生，毕业于有名的卫斯理女子学院，曾与宋美龄是同学。芭芭拉的丈夫赫伯原是麻大化学系教授，也是个长跑爱好者。我刚到麻大，贝蒂带我参观校园时遇到过赫伯。他个子不高，六十岁左右，穿着短裤背心满头大汗地正在跑步。看到贝蒂，他就停下来跟我们聊了一会儿。谁也没想到1983年底，老人参加一次长跑比赛，跑到终点时心脏病猝发而倒在地上，抢救无效竟去世了。

我搬进了芭芭拉家。她家在地处波士顿西郊的牛顿中心。一座红砖小楼，坐北朝南。这里环境优美。后来有个朋友从纽约来看我，见到这里的景色感叹道，这里美得像疗养院似的。

芭芭拉只收我120美元的月租，说只要能抵消暖气水电费就可以了。在后来的十数年中，我这个房客和芭芭拉这个房东的关系跟寻常的房客房东关系不太一样。一般情况下，随着物价上涨，房东也要给房客涨房租。而我们的情况却是我这个房客屡屡要求涨房租而房东不肯涨。结果直到1998年我终于搬出芭芭拉家时，她也仅仅收我200美元的月租。

我很自觉地承担起芭芭拉院中的体力活，如春夏剪草修篱、秋季清扫落叶、冬天凿冰铲雪等。我住的房间有单独的卫生间，只是厨房与芭芭拉合用。我们关系很融洽。平时吃饭各吃各的，但不时也互相邀请一起用餐。芭芭拉厨艺极佳。我从她那里学到了不少西餐西点的做法。至于我自己，因是家中长子，从小就干家务。父母都做得一手好菜，我也深受影响。可以很自信地说，我的厨艺不输美国普通中餐馆的厨师。每次请芭芭拉及她的朋友吃饭时，我总是变换花色做出不同的菜肴。芭芭拉对此也赞不绝口。

然而我从芭芭拉那里获益良多的远不止厨艺。首先是我的英语进步很大。我们经常聊天。芭芭拉非常健谈。我们的话题从个人经历到中西文化，可以说是无所不谈。不知不觉中，我的英语口语越来越流利。芭芭拉还不厌其烦地帮我修改我用英文写的文章、故事。开始时红色的叉杠圈点落满全纸，弄得我羞惭不已。随着时间推移，纸上的红叉逐渐减少。再到后来，她基本上就是在欣赏我写的故事了。

1985年夏我取得了英文学士学位。暑假期间，我到一所公立学校暑期班教了一学期小学英语。同事听说我是到美国先读英语学校再进大学读英文系的，都有些吃惊，说起初还以为我是波士顿地区长大的本地人。我觉得我的这点进步是跟芭芭拉的帮助分不开的。

从1985年秋季开始，我开始攻读英语教学和英美文学这两个硕士学位。有一阵我在写一篇研究汉语歇后语的文章，因为我觉得此前人们对歇后语的定义、结构、表达方式、使用环境及意义了解得不够完整深刻。总的来说，歇后语是汉语中一种以语言文字游戏为表达方式的语言现象。除了分析讨论歇后语本身的特点之外，我也根据自己的经历及对英语的理解做了一番比较。我觉得可以提出一个假设，即英语中基本不存在这种以语言文字游戏为中介的现象。为了证明这个假设，我还专门请教了好几个教授。他们在仔细思考后也表示同意我的看法。

　　然而没多久，我就自己推翻了这个假设，原因在于和芭芭拉的一番对话。芭芭拉除了是教师之外，还是个讲故事好手。她是新英伦地区"三个苹果"故事会会员，常邀请其他会员到家里来开故事会。我也常参加他们的故事会，并感到在欣赏故事中学到了很多东西。讲故事是一种口头文学形式。故事中经过艺术加工的英语往往诙谐风趣，寓意深远，和日常英语口语大不相同。

　　那天我回家见到芭芭拉，互相问候后高兴地告诉她，我前不久写的一个短篇故事在麻大文学杂志上登出来了。芭芭拉听了后大声笑着说："I'm a lightning bug run over by a car — I'm delighted!"这句话可以直译为"我是个被汽车轧了的萤火虫——我没亮儿了"，但最后那个词又是"欣喜的，高兴的"的意思。我听了大笑，同时感到茅塞顿开，这不就是我一直在寻找的英语语言文字游戏的表达方式吗？

　　由于改革开放，那几年从国内来的留学生也渐渐多起来了。有不少还是夫妻一起来的。我也已经独自在美国生活五年了，我的妻子和儿子仍在北京。我很希望他们能够来此相聚，只是妻子申请来美签证一再被拒。芭芭拉知道此事后说她会尽力帮助我们。

　　几天后，芭芭拉先为我妻子出具了一份经济担保书，不久又和几个同事朋友约好在 1986 年暑期一起去北京旅游观光。她说她早就想去中国看看故宫、长城及其他名胜古迹，正好可以借此机会一行。

　　芭芭拉如期成行。在京期间她抽空陪我妻子去美国领事馆办好了赴美签证。于是，那年 8 月，我妻子终于来到波士顿。

　　北京之行成了此后芭芭拉好长一段时间的日常话题和故事内容。她说亲眼看到的中国和以前听说的根本是两码事。人们生活看来很不错，对外国人非常友善。她觉得北京给她留下的最深的印象是三"多"：人多，自行车多，西瓜多。她说原来也知道中国人口多，可是真看到那么多人还是很吃惊，也终于明白了中国话中"热闹"这个词的含义。对自行车多她的反应是如果美国也能这样就好了，骑自行车既能锻炼身体又不污染环境。可惜美国人习惯开车出门，大城市的路上连自行车专用道也没有，谁想骑车那就是拿自己的生命冒险。至于西瓜多，我知道那是因为恰逢西瓜上市季节。她说从来就没见过这么多西瓜。不管走到哪里，街边的西瓜都堆成小山，简直就是一道奇景。有趣的是这么多瓜堆在街旁，也不会有人偷。芭芭拉也对中国的美食称赞有加，说这次吃到的好东西太多了，彻底颠覆了原来对中餐的印象。

芭芭拉的长子彼得是纽约市立大学杭特学院的化学教授。听了他母亲的北京见闻后也决定去中国看看。听说我儿子仍在北京，就主动提出用跟芭芭拉同样的方式帮我儿子来美国。1987年夏，彼得一家去北京观光后，带着我儿子回到美国。

芭芭拉一家给我们的帮助是巨大的。我也常跟芭芭拉说有什么我能为她效力的事请一定告诉我。芭芭拉也并不见外，有要求就会直截了当地提出。作为老师，她的学生要是出了问题她就需要跟家长沟通。学生中有些是华人。曾有个家长是个中餐馆老板，不会说英语。芭芭拉就找我给她当翻译与家长面谈。幸好我除了普通话之外，还会说上海话、广东话等几种方言。一来二去，在芭芭拉学校露几次面后，跟她的一些同事也认识了。

我儿子名叫思正，到美国时不满八岁。他那年刚在北京上完一年级，到美后插班上二年级。他的老师说这孩子英语在进步，但仍需时日。令人吃惊的是，他的数学要比其他孩子好得多，因此老师想问问这是怎么回事。

其实中国学生的数学水平普遍高于美国学生的说法我早有耳闻，

也认真思考过。关于一般美国人的数学水平，有一件小事给我印象很深。有一次和一位当护士的朋友聊天时涉及一道 16 加 7 这样的算术题。这位朋友拿出纸笔，先列了个竖式，然后口中念念有词同时左手手指依次屈伸，好一会儿终于数出个位数的结果为 13，再进位，终于算出了 23 这个正确结果。我当时都感到有些难以置信。要知道注册护士必须是护理专业本科毕业的。算一道这么简单的加法题竟要费这么大劲，真令人吃惊。

接着，芭芭拉告诉我说思正看来很聪明。原来是她下班回家后在书房里批改作业，思正跑到她旁边饶有兴趣地看着五年级的数学作业，芭芭拉就让他试做了几个题。结果他很快就写出了答案，而且全对。芭芭拉就说怎么中国一年级学生数学就这么厉害，比这里五年级的水平还高。

不久后我和芭芭拉以及她的几个同事座谈了一次。主题就是为什么中国孩子学数学这么容易，而美国孩子通常都觉得数学难而对数学望而生畏。中国的数学教育方式是否有让美国借鉴的地方？其实这个课题早已有很多人从多方面研究过。这几位老师对很多研究结果也有所了解，如中国人历来注重教育，家长对孩子学习要求严格，还有人认为汉语中的数字表达方式比英语更具逻辑性，从而有利于学习，等等。

他们问及我的看法时，我也把自己思考的一点初步想法谈了谈。我觉得上述看法都有道理，但还有一点好像没有人提到，那就是汉语不仅有利于教数学，而且在中国古老的诗歌传统的帮助下，还能使学习数学变得更有趣。我所说的就是算术中的口诀。

大家都知道数学最基本最普遍的日常应用方式就是算术的四则运算。而四则运算中最关键的是乘法。中国孩子很早就背诵乘法口诀。每句口诀只有四五个字。由于中文字都是单音节的，所以每句都是四到五个音节。这样的句式与中国最早的诗歌总集《诗经》的四字句和魏晋诗歌的五字句相同。现代心理学研究发现，人们的瞬间记忆基本以两秒为界，即一般人都能毫不费力地记住两秒钟内接触到的内容。就中国人说话的平均语速而言，两秒钟足够发出五个音节，再加上乘法口诀朗朗上口，节奏感强烈，所以孩子们能够很快背下从"一一得一"到"九九八十一"这一整套口诀。一旦记住就终生受用。而美国孩子学数学完全靠死记硬背，自然兴趣不高，效果低下。

芭芭拉和她的同事们听了以后点头称是，但他们的表情也显示我说的并不能解决他们面临的问题。我突发奇想地说，要是美国小学开设汉语课，孩子们学汉语学到一定程度后就可以背诵乘法口诀了，不知有多大的可行性。

他们听了有点头的，也有摇头的。我知道 80 年代美国公立学校的外语课只有法语和西班牙语，基本上没有开汉语课的。大多数西方人对汉语有一种先入之见，认为汉语是世界上最难学的语言，再加上华人在美国社会中是少数族群，因此教师们不觉得国家会花钱在公立学校中开汉语课。

实际上到 80 年代后期，中国留学生和中国移民人数已经在快速增长。随着中国经济发展速度加快及国际影响力提高，我觉得美国重视汉语教育只是时间问题。实际上，21 世纪以来，波士顿地区很多公立学校都开设了汉语课。虽然不知道有没有人想到把乘法口诀放入教纲中，但至少今天时不时地能从美国人口中听到几句汉语，让人觉得变化真大。

1997 年夏，我在临镇买了房子。原准备搬家的，但见到芭芭拉很不舍的样子，就决定先把自己的房子空着，仍住在她家。直到一年以后，芭芭拉终于找到了新房客，我们才离开。算来我在芭芭拉家共住了十四年。虽然我们搬走了，但离芭芭拉家不到 10 英里（16 千米），平时往来仍然密切。

2010 年初，芭芭拉去世了，那时她已八十五岁高龄。她家没有举行公开葬礼。两个月后我们接到在麻大为芭芭拉举行纪念会的邀请。到场的竟有数百人。整个会场全无一点悲怆压抑的气氛。彼得主持纪念会。他那时带了好多研究生，其中多半是中国学生，因此忙得不可开交。纪念会上先后有十多人上台发言，追溯芭芭拉的生平。讲到精彩动人处，会场上不断发出笑声或掌声。这真是个别开生面的纪念会。

芭芭拉虽然不在了，但我们永远不会忘记这位房东，也一直和彼得他们保持着联系。

◎旅美作家，资深新闻媒体工作者。 1961年出生于新疆乌鲁木齐，祖籍山西永济。 毕业于北京广播学院，曾任天津电视台编导、《人民日报》（海外版）记者、《中国文化报》新闻部主任。曾获全国文化新闻奖三等奖、首都女新闻工作者协会优秀新闻作品奖、全国五一好新闻奖。 1997年移民美国后，担任北美《星岛日报》记者、编辑，采写了大量有关北美华人生活、美国社会生活等方面的新闻及深度报道。 后担任《世界博览》《环球时报》《生命时报》驻美特约记者。 近年来，发表文学作品数十篇。2011年发表中篇小说《约法三章》，2017年出版《你和美国名校一步之遥》。 著有电影剧本《爱情绿卡》《小狮子》等。

赫景秀

从 Hometown Buffet 餐厅到舌尖上的中国

记得我 1997 年乘坐飞机降落到洛杉矶机场的时候，来接我的朋友对我说："你饿了吧，咱们去 Hometown Buffet（家乡自助餐厅）吃自助餐吧，那里的自助餐可好了。"我当时很饿，就爽快地答应了。

我们开车走了大约四十分钟，来到了这个在美国家喻户晓的连锁自助餐厅 Hometown Buffet。刚到门口，就见到排成长龙的人群。我对朋友说，不然咱们换个地方吧，这里人太多，等的时间太长了。朋友说，这里吃的东西很多，等是很值得的。我们等了十多分钟，就找到了位子。

进到了 Hometown Buffet，我当时的惊喜是无法用语言来表达的。这里有蔬菜沙拉、牛排、鸡肉、培根、比萨、墨西哥卷饼、各类面包、水果等，还有扇贝汤、鸡汤、奶油汤、番茄汤、土豆汤等。我喜欢喝汤，尤其喜欢这里的扇贝汤，那油油的、海鲜味浓郁又带点微甜的感觉真是妙不可言。

我更喜欢的是 Hometown Buffet 的装潢。这里的墙上，挂着的是用彩色玉米穿出来的吊串，台子上摆着大大小小、形状各异的彩色南瓜，还有彩色胡萝卜、彩色的大辣椒、鲜绿的牛油果和仙人掌，这些都是我平生第一次看到（以前看到的胡萝卜和辣椒全是一色的）。墙上挂着西部牛仔骑马奔驰的画作，还有美国南部农场的风俗画之类。来到这里，给人感觉是到了美国的乡村，一种放松和舒适的感觉油然而生。

一会儿，服务生过来，让我们点饮料。服务生穿着类似牛仔的服装，戴着牛仔帽，嘴里唱着歌，给我们端来了咖啡等饮料。服务生还笑容可掬地说："你们慢慢饮用，有任何事情请同我说，我叫丽塔，我的号码是 32 号。"

我们很是高兴,尽情地吃喝。刚到美国时的紧张、陌生、小小的惧怕都暂时忘到一边了。直到现在,我还记得那次晚餐,虽然记不清哪一道菜最好吃,但从此以后,那道扇贝汤,是我每一次去 Hometown Buffet 必吃的菜肴。

我 1983 年大学毕业后就留在了北京。当时改革开放已经开始,人们的生活也有了改变,但食品的供应还是有限的。记得怀我女儿的时候,想吃点肉,但市场上卖的肉不是"白天鹅"(就是全是肥肉,我们私下里称之为"白天鹅"),就是"丹顶鹤"(绝大部分是肥肉,只有上面一点点瘦肉,俗称为"丹顶鹤")。纯瘦肉不是很贵,就是没有。因为肥猪肉吃得很多,常常拉肚子。后来,"丹顶鹤"变成了"火烈鸟"(一半红,一半白),但是比较贵,我一个月工资才几十元,所以差不多是一周吃一次肉。

不过,这样的生活对我这个在 20 世纪 60 年代出生的人来说已经不错了。我小时候在乌鲁木齐生活。由于我家孩子多,粮食不够吃,妈妈总是用白面换棒子面和高粱米。我们每天的饮食不是棒子面,就是高粱米。那时因为食用油不够,经常便秘,妈妈就想办法买开塞露给我们用。有一次,我们班外出野餐,同学们都聚在一起拿出自己带的饭同大家分享,我一看别人带的都是白面馒头,而我带的却是烤过的棒子面饼,怕别人笑话,就说自己吃过了,一个人悄悄躲在一边偷偷地吃。没承想恰恰是我喜欢的那个男生过来,看到我偷吃,以为是多么好吃的东西,对所有人喊道:"她带的饭不给大家,快过来抢呀!"他的话让我当时无地自容,羞愧难当。

中华民族是最讲究饮食的民族,以前没有出国这个感觉还不深刻。其实中国人平均花在饮食上的时间是全世界最多的。丰田公司的创办人丰田喜一郎曾经说过,如果中国人把做饭花费的时间和聪明才智用在造汽车上,中国人肯定能造出世界上最好的汽车。可以说,从饮食上看中国人的生活变化，那是最真实，也是最亲切的。

这一点，生活在海外的人深有体会。我到美国的前三年，洛杉矶的中餐馆不少，最有名的就是熊猫快餐。熊猫快餐提供炒面、炒饭、宫保鸡丁、橘皮鸡、芥蓝牛肉等，那味道真不敢恭维，说甜不甜，说咸不咸，喜欢吃的人基本上是美国的工薪阶层。除了熊猫快餐，中餐馆在南加州比较有名的基本上都是港式餐馆，提供的菜肴和服务方式，也是港式的。那时候，洛杉矶的港式餐厅每人的消费在 10 美元左右，最贵的菜肴不外乎是烤乳猪、阿拉斯加帝王蟹之类，吃得起的大多是一些老华侨和外国人。

来自中国内地的留学生和打工者，一般只能到这些餐馆吃一个午茶之类。而洛杉矶的其他中餐馆，像四川菜馆、上海菜馆、山东菜馆等，基本都是面向新移民的廉价餐馆，不讲究装修，菜的味道也一般，价格多在 5—10 美元。这些餐馆可以堂吃也可以外带，但没有宽大豪华的场地举办婚宴，如果想举办婚宴，只有寻找港式餐馆或者西餐馆。

那时候，我们接待一些来自国内的代表团，都会约定在西餐馆或 Hometown Buffet 这类的自助餐馆吃饭，这里可选择的食品很多，尤其是甜点和汤类。国内来的人吃完饭后都说，这美国的饭就是健康，你瞧，人家蔬菜的调料怎么那么多种呢？人家的汤怎么那么好喝呢？还有那些叫不出名字的菜都是什么呢？他们指的是牛油果、小芥蓝菜、草本苹果、小西葫芦、秋葵、紫菜花、橄榄等，这些蔬菜，在当时的国内是看不到的。

2002 年，我第一次回国。回国之前，特别想念家乡的肉夹馍和凉皮，还有北京的涮羊肉，想着这次一定要大吃一顿。回到北京，朋友、家人、同学的各种大宴小酌不断，我就发现有点不一样了。餐桌上有了腰果、芥蓝等以前没有的素菜，还有了小龙虾、牛蛙等荤菜。饭的价格都不是很贵，但荤菜很多，都是大盘大碗的。涮羊肉的调料比以前好像多了不少，有沙茶酱、XO 酱等港式的，还有花生酱等西式的。而街边吃一碗凉皮不到 10 元人民币，肉夹馍也是热乎乎的，非常好吃。

等我再回到美国，慢慢地发现，这里的中餐馆突然多了起来，而且不少新餐馆都是内地人开的。什么北京烤鸭、上海风味、毛家菜馆、鲁味居、小绵羊、马兰拉面等，尽管其规模还是比较小，但是口味同国内的已没有太大的区别了，装潢也比以前讲究了不少。这些中餐馆菜品也不像以前一样都是七八美元的大众菜肴，还有十几二十几美元的高级菜肴，像剁椒鱼头、避风塘螃蟹、鲍鱼之类的。

当时北美有一个刊物叫《中餐通讯》，汇集了美国和加拿大的各个中餐馆的资讯，号称发行到全美和加拿大的 45000 多个中餐馆。这个刊物每年举办一次优秀中餐馆评比，有点像米其林餐馆评比，主要评委是长期在英文的电视台介绍中餐的美食家甄达人老师，还有曾经为李安的《饮食男女》设计菜肴的美食家林慧懿。他们在评选中餐馆等级的时候，考量的不仅是餐馆的菜肴，还有装修等的文化品位。很多中餐馆都以能够被评选上星而感到骄傲。

随着中国国力的大幅度提升，在 2005 年前后，国际上对于中国的关注，达到了一个前所未有的高度。海外华人也深深感受到其他族裔的普通人对于中国文化，尤其是中国饮食文化的热爱。我们经常遇见一些美国朋友，不会说中国话，却能说出四川菜的菜名，四川菜成了他们的最爱。那种麻辣，那满满的红油，让他们满头大汗的同时，却不住地竖起大拇指说，好吃，好吃！

2016 年，我们到英国伦敦旅游，想在伦敦塔旁边一栋最高的建筑中的最高级的餐厅吃一顿晚餐，因为那里可以鸟瞰整个伦敦城。结果我们去的时候，那里已经没有位置了，门卫对我们说，要想在这里吃一顿饭，最起码要在一周之前预约。我们问是否可以进去看看，门卫表示可以。当我们在门卫的带领下进入餐厅，才发现这是一个中餐馆，装修得就像一个艺术博物馆。

其实，海外中国餐饮业的发展壮大，同中国国力的增强有着密切的联系。四十年前，北美也有很多中餐馆，但是这些中餐馆从规模和范围上来说，没有形成现在这样的气候，大多数都是单打独斗家庭式的。2000 年，尤其是 2008 年北京奥运会以后，很多国内的连锁企业放眼世界，不但在北美，更在世界各地开办各种口味的连锁餐馆，而且他们选择的地点、菜品的价格、餐厅的装修，都是走高档路线的。

前几年，中央电视台的纪录片《舌尖上的中国》把中国的美食文化宣扬得淋漓尽致。很多海外华人都争相观看这部纪录片，也照其中菜品的样式去做，把各种吃食摆上了堂食、宴会等各种场合的餐桌上。很多老外看了中国丰富得不得了的各种菜系菜品说，其实米其林评级不公平，如果评判菜品的味道，那中国菜肯定是大获全胜的。

近年来，中国有名的餐饮集团纷纷登陆北美，尤其在洛杉矶这个桥头堡设立分店。像重庆川菜、北京烤鸭、山西面食、毛家菜，甚至新疆的大盘鸡、西藏的酥油茶，在这里都能吃到。餐馆的装潢与国内的如出一辙，精致而富有中国特色。有时候，进入华人餐馆，人们有一种错觉：我这是在美国吗？

十多年后，当我再一次进入 Hometown Buffet 的时候，由衷地发出了又一次的感慨，甚至心里还有一些不可名状的伤感。菜还是过去的菜，汤还是过去的汤，甜点和水果都没有变，装修还是美国西部农庄的风格，但是人变了！这里再没有排队的长龙，再没有拥挤热闹的景象了。吃饭时间，里面的座位都没有坐满，稀稀拉拉的客人中间，一些妈妈带着自己的孩子，还有一些蓝领工人默默地啃着面包。尽管接待员、服务生依然热情，但你可以从他们的眼神中看到失落。Hometown Buffet，我的至爱，你会就这样衰落下去吗？

是呀，美国的餐馆真的遇到了来自中国的餐饮业极大的挑战。如自助餐行业，在纽约、费城、波士顿、洛杉矶，基本上都是由来自福建的移民掌控着。他们在福建建立自助餐馆的设备工厂，这些工厂提供的各种设备比美国当地的设备便宜一半以上，质量还不见得比美国的差。自助餐的食材都是由福建籍的承包商提供，他们的一条龙服务，廉价而优质。其他地方的自助餐经营者想要加入他们的行列，如果不会说福建话，那是十分困难的。

美国的饮食业结构在改变，而我们海外华人体会到的中国饮食业结构的改变，则程度更深。2016 年，当我再次回国的时候，中国高级餐馆的豪华程度让我感到震惊。记不清是北京哪一个烤鸭店，当我们刚刚进入餐馆的大厅时，两旁各四个像模特一样的礼仪小姐站成一排大声地说着：欢迎光临！那阵势真的把我吓了一跳，继而感到自己像一个尊贵的客人，很是得意。

中国餐馆的规模和装修，真的称得上是世界之最。众多高级餐馆中，有的竟然有三四层楼。里面没有大堂，只有包间，包间里还有电视、卫生间、高级沙发、按摩椅、麻将桌、儿童玩具等等。北京有的餐馆，连厕所的马桶都是智能的。好像到这里来吃饭的人，不是为了吃饭，而是为了一种享受。这种享受，只有中国才有。

当然，中国人素来讲究民以食为天，只有吃好了，心里才会觉得踏实。这种饮食文化的变化，正是中国改革开放四十年来生活巨大变化的缩影，我们这些在海外的华人随时随地都能够感受到这种变化。现在，美国的各种中餐馆，不仅是那些由香港人开办的老牌港式餐馆，还有很多由内地新移民开办的四川菜馆、上海菜馆、山东菜馆等等，都可以承办婚宴、社团聚会和文化招待活动，有的餐馆还连锁开办酒店、巴士公司、快递公司，为到美国的中国商务人员和旅游探亲人员提供一条龙服务。

2017 年初的某一天，我忽然想起 Hometown Buffet，想去那里再喝一次我喜欢的扇贝汤。当我走到 Hometown Buffet 所在的位置时，我突然发现 Hometown Buffet 没有了，取而代之的是一个中式自助餐馆。走进里面，看到这里豪华的装修，明亮的 LED 闪灯，迎面墙上整幅的《清明上河图》版画，我就知道，又一个美国餐馆陨落了，又一个中国餐馆崛起了！这不正是四十年来中国国力和国际影响力大幅提升的一个缩影吗？

◎1963 年出生于吉林，1988 年获北京师范大学理学硕士学位。1995 年留学美国。 现在美国首都华盛顿地区从事知识产权工作。有多篇小说和散文发表，著有散文随笔集《千万里追寻着你》。散文《梦想·奇迹·生命的归宿》获第二届全球华文散文征文大赛优秀奖。

舒怡然

温暖的背影

一

我离开北京，是在一个冬天的早晨。时光荏苒，一晃都过去二十多年了。

一月的北京阴沉寒冷，阳光偶尔扯开铅灰色的天空，缕缕暖阳穿过冰冷的空气，渐渐酝酿出丝丝暖意。可忽然刮起的阵阵西北风，又把这暖流冲荡得无影无踪。我茫然地站在四环路口，心里忐忑不安。前面等待我的是首都机场的波音747，是美利坚华盛顿。

记得那时我拉着两只特大号的旅行箱，走出住了七年的筒子楼。那是一座五层的红砖小楼，楼道狭窄，灯光昏暗，我小心翼翼地穿行于其间，生怕一不小心碰翻了谁家的煤油炉或鞋架子，吵醒了还在睡梦中的孩子。有人在走廊尽头的公用厨房里做早餐，煎鸡蛋的香味在整个楼道里弥漫着，筒子楼里的锅碗瓢盆交响曲永远是共享的。我站在楼梯口，放慢了脚步，真的要走了，离开这熟悉的生活，这曾经给过我欢乐也给过我烦恼的生活。我就那样悄悄地一步步走下楼梯，走出了这盛满故事的筒子楼。

回过头来，想再仔细看一看那座掩映于晨曦里的银白色大楼，我在那里工作了七年。目光穿过密密麻麻的楼群，仿佛穿越着重重叠叠的岁月，顺着小月河往西往西再往南，在记忆的河流里追索着。冬天的河边没有柔媚的绿柳，没有亭亭玉立的小白杨，只有暗绿色冰冻的河水，河面上烟波缭绕。小月河的另一端，与燕京八景之一的"蓟门烟树"相伴。再往南行，映入眼帘的便是那座二十四层的高楼，四四方方的造型，白色的外墙如象牙一般，我们称它"象牙塔"。它高高地矗立在蓟门桥东北端，东邻北京电影制片厂，背后是培育出无数演艺明星的北京电影学院。1989 年落成时，周围还没有任何高层建筑，因而它便颇有些傲然独立的意味。它的确也有值得骄傲的理由，作为中国知识产权界的标志，国家知识产权局（当时称作"中国专利局"）这座银白色的大楼，见证了中国第一代 IP（知识产权）人所走过的足迹。

那时我们这群刚从大学或研究生院出来的毕业生，带着学生腔，却有种初生牛犊不怕虎的冲劲儿。在走进这座大楼以前，我对专利一无所知。的确，中国知识产权保护工作与改革开放"同龄"，并且是随着改革开放而起步的——中国从上世纪 70 年代末期才开始筹备、酝酿知识产权保护制度，于 1982 年出台我国第一部知识产权法律《商标法》，1984 年才颁布《专利法》，当时的中国专利局是世界上最年轻的专利局。翻开那一盒盒纸件检索文档，只有寥寥几篇中国专利文献，欧美的专利文献几乎占据了全部的空间。在为我们这些新人举行的欢迎会上，局长风趣地说："年轻可不意味着阅历浅，年轻意味着朝气蓬勃、风华正茂。"

想不到，这一切便这样戛然而止。我坐上出租车，朝首都机场飞驰而去。忍不住再回首，身后的景物愈来愈远，很快就变成了一片模模糊糊的影子。

二

到了美国首都华盛顿我就读的大学报到，遇到的第一个人是格莱尔女士，她是国际学生办公室主任。胖胖的身材，深度近视镜片后，是一双充满探究的眼睛。"你是日本人吧？"这是格莱尔问我的第一句话，她的语气不像在发问，好像不过是来确认一下而已。我感到有些窘迫，心想我没有穿错衣服啊，和服木屐一样都没有。"不，我是中国人。"大概是我的回答太生硬了，格莱尔女士抬头仔细打量了我一下，诧异地"哦"了一声。

后来在很多场合，我又被问到了同样的问题："你是日本人吗？"有时我会忍不住反问："你怎么会这么认为呢？"英语课老师的回答最令我啼笑皆非。她说："看你总是穿着得体，日本人几乎个个都这样。"我不免有些懊恼：中国人在美国人眼里究竟是什么形象呢？莫非依然与百年前偷渡来做铁路劳工或被拐卖到旧金山的中国人相差无几？若果真如此，那美国人对中国人的误解可真够令人吃惊的了。

一个人的成熟，总是在与这个世界的不断碰撞中渐行渐进的。原以为人们观察世界的角度都是平等对称的，可一次偶然的聚会，却彻底颠覆了我的观念。那是好友程先生特意为我安排的，他邀我去参加一个美国专利界同仁的聚会，想让我认识更多的同行朋友。邻座恰好是程先生的老友，一个六十多岁的美国人。听了程先生的介绍，他不无惊讶地问我："中国也有专利？也有知识产权法？"然后他摇着头，似乎不敢相信世界的变化。我不禁愕然，即便在信息高度发达的美国，信息交流仍然是如此不对称，平等对话是要有实力做后盾的。

那一年恰好是 1995 年，中国改革开放进行了十七年，《专利法》颁布仅十一年。而早在 1790 年，美国第一任总统华盛顿就签署了第一部《美国专利法》。难怪人家会流露出怀疑的眼光，与实施了两个世纪的美国专利制度相比，中国的专利工作不过才蹒跚起步，然而当时的这位美国人并没有意识到改革开放所带来的"中国速度"。

当然，这些都是后话了。

三

来美国这二十多年，我遇到了很多优秀的华人，按时下的说法，他们称得上是精英。我的好友秀楠在美国职场打拼的故事，算不上惊天动地，却是耐人寻味的。

我认识秀楠时，她还在给一位犹太老板打工，背地里她称他老艾。老艾面色黝黑，脸上长着一双鹰一样的眼睛。看人时，他的眼睛会一眨不眨地紧盯着你，仿佛要把你看穿看透。秀楠第一次与老艾面谈，他便开门见山毫不客气地问："你懂多少专利？"秀楠回他说："懂一点儿。"他接着问："怎么懂的？"秀楠听出了他的潜台词，是在中国学的吗？随后他把几道考题丢给秀楠，等到看完了她的解答，老艾才如释重负地露出了笑容，轻松地说："那你来试试看吧。"

进公司没多久，老艾就接手了一个大案，是生化业内十分著名的一桩专利侵权诉讼案。生意拉来了，可谁来做呢？这是每个老板都头痛的问题。老艾把目光移向了秀楠，似乎在无声地问她："你能干吗？"秀楠也在犹豫不决，她从未做过这类案子，而且生化领域也不是她的专业，但她还是咬了咬牙说："让我试试看吧。"

那是个炎热的夏天，面对几十箱子的法律文件，他们的工作是要一页页地翻阅，大海捞针似的寻找蛛丝马迹的证据，然后再写出法律评述。每天工作十二个小时，连吃饭喝咖啡的时间都不敢奢侈浪费。

和秀楠一起工作的律师詹妮，那段日子可是给憋坏了。她是典型的意大利女人，喜欢泡酒吧逛精品店，追逐享乐是她与生俱来的天性。这样关禁闭似的疯狂工作，可不是她想要的生活。还没等到项目结束，她就向老艾请假，要去海边度假，老艾无奈地答应了。这个世界上不是人人都把挣钱当回事的。当审阅完最后一箱子文件时，秀楠长长地舒了一口气，老艾满意地笑了。从此，他对中国人就刮目相看了。以后的日子里，这位犹太老板时不时地在秀楠面前大发感慨，说要想做好生意，最关键的就是要有资质出众的人才。他的言外之意显而易见。

每年的圣诞节，老艾都请秀楠和几个同事小聚。他总是点两杯红酒，喝得满脸通红之后，便会有感而发。最后一次聚会时，他们坐在一家意大利餐馆，那天恰逢冬奥会火炬接力经过这座老城。街上人声鼎沸，持着火把的运动员从窗前跑过。老艾也和大家一样激动，可他还是三句话不离本行地感叹道："你们看这做生意是不是跟火炬接力差不多，要一棒一棒接连不断地传下去，取胜的诀窍就是要有恒心和毅力。"他的这些诀窍后来恰恰运用在了与中国人做生意之中。

老艾是个敏锐的商人，连神经末梢都浸淫着生意经。随着中国改革开放成就日益彰显，以及经济全球化不断深化，他看到了那股暗涌的中国潮。机会来了，每次一谈起中国，他便激动得眉飞色舞。从此老艾便频繁地穿梭于中美之间，努力带给他丰硕的回报。那时秀楠已经离开了公司，开始了她自己的创业。但每个岁末，老艾总是想着给她发来新年贺卡。他坦言，正因为认识了秀楠，他才更直接地认识了中国，并且不失时机地跨入了中国这个新兴市场。

我不知道有多少像老艾这样的美国人，得益于中国经济的腾飞，人生发生了变化。应该说，改革开放带来的中国经济腾飞的影响力，已经波及了世界的每一个角落，改变了无数人的生活境遇，它足可以称得上是跨越世纪的一个传奇。

颇有趣的是，现在很少有人再问我："你是日本人吗？"我想，这一定不是因为二十多年来我容貌的变化。

四

前些日子翻看旧影集，无意间翻到了那本留美相册。看那时的我，刚刚过完三十岁生日，脸上一副不谙世事的模样。站在我身边的是位西装革履的绅士，他是我到美国认识的第一位律师比尔。

多么凑巧，比尔的姓 Loyer 与英文单词 lawyer（"律师"的意思）刚好谐音，而他攻读的也恰好是法学。我到孟山都公司实习时，他已经是公司的资深律师。上世纪 80 年代初曾代表公司成功地打赢了"农达"（Roundup）专利无效诉讼案，使得孟山都公司在农用除草剂领域一直独占鳌头。

作为"农达"案诉讼团的主要律师，比尔为赢得此案立下了汗马功劳。可在他还不到六十岁时，公司居然劝他提前退休，在美国公司里，"提前退休"（early retirement）是司空见惯的事，已经成了公司缩减开支、降低成本的一种手段。比尔一气之下，马上联系到了另外一家著名的制药公司。这下轮到公司着急了，他们最终还是留住了比尔。

这段小插曲，让我领悟到了美国企业有多么重视知识产权，不只是专利申请维权，更重要的是招揽专业人才。而那时的中国企业界乃至整个社会，知识产权意识都还相当薄弱，知道专利这回事的人寥寥无几。全国仅有的几家专利代理公司屈指可数，专利代理人也不过百来个人。

然而，中国自 2001 年加入世界贸易组织，知识产权领域突飞猛进的发展不能不令人刮目相看。还不到二十年的光景，中国的专利申请量已经跃居世界首位，专利代理机构超过 1800 家，注册的专利代理人有 3.7 万余人（数据来自 2018 年国家知识产权局的官方统计）。这些硬邦邦的数字背后，是改革开放取得的巨大成就，是一整代人艰苦卓绝的打拼，是一条沉睡的巨龙猛醒之后迸发的原动力。有多少人踏上了创新创业之路，又有多少人用梦想编织着一个个传奇故事。用我一位知识产权界朋友的话来说，"我们赶上了最好的时代！"是的，不管是时势造英雄，还是英雄造时势，这都是一个值得我们骄傲的时代，一个让我们无法虚度年华的时代。

五

　　我对阳光的挚爱与生俱来，甚至到了痴迷的程度。每次走进这座二十多层高的玻璃顶阳光厅，都忍不住停下脚步，享受一番阳光明媚暖意融融的感觉。它坐落在华府南端的亚历山大城，这里是美国专利商标局，是知识产权界的中心，有着著名的全球知识产权培训学院。喜欢这阳光厅还有另一个不为人知的理由，那就是它会令我情不自禁地忆起那遥远的象牙塔，去国多年，它是否依然如故呢？

　　近些年来，在全球知识产权培训学院举办的讲座上，中国专利越来越多地闪现在投影屏幕上。到谷歌专利随便搜索一个主题，都会跳出一连串中国发明人的名字。作为国际知识产权五国多边协作成员国，中国已然成为专利大国。

　　改革开放四十年来，中国的知识产权保护力度不断加大，创新环境更加优化。几年前，加多宝与王老吉之间的专利权之争，给国内所有企业上了生动的一课，保护知识产权的重要性更加深入人心，而这些原本专业、生僻的词汇也更加广泛地走进公众视野，为每个人所熟知。

　　中国企业在专利这一领域，逐渐掌握了主动权。知识产权曾经是发达国家制约发展中国家的一种手段。

　　早些年，某些中国企业在走出国门的过程中，因为知识产权在他国受到调查而屡屡受挫，然而近年来情况却发生了巨大的改变。随着中国产品越来越多地投入国际市场，中国企业界的知识产权意识也日趋成熟，不仅大量申请专利取得专利权，而且会针对竞争对手做深入的专利侵权分析，打破了以往在专利诉讼上的被动局面。

　　中国知识产权保护虽然只有近四十年的短暂历史，却走过了欧美国家上百年的历程。如今不会再有人疑问："中国也有专利？也有知识产权法?"每每看到祖国知识产权保护领域取得的成就,都会令我心潮澎湃。

　　蓦然回首时,依旧会想起那个冬日的早晨,小月河,蓟门烟树,象牙塔。记忆如同一把梳子,将逝去的光阴梳理得井井有条。过往日子已渐行渐远,但却不弃不离。故乡故园故土,时而遥远时而亲近,它们悠然从容地汇聚到一起,仿佛矗立在我身后的一道背影。我触摸不到那个背影,但却分明感到了一股温暖的力量,犹如阳光穿透雾霾,照亮了我生命中每一个角落。

江岚

◎1968年出生，加拿大籍华文女作家，祖籍福建永定。1991年出国，现定居美国纽约州，执教于高校，专攻英译中国古典诗歌的传播及其影响的教学与研究。业余写作，现为北美中文作家协会副会长、外联部主任，海外华文女作家协会会员，加拿大华人文学会会员、委员会委员。代表作有短篇小说集《故事中的女人》、学术专著《唐诗西传史论：以唐诗在英美的传播为中心》、长篇小说《合欢牡丹》等。曾多次在世界各地华语文学大赛中获奖。

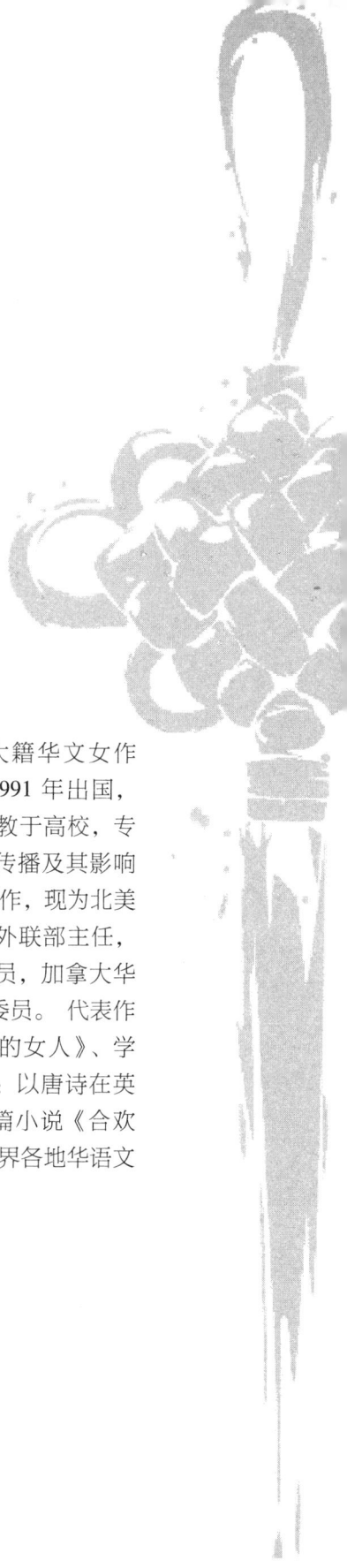

四十年，人远天涯近

一

早先，"出远门"这个词，并不在我的常用词汇表当中。

生活的车轮日复一日旋转，轮子上的纹理是固定的，碾压过的地标很少很简单。祖父母家、外祖父母家和学校，都在小小的桂林城中，公共汽车顶多两站路的范围。此外所有的地名都是"远方"。比如广播里听到的"自治区首府南宁"，比如祖父提起的"永定老家"和"你爸爸上大学的广州"……一个比一个远，只能停留在故事的某一段情节里或地图的某一点上，任凭想象，无法抵达。

这种缓慢规则的突变，发生在我上小学四年级那一年。

小姑有了一辆崭新的自行车；我有了一个崭新的、白底起大红牡丹花的搪瓷脸盆；祖父做了一套崭新的中山装……日子似乎不再像过去那样捉襟见肘，祖父母手中可以花的钱除了人民币之外，还多了一种东西叫作"侨汇券"；一直被下放在偏远山区的父母即将调回附近的县城；小叔和小姑先后去参加什么培训，准备换工作……1978 年，新鲜的元素从四面八方加入，却不是那种摸不着头绪的一团乱麻，而是冰河解封、万物复苏的逐渐蓬勃，希望的田野上一派生机盎然。

"出远门"随之变成实实在在的事。首先是祖父返回"永定老家"省亲。老家在闽西山区，祖父说过很多很多次。要回去的话，得从桂林坐火车先到江西鹰潭，然后转车到福建龙岩，再坐长途汽车到永定县城，然后走几十里山路回乡下。整个旅程要两天？三天？我没有很清晰的概念，只记得祖父此行一去月余。他回来之后，家里连续好几年有过要送我回永定的提议，总因这一段旅途太长太复杂而一再搁浅。

虽然不能回老家，但没多久我自己也"出远门"了。因为在市里的朗诵比赛中获了奖，我被送往自治区首府南宁参加决赛。在当时的"南站"上火车，同行的都是不同年龄组的参赛者，我年纪最小。除了带队老师以外，大家都是第一次坐火车，第一次去南宁。汽笛一拉响，蒸汽机车冒着呼呼白烟，敲打着"咣当咣当咣当"的节奏，400多公里跑十一个小时。无边田野、无数峰峦和房屋向后掠去，总有些新奇被我们发现；将座位旁边的窗户开了又关、关了又开，尖叫着穿过一个又一个隧道，一路上兴奋得不得了。

印象最深的还是吃。乘务员推过来的小车上，一个个叠放的铝饭盒散发着相当诱人的香味——家里的饭菜都没这么香！大家说。可谁也没买，因为还是觉得贵。那时候我们没有在外面买饭的习惯，连带队老师也自备饭盒。我们用的铝饭盒比列车上的大，每人都带着满满一大盒，打开来大家分着吃，感觉简直像过年。

到1982年，父亲因落实政策调往广西大学任教，两年后接我到南宁就学，离开了桂林。此后数年每到寒暑假期，我必定在南宁和桂林之间的火车上往返，无论朝着哪头跑都是"回家"，都算不得"出远门"了。

穿山越岭的400多公里铁道线上，火车已从普快换成了特快，行程从十一个小时缩短到九个多小时。车站里人越来越多，沿线停靠大站的站台上，兜售的东西和兜售东西的人也越来越多，起先还能下车去买，后来根本下不去。车厢里推小车的、打扫卫生的乘务员在过道里的挪动越来越困难，终于不再出现。而人们自带的食物五花八门，面包、火腿肠、烧鸡加啤酒和各种水果，还有方便面！和普通的面条相比，当时方便面可是奢侈品。只要车厢里有一个人泡开了方便面，所有人的肚子都饿了，开始坐立不安，蠢蠢欲动。

绿皮火车"咣当咣当咣当"地行进，一摇一晃的节奏不再新奇。

二

我一直相信，一个人要在茫茫人海中遇见另外某个人，抵达另外某个地方，一定都有一些未可知却必然存在的因缘。当"南宁"已经不再是"远方"，命运借着社会的飞速发展，将我推送到童年遥不可及的、父亲曾经的就学之地——广州。

20世纪80年代中期的高中校园，悄然兴起了学生社团。我们的"白鸽文学社"在广西的评选中胜出，我因此被选送去参加"中南五省中学生文学夏令营"，营地在广东惠州。1986年盛夏，我跟着带队老师和各县市的学生代表一行十一人坐火车经桂林去广州，然后再转往惠州。

那真是中国人民全线起跑的时代。繁花渐欲迷人眼，新生事物不断涌现，不断扩展我们的词汇量。"夏令营"这个词已经够时髦了，通往"夏令营"的这一趟"旅游客运特别快车"也时髦。桂林是全国最早开放境外旅游的两个城市之一，这趟每天一班对开的专列不出售站票，中途只停靠衡阳和郴州两个大站，为桂林这个西南小城运送着成千成万的港澳游客。

推小车的乘务员过来了，边走边喊："香烟、瓜子、可口可乐！"可口可乐，这种和咳嗽糖浆没太大差别的碳酸饮料，很长一段时间里只卖给外国人，不卖给中国人，普通市场上是见不到的。桂林的大酒店里有，一瓶售价十几元人民币，而作为大学讲师的父亲，当时的月薪才70多元。火车上卖6元一瓶，我并不喜欢，直到现在也不喝任何一种饮料，只喝茶。所以更记得那天的火车上，带队老师用的那个茶杯。

那是一个广口的玻璃杯。杯身套着手工编织的银绿色胶线套子，比一般的杯子高，且厚，到中间收窄一点，恰好方便用手握住。这种不怕开水烫的玻璃杯其实是刚刚进入大陆市场的"雀巢"速溶咖啡的外包装瓶。通常是一对，与咖啡相配的那种蛋壳色粉末叫作"咖啡伴侣"，都是和"可口可乐"一样稀罕的东西。

到这一年的下半年，1986 年 10 月，英国女王首次访华。英国广播公司（BBC）为此拍了一部纪录片。可口可乐公司斥资 20 万美元，赞助中央电视台买下这部纪录片的汉语版权，条件是在片子播放前后插入"可口可乐"的广告。1988 年，"雀巢"公司进入东莞设厂。对内改革，对外开放，封闭的国门打开了。"可口可乐""咖啡"和"咖啡伴侣"，外来的这些新名词携带着异域的生活方式、异构的文化意象，从此走入中国的千家万户。

夏令营的半个月里，在改革开放最前沿的广东，我们见识到的新事物、学到的时髦词语还不止这些。广州市区内，刚开业不久的"东方乐园"是改革开放后国内第一个大型现代"游乐园"，同时也是"国际游乐场协会"的第一个中国会员。乐园里有"摩天轮""过山车""太空漫游"等等一系列让当时很多人吓得尿裤子的娱乐项目。还有"高第街"——后来遍布全国各地的"步行街"之鼻祖，整整一条街的各种服装鞋帽、日用杂货，品种丰富到令我们瞠目结舌。

在深圳，我们进入改革开放后中国创建的第一个"旅游度假村"，享有深圳"五湖四海"盛誉的"西丽湖度假村"。全国"第一长廊"总长千余米，蜿蜒于青山绿水之间，连接起亭台楼阁的雕梁画栋，点染千顷碧波照影、万树繁花争艳，挑战我们对于"风景区"粗浅的认知。在蛇口码头，我们登上了九层高的"明华轮"——由邓小平同志亲笔题名，集酒店、娱乐为一体的中国第一座综合性海上旅游中心"海上世界"。"走自己的路，建设有中国特色的社会主义"，历史的宣示正以燎原之势燃遍全国，在这一艘首次为全国人民打出"时间就是金钱，效率就是生命"标语的大船上，凭栏放眼，望出去的世界那么大，手边触摸到的一切都是闻所未闻、见所未见。到1993年夏天，当我在遥远的太平洋彼岸的电视屏幕上，看到第七届全运会的圣火在"海上世界"引燃，我还记得当时我在这艘大船上喝到的第一杯"生果鲜榨"葡萄汁那种新鲜的甜香。

此行之后又过了数年，90年代的第一个早春，广州成为我生平第一次坐飞机的目的地。还是从桂林出发，里程比坐火车缩短了一半，一个多小时就抵达。此时开始出现"婚纱"和"旅游鞋"的高第街已不再稀奇，新兴的步行街不仅多，且商品的质量不断提高，品类相对集中。市区里通行着双层大巴士，老友们腰间别着时不时骚动一下的"BP机"，我们在珠江边上通宵达旦的"夜市"上吃炒螺、喝啤酒，不醉不归。

第二次广州之行，是我生命轨道上最为关键的分岔点。时代的变革，终于将我推入出国留学、异域寻梦的大潮。我在美国驻广州总领事馆拿到旅美签证，旋即飞向更远更远，远到地球另一端的"远方"。

三

那一天，父亲陪着我坐上从桂林开往上海的列车，来送别的亲朋好友几十号人，挤满了我车窗前的站台。去美国，此后我的前路是他们无法帮扶、无从呵护的了。一个接一个，他们和我握手告别，只说今后万事要自己当心，都不敢说"再见"，因为根本不知道我这一去究竟几时能再见，甚至于，还能不能"再见"。

从当时正在扩建的虹桥机场起飞，我离开了我的骨肉家园。那时候的飞机要在阿拉斯加停留加油，才能飞过辽阔无比的太平洋，整个旅途要二十几个小时。到了外国，四处两眼一抹黑，少不得"见风使舵、逢桥落篷"，一切从头学起：学说话、学开车、学端盘子打工、学自己做饭，等到遇见犹太裔的汉肯老太太，又跟着她学做生意——从国内进口羊绒毛衣。

刚开始真的不容易。从美国打电话回去费用很高，从国内打过来更贵，联系最重要的工具是传真机。传真机"唰唰唰"地打印，一叠叠纸，要联通的不仅是时差，更有许许多多原先根本不知道会成问题的细节障碍。比如我们交出去的毛衣设计图纸，国内厂家的设计师很负责任地说不能照此开工，认为衣长和袖长的比例是错的。要反反复复很多遍以后，工厂才终于明白，美国成衣的袖子就是特别长，和中国港澳地区、日本等其他亚洲地区的"外销"订制是不一样的。又比如包装单件毛衣的透明塑料袋，我们这头出具厚度和重量标准，还要标注"非玩具，请勿吞噬"一类词句的字体、字号，和国内的度量方式又对不上；还有指标，出口的每一件衣服都必须有指标，还要清关……真的有千头万绪，每一张订单都是一场煎熬。

为了出口创汇，国内的厂家非常坚韧，非常有耐心，全力配合。样衣一次不行再做一次，染整、织造的工艺一再调整，为了赶船期，全厂上下连夜加班——那种工作态度和效率，时常让汉肯老太太惊叹。在这个富商家庭出身的老太太从前的观念里，"中国"就是一大片偏远蛮荒的土地，她有责任有义务保护在此地举目无亲的我，不再回到那里去挨饿受冻。当她把柔软、轻薄，做工精良、细致的羊绒毛衣成品拿到手上，惊叹之余，她才明白那片土地不仅并非她想象中的那样荒凉，更充满了莺飞草长的活力，布满了无限商机。

于是，她决定送我回国。1995 年春天，我从纽约直飞香港，再转往广州，参加第 77 届春季"广交会"。

这一年，深化改革、加快开放的政策由南向北推进。广交会正式结束了专业总公司组团的历史，与外国人做生意的主角从中央政府到地方政府逐步到了企业，中国外贸进入腾飞时代。"中国制造"的崛起创造了巨大财富，广交会场馆数天内人潮汹涌，川流不息，成交额以百亿美元计。虽然还有不能正式参展的民营企业家守在大门口花钱买代表证，出价300—500元人民币不等，但当年那个农民企业家邱继宝迫不及待地翻墙进入广交会场馆找外商，被罚款罚站的故事已经成为永远的过去。一大批"邱继宝"从这个平台起步，民营企业直接参与国际市场竞争，汇入中国经济蓬勃发展的洪流。

与此同时，当全球的商家朝着低端廉价的"中国制造"纷至沓来，很多中国企业却已不再满足于世界低端产业链上加工车间的地位。这一届广交会一楼辟出了重点展区，两百多个展位，从纺织服装、电子仪器到自行车、摩托车，全是高附加值的国内名、优、新品牌商品。在这里，我第一次见到后来声名鹊起的"鄂尔多斯"牌羊绒毛衣，从款式设计到编织工艺都可圈可点。——"中国制造"从此不再单纯依靠廉价抢滩，国际市场上的"中国智造"和"中国创造"崭露头角。

那时的广交会堪称花城最盛大的节日。展馆门外，卖小吃的摊贩和倒卖摊位的"黄牛"的吆喝声此起彼伏，大学生们排长队寻求当翻译的机会，星级大酒店也摆开了阵势卖盒饭。出租车司机嘴上抱怨"都怪你们这些人，每年广交会这几天都害我们缺水、停电、堵车"，可脸上是喜悦的，生意好得做不过来，日子如芝麻开花，一节比一节高，怎么能不喜悦！

广交会结束之后我重新去美国驻广州总领事馆办理签证，然后飞回桂林。哥哥手里提着板砖大小的"大哥大"，借了单位的车，叔叔姑姑、堂表弟妹们浩浩荡荡来接机。我这个人是稀罕的，老祖母老外祖母拉着左看右看：胖些了，在美国没生病吧？姑父和叔叔舅舅们只一个劲儿地追问：今天要吃什么？我带回去的拉杆箱也是稀罕的，姐妹们翻开我的行李箱逐件检视：整片斜裁、两层交错的真丝连衣裙，方格毛呢的大斗篷，印花缀水晶珠的大围巾，香水和化妆品，项链和各种小饰品……被她们瓜分一空。还有更稀罕的事儿：当医生的婆母在这几天里确认我已怀有身孕。我是我祖父母、外祖父母的第一个第三代，我腹中的婴儿就是第一个第四代。这个消息可让家里炸开了锅，每个人都兴奋得不得了，从上到下比过年还热闹。

寥寥数日的相聚之后我再飞走，那天桂林下大雨。这一次送我，不在火车站的站台上了，改到机场的候机厅，还是乌压压几十号人。我在雨中走向飞机，哭得抬不起头，因为还是不知道下一次回来会是什么时候。

四

2008 年，父亲退休以后的某天，过去的老学生接他到附近县城新开发的游览区去参观。在那里遇到一位双目失明的老人，据说精通易理。父亲凑趣报上我的生辰八字，老人掐指一算，说："这是个丫头。她要到很远很远的地方去，才能吃饱肚子。"

父亲闻言大惊，急忙问："她现在在美国，够不够远？"

老人就笑了，点点头："嗯。只是要吃苦了。"

其实在异邦一步步摸着石头过河，我自己倒未觉得有多"苦"，除了不断堆积，有时候会突然变得十分尖锐，解不开的乡愁之外。为人母之后离开了汉肯老太太的贸易公司，我重返校园念书。签证、金钱、时间……客观的羁绊多如牛毛，亲人啊故园啊，都在天涯尽头的"远方"，总想回去却总是回不去。

目光短浅又缺乏想象力如我，绝没有料到就在不远的将来，自己以及所有海外游子这种"却问归期未有期"的集体焦虑会被迅速消解。

先是绝大部分国内的家人都有了电话，国际长途的电话费也着实便宜下来。联系方便了，千山万水间阻给人的感觉就没那么强烈。有一阵子国际机票特别贵，周围朋友们的父母申请旅美探亲的签证还是很难，可学校里中国同学联谊会的活动却多了一项过去从未有过的活动：欢送毕业生学成归国。对于决定归国的那几个极少数，起初大家都很难理解，好不容易念完了书，为什么不尝试留下来？这种疑惑也并未持续多久，"国内机会"和"美国就业"的比较迅速成为我们这些硕士生、博士生们之间的热点话题。因为国内各地的"高新技术园区"如雨后春笋般拔地而起，故国960多万平方公里的土地拥有更大的市场，给拥有高学历、掌握新技术、肯努力、有干劲的人留出了更大的自我实现的空间。

"海归"们陆续回国大展身手之际，中国快速提升的综合实力也向世界重新定义了"中国"形象，直接带来全球范围内"汉语热"的兴起。2004年，我接受圣彼得大学的教职，负责设立该校"古典与现代语言文学系"的汉语课程。

在大学的讲台上，面对那些肤色各异的脸上求知若渴的眼睛，讲汉字结构，讲李白的诗、鲁迅的小说；在百老汇的剧场、加州的葡萄园，讲"广州十三行"的联保旧例和清末晋商"汇通天下"的理想……中华文化上下五千年的静水流深，成为我在异邦安身立命的依靠。再也不用像老一辈移民那样，被人圈拘在城市的一角匍匐求生存；当年曼哈顿的街头上，我和上海籍的女服装设计师被人误认是"日本人"一类的事情也不会再发生。我和整整一代新移民，对于自己是中国人这一点，相当骄傲，相当自信，相当有优越感。

太平洋水域依然浩瀚无垠，而回家的路却迅速缩短。从前读诗读到"天涯若比邻"，只感慨王勃胸襟开阔，气度宏大，意境旷达。天涯就是天涯，迢遥就是迢遥，迢遥的天涯怎么可能"若比邻"?!

可天涯真的就在比邻了。随着中国越来越充满信心地走向世界，随着中美之间文化、教育领域越来越深广、越来越频繁的交流互动，我因公回国的机会渐多，多到自己的笔下再也没有了化不开的乡愁，多到当年火车站台上、机场候机厅内浩浩荡荡的家人接送场面再也不会有。姐妹们利用长假期动不动来一趟"说走就走的旅行"，国内国外，游山玩水，见多识广，对我回国的行囊逐渐失去了瓜分的兴趣。而回国之于我，也不再是独自一人飞来飞去。

陪新泽西州政府的商务代表团去上海，走遍江浙一带，因为他们考察中国光伏产业的发展情况需要翻译；陪加州农业协会的代表团去广州，因为纳帕谷地的葡萄酒瞄准了中国市场需要咨询……"经济特区"已经逐渐模糊了严格的地域划分，到处都在发展，到处都可以发展，"自贸区""免税港"为外来投资提供越来越高效、便捷的贸易环境。带着孩子们回桂林、回南宁自然不在话下，这两个城市之间的高铁往返只要四个多小时而已。甚至带她们回到闽西山区参观已经成为"世界文化遗产"的永定土楼，也易如反掌，因为再也不用辗转换车，长途颠簸了，二级公路已经通到了我家祖屋的小溪边。还有，带着我的学生们逛故宫、爬长城、访秦俑、登黄山、过扬州……行程紧，我们就用宽敞、整洁的高铁车厢做课堂；没有无线网络，移动数据也一样可以分享课件，完成教学任务：一千九百多年前，蔡伦完善了造纸术；古琴音乐有三千年历史；中国水墨画讲究以形传神……点点滴滴，最终铺垫成他们当中一个接一个，到中国的大学留学深造、专攻中国历史的决心……

"21世纪始于中国的1978年"，英国知名学者马丁·雅克多年前的判断，如今是当今世界的普遍共识。而我脚下自己生命的旅途，也始于中国的1978年。四十年来无数大事件波澜壮阔的演绎，成就了几亿中国人个人生活轨迹的由近及远、脱贫致富，成就了中国作为一个体量庞大的经济体的世界影响力。当所有"远方"的时空概念因此而被压缩，当美国《时代》周刊封面用中英双语总结出"中国赢了"的赞叹，中华儿女不论身在何处，与故土故园之间，都不再有天涯。

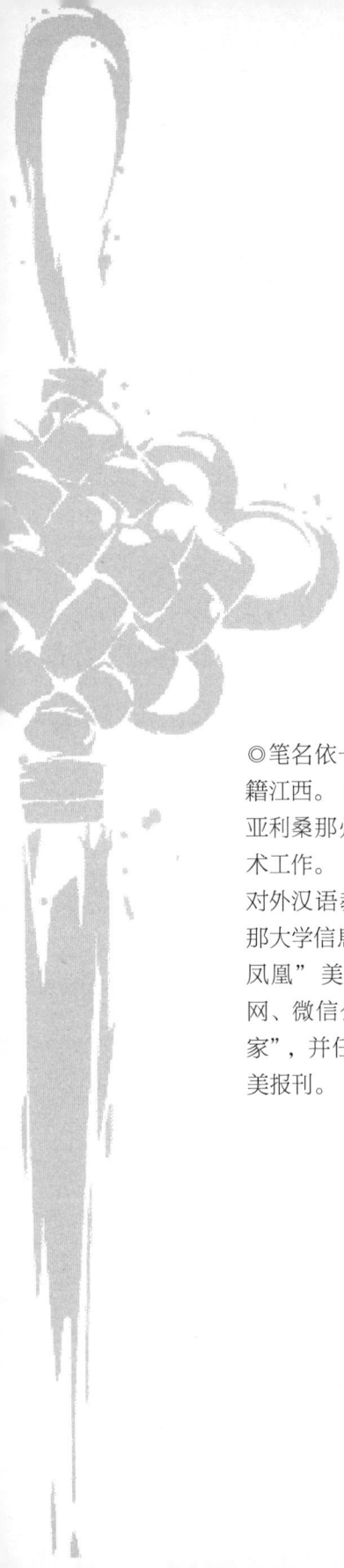

◎笔名依一，出生于 1967 年，祖籍江西。 2001 年赴美，现居美国亚利桑那州，从事计算机信息技术工作。 北京大学中文系学士、对外汉语教学中心硕士，亚利桑那大学信息管理硕士。 创办"火凤凰"美国亚利桑那华人世界网、微信公众号"亚省华人微一家"，并任主编。 文章散见于中美报刊。

彭菲

飞入寻常百姓家

　　过去四十年，记忆的碎片点点浮起，阳光下，万千波光粼粼，在亘古至未来的历史长卷，这一段岁月会幻化出怎样的一幕？后世子孙将怎样评说？也许这一段光阴里，我们柴米油盐酱醋茶的平常生活所蕴含的远远超过了我们的想象。

一、大把的银元脆脆地响

　　1991 年。

　　"咱们在家里装个电话吧？"先生热切地提议。

　　"好啊！"从 1984 年到北京上大学，这么多年只身漂流在外，最想听到的就是外婆和爸爸妈妈的声音。上大学时，整栋四层的宿舍楼只有一部电话。打长途电话是不可能的。打市内电话，得看自己的本事了，或甜言蜜语，或情真意切，哄得宿舍管理老太太高兴了，才能被恩准拿起电话机听筒。没有电话的日子真是受够了。"怎么装？"

　　"我打听过了。先申请。如果正常排队等，大概等一年也不一定能排到。不过我找了个熟人，他能帮助我插队，一个月就能装上，当然，得给点好处费。"

　　"多少钱？"

　　"安装费加好处费，一共 6900 块。"

　　"6900 块？！"我倒吸一口凉气，"我一个月工资所有的加起来才 400 块。"

　　"我想办法挣钱。我有办法。"先生在外企工作，收入还算比较超前。"你想想，有了电话联系方便，挣钱也更方便呀。这是投资呀。"老公一再鼓动我,"'楼上楼下,电灯电话。'不记得这个共产主义理想了? 就算咱们提前进入共产主义了。"

我扑哧笑了。也是,那年月,除了办公室的公务电话,谁能拥有私家电话呢? 现在放开口子了,虽说贵,但咬咬牙,一下狠心一跺脚: 装!

一个月后,在我们简陋的小屋里响起了清脆的电话铃声。每一次听到铃声,都像听到大把大把银元脆脆地敲响。宝贝儿,你可是咱家最贵重的资产呀!

二、"土豪"标配

1993 年。

朋友们在最喜爱的酒楼太白楼落座。

"点菜!"大家一边招呼着服务生,一边从怀里掏出"大砖头"。

"嘭,嘭,嘭!"一转眼,餐桌上立起四五个"大砖头",气势不凡。

四面邻座投来热辣辣的目光。朋友们沐浴在羡慕嫉妒恨的眼神中,不经意地说笑,时不时拿起"大砖头"讲话:"喂,哦,是大赵啊,哥们儿正在太白楼开饭局呢,赶紧过来。"

"大砖头",是摩托罗拉模拟移动电话,那时候还有另一个响当当的名字。那时香港电影火遍大江南北,在银幕上,黑帮老大们威风凛凛,小弟们为他捧着"大砖头",电话铃一响,立即毕恭毕敬地把电话递给老大。物以人贵,这电话变成了老大们的标配,人称"大哥大"。

先生那时混迹北京商界,与时俱进,自然不会错过当年"土豪"的标配,这移动电话又是我家当年大出血置办的最昂贵的时尚奢侈品——3 万块买"大砖头",5000 元缴入网费外加每月的移动电话使用费。要知道，作为北京一介小科员，我此时一月的工资大约是 600 元人民币。所以明白了吧？今天就算是开着宝马、凯迪拉克，那威风也远远逊色于当年的"大哥大"！

三、被领导敲打

2000 年。

"到我办公室来一趟。"领导神色严肃地对我说。

"出了啥事？"我心里七上八下，猜测着，"我最近没犯什么错啊？"

"有人反映昨天给办公室打电话老是占线，打不通。你知道怎么回事吗？"领导质问。

"电话占线也找我？"我有点愤愤然，但还是绞尽脑汁回忆，"哦，我想起来了，昨天我用电话线上网发送邮件，可是我是下班才做的。"

"下了班也不行，这是公务电话……"领导板着脸开训。

2000 年，先生已经远赴美国，往来通信太慢，打电话太贵。越洋电话一分钟好几美元，我一个月的工资也不够打几次电话。那就发电子邮件吧。家里一台老旧的 Windows 386 计算机，4 兆内存，运行速度慢得像蜗牛，还是办公室的电脑速度更快。那时没有网线，要发电子邮件，只能先拔下电话线，插到电脑上联网。那时办公室里常用的是光明打字机。全部门就一台电脑，领导像宝贝疙瘩一样护着。我没经领导批准，就私自使用电脑，还拔了电话线，这回算是被揪住尾巴了，被领导好一顿敲打。

怎么办？孩子才几个月，不能总是这样音信难通，孩子听不见爸爸的声音，看不见爸爸的样子，都要变成陌生人了。罢了，几个月的不舍与犹豫终于被领导敲打成决心："走吧，到大洋彼岸去团聚。"

四、留美老土取真经

2014 年。

回国探望父母，兄弟姐妹们成天捧着手机忙得不亦乐乎。

"你们大人怎么也像小孩子一样玩手机上瘾？"我取笑他们，"在美国我可是限制孩子们上 Facebook（脸书）。"

"那看你用手机干什么了。我刚出手了我的股票，又小赚了一笔。"弟弟得意地拿着手机给我看，"根本不用上交易所、上银行，就在手机上，几分钟搞定，容易吧？别看你从美国回来，还是计算机科班出身，你太土了。"轮到弟弟取笑我了。

"别聊了，我们赶紧出去吃饭吧。你看我点了你最喜欢吃的炒扎粉。"母亲在手机上把预先点好的菜一样一样翻给我看。"全家出去吃饭，正好请钟点工来打扫卫生。"母亲熟练地在手机上发消息，联系钟点工。

在美国也看见一些朋友用微信，但我一向是避之唯恐不及。而眼前，不说那些追赶时尚的年轻人，就是家里七十岁老母、打扫卫生的钟点工都是一天也离不开微信。除了微信，他们还用支付宝在淘宝上网购，用滴滴打车出门……我投降了，也正式加入了微信大军。

于是久未联络的人们一个个浮上水面：名目繁多的新老朋友群、大学同学群、高中同学群、初中同学群、小学同学群、幼儿园群……三十年不见的老同学在群里热火朝天地聊天，一如当年大学时代宿舍深夜里的"卧谈会"。不过现在的卧谈会规模可宏大多了，有几百人的校友群。"我们当年大学同学，这一晚上说的话好像比过去四年加起来都多。"我惊讶地对一位大学同学说。

回美国后，我现学现卖，开办了凤凰城（菲尼克斯，美国亚利桑那州的州府）第一个本地微信公众号"亚省华人微一家"，拉起了第一个几百人的本地微信群"家庭教育—亚省咖啡厅",留美老土回国取得真经,也开始与时俱进了。

五、凤凰城哭泣的母亲

2015 年。

在医院,握着她干枯的手,望着她悲戚憔悴的容颜,搜肠刮肚也想不出什么话来安慰她。八天前,他们全家欢聚,庆祝儿子作为优秀大学生被选送到凤凰城交换留学。八天后,她接到噩耗,她的儿子在凤凰城公寓游泳池不幸溺水,至今昏迷不醒。她和丈夫日夜兼程从国内赶来,又不分昼夜地陪护在儿子身边。"即使全力以赴救治,可能也是植物人了。要不要拔呼吸管?"医生无奈又坦诚地告诉她病情,建议放弃治疗,但让她自己做最终决定。拔呼吸管,意味着让亲爱的儿子就这么离去。让一位母亲亲口对自己的儿子宣判死亡,这是多么残忍!

想着这位悲痛又纠结难断的母亲,我暗下决心:"我得为她做点什么。"连夜写下文稿,深夜在自己的公众号"亚省华人微一家"发布出去,就疲惫地沉沉睡去。第二天,我惊讶地发现,一夜之间,这篇求助文章已经转发达三万多次,几天中,这位母亲的捐款账号已收到 16 万多元人民币。

"谢谢你。"那母亲说。

"该谢的不是我。"我由衷地说。真的,我只是写了一篇文章,只是在微信平台上点击了一下发送键。若是没有微信,纵有三头六臂我也不可能在一夜间向三万多人诉说这位母亲的悲伤,不可能在如此短的时间内变出 16 万元。当年去国,我心里多少怀着"百无一用是书生"的愤世情怀,而如今依然是一介书生,网络通信却为我的文字插上神奇的翅膀:在我昏睡的夜里,为我敲开一扇又一扇的心门;在天涯海角我从未想象过的地方、从未遇到过的陌生人心田点燃一盏又一盏温情的爱心灯光，温暖这位心若寒冰、悲痛欲绝的母亲。

网络世界里，陌生人的温情和共鸣感动着我。我为一位放下美国的一切到中国照顾孤残儿童十一年，而今身患绝症的美国女孩写下《当天使断翅》，为无辜横遭枪杀的中国留学生江玥写下《不是路怒是谋杀》，为从出生就挣扎在死亡线上的女孩写下《身陷困窘艰难，笑如夏花灿烂》……每一篇文章都在网络中，在微信中，如一颗蒲公英的种子，飘向我从未想象过的地方。

微信如风，每一位转发的陌生朋友如鼓风的天使，把春的讯息传遍世界的角角落落。

六、模范公民"哑裔"的觉醒

2015 年。

"大陪审团宣布了，认定梁警官误杀和渎职两项罪名成立，要起诉他，可能要判十五年监禁。"

"太不公平了。把一位毫无经验的警官派到危险的地方巡逻，这栋大楼最近一个月就发生了两起谋杀、两起抢劫、四次枪杀案。梁警官在黑暗的危险中开枪，子弹打在墙上反弹才造成意外。比这严重的警察误伤事件多了去了，别人都不起诉，就起诉他。这不是拿华人当警民矛盾的替罪羊吗？"

2 月 10 日，凤凰城的微信群里像炸开了的油锅。朋友圈铺天盖地地刷屏。

"我们一向是模范公民，也是出了名的'哑裔'，打落牙齿往肚里吞。这回我们要合理合法地说出我们的心愿，我们到白宫请愿网站去签名吧！Justice for everyone（人人都享有公正）！"

"大家一起捐款，为梁警官聘请最好的辩护律师！"

"我们要在同一天在全美各大城市举行示威抗议！大家注意，在示威时不要有激烈的言语行动，要有理有节和平地表达心声。"

"好消息，纽约州议员 William Colton（威廉·科尔顿）发声支持！"

……

人们足不出户，各种消息言论却从人们的手机里如雪片般漫天飞舞在朋友圈、微信群，把天南地北无数个角落里的人们凝聚到一起。很快白宫请愿签名超过 12 万人，捐款突破 50 万元。2 月 15 日，纽约、洛杉矶、旧金山、凤凰城等北美各大都市的华人同时走上街头，请愿发声。美国各大媒体争相报道。梁警官最终幸免于牢狱之灾。

北美的媒体惊叹：模范公民"哑裔"开始聚集起来说话了，他们以奇迹般的速度规模灵活地联结在一起，而凝聚人心、点燃热情，把无数散落的孤星强劲聚在一起的竟是一款手机软件——微信！

七、礼仪之邦汉服秀

2018 年。

"这些孩子可爱得像天使一样！他们身上穿的就是中国的汉服吗？从来没见过，太美丽、太绚烂了！"

在美国亚利桑那州的一家老人中心，白发苍苍的老人们兴奋热烈地为台上表演的孩子们鼓掌喝彩。这是亚利桑那希望中文学校舞蹈班的孩子们来为老人们献爱心送上义工服务，表演中国传统汉服秀。在《礼仪之邦》典雅的音乐声中，孩子们广袖舒展，裙裾飘飘，一如千年前"蒹葭苍苍，在水一方"的佳人，穿越时空来到美国的土地上。

"总算赶上了，服装昨天下午才运到，我都快急死了。"舞蹈老师蒋导长舒一口气。"这已经是神速了。"我由衷地赞叹。

两个星期前，蒋导在希望舞蹈微信群里吆喝："家长们，开会啦！赶紧上线，语音开会啦！今天我们要选购表演服装，一人一个样式，不能重样。"蒋导在群里发出几十张服装样图："大家选好了，我马上就在淘宝网上下单定做。"

家长们一边各自在家里忙着家务，一边用手机在群里叽叽喳喳地讨论笑闹，很快几十套服装选购全部搞定，孩子家长皆大欢喜。

"足不出户，几十位美国的家长在一个小时之内就从成百上千的服装中挑选出几十套风格各异的传统汉服、节日礼服、青花瓷礼服，每式一套，下单，网上支付，定做，从中国空运到美国，送货上门，前后一共两个星期。这样的 P2P 电子商务简直是神一般的存在啊！"我由衷地对国内的朋友赞叹。

"嗨，这算什么。现在你只要带着两样东西就能走遍全国，一是身份证，二是手机。手机里有微信、有支付宝，根本就不用带钱包了。现在就是去买菜，菜市场卖菜的老大爷老太太都接受微信扫码支付。"朋友自豪地说。

这许多凡人琐事，只是寻常百姓家家经历过的平淡日子。过去四十年，从稀罕物件电话，到土豪的标配"大哥大"，到拨了电话线才能发出去的电子邮件，到无论贫富老少人手一个的智能手机，再到发达的网络……弹指数年，恍如隔世。"五千年古老的中华文明曾经令人扼腕错过了工业革命，这一波信息技术革命，我们无论如何都要迎头赶上。"当年燕园求学，师长们的这一句话令我刻骨铭心。错过了工业革命，错过的何止是技术，错过的还是国家人民的尊严和幸福。感谢过去四十年，我们的国家领导人高瞻远瞩地把发展信息技术确定为国家发展战略，有识之士共同奋斗，打造了今天在信息技术浪潮中令人振奋的局面。过去四十年，成就卓著，但前途漫漫，来日方长，万众一心，励精图治，中华民族必在信息技术革命中与世界各国各民族一起共创人类新世纪的辉煌。

魏青

◎1960 年出生，笔名子初，祖籍浙江。 北京航空学院（今北京航空航天大学）电子工程系 1978 级学生，美国伊利诺伊大学工商管理学院访问学者。 1985 年从国营北京计算机工业总公司辞职后，做过旅游、贸易等行业。 1992 年出国，先后在日本、美国、加拿大学习、工作和生活。 2000 年回国创业，十几年来为外国企业落地中国提供商务咨询服务，涉及领域包括银行业、机械制造业、家具业、汽车业、煤矿业、化工业、采石业、造纸业、文化艺术、葡萄酒业以及卫星通信业等。 近年旅居德国并开始写作，现为中欧跨文化作家协会会员、专栏作者，发表作品百余篇，著有散文集《德国故事》。

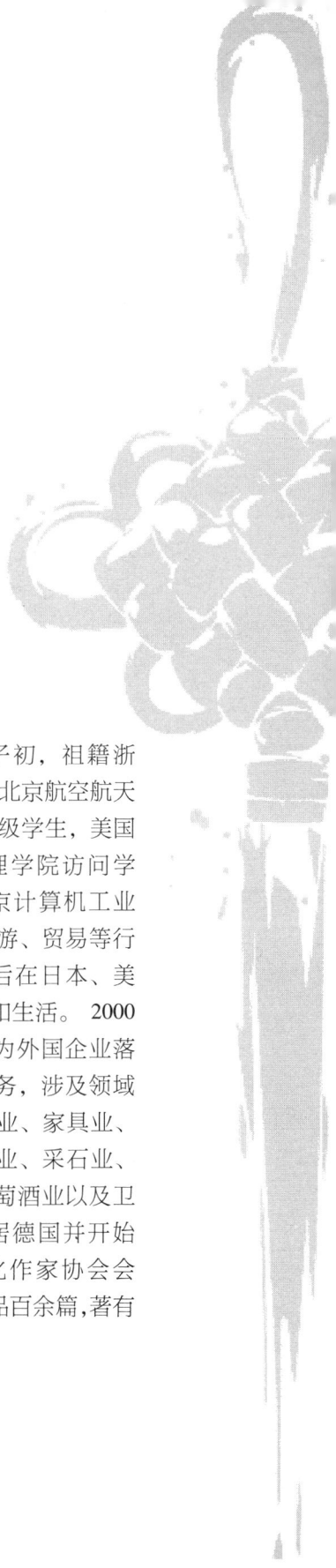

我的四十年人生际遇

四十年，对于一个有着五千年历史文明的泱泱大国来说，只是转瞬即逝的一刻；对于只争朝夕、奋发图强的中华民族来说，它是不可多得的历史机遇；而对于我这样从火红年代走来的人来说，它是整个青春年华。

1978年，是改革开放元年，也是恢复高考的第二年，当时高中毕业考入大学的我，风华正茂、意气风发。四十载，岁月似水流年，我的人生命运被改革开放这股历史洪流裹挟着，跌宕起伏，滚滚向前。我清晰地看到，我的人生际遇一直都与这改革开放的大潮流脉脉相通、密不可分。四十年后的今天，回望过往，感慨万千！

上世纪80年代，改革开放风起云涌，经济社会日新月异，人的思想观念也在悄然转变。这十年间，我先后换了四份工作，这在当时老一辈人眼中简直是不可思议的事。

1982年夏天，从北京航空学院电子工程系毕业后，我被分配到市政府机关。这是令人艳羡的铁饭碗，但对于我来说，它的诱惑远不如已经暗潮涌动的商海。在机关没干两年，我就辞职下海，与几位留美归国的学生一同创业，力图打造国内计算机工程领域的顶尖企业。

80年代中期，随着改革开放的步伐加快，对外招商引资力度加大，西方发达国家看准机会纷纷进入国内市场，外企成为"香饽饽"，各路精英云集。于是我转到充满挑战和机遇的外企，在一家美国贸易公司做欧美高科技产品的中国代理。

时间很快到了80年代末期，台湾当局有限制地开放台湾人来大陆探亲，一时间掀起了台湾同胞返乡潮，大批台湾旅行团穿行在大江南北。日本游客此时来华旅游也正热。看到旅游事业蓬勃发展，我又转入旅游行业干了几年，直到"出国热"的来临。

这股"出国热"兴起于 80 年代末 90 年代初。1992 年我东渡日本，自学日语后，在一家私立学校找到了工作。三年后我回到祖国，但初次见识了外面的世界，激发了我想要走出去看世界的强烈愿望。1998 年我以访问学者的身份留学美国，毕业之后在美国一家贸易公司工作。丧失了本土优势的我在与美国人的竞争中处处感到桎梏，我意识到想发展还是要回国。千禧年那个不眠之夜，经过深思熟虑后我做出了决定。

2000 年，我回国成立了自己的公司，寻觅商机。彼时，改革开放不断扩大、深化，越来越多的外国企业瞄准中国市场，但是很多外国中小企业在与中国企业的接洽中遇到了种种问题。公司成立后的两个小插曲，不经意间为我指明了未来的经营方向，也使我有机会为改革开放贡献自己的一份力量。

2002 年的一天，一位友人打来电话说，他妻子的美国朋友在国内遇到了些麻烦，想请我帮忙。我给这位美国朋友打电话过去，长谈了近三个小时，了解到他是一家有着几十年消防栓生产历史的美国厂家的股东，他们计划把所有的生产转移到中国，在美国仅留下最核心的技术和研发环节。之前他通过各种渠道与南方十几家相关企业接洽好了，这次来准备逐个访问、洽谈具体合作事宜，没想到在逐一会谈之后他一无所获，极度失望的他准备放弃计划就此打道回府。我问究竟是什么问题，他说不是语言问题而是思维方式问题，他感到双方没有办法在同一个层面上很好地沟通，更不用奢谈达成一致了。我问他是否愿意让我试一下，他说当然，但是他不能留下来，必须马上返回美国。于是我代替他与十几家企业洽谈，并选出具备实力和诚意的企业，把项目推动了起来。后来这个项目我跟踪服务了几个月，待一切进展顺利后才退出。

另一次我在饭店电梯里偶遇一位加拿大商人，闲聊时他邀请我在次日的一个商务会谈中帮忙翻译，这是一个内蒙古煤矿筹资项目，他作为中介方为此项目介绍和引进外资银行投资。第二天当我如约来到饭店咖啡厅时，外资银行的代表（是个香港人）和内蒙古煤矿的负责人已经就座。会谈开始，双方谈起条件一言不合就话里话外夹枪带棒，以致很快演变为争吵，我开始还赶着给加拿大商人翻译，后来两人争吵的势头有增无减，我对他说我先调解之后再给他翻译，于是我试着说和，缓解紧张气氛。虽然最终会谈宣告失败，但加拿大商人表示这个项目还在，希望由我来帮助他继续为煤矿找投资方，我答应了下来，后来这个项目我跟踪咨询服务了两年。

通过这两个事件，我意识到外商来中国投资也好，设厂也好，采购也好，常需要第三方来帮助他们与中方进行良好的沟通，使双方能够明白对方的真正意图。中西方的表达方式存在着很大不同，中国人说话比较含蓄、委婉，而西方人则通常直言相告。这不是简单的语言问题，而是商务经验问题，更是商务谈判中的博弈，如果仅靠一般语言上的翻译往往会搞不定，而是需要一名富有经验的第三方，发挥掌控局面、调和气氛、撮合双方、引领谈判成功的重要作用。此外，国外中小企业在面临众多中方标的企业时，也很难在一众同类企业中甄别虚实优劣。我意识到这个市场需求的存在，于是做起了外商进入中国市场的商务咨询服务。

激荡中闯荡二十载，新世纪我的人生步入了一段相对稳健的征程。

十几年间，我所服务的客户主要来自美国，也有来自荷兰、加拿大、俄罗斯、意大利、波兰、阿根廷、委内瑞拉、乌拉圭、以色列等国的客户，所涉及领域包括银行业、机械制造业、家具业、汽车产业、煤矿业、化工业、采石业、造纸业、文化演出业、艺术品交易、葡萄酒业，甚至卫星通信业等。我的商务咨询服务包括帮助外国企业找到最适合的、有需求的中方企业对接，对中外企业合作的项目提供管理服务，为外国企业进口中国产品做行业调研，为外国产品进入中国市场做先期市场调研，帮助外国企业在中国采购，为外国企业在中国组织、举办新闻发布会，邀请、组织外国艺术团体来华演出，向国外推介中国艺术品，等等。

在这些对接中，我站在中外企业之间，看到中国企业界渴望快速发展的诉求、外国商界对于中国新兴市场的追逐，在"引进来、走出去"中，中国企业在竞争和学习中创造了速度的神话、品质的佳话，成为经济发展的巨大引擎。

其间，我介入最深、时间最长的当属家具业，整整十三年为外国家具进口商提供服务。自 90 年代中期起，在沿海港口城市，山东、河北、东北等距离木材供应地较近的城市，以及在天津和深圳有政策优势的经济开发区，一批批家具工厂如雨后春笋般不断涌现。中国内地的家具企业为了生存与发展渴求国外订单。美国的家具商们嗅觉敏锐，发现了中国市场的廉价劳动力和廉价原材料，纷纷把东南亚和印度的订单转向中国，这些订单全部是以 OEM（原始设备制造商，俗称"代工"）方式来样加工生产。在杭州和海宁一带，大批沙发生产厂家形成了皮质沙发生产基地，在海宁市郊，蓝色的厂房一个接着一个，大型厂家每月出口 1500—2000 个集装箱到美国，规模惊人。那时候我常常带着美国各地的家具进口商团到上海、杭州、海宁以及北方各家具生产基地考察订货。大规模的价格较低的中国家具涌向美国，对美国本地家具企业造成了很大的冲击。

家具业属于劳动密集型产业，一个中等规模的出口型家具厂需要大约千名工人。那时候在京郊的家具厂，一个工人每月的固定工资是800 元，常常需要为赶制订单而加班加点，每天工作十二小时，因此工人们的月收入可达到 1200 元。可以说，家具业解决了大批劳动力特别是农村劳动力的就业问题，提高了农村人口的生活水平。

家具业也是综合性很强的行业，它的兴起同时带动了一整条产业链的发展。例如，家具所需的木材，带动了木材的采伐和运输业的发展；油漆、乳胶、五金配件等诸多行业都跟着发展；包装用的瓦楞纸箱又带动了造纸业的发展；家具制造好后需要运送到码头，于是大型货运车在工厂与码头之间的公路上穿梭不停，带动了货运业的发展；货物到了海关，报关是工厂委托专业公司操作的，这又解决了一批人员的就业问题；货物需要海运到国外，航海运输要规避风险，因此带动了远洋运输业发展的同时又带动了保险业的发展。家具行业的产业链很长，每一个国外订单都能给中上游一批相关企业带来效益。

家具业的兴起和发展，正是 90 年代末我国制造业整体振兴的缩影，中国制造走向了世界。

2008 年，我遇到了现在的先生，他是德国人。从那时起的十年间，我们往返、居住于德国与中国两地，我零距离地体验到改革开放中中国企业走出去的激情和意义。

我先生是被德国大众汽车集团派驻中国的，出任德国汽车工业联合会驻华机构董事总经理，德国所有的汽车制造商都是这个联合会的会员，联合会的主旨之一是为这些会员服务。通过他，我了解到很多关于我国汽车制造业成长和发展的故事，其中一个故事讲的是一家中国汽车玻璃企业，为了拓展德国市场，出资买下了一家德国玻璃厂，并聘请原工厂主为总经理。这家德国玻璃厂是德国几家汽车制造商的稳定供应商，借此中方企业成功打入了德国市场。如今这家玻璃企业已经成长为中国最具规模、技术水平最高、出口量最大的汽车玻璃生产供应商，这就是中国玻璃生产行业首屈一指的福耀集团。这家原德国玻璃厂主正是我先生的朋友。

中国汽车产业近年来的崛起有目共睹，这与中国汽车企业大踏步走向世界的决策和努力是分不开的。吉利继 2010 年收购了沃尔沃后，又在 2018 年 2 月从二级市场收购了戴姆勒 9.69% 的股份，成为其第一大股东。实际上，中国企业对国外知名企业的并购早已不仅限于汽车行业。随着中国经济的快速发展，近几年国内企业的实力与国际地位扶摇直上，从中国财团频频出手海外并购可见一斑，如联想集团收购 IBM 的 PC 业务、海尔集团收购美国通用电气的家电业务、美的集团收购世界机器人四大厂商之一的德国库卡等等。中国企业收购国外名企的例子不胜枚举，并且还在继续，一时间中国企业跨境投资并购成为全球商界热议的焦点。在这场中资并购大潮中，德国企业尤其受到中国投资者的青睐，截至 2016 年 10 月，德国累计已有约 200 家企业被中国企业并购。

　　曾经有人说，提起中国制造，很难和"高大上"沾上边。令我至今记忆犹新的是，在我做涉外商务咨询业务期间，一位美国客户对我说："现在中国制造已经遍布世界各地了，中国成了不折不扣的世界工厂，但是大部分都是低端产品，你们现在最应该做的是，大力加强自主创新和研发，什么时候中国拥有了大批自己的高精尖产品，才是中国真正强大之日。"记得 2006 年我在埃及看到中国制造的日用品时，颇为感叹，想必我们的产品是凭着"物美价廉"得以打入这些市场的，彼时的中国制造"大而不强"。今天，中国制造业经过了卧薪尝胆、不懈努力，从"价优"到"质优"的转变正在上演。我们可以骄傲地历数那些中国制造中的世界之最：被称为"国之重器"的"神威·太湖之光"超级计算机、被誉为"中国天眼"的 500 米口径世界最大球面射电望远镜、世界最大的抢险救援机器人等等。而这些还只是中国制造的冰山一角，中国公路铁路里程多年保持世界第一，高铁运营长度也是世界第一，被誉为中国"新四大发明"的高铁、网购、移动支付、共享单车让世界啧啧称赞……

　　每年一半时间生活在德国的我，常常感叹国内互联网的普及程度及网络的通达，习惯了国内便利快捷的移动支付、网络约车、送餐服务以及网购快递服务的我，每次回到德国，都会很不习惯。因为在德国互联网的普及率远不及中国，更不用提移动支付了，而网络服务商的服务也是很考验耐心的。今年家里的网络电缆出了故障，信号不畅，报修后一个月也没有解决，无奈之下多次致电有关公司，答复说可能还要再等三四周，这时的我才明白在国内报修后通常二十四小时最迟三天之内就能解决问题是什么样的速度，这中间是怎样的差距啊！每每回国，我便感叹祖国发展的日新月异。

四十年，弹指一挥间。我们这一代，经历了改革开放的火红年代，见证了祖国的崛起和振兴，个人的命运也随之跌宕起伏，人生得到历练，是不可多得的人生际遇，实乃大幸也！

邀请德国哑剧团参加
2002 年上海亚洲艺
术展演周

2003 年，洽谈荷兰碳
氢制冷剂合作项目

2004 年，组织荷兰家
具进出口协会代表团
访问天津美式家具有
限公司

2004年,承办以色列GILET(吉莱特)卫星通信公司全球总裁在京媒体发布会

2011年,随奥地利LCI(朗思汽车咨询有限公司)总裁一行访问北京

孙宽

◎原名孙宽余，1968 年出生，祖籍北京，南京大学文学硕士。 1994 年出国，曾在新西兰、美国等地学习和工作。 1999 年定居新加坡，从事对外汉语教学。 现为自由撰稿人。 2016年，创办微刊《宽余时光》，部分作品发表于《联合早报》《新华文学》等国内外报刊。

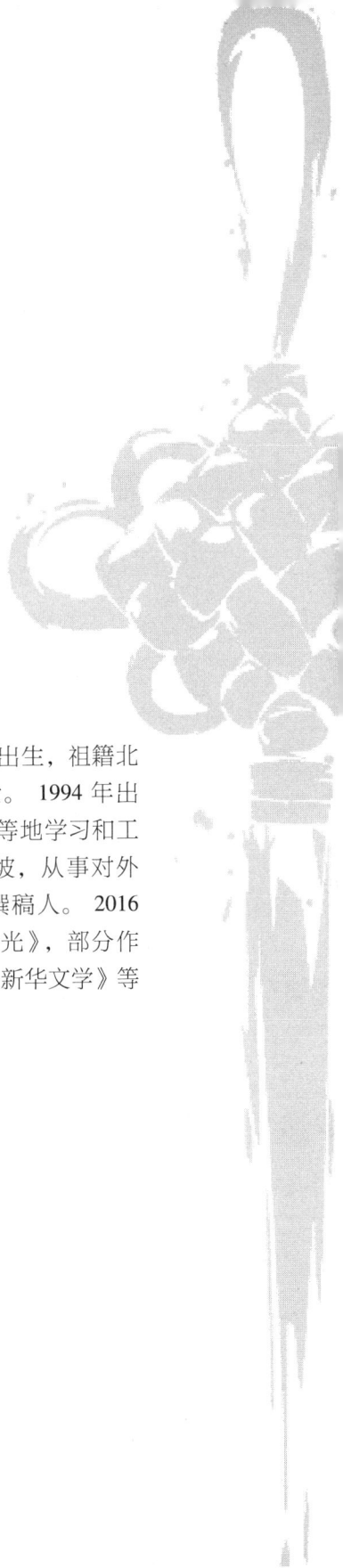

四十年漫漫英语学习路

一

"你说的根本不是英语！没有人说：I...am...a...teacher.（我……是……一个……老师。）"他很生气地说。我完全想象不出他干吗生那么大的气。

"一种有音乐般魅力的语言让你分割成了碎片，没有人懂你在说什么！"我被训斥得脸都红了，说不出一句话。我不懂他说的分割成碎片的意思到底是什么，但我明白他是说我差，差得让他认为我简直是玷污了这有美好音律的语言！

这是我的加拿大籍英语老师。关于我四十年学英语的小史，且待我徐徐道来。

1994 年出国后，我才发现自己在英语上完全是聋子和哑巴。我大学可以选英语系，但我没有，主要是真不喜欢英语，从小我就觉得学英语等于"死记硬背"，这也和 1978 年改革开放初期流行学英语时，家里逼得太狠有关系，幼年的我痛恨被逼迫。

高考成绩不太理想，不过没影响我上大学。毕业后不久我就跟随改革开放的浪潮下了海。1992 年在邓小平南方谈话后，各行各业都在腾飞，我进入的地产行业发展迅猛。入行两年后，我已经从销售员逐步晋升为北京分公司经理，当公司拓展海外业务时，我又被调到国外。

来到新加坡，我立刻懂得了什么叫书到用时方恨少——英语立刻卡壳了。

去移民局面试我都需要公司的人事部经理陪同，移民局官员脸上那不屑的表情分明就是在说：你们公司为什么需要这样一个连英语都不会的人来做分公司经理？而我却仍不以为意，心里还自负得很呢！公司是香港在内地的数一数二的地产投资公司，我是一个中国人，不会说英语有什么可耻的？

毕竟客户和销售人员多数都是新加坡的华人，我并没有危机感，而且随着海外销售业绩攀升，我英语不好的缺陷很快被掩盖了。我更觉得自己没有必要去努力了："英语这么烂竟然也没有什么嘛！"最后，我连晚间的英语课也三天打鱼两天晒网，根本无所收获。

二

我的骄傲彻底受到挫败，是在一个不经意的场合。我跟当时的男朋友去马来西亚玩，回来后我听到他朋友这样的评价："你那个女朋友挺漂亮，不过不会说英语，看起来挺蠢的。"

虽然我的英语不好，但这几句我从远处还是听到了，也听懂了。

我第一次感觉到很沮丧。我的沮丧主要来自自己无能为力的自卑感，我相信自己一向以来的骄傲和自负，也可能都来自内心深处的自卑。

我甚至感觉到，语言能力就是人们衡量一个人一切能力的标准。特别是在他人还不了解你的时候，与人沟通和交流的能力基本上就代表了你的全部。而我确实不具备用英语沟通的能力，那我所有的成绩都必须扣掉一半，甚至是一多半，何况拜经济增长的大势所赐，谁当这个分公司经理可能都差不多。经济改革的浪潮势不可当，我只是非常幸运地占了天时地利的优势罢了。

从那天起，我开始有强烈的学习愿望，那个时候谁说我是个"花瓶"，我认为就是在侮辱我。其实今天回头看，我特别感激那位说我"看起来很蠢"的朋友，完全不能和他人沟通，看起来一定是

"很蠢"的样子。

我开始边工作边读夜校，由于没时间消化所学内容，基本上没有长进。最后，我终于在1997年亚洲金融危机后，公司又要调我去其他分公司时，下决心辞了职，开始了我在新加坡的脱产学习。重新背起书包，只为把英语学好，我要把提升自己的语言能力放在首位。

脱产学习初期进步很快，但是，口语和听力都没有特别明显的进步，英语学习进入沮丧的瓶颈期。

三

假期回北京探亲，家附近有一个外语学校，我上了一个短训班，这时我认识了这位加拿大退休外教。他20世纪80年代来中国旅行时，国内还太闭塞。十几年间中国的巨大变化令他刮目相看。北京当时急缺外教，所以他一退休就来中国一边教书一边旅行。这位老师使我的语言学习发生了质的变化，从根本上纠正了我的错误理念和低效学习方法，也促成了我后来去当对外汉语教师。

他给我上的第一堂课，就是让我介绍自己。我用英语说："我叫孙宽，我是中国人，我是一个老师，我现在住在新加坡。"我觉得自己说得挺清楚的，但是他皱着眉头看着我，脸上没有肯定的表情。他停顿了几秒钟才说："你今天的作业就是反复练习这几句话。明天上课你继续介绍自己，不要加任何新内容，但要站到讲台前面来说这几句话。"

我非常不屑，心想这个短训班又浪费钱了。教程如此简单，四句话的作业还需要反复练习吗？回家后我把这四句话默念了两遍，作业就算完成了。

第二天一上课，我就站到讲台前面去了，然后就慢条斯理地把那几句话说了一遍，中间还停了一下，可能"啊"了一声，几秒钟就混过去了。我指望老师说我的作业过关了，结果老师的表情完全出乎我的意料，他不仅不满意，简直是近乎愤怒。这个表情令我刻骨铭心，他的批评使我自惭形秽。我看着他，沉静了半分钟，开始放下一切不满认真向他请教。

他非常流利迅速地重复了一遍，而我几乎什么都还没有听到，他就已经说完了！这是怎么回事？我完全懂的、差不多最简单的四句话，老师一说快，我竟然都听不出来。

我目瞪口呆地看着他，根本不知道怎样继续沟通。

"你没有听到我说什么，对不对？那是因为你说话的速度太慢，如果你的朗读速度快过我的说话速度，那你就一定知道我在说什么了！"

原来道理就这么简单，几乎和我一样，许多学英语的华人的根本症结就在这里。在完全没有生僻词语的情况下，我们还是无法真正和以英语为母语的人交流，因为我们平时说话的语速不够快、不熟练、不流利。当我们朗读的速度比他们的语速更快时，我们才有可能跟上他们说话的速度！只有跟得上对方的语速，才有可能完全听懂对方的意思。

"你看一个婴儿学说话时，一个词语重复300遍以上才能掌握。这四个句子，今晚回家大声并快速地朗读100遍！速度慢慢加快，越快越好！直到你脱口而出，完全不需要思考，完全没有半点迟疑。"老师耐心地解释给我听。

"而且，你一定要大声地充满自信地朗读！"我看着他，提出质疑："干吗要大声，大声小声和自信有关系吗？"老师说："当然有，差别非常大呢！大声地朗读是为了建立自己的信心，当你有信心而且标准地说出这四句话的时候，别人一听就以为你的英语非常标准地道，别人的肯定和鼓励，一定会使你更有信心去学好它！大声也让自己能听到，可以加强对自己听力的反复刺激。"

我终于明白了，我们一张口的头几句自我介绍，就好像是我们每个人的招牌，能给人留下深刻印象的是我们的自信。这样的自信确实来自 300 遍大声、快速、流利的朗读训练。

语言能力是一种很重要的个人能力，没有人会信任说话吞吞吐吐、自己都没有信心的人。

四

我开始认真踏实地朗读 300 遍，我能非常标准、流利而充满自信地介绍自己了！母语为英语的人听到我介绍自己的时候，都认为我的英语口语非常棒！他们觉得我说得非常标准、流利，和我的中文播音水平不分高低。随着自信心的慢慢建立，我从简单的句子开始，如法炮制 300 遍，很快我的语速提高了，我的听力也在进步。

紧接着，我又把自己扔到了完全陌生的环境。我先去了美国西雅图，因为语言环境不好，我很快就转去了偏远的新西兰。1997 年的惠灵顿很少有机会看见中国人，我所在的语言学校只有我一个中国人。英语在相当长的时间里，是我唯一使用的语言。

我的英语学习迅速进入了一个新阶段。接着我无法突破的问题也来了，这也几乎是每个学英语的中国人都会遇到的问题，就是我们一直都在用中文思考，然后再来回英译中、中译英。由于思维模式是中文的，我们还自己创造出许多中文句式的英语，使母语为英语的人无法真正明白我们要表达的意思，深层次沟通的障碍很难逾越。

这所学校的多数老师来自英国伦敦，他们都在努力教我。我在六周内被上调了三次班，从级三跳到级六时，我感觉连滚带爬，疲于奔命。我找到学科负责人，希望他能让我回原来的级五，我告诉他，我的英语运用实际上没有老师们想象的那样自如，我担心自己学得不扎实。

听完我的申请，负责人笑了，他看着我的考试成绩说："你的雅思都 6 分了。你实际上应该可以去级七或级八，完全没有问题。"

我说："我在阅读题中碰到大量的生字，我不完全明白它们的意思。"他又看了看我的阅读答题情况："可是你的回答是相当正确的啊！"

"那是我分析、推断，加上瞎猜的！"我的焦虑并没有因为我的分数尚可，而减少一丝一毫。

"那么我问你，你小时候阅读中文小说时，你每个字都认识吗？"

这时，我突然想起来，初中毕业的那个暑假我初次阅读《红楼梦》的情景，那时不只是很多字不认识，诗词歌赋更是一窍不通。但我喜欢上古典诗词，就是从那时开始的。我无法概括自己到底读懂了多少，但对故事内容的大致了解并没有偏差。

"阅读帮助学习词汇，但是阅读的目的不只是认字。我们通过阅读了解故事，或者说读懂故事的主旨并享受阅读，才是阅读的真正目的。"他继续开导我："阅读是要看整个句子、整个段落、整个篇章的主旨，不必焦虑于个别词语。我告诉你一个秘密，学校开会的时候，校长说的话我也不是每句都听得懂，她有新西兰人的口音，不过我从来没有耽误工作啊！"

"你必须放下英汉字典，必要时使用英语字典，慢慢你就会改变自己一直要去翻译成母语的习惯了。"就这样我从解决每个词、每个句子的翻译误区中找到了突破口。我很快开始享受阅读英文小说的乐趣了，我时刻提醒自己回顾初读《红楼梦》的感觉，任何时候如果我能读懂 30%—40%，这个阅读就是有意义的。

五

我提前完成学业回到新加坡，并且用英语通过了工作面试，成为新加坡华人总商会语言学院的对外汉语教师。就这样，我开始一边教外国人学汉语，一边继续强化我的英语学习。

成人对外汉语教学帮助我迅速提高听力。学习汉语的人来自世界各地，他们的英语有各地口音。经过几年和各种口音的老外打交道，我基本能大致识别他们所在的地区。我自己还请了一位来新加坡国立大学读博士的大学英语老师当我的家庭教师。他帮助我做英语阅读理解，比如概括段落大意、归纳中心思想、分析阅读材料、提炼阅读摘要等。2006年，我到新加坡的美国学校当汉语老师，教学工作加强了我的应用文写作。

在新加坡美国学校工作将近十年，发生过最有喜感的事情是，我曾经被人事部新加坡同事投诉过，原因竟然是"孙宽说话速度太快"。现在回想，这绝对受益于我的加拿大籍老师，他成功地把我从习惯于慢吞吞的，或吞吞吐吐的语言表达方式中改变过来。新西兰的英籍老师彻底纠正了我用中文翻译的思维模式，使我不再走"翻译式"英语的弯路，从思维和心理的误区走出来，把抓语言点的"碎芝麻"改成"抱大西瓜"。

六

在1978年改革开放以前，国内各行各业对英语的需求不大。改革开放之后，外贸经济的蓬勃发展和中外交流的日益频繁使外语人才很吃香，全民学习外语的热情空前高涨。到2008年北京奥运会期间，全世界都惊叹英语在中国的普及程度。我相信这和我们澎湃的经济发展浪潮是成正比的。

对国际化语言的掌握能力，绝不只是观察一个人个人能力的切口，也是了解一个国家开放程度及与国际接轨程度的窗口。随着这几年"一带一路"合作倡议的进一步推广，外国人对学习汉语的需求也进一步扩大，海外汉语教学也发展迅猛，例如新加坡现在几乎所有的国际学校，第二外语都是汉语，其热度正如 80 年代初期我小时候的学英语热。

以前我教成人对外汉语时，是本地最有名的老师之一。学生当中有不少英文报的记者、编辑，甚至有新加坡金融管理局副局长、文化部和城市建设发展部的部长等。我也曾有过几段异国恋情，有人问我：和外国人谈恋爱是不是为了学英语？说实话，除非是研究英国文学的外国人，否则他们对语言理解的深刻性和运用的准确性不一定比我们强。当然攻克英语初级交流障碍，谈恋爱确实是个好办法。然而两人是否能达到深层次的语言沟通和交流，最终还得看双方的文学素养、文化历史的修养、其他各方面的知识水平，以及是否喜欢谈天说地、是否擅长表达思想感情等诸方面因素。

总之一句话，即使因人而异，但爱情和语言总归关系不大。

我丈夫马克是英国籍白人，我们在新加坡相识，他完全不会汉语。我俩相识初期有明显的沟通障碍。比如他写一封电邮吧，一是不分段落；二是前后观点可能不一致，没有中心和重点；三是经常没有结论。我慢慢才知道他就是那种小时候缺乏语言训练的孩子，中学时期英语"语文"不及格的学生。和马克进一步交往后，我还发现我甚至不能向他请教拼读，偶尔一个词我不确定拼写得对不对，要是我顺便问问他，我简直要上火。

现在我只调侃他一下而已，再不去碰壁和难为他了。我们想象一下就会理解为什么会这样：没有上过学的中国人，都能说汉语；然而会说汉语的中国人，不一定都能做到语言表达清晰准确。即使是受过教育的中国人，也不是每个人都读得懂《红楼梦》，或能写出观点鲜明、条理清晰的文章，当然更不是每个人都能坐下来探讨文学、艺术、哲学或心理学的。

而我学英语的成果，还体现在实际生活中。我和马克已经结婚七年了，我们没有因为语言障碍或文化差异而分道扬镳。这应该算四十年学习英语的最高成就吧？

　　我国改革开放的四十年，既是腾飞的四十年，也是漫长和艰难跋涉的四十年。真的就如我的英语学习小史，有喜悦，有收获，但也曾经有过瓶颈和困惑。这样的成长，是我们这一代人的成长。现在海外华人纷纷回国，连马克也在学汉语。我们俩也打算回国发展，我们都是很好的老师，希望把自己的学习经验和人生经验传授给下一代人。

穆紫荆

◎ 1962 年出生于上海，德国籍。1984 年毕业于复旦大学中文系。1987 年留学德国，后定居，从事计算机行业。 自 20 世纪 90 年代中期开始写作，作品见诸欧美华文报刊，有多篇散文、诗歌、小说获奖。 著有散文随笔集《又回伊甸》、短篇小说集《归梦湖边》。

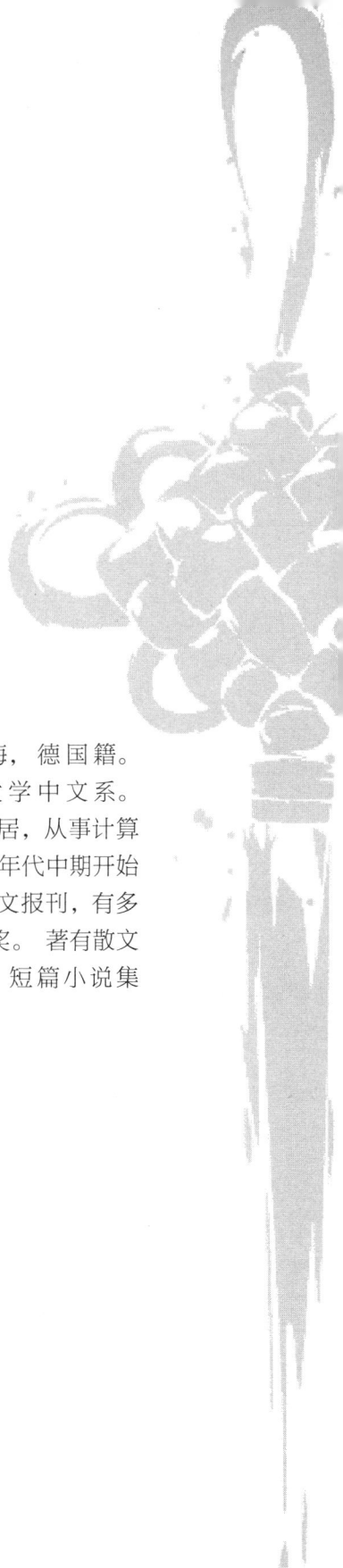

锦江春色何处来

不知不觉，来到海外已过三十年。1978 年，中国共产党十一届三中全会提出了"对内改革、对外开放"的战略决策，这也是中华人民共和国成立以来第一个对外开放的基本国策。我很幸运地在中学即将毕业之际，遇到了改革开放。那时候，我一心想去的是美国。可是阴差阳错，去美国的路还没有落实，去欧洲的路却已经铺就了。1987 年，在中国改革开放政策实施还未满第一个十年的时候，我来到了德国，成了海外华人中的一分子。

一、一张护照里有祖国的分量

俗话说，在家千日好，出门半朝难。来到海外之后，才深切感受到祖国的分量和祖国的一切对自己来说意味着什么。我的先生是德国人，记得有一次我随先生去婆婆家。婆婆家离瑞士只有 15 公里，因此他们特意在瑞士找朋友帮我办理了瑞士签证。一个周日下午，大家穿戴整齐准备外出喝咖啡。不出十几分钟，车子便来到德国和瑞士的边境。全车人正等着我向边境检察官出示护照和签证时，我才意识到护照落在了婆婆家里。

于是，全家人只能为了我的护照再返回家里。公公婆婆虽然没说什么，但显然是扫兴的。我当时的感觉是，他们扫兴的原因不仅是到了该喝咖啡的时间不能准时喝上，也不仅是出门后又要为我的护照来回折腾浪费汽油，更重要的原因是，我是一个中国人。一个在欧洲不能以客人身份随便走动的中国人，不像日本人和马来西亚人那样，落地就能获得六个月免签的优待。

那时候，欧洲还未成立欧盟，对中国人也没有申根签证之说。我的护照上，盖着只能在德国读书的学生签证，而婆婆家在德、瑞、法三国交界处，离瑞士15公里，离法国10公里。他们只要开着当地牌照的车，便可以在瑞士、法国随便走动。在边防检查还没有取消时，他们过边界只要用当地方言和边检官说声"你好"，便被挥手放行，而唯独我这个中国人不行。对此，我深感作为一个中国人在西方被另类对待的无奈和遗憾。

记忆中还有一次，我和先生一起开车出去，鉴于上次护照没有随身携带的教训，我在离开自己在德国登记的居住地时，都会将护照带在身边。那次开车出去，下车时我将背包留在了车内，走出几百米后，才突然想起护照来，于是便急着回去取。这时，我先生说了一句在他看来是安慰我，而在我看来却是刺伤我的话。他说："你急什么？有谁会要一本中国护照？"

那个年代，中国护照在欧洲各国间的确可谓是寸步难行。我先生这样说也是出于事实，可是我听了真是难过和生气。我和他在马路上直接吵了一架，吵架的起因和焦点，就在于我对别人说一本中国护照是没有人会要的这样的话很生气。一本中国护照，在当时的欧洲并没有给我带来多少方便之处，但我仍深知它的重要意义——因为一个人无论走到哪里，都背负着"祖国"这两个字。祖国对我们海外华人来说很重要，祖国的分量就是我们华人在海外的分量，如果祖国不够强大，海外华人就只能忍受别人的漠视。

二、走向世界的中国人

很快，十多年过去，随着中国改革开放的逐步深入，中国人的生活也比想象中更迅速地改变着。这期间，我虽然很少能够回国亲历，但我看到外出旅游的中国人渐渐多了起来，不过那时候，中国人到国外旅游购物，还是以买冰箱、电视机、洗衣机等三大件居多。许多欧洲旅游公司的大巴司机们，都习惯了中国人将大物件搬上大巴运回国去的景象。对此，他们摇头，他们惊讶，他们把这当作新闻般说给我们这些海外华人们听。而我们在听的同时，却也惊讶同胞们竟有能力到国外来买电器了。

那时是 20 世纪 90 年代中期，我在华人开的电脑行里工作。中国的改革开放之路虽然已经走了近二十年，但在计算机技术方面，日本人遥遥领先。德国的杜塞尔多夫遍布日本人开的电脑行。而这种现象，只维持了不到十年，随着改革开放又向纵深迈进，大批日本厂商将工厂迁往了中国，紧随其后的是越来越多的欧美厂商也纷纷开始在中国投资建厂。到了 2000 年的时候，我在欧洲的各个商场里，已经看到中国制造的电子产品多得铺天盖地。

从我亲历的变化而言，回国带给亲戚朋友的礼品，20 世纪 90 年代初期是德国的自行车阀门，到 2000 年前后是德国刀具。再到 2010 年之后，发现很多国外名牌产品，在国内都可以买到了。姐姐对我说："你以后回来什么也不用带，国内什么都买得到。"这种变化之快，是无人能够预想到的。

如今，中国人出国已经不再买大件电器了，而是开始买名牌手表和皮包。导游们最喜欢接的就是中国的团，因为中国人出来就是买名牌。一时间，导游成了赚钱最多的职业了。在法兰克福市中心的大街上，似乎每个名牌店都雇用了至少一位华人员工，他们等待着中国人的光临，期待着中国人的大买特买。这一切的背后，说明了什么？说明中国的经济飞速发展了，中国人的财富极大增加了，中国人的消费水平和能力都提升了。

曾经被西方国家所漠视的中国人，依靠改革开放政策走出了发展的困境，并且活出了光彩——当希腊宣布破产的时候，是中国人买下了他们的一个港口；当德国的法兰克福哈恩机场陷入困境的时候，也是中国人出来说要买。2016 年 7 月 3 日，德国之声中文网有篇报道，说的是 2007 年中国商人庞玉良以 3000 万欧元的现金并追加 7000 万欧元投资的条件，买下了德国北方什未林市（Schwerin）的一座旧军用机场。此举不仅引起了德国媒体的广泛关注，甚至有一个名叫埃伯莱因（Stefan Eberlein）的导演历时七年跟踪拍摄了一部纪录片。这一切都说明了什么？说明中国人不仅沿着改革开放的道路走到了西方的舞台上，更在目前"一带一路"倡议的推动下，在世界范围内成了一个备受关注的角儿。

三、以身为中国人而自豪

我 2017 年回国了一趟，走过中国一些三线城市时，我所看到的景观，处处都是既先进又现代化。中国人的吃、穿、住、行，再无一样是落后于欧美的，甚至在某些方面更为便利。比如手机的利用率和微信、支付宝的功能，都大大超过了欧美的步伐。尤其是进入数字化时代之后，中国更是在这个领域突飞猛进。就拿回国选择航空公司来说，之前我们都是选择德国汉莎航空的，有一次我独自带孩子回国时，因为票价便宜选择了一次东航。之后，我和孩子们就拒绝再坐汉莎。为什么呢？因为汉莎的设备与东航相比，显得太陈旧了。

当东航已经在每个座位的靠背上都嵌入一个单独的小屏幕，可以让乘客自由选择听音乐、读书、看电影、玩游戏或购物时，汉莎还只是在机舱里设置了几个悬挂式的、好几排人共享的屏幕，那是机长放什么片子，大家就只能统一看什么片子的系统。没隔两年，我们再次坐东航时，发现小屏幕下又多了一个可以给手机充电的插口。这种贴心的设计和更新的速度，令人叹服。

前段时间，我又从新闻里看到，以后乘坐东航的航班，手机在开启飞行模式的情况下可以全程使用了，这说明飞机本身的设备又有了进一步的更新。而同时期，我在欧洲境内又有了一次坐汉莎的经历，在汉莎的飞行阅读杂志上，看到汉莎还在为把报刊栏放在哪里进行改革。在今天这样一个数字化时代，我从航空公司这一个小小的窗口，就深刻感受到中国在改革创新的力度和经济实力方面已经走在了许多西方国家的前头。

有意思的事还有，当我今天还用着苹果手机的时候，我先生已经先用起了华为手机。当我婆婆终于说想通了，也想学着用智能手机的时候，我先生在法兰克福的购物中心，主动为她选择并购买了一款新的华为手机。当我听见先生将华为手机交给他的母亲，并对她说"这个手机是中国人做的，很不错的"的时候，我的内心甭提有多开心了。身边这些不经意的变化，让我们这些海外华人在面对西方人时，很自然地挺起胸、抬起头来。我是真心为祖国在改革开放下所实现的飞越而感到骄傲，为自己身为一个中国人而感到自豪。

在欧洲街头的那一场因"有谁会要一本中国护照"而引发的争吵所生的愤懑，此时此刻，已被欧洲人接受中国高端电子产品的骄傲横扫一空。我感谢祖国改革开放一路走来的四十年，这四十年走出了中国人的成功之道和胜利之道，这条道路证明了社会主义国家也能够建设高度发达的市场经济体系。甚至在世界经济危机波及中国的时候，社会主义制度发挥了体制机制的优势，将中国在全球经济危机中保护和托举起来。

"锦江春色来天地，玉垒浮云变古今。"中国的改革开放走的是一条适合中国人自己的路，也是经过实践、对比和成果证明的正确的道路。改革开放的政策，促使中华民族迅速复兴，实现腾飞，走向和谐、繁荣、富强。我作为中华儿女的一员，为中国人民在这改革开放四十年里创造的伟大奇迹而喝彩，更为我的祖国的辉煌成就感到鼓舞和自豪。

陈俊

◎笔名秋尘，1965 年出生，祖籍江苏南京，现居美国旧金山。 1987 年获南京大学学士学位，1991 年获加拿大滑铁卢大学硕士学位，2010 年获北京师范大学现当代文学博士学位。 现供职于旧金山市政府，从事计算机项目的管理工作，业余爱好文学创作。自 2003 年起发表文学作品，著有长篇小说《时差》《九味归一》《酒和雪茄》《青青子衿》。 小说等作品散见于《钟山》《当代》《小说月报》《北京文学》等。

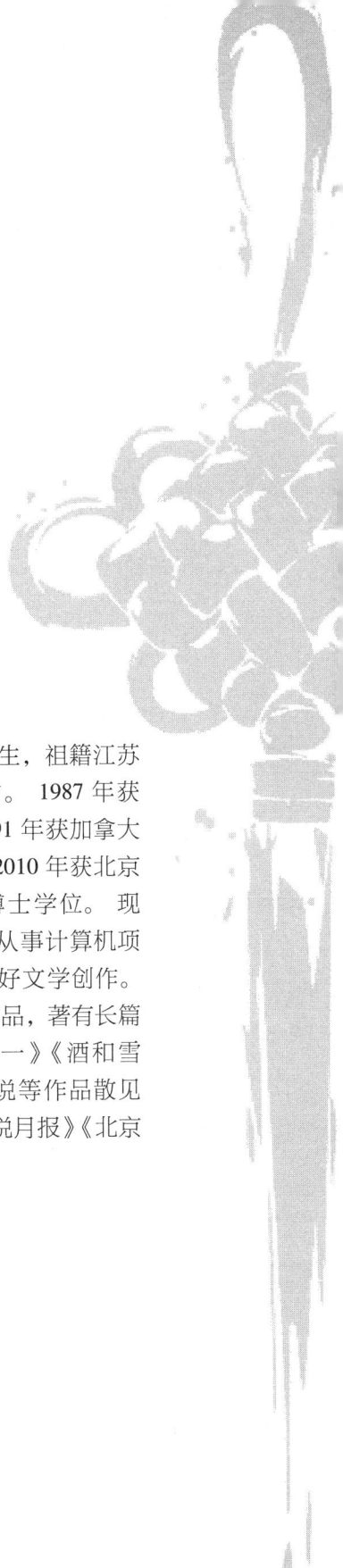

高铁纪行

2015 年国庆节，适逢北京到青岛的高铁通车，我乘坐高铁回山东看望公公婆婆。说实话，我对中国铁路的记忆仍停留在上世纪 80年代，拥挤喧闹的站台，狭窄逼仄的车厢，走走停停的列车，坐火车简直如经受磨难。令我没想到的是，改革开放四十年后的今天，中国高铁的速度和准点率让美国人都望尘莫及，这个中国的"新四大发明"之一，正引领着祖国这艘巨轮跑出中国"加速度"，跑出中国人的自豪与自信。

一、令人不安的两分钟

孔子说，父母在，不远游。可对我而言，父母在，必远游。自1988 年出国后，我每年都要请上个把月的假回国探亲，不仅要看望住在北京的父母，还要看望安居山东的公公婆婆。这次我没有选择坐飞机，而是饶有兴致地体验了一回刚刚开通的高铁，那让我的美国同事们深感震惊的"中国高铁"。

出国二十余年，不敢说已经周游列国，可欧洲著名的"欧洲之星"列车和日本遐迩闻名的"新干线"都坐过。中国高铁的速度当然没话说，但最让我惊叹的倒是另外两点。第一是进站和离站时间的准确，准确到让我觉得开车的不是人，而是钟表；第二是每个站点停靠时间之短暂，往往只有一两分钟，快到简直不像是让旅客上车下车，而是在军训整队一般。当我知道从青岛到北京的高铁在莱阳只停靠两分钟时，立刻坐立不安起来，心想在短短的一百二十秒内，所有上下车乘客都要就绪，这在欧洲、日本可能并不算一件难事，毕竟在那里，乘坐欧洲之星、新干线已经成了人们习以为常的事了。可乘高铁的中国人，恐怕大多还是大包小包、大袋小袋地背着、扛着、拎着、抱着，也许还是拖家带口的。只给一百二十秒的上下车时间，简直强人所难嘛。

上世纪80年代，改革开放的初期，我正在南京上大学，在北京和南京之间乘火车往返穿梭过几年。记得其间的十几个站点，即便是小站，停靠时间也不止两分钟，要是大站，十分八分甚至一刻钟也是常有的。那时候年轻，坐趟火车是件令人兴奋的事情。记得每到一个站点，即便停靠时间很短，我也要打开窗玻璃伸出头去，和下面吆喝着的小商贩讨价还价买点好吃的；如果停靠时间够长，那就一定得下车去，把站台上每个小摊的货柜都逛上几遍，直到听见开车的警告铃声，才慌不择路，抱着大包小包的土特产返回车上。德州扒鸡和天津大麻花是那时候我顶爱买的。那个年月的中国，物流不像今天这么发达，记得我还常常会多买一些，要么是受人之托，要么用来送给亲戚老师和同学朋友。当年这种乘坐火车时总爱凑一份热闹、置一套礼品的体验，一直深深印刻在我的记忆里。

时代在飞速变化，记忆与现实必然是有差距的。等我站在了莱阳高铁的站台上时，我恍惚了起来。站内干净整洁，站台上一排排一列列的，是井然有序等着上车的乘客。送行的人们已经被阻隔在站台之外，见不到以前亲人们依依惜别、涕泪相送的场面了，更别提什么小商小贩了。不过，有一点还是如我所料，等候上车的旅客们仍旧是大包小包、肩背手提的。望着身前身后起码有三四十人的一字长龙，我真的狐疑起来，要在两分钟内完成上车下车，恐怕会挤破头的。

可能与我有同样顾虑的人不在少数，当漂亮的子弹头"唰"的一声进站停住，一字长龙阵就行动了起来，迅速前移。我被裹挟着，"不经意"间就入了车。后来才意识到，这"不经意"是因为站台和高铁的上车踏板是在同一高度上，所以当人和行李箱从站台进入车厢时，如履平地，并不用像以前上火车那样，得把行李费劲地提起来拉上去。我刚拐进了车厢，就看见头顶上醒目的"大件行李存放处"标识牌，见上层行李架已经摆满，我便把两件行李直接推入下层的格子里。等我放好行李回头观望，身后的一字长龙已经杳然无踪了。四顾一下，车厢里已是人头攒动，看来因为廊道设计够宽，即便我停下放置行李，也并未影响后面的旅客进入车厢。正思量着，车厢猛然一晃，列车便开动了起来，很快速度就提了上去，车厢反倒愈发平稳了。我这才去找了自己的座位，坐下来，长舒一口气，一丝欣慰，一声叹服，一点纳闷。欣慰的是，显然我之前的担心是多余的；叹服的是，这短短的两分钟真是太有效率了；纳闷的是，怎么自己每年都回国来的，却还是不知不觉地变成了刘姥姥。

二、高铁业务一条龙

车厢里是喧嚣的。我坐在车窗前，深情地看着这熟悉又陌生的齐鲁大地。生活在国外二十多年了，真的很难得沉浸在这样火热的亲情和同胞的喧闹之中。总觉得每年回国度假时间太短，便格外珍惜，除了陪父母亲人时窝在家中，其他时间会尽量安排出门走走、四处逛逛，乐得做个眼观六路、耳听八方的行者和看客。潜意识里，也许怕自己和祖国渐行渐远，尽管心知肚明，双脚一踏出家门，定是两只眼睛不够用，两个耳朵不管用，一张嘴巴不会用，见啥啥稀奇，听啥啥陌生，说啥啥不对路，免不了做了刘姥姥，可心里却是美美的，一路的风景，一程的见闻，都那么地新鲜有趣，熟悉而又陌生，真实而又梦幻，令我心生爱意。我望着疾驰后退的风景，想象着自己身处的这列白色"子弹头"在苍茫大地上飞速划过的情景，思绪渐渐蔓延开去……

那是在 2010 年，我在旧金山市政府交通署工作，代表技术部门参加一个公共交通领域的国际会议。那次会议的主题发言，是关于美国建高铁的议题，发言者是美国铁道部的一位高级官员。刚一上台，他就问在座的听众们，相信 2020 年美国将有高铁的请举手。我环顾一周，举手的人寥寥无几。他不甘心，又问了一遍，还像赶牲口似的不断地吆喝着，这次多了几只手。官员最终无奈地摇着头说，大概也就 10%，现在是越来越少的人相信美国会有高铁了。接着他话锋一转："希望我的报告完毕之后，会有更多的人相信，到了 2020 年，美国将有自己的高铁。"

我是不太相信美国会有高铁的。原因说来也很简单，美国虽然幅员辽阔，但缺少我们中国这样稠密的人口。对于建高铁而言，一方面，幅员辽阔意味着高昂的造价；另一方面，人口不足又意味着乘客稀缺造成的低回报率。一向"钱"字当头、"利"字铭心的美国人怎么会傻到去建高铁呢？

可凭良心说，那官员的报告做得挺好，有理有据，还颇具煽动性。他说日本在 1964 年就有了高铁，中国台湾地区跟着有了高铁，韩国继而有了高铁，欧洲也有高铁，举目望去，只有美国没有高铁了。当世界各地的人们都在为环保、为低碳做贡献的时候，美国却还是汽车汽油的文化。谁会相信，美国——世界上最富有的国家，竟然没有高铁！

坐在听众席上的我，本来只打算卖个耳朵的，却没想到这位一头白发的官员慷慨激昂的发言真的打动了我。我惊讶地发现，一直自我感觉超好的美国人居然得了一种挥之不去的高铁焦虑症。

摆完了事实，那位官员又斩钉截铁地告诉我们，美国没有高铁不是因为没有钱。人家丹麦没钱，不是也有了高铁吗？美国没有高铁，是因为美国人更相信汽车文化、公路文化，从很多年以前，美国人就不相信铁路文化了！接着，他又阐述了铁路是多么美好而又安全的交通方式，结论就是：高铁的技术是过硬的，开通高铁是赚钱的，是势在必行的。

最令人振奋的当然不是他的这些口号，而是他公布的行动实施计划。根据他的介绍，美国铁道部已在计划建三条高铁，一条在东部，从波士顿到国府华盛顿，一条在佛罗里达，还有一条就是穿越我所在的加州。高铁如果建成，意味着从旧金山到洛杉矶只要两个小时！如此说来，那时去洛杉矶看朋友，简直就和去趟南湾硅谷差不多了。

这位铁道部官员把最振聋发聩的消息放在了最后，他说，美国建这三条高铁的费用太高了，我们美国是没有这笔钱的。不过，中国政府和日本政府已经都向我们打了保票说，不用担心，你们美国的高铁，将由我们投资帮助你们建！

当时的我，舌头一下子就打起了结来。啥？啥呀？这才三十年，怎么就天翻地覆了？我的祖国，啥时候有这个实力做美国的债主了呢？

我后来离开了市政府交通署，自然也没有再关注美国高铁的发展情况。不过，几年之后，我当年的一位同事突然打来一通电话，在电话里大叫："现在中国太可怕了！"原来，几天前她接待了一个来竞标的中国高铁代表团，结果她惊异地发现中国人的项目企划既快又便宜，他们差一点儿就把项目给了中国。后来没有给，是因为中国代表团把高铁建成后的日常管理和维护也打包进了企划书。

"这也太不可思议了吧？没想到中国已经把高铁业务做成了一条龙的配套服务。"我听后也感叹不已。

是啊，祖国的高铁、祖国的速度，已经令世界震惊了。改革开放四十年，中国创造了人类发展史上的奇迹，从一个人均收入很低的发展中国家，发展成为全球第二大经济体，这是一个非常巨大的跨越。我们这些身居海外的侨胞们与祖国血脉相连，祖国日益富强，给我们带来了安全感和自豪感。

三、怎么这么快呢

列车飞驰着，转眼就到天津站了，以前明明要走几个小时的路程，现在缩短到了几十分钟，高铁再次刷新了我对"快"的认知。

天津是个大站，到站后，车厢里马上变得熙熙攘攘起来。

"麻烦你帮我把箱子拿下来好吗？"一个女孩的声音吸引了我的目光。只见一个个头并不算高，看上去像个高中生的小伙子，正从头顶的行李架上摘下一朵"白云"——那个女孩的箱子，轻轻放在过道上。女孩谢了，小伙子像没听见，酷酷地看着窗外的远方发呆。多么熟悉的场景！我的思绪一下子就回到了来时从北京开往烟台的那趟高铁上……

"麻烦帮我放一下箱子。"一位长发飘飘、皮肤白净的女孩站在我身旁，对一个男孩说。男孩二话不说，便把一个枣红色的箱子举了起来。女孩娇娇地说了声"谢谢"，在我身边的座位上坐下，拿出了最新款的大屏幕华为手机，捣鼓了几下，屏幕便开始上演起俊男美女云集的《琅琊榜》来。

我与女孩交谈了一会儿，熟悉了，她告诉我，她去青岛找男朋友。他是她的师兄，她一进大学就和男孩恋爱了。男孩毕业，回家乡青岛创业。她今年也毕业了，准备去男孩的公司里做销售。她告诉我，她是独生子女，以后她会在青岛和张家口之间，丈夫和父母之间往来——像我一样，只不过，我是在太平洋的两岸穿梭。

她的家乡张家口这些年正在发生巨大的变化。高楼升了起来，高铁建了过去，旅游业迅速发展，外来人口急速增长。是啊，交通一旦方便了，想不发展都难。

"你说，怎么会变化这么快呢？"她看着我，十分认真的样子。

是啊！变化怎么这么快呢？我每次回国都有这样的感受。我们的祖国正处在一个前所未有的飞速发展时代，像高铁这样的交通设施不断地完善，城市和农村的面貌焕然一新，家家户户的生活条件相比以前提高了不少，很多同胞走出国门去经商、旅游、读书深造，中国人如今的消费水平和购买力也闻名全球……

说到中国人的购买力，真可谓，惜欧洲北美，略输风采，韩国日本，稍逊风骚，引无数西洋商贾竞折腰。我每次回国，亲朋好友要的多是美国的保健品：深海鱼油、鲨鱼软骨粉、蜂胶、海参。我又回想起公公床头柜上自己炮制的养生药酒，每日早晚各一小盅，这日子，过得那叫一个赛神仙呀。想到这儿，婆婆的声音又在耳畔回响起来：现在的日子真是最好的日子了，不愁吃不愁穿，子女都忙活着自己的事业，不用我们操心了，孙子们也都成长得不错。我们现在是想吃什么吃什么，想干什么干什么。真是以前做梦也没想到的好日子，如今天天都在过着。

回家探亲的这段日子，我就真真切切过着这样的好日子。每一顿都一定得吃得饱饱的，喝得足足的，不然老人家会不高兴。殊不知，如今的我，对"吃"已经开始有了"怕"觉。物质极大丰富了，怕的不再是吃不饱，而总是怕吃得太多。可是，回了家却不能不吃，尤其是那些平日在国外难得见到的土特产：莱阳梨、黄米糕、糯玉米、毛栗子、山红枣、落花生、炸蚕蛹、炸蝎子、海螃蟹、海蛎子、海虹、海蚬、海参、海蛏子……这些山珍海味，一定都是最新鲜、质量最好的，这都是公公婆婆下了劲儿四处搜罗来的。每一顿的饭桌上，为了让我吃，他们简直跟逼供似的，甜言蜜语，软硬兼施，吃得东西不到嗓子眼儿，这顿饭就不能算吃完。到了临走时，依依不舍的我，在两位老人的面前早已惭愧不已，因为除了做一个听话的吃货饭桶，似乎没有什么可以贡献的。一路这么想着，不知不觉已经到了北京站。人声鼎沸中，我跟着人流往外走，看着通道两侧挂着的祖国各地的山水风景画，我知道，那都是高铁已经抵达的地方。今天的中国高铁，已经可以带着我们穿越祖国大江南北，跨过高山大海，驰骋雪域高原。真希望在不远的明天，中国制造的高铁更会将我们带去世界各国，带到地球上无数个令人神往的地方。

走出车站，站在高楼林立、车水马龙的首都街头，我也陷入了深深的思考：是什么推动着今天发生在中国、发生在同胞身边的巨大变化？我想，一切源于四十年前启动的改革开放。我旅居美国多年，是中国改革开放的见证者，我看到我的祖国和同胞们解放思想，敢于拥抱世界、拥抱变化。我也看到他们努力拼搏的身影，建成了世界上最大的高速公路网、高铁运营网和移动宽带网，形成了世界上人口最多的中等收入群体，成了世界经济稳定复苏的重要引擎，我为这所有的改变感到振奋和自豪。

◎倪娜，1963 年出生于黑龙江，2002 年定居德国柏林。 记者、欧华作家协会会员、文心社德国分社副社长、国际中文记者联合会副秘书长、世界华文大众传播媒体协会常任理事，曾任德国《华商报》记者、《德华世界报》主编。 作品散见于海内外报刊，曾获多项文学奖，代表作长篇小说《一步之遥》。

倪娜

从追梦到拾梦的四十年

　　改革开放的列车从 1978 年启程，一晃已驶入第四十个年头了。我从东北小城出发有幸搭乘上这列长途列车，从一个懵懂的中学生到省城的大学生，再到首都北京大报的记者，再到中德文化传播的使者——德籍华裔记者、作家、诗人，可谓我人生事业浓妆重彩的三级跳，也是从追梦到拾梦的过程。我十分感恩、庆幸赶上了好时代，成为改革开放的幸运儿、惠及者、亲历者、见证人。四十年改革开放带来家国翻天覆地的巨变，而我的人生路与改革开放如影随形。回首过去的四十年光阴，它似乎距离我并不遥远，至今时常在梦里徜徉。

一、扎根脑海的"对内改革、对外开放"

　　四十多年前，我是一名市重点中学的学生。1976 年，我正读初一，"四人帮"被粉碎，是中国历史大转折的开始，可以说也是我们每一个中国人命运的转折点。1977 年，因"文革"中断十年的高考制度得以恢复，千千万万中国青年欢欣雀跃。据说当年就有 570 多万人参加了考试。虽然按当时的办学条件，只录取了 20 多万人，但是它却激励了成千上万的人重新拿起书本，用知识改变自己的命运。而我也不例外，从此发愤图强，立志考上大学，到外边看世界。初三那年，党的十一届三中全会召开，中央发出的"对内改革、对外开放"的声音响彻大江南北。

　　之后的高中三年，我日夜勤学苦读。改革开放是政治科目的一大主题，"对内改革、对外开放"如"举头望明月，低头思故乡"一样背得滚瓜烂熟，虽然当时并不能深刻领会它的意义，但一种与前十年完全不同的理念深深扎根在脑海中，成为一代人的文化基因。

我很幸运，最终梦想成真，从边远小城来到省城，踏进了大学的校门，也成了家族的骄傲。度过大学难忘的四年光阴后，我没有被分配回家乡，而是落户于松花江畔一座美丽的城市，在省直企业里搞职工教育培训。因为我在文字方面的爱好和特长，后因工作需要我被调到企业党委宣传部，负责宣传报道工作。改革开放之初的企业一线涌现出了许多新生事物、好人好事，也取得了前所未有的业绩，为了激励更多的人，我需要及时地把这些情况报道出来。记得那时儿子还在襁褓之中，我经常白天深入基层工地前线采访，常错过给孩子喂奶的时间；晚上疲惫地回到家，还要把孩子哄睡了后，熬夜在被窝里写稿到天明。那一年我有幸加入当地作协，成为最年轻的会员，时常参加市里组织的采风活动。这些经历为日后到报社当记者打下了良好的采写基础。

1992年邓小平的南方谈话掀起了改革的新一轮高潮。一时间各行各业人人跃跃欲试，纷纷下海经商，砸掉旧的"铁饭碗"，凭本事自谋"金饭碗"。喧嚣之中，我的人生梦想再次被点燃。1995年，我毅然辞去了企业宣传部部长一职，跑到当地的报社当了一名小记者。那时报社也开始自主经营，自负盈亏，自筹资金办报养报。我开始跑民营企业，风风火火干了一年，一年后获得了中级记者职称，被提拔为记者部主任。

1998年的秋季，为了在更大的舞台上实现自己的梦想，已为八岁孩子娘的我来到北京，甘为庞大"北漂"族的一员。一个多月跑遍北京各大招聘会，最后通过考试，竟然撞进了国务院发展研究中心下属的一家报社，成为当时中国热门的经济大报的一名记者。那时我把刚上小学的儿子托给老爸照顾，每天早起晚归。我几乎跑遍了全国的酒行业，写了很多知名酒厂的报道。后来，我采写专栏，报道的对象扩展至中国知名民企和企业家，为此也几乎跑遍了全国的知名民企。那几年的奔波辛苦一言难尽，但改革开放带来的中小企业的崛起和繁荣、许许多多优秀企业家的奋发精神深深感染着我，用笔墨记录一个伟大时代，这种自豪感、成就感掩盖了奔波之苦，也使我始终保持着奋斗的激情。两年后，作为记者的我靠着积蓄和贷款，在北京郊区买下了私有住房。现在想起来，很多不可思议的事情，那时我都做到了：把儿子接到北京上了小学，把老家的父母也接到了北京，买了自己的住房。几个妹妹也通过考学、工作等陆续来到北京，一大家子人又会集在一起，在北京开始新的生活。

二、远行的脚步，记忆的寻找

中国人的日子好起来了，家里也有余钱了，走出去看看大千世界是很多人的理想。我的日子过得风生水起，似乎越来越好的时候，一个偶然的机会让我走出了国门。在一次海外采访活动中，命运又再一次地垂青于我，我认识了现在的先生。2002 年 10 月，我不远万里来到德国柏林定居，又开始了新的生活、学习、工作，这期间家里姐妹四个如我一样，先后留学来到海外定居。如果没有改革开放，就不会有我们的今天，这一切的飞速变化，着实令人难以想象。

就因漂洋过海，定居海外，乡愁让我经常游走在回家的路上，使我更加深切地感受到改革开放以后祖国的巨大发展和翻天覆地的变化。从祖国的方方面面都能看到改革开放的成果：老家的旧式住宅消失不见，现代化的高楼大厦越盖越高，泥泞的道路已被拓宽翻修。以前人们出行以步行或骑自行车为主，如今开私家车上下班已很普遍，出远门可以坐方便快捷的高铁。城市的广场和公园里，时髦大妈、大爷跳广场舞更是一道亮丽的文化生活风景线。

尤其互联网等的普及，大大改变了人们的日常生活。电子支付工具如支付宝、微信等的创新和应用已超过欧美国家，共享单车、淘宝网、滴滴打车等等服务于民、惠及于民，老百姓的购物出行更加便捷，社会医疗保障也逐渐与国际接轨。"中国制造"世界不可或缺，中国经济的高速发展和繁荣让海外的华人备感骄傲和自豪，有祖国做坚强的后盾，我们的心是踏实的。

过去的一幕幕记忆犹新：60年代的中国物资极度贫乏时，我们像贪吃的小鹰，嗷嗷待哺。那时中国人的日子过得实在艰难，全国各地城镇居民凭票证限量购买粮食、副食及日用品，比如米、面、油、肉、肥皂、布等。除此之外的消费品几乎都是自家产的或自己手工制作的。我的父母是教师，为了养活我们姐妹四个，在家门口不远的一块高坡上，以愚公移山的毅力硬是开辟出一块菜地。在地垄沟里长大的我们，早早地就扛起了生活的重担，不仅学会了播种、翻地、施肥、收割，还学会了养鸡养鸭、挑水劈柴、洗衣做饭。那时候没有自来水，我们挑着沉重的铁桶要走很远的路去担水，用大斧子劈柴、砸煤，用煤块、柈子生炉子做饭，用火炕、火墙取暖和烘干衣物。棉衣、棉裤都是自家手工缝制，毛衣、手套、袜子也都是妇女们在干农活之余动手针织。出行无论多远，都是靠步行，一天的时间花在路上也是常事。后来，家里的生活条件好了一些，有了自行车，父亲的自行车上常常坐满我们姐妹四个。

艰难的岁月使我们学会了生活的本领和技能，也更懂得美好生活的来之不易。每逢佳节倍思亲，身在海外的我，尤其怀念在东北老家生活好些了后过年的场景：不大的炕桌被各色菜肴摆得满满的，有平时吃不到的猪肉、鸡肉和鱼肉；每个孩子都有件儿新衣裳，有双新鞋穿，还有压岁钱，后来有了电视机还盼着看春晚。出国以后，过年竟没有了当年的味道。过去只有在过年时才能实现的愿望，现在大家平时就能实现，甚至周游世界也不再是什么稀奇事喽！

三、双语切换的燕子

　　我是一簇/断了根的植物/从母语大地被连根拔起/漂泊远方的异乡/乡愁煎熬孤寂心痛/汉诗疗伤让我精神存活

　　我是一条/离不开水的鱼/从汉语的水域里/练就呼吸吐故纳新/万里水路逆流而上/汉诗滋润让我舒展鲜活

　　我是一只/双语切换的燕子/身上流淌华夏的血液/中华汉诗通往家乡的路/传统文化传播的使者/回报路上有我东西呢喃

　　我曾经是个文学青年，以读万卷书、行万里路为人生之乐。漂泊海外，写作让我少了寂寞多了思考，才知道什么是自己想做的和能够做到的。因为拥有特定的经历、经验和中德文化的资源，我开始尝试用文字表达内心诉求，直抒胸臆，疏解我的思亲想家之情；母语写作是通往家乡的路和记忆的寻找，过去的敏感、寂寞倒成为我得天独厚的资源，焕发了当年文学青年的创作热情，在这片陌生的土地上找回了自尊和存在的价值。在中西文化的双重熏陶下，我看待世界和问题的角度在改变，这也让我的家国情思更加深沉。

　　时光煮酒，岁月渐稠。受记者职业敏感和工作职责的驱使，再加上对异域历史、文化以及周边的人和事充满强烈的好奇，我产生了强烈的表达欲望，期望让更多的中国人了解、认识真实的欧洲和德国。2011年2月，我首次在《欧华导报》上一版头条位置发表了《面对灾难的思考》，从此，我像个拾梦人，把海外旅居生活、一路走来的经历和感受，以及异乡见闻分享给中文读者，分享给同胞。我如穿行在东西方路上的燕子，在回家的路上不知疲倦，呢喃不止，搭就一条中德文化传播之桥，成为中德文化交流的使者，因此我给自己起个笔名为"呢喃"。

远离祖国，不自觉地会更加关注祖国的变化和发展。海外文学作家网络等媒体使我有了发表心声的平台。写作成为我生活中不可或缺的一个部分。客居、边缘生存也是一种人生，浸染在多元文化中，让我能客观地思考和冷静地反思，对比研究地域文化现象。

我的一部长篇小说《一步之遥》关注的是改革开放以后，走出国门的海外华人的生存状态。故事的女主角羽然在改革开放的大背景下，个人命运发生了令人难以想象的变化：羽然从小发奋读书，从大西北的贫穷山区考上了北京大学，之后成为"北漂"一族。婚姻不幸，却又让她遇上了来中国洽谈合作的德国高级白领阿雷克斯。羽然为了爱情，义无反顾地来到了德国柏林，开始了异乡漂泊的生活。他们的爱情又经历了酸甜苦辣咸的考验……

在这部小说中，我力图展示立体真实的德国社会和华人生活，也想借此给国内的读者诠释中德之间文化的差异。

史铁生说过，活着不是为了写作，而写作是为了活着。来到德国十几载，我先是自由撰稿人、德国《华商报》记者，后来成为《德华世界报》的主编。小说《一步之遥》就是一边写作，一边在德国《华商报》和《德华世界报》上连载而最终成书的。一路走来，记者、作家的重担一肩挑，流下了许多汗水，也留下许多启发和反思。探讨写什么、如何写，一直是相伴我的功课。

讲好中国故事，传播好中国声音，是海外华文写作者的使命和担当。回顾在德国写作的十六年，关注祖国的改革开放、诠释中德文化的不同是我多部作品的主题。我愿继续做一名燕子，孜孜不倦地搭建中德文化之桥。

四十年的光阴于人的一生而言，分量是很重的。我从豆蔻芳华时起不停歇地追逐人生梦想，把很多原本觉得不可能的事情变成了可能；到如今，在海外生活了十六载，我成为一个幸福的拾梦者，用笔端的温暖联通东方和西方。这就是改革开放四十年赋予我人生的神奇魔力。

1978年上初中时四姐妹合影

上大学时拍摄的全家福

◎1971 年出生于湖南，祖籍海南。 1988 年随父母返琼定居，1998 年赴美留学，攻读 MBA（工商管理硕士），毕业后在美就业、定居，现居于美国加州硅谷一带。 在国内曾从事外贸及工厂管理，在美从事软件行业产品开发和运营管理，曾先后任产品分析师、产品经理及运营总监。

唐文琼

闯海人

　　一直以来，我以为奶奶不过是海南乡下一个普通得不能再普通的老太太：瘦弱的她总是穿着深色的中式立领偏襟上衣和完全没有款型的肥大裤子，头发盘成髻，整齐地梳在后面。唯一让我吃惊的是，这样一个典型的海南女人，在当年重男轻女颇严重的海南乡下竟然掌握着我们这个家族的话语权，而在当地颇有些名望的爷爷反而被她的光芒掩盖。

　　我第一次见到奶奶是 1974 年我第一次返回海南老家时。

　　20 世纪 70 年代的海南还较为落后，而父亲他们这一辈读书人在中学念书时的口号就是"闯过琼州海峡"。我父亲当年成功考上了湖南的大学，大学毕业后因成绩优异而得以在当地成家立业，扎下根来。说是落叶扎根，其实也是两个在大学校园里相识、相知、相爱的"黑五类"子女抱团取暖，相互扶持着共渡难关。父母两人薪资微薄，每个月的收入掰着用后，所剩无几。母亲在酒厂里做技术员，跟工人们抢着做脏活、重活。父亲是学校里的老师，为了贴补家用，挖空心思赚外快，为了争取给补习班上课的机会，他主动提出先不要报酬，终于如愿以偿成为补习班的老师。父母除了殚精竭虑地想法子保住现有的工作，下了班还要一个学裁缝制衣，一个学修锁、修单车，随时准备着失业后能靠手艺混口饭吃。

　　所以那时候返琼探亲对于父母来说是一次艰难的抉择：微薄的积蓄寄回家也许能派上大用场，若用作从湖南回海南农村的路费，也就消耗殆尽了。前途茫茫，老家的亲人们也在苦苦挣扎：两个叔叔因为贫穷尚未婚娶，只能将两个姑姑嫁给有姐妹的男方，用换亲的方式娶来了两个婶婶；其中一位姑姑有了意中人，以死抗争，也没能逃脱命运的安排。

很多年后，母亲在背地里还跟我嘀咕："真不知道你奶奶当年是怎么想的……"

返乡的事最后也是奶奶拍板：不寄钱了……回来吧，总得见最后一面。

回乡的旅程是狼狈不堪的，然而我还小，幼小的心灵里记录的都是光鲜的一面：每个人都很热情，虽然我和哥哥完全不懂海南话，家乡亲人们的普通话也很成问题，但每个人都用最诚挚的笑容和反复的拉手来表达发自内心的亲热。奶奶总是慈爱地看着我们，有一天还给我们端上了小小一截白肉，我一口咬下去，顿觉口齿留香，那份鲜美令我至今难忘——我记得那似乎是龙虾肉，但也许是螃蟹腿，这个谜团我始终没有解开。姑姑们回到家与我们短暂寒暄后就陪着奶奶在厨房里忙碌：日子好或是不好，都是生儿育女、操持农务与家务；不管心里有没有怨，都被无情的现实裹挟着向前而行。

老家祖屋的门口有一条小河，当时河水很清澈，父亲带着我们在里面游泳，指着远处的青山向我们炫耀："这才是明山秀水啊！"一不经意，哥哥从河旁的岩石上一跃而下，溅起一池水花，把我呛得直咳，这样讨打的壮举父亲也一笑了之。老家，在我的心目中，是一个宁静、祥和，有美食，充满了笑脸的净土。

奶奶口中的"见最后一面"当然没有成为最后一次：随着1978年改革开放政策的实施，尊重知识分子成了当时社会崇尚的风气，父母的工作越来越顺心，我们家的日子一天天地好了。奶奶还来了一趟湖南，我们全家人收拾得齐齐整整地拍了一张全家福。我们兄妹俩被父母鼓动着将过年的压岁钱全都贡献出来，家里也终于有了一台9英寸的黑白电视机。每天上完晚自习，我就飞奔着回家，指望能看上《射雕英雄传》的尾巴。回乡也不再变得艰难，每隔几年，一家人就打扮得体体面面地回老家去探亲。叔叔们来接送的交通工具从自行车变为小摩托，嘟嘟嘟地在乡间的田野里飞驰。他们敞开了新换上的白衬衣，衣襟在猎猎风中呼啦啦地飘摇着，而母亲喷了点摩丝、打理得好好的卷发却被狂野的风吹得蓬乱。一切都生机勃勃，充满了希望。爷爷奶奶搬离了破旧的祖屋，盖了一幢小平房，我们在遥远的老家有了属于自己的一个小房间。孩子们都不再向别的小伙伴炫耀他们的新屋了：家家户户都在盖房，体面些的把内墙都贴上了雪白的马赛克瓷板。姑奶奶家开了一家小小的冰棍厂，我们去探望她时，被热情地迎入了厂里，嘴里塞一根，手里再拿两根，那滋味，甭提多开心了！饭桌上的菜品丰富多样：奶奶煎炸的鸡蛋肉饼，爷爷用小火精炖的五花肉，姑姑们回来现做的糯米椰丝卷、花生糖……我们的回乡之旅是温暖的、香气四溢的。奶奶无疑是忙碌的，家里的大事小事都是她拿主意，迎来送往，安排家事，操持家务；爷爷经常是微微笑着，沉默寡言地看着我们。每天的午餐后，奶奶总会为他备上一份切好的苹果——这是他从小养成的餐后习惯，现在终于恢复了。夜深人静时，偶尔会有人来急切地敲门，不一会儿便见着手电筒的灯光摇晃着，和着奶奶压低的声音，远去了。我这才知道奶奶以前是镇医院的妇产科医生，因为技术好，退休后经常有人来请她做产科检查和接生，算得上当地颇有名气的一个产科专家了——当然这是我现在的说法，当年我想的是：哈，奶奶还是个接生婆啊！

1988 年是一个不寻常的年头：海南建省，成立经济特区，父亲和当年众多闯过了琼州海峡的老乡们怀着激动的心情纷纷返回了故乡。当时海口市中心一带到处都是从祖国各地来的大学生们。他们三五成群地聚在一起，倚在椰子树下，弹着吉他，吟唱着或忧伤或豪迈的歌曲；龙昆南路上尘土飞扬，菜地被填平了，马路被拓宽了。一个新的时代就在这片喧嚣中拉开了帷幕："十万人才下海南"，人们从内地蜂拥而至，有的揣着资金，更多的是赤手空拳却怀着火热的梦想和奋斗的激情。港台的商人们也接踵而至，他们雄心勃勃地巡视着这片处女地，小心翼翼、循序渐进地展开了他们的探险。我后来工作的公司便汇集了来自五湖四海的各色人物：大老板来自香港，有资金，有订单；小老板是第一拨"闯海人"，在银行、外贸单位摸爬滚打多年，有当地的资源。他们旗下两员大将是两口子，林业大学一毕业便风风火火地南下闯荡。丈夫一米八的大个子，猫在深山老林里为公司镇守木材厂；妻子是位典型的湖南美女，一头时髦卷发，被老板们派去农场的家具厂里做厂长。他们角色各异，境况迥异，却都是在时代的巨浪袭来时敢于纵身一跃的弄潮儿，联手在那个风云际会的年代画下了浓墨重彩的一笔。

然而处在一个时代变革漩涡中心的我们当时是懵懂而天真的：那一年我忐忑不安地踏上了去上海求学的旅程，而即将完成学业的哥哥豪情万丈地向我们宣告："你们放心，我以后会买车的，不是摩托车哦！"

这一迁于我们整个家族而言亦是非同寻常：我父亲的四个弟弟妹妹因为"文革"失学，困于乡下多年，这一回全家最有出息的老大终于作为急需人才回到了万象更新的省会，全家人都觉得有了顶梁柱。令人意想不到的是，当父亲与奶奶详谈是否帮助叔叔姑姑们时，奶奶做了一个令人惊异的决定：叔叔姑姑们靠他们自己发展，希望父亲全力培养好下一辈。

虽然有不满，家乡的亲人们最终接受了这个安排。而父亲也因此得以在职业生涯中保持廉洁的作风：他的四个弟弟妹妹，唯有大姑来父亲的学校做了一份临时工，叔叔们和小姑都留在了乡下，延续着他们往日的生活；而我们家族的十个孩子都十分争气，无一例外地考上了省会的中学，在大姑的悉心照料下健康成长。他们成人后或是在省会或是在内地安家落户，而叔叔姑姑们最后也靠着孩子们享了后福。

父亲在教师和校长的岗位上兢兢业业，为家乡培养了很多优秀的学生。父亲不但被评为特级教师，而且还是享受国务院政府特殊津贴的专家，多次被评为劳模。而随着父亲在行业内的名气越来越大，不少家长带着礼物来家里求父亲办事。而父亲始终坚守正道，秉公办事。我印象最深的是：一个与我们素昧平生的家长为了孩子的学业鼓足勇气敲开了我们家的门。父亲读了孩子的文章后不但破格收下了他，还替他减免了学费。感怀在心的家长一年后从乡下扛来了一捆他亲手劈好的干柴作为礼物送给父亲，以表达感谢之情，父亲破例收下了这份特殊的礼物。我当时看着厨房地板上的柴木，深深地为父亲感到骄傲：我父亲的爷爷曾是老家县城的教育局局长，爷爷是乡村学校的教务处处长，父亲的所作所为，从不曾辜负我们这个教育世家的清名。

这份坚持，满含着家乡亲人的理解和支持。而所有的光环，只集中在父亲一人的身上。

哥哥工作不久后就下海，随着他事业的兴旺发达，他当年要买车的豪言壮语也很快成为现实。

1998 年，我获得了赴美留学的机会，让奶奶深感欣慰。记得她同我坐在老屋灶房前的小板凳上，拉着我的手激动地说："我很开心，你替奶奶实现了梦想……"她说："我六十年前在广州读完了中学，准备去日本留学，手续都几乎办好了，结果……"六十年前是1938 年，日本大举侵华，国家处于危难之中，奶奶的留学梦也就破碎了。

赴美之前，年近八十的奶奶坚持要来广州给我送行。她阔别广州已整整六十年，当年在广州读书时，她寄居在亲戚家一栋两层楼的房子里，楼前有一个院子，如今，这座宅院还在。她带我上了楼，指着最边上的一个房间说："这是我当年的房间。"

房间很宽敞，窗外正对着一树芭蕉，这里是一个能令少女怀梦、憧憬未来的安乐窝。她人生的另一面此刻才在我眼前展开：即将留学日本的富家少女在战乱中回到了祖籍地，在当地开了一家妇产科诊所

——这在 20 世纪 30 年代的海南是多么的惊世骇俗；她嫁给了从广州银行辞职返乡的爷爷，生了五个孩子；海南解放后进了镇里的医院；"文革"中被划为"地主婆"；直到改革开放以后，才真正过上了安稳富足的生活……

命运于奶奶，真是喜怒无常。它在她的美梦即将成真的时刻将梦想捏为齑粉，并将她一生囿于一个偏僻贫穷的乡村里。而她穷其一生，与命运勉力周旋。

在她将我送上国际航班的那一刻，我想，她当年留学未成的遗憾终于弥补上了。

埋藏六十年的梦想，终于由我来实现了。此刻，她是欣慰的，我是骄傲的。

在我走了很远的路，看了很多的风景后，我对奶奶的敬意愈深。她去世时，我正怀着孩子，经历着美国高科技泡沫破灭后的经济大萧条和"9·11"恐怖事件的余波震荡：周遭很多的朋友失去了工作，无力支付房贷，失去了在美居留的合法身份；新毕业的校友在疯狂地发简历，母校的院长特意给校友们写了一封情深意长的邮件，恳请校友们竭尽全力来帮助这批倒霉的学弟学妹们。而正在经历着一轮又一轮的裁员和道别的我们在朝不保夕的焦虑中挣扎，充满了听天由命的无奈。奶奶逝去的消息令我难过，更令我怅惘。当年她拖着年迈的身体将我送到广州，当我们并肩站在曾承载着她少女梦想的那个房间的门前时，我们祖孙间完成了一份无言的交接：六十年前的那个无忧无虑的少女的生命在我的身上得到了延续，而我将带着她的梦想在异国他乡继续前行。

而我，是否实现了那份承诺？

人生，真是一个又一个的轮回。当我的孩子一天天地长大，当我为了他的前程而时常担忧、费心筹划时，我常常会想起奶奶的当年。无论时代的环境是逆是顺，我们的祖辈和父辈都选择了沉淀，选择了安心，尽最大的力量为下一代提供安宁的成长环境，使我们得以积累能成就我们一生的才能和人生智慧。当同为中国留学生的丈夫在兼职时得罪了公司里的某位副总裁，过关斩将争取来的位子眼见不保时，我给他讲了父亲的故事，他立即向公司表示："这个位子本就是实习工作的延续，我热爱这份工作，希望能有机会继续学习，我愿意放弃报酬，免费为公司效劳！"他的主管感动得几乎落泪，立即回复："你放心，我一定会竭尽全力为你争取！"

漂泊在海外的日子也总会和故国家乡发生奇妙的关联。有一天当我的一位领导将我叫到一旁，笑眯眯地问"我的哥哥想去中国做点生意，你有没有什么建议"时，我心里惊讶不已，但转念一想，这也很正常，公司最近强攻中国市场，已经签下好几张大单，大家的目光都在关注着中国：高层们在研究中国，布局在中国的销售网络，中低层的同事们也希望能搭上这趟顺风车，实现自己的职业理想。

不久之前，我的哥哥在中国热情地接待了我那位领导的哥哥，当我的领导向我道谢时，我温和地回答："所有的闯海人都是值得钦佩的。"

不知从何时起，来自故土的庇佑已延伸到千里之外。

再强悍的个人，若身处一个悲剧的时代，能做的也只有韬光养晦的隐忍，能筹划的不过是养精蓄锐的蛰伏。而一个家族的崛起，说到底，是凭借着一份深厚的底蕴和奋力一搏的勇气，在伟大的时代到来时抓住了机会，成就了梦想。我想，闯海精神已融为那片土地的魂。

每年的春节，我们兄弟姐妹都会携家带眷从四面八方赶回老家，到爷爷奶奶的老屋前聚餐：大人们打几轮牌，孩子们大呼小叫地玩花炮、收红包。几十年前的七口之家现在已枝繁叶茂，成了五十几号人的大家族。满头银发的父亲担当了奶奶当年的角色：掏出一大把红包发给孙辈。母亲会略有些尴尬地唠叨："让你多包点，这么少，好意思吗？"父亲笑笑，泰然自若地挨个发他的小红包。

　　这样的场景,我远在千里之外,也能历历在目。闭上眼,我能听到牌桌旁的哄笑声,听到花炮绽放时孩子们的尖叫声;我仿佛又看见了那条蜿蜒的小河,看见爷爷默默地守在炉火前为我们炖红烧肉,偶尔瞟一眼院子里精神抖擞地指挥着姑姑、婶婶们准备宴席的奶奶。

　　我的奶奶,差一点点,也成了"闯海人"呢。

　　这样的回忆,总令我在微笑中红了眼圈……

奶奶(中)与我们一家(20世纪80年代初摄于湖南)

闯海一家人(20世纪90年代初摄于海南)

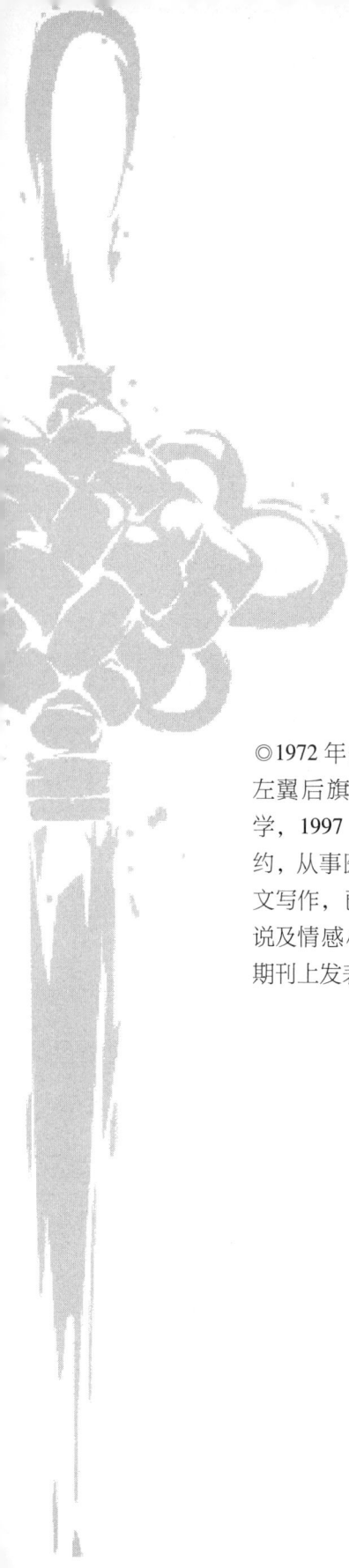

◎1972 年生，原籍内蒙古科尔沁左翼后旗。 本科就读于东北大学，1997 年赴美留学。 现居纽约，从事医学影像工作。 热爱中文写作，已出版多部长篇推理小说及情感小说，并在国内外中文期刊上发表多篇散文作品。

刘真

风雪回乡路

20 世纪 70 年代，我出生在内蒙古的边陲小镇。

记忆里的那片土地狂野，天阔云低，黄沙漠漠，我是大地的孩子，在天际线上撒欢儿奔跑，伸手就能摘下白云朵朵。

那片土地苦寒，北风起时，刮脸如刀，万物肃杀，大如手的雪花劈头盖脸，牛羊和牧人都披一袭白衣，在天苍苍野茫茫中走成一幅大美的图画。

那片土地温馨，荒原上散落着三五人家，青砖碧瓦，黄狗鸡鸭，当墟里烟霭霭升起，就是母亲招呼疯玩的孩子回家吃饭的时辰。教我如何不爱她！无论走出多远，她是我念兹在兹的故园；无论抽出几多枝芽，绽放几许芳华，她终究是养我育我的老根。父母头顶的簇簇霜花，和故乡土地上的皑皑积雪，是我心目中最圣洁的白色。

十四岁前，我去过的最远的地方是 30 公里外的外祖母家。交通工具五花八门，牛车、马车、自行车，或者是手扶拖拉机。清晨出发，日落方至，从车上跳下来，麻木的双腿不听使唤，而心情是无比愉悦的，既有见到慈爱的外祖母外祖父的欣喜，也有"出门远游"的新鲜感。那时候世界只有那么大，心只有那么大，而"首都北京"，在我心目中，和天堂一样遥远和缥缈。

十四岁那年去城市读高中，离家 100 公里，兴奋之余，交通就成了最头疼的事情。可以乘火车，可是火车站离家十几公里，而且山路崎岖，既险且长。父亲想方设法为我求了一辆顺风车——崭新锃亮的解放牌大卡车！车头里只能容下驾驶员和副驾驶，我就站在露天车厢上。车速像飞一样快，道路两旁的树木纷纷向后倒退，我紧握车厢的护栏，过耳的头发随风飞舞，把自己想象成统率千军万马的将军，威风凛凛，意气勃发。

1990 年夏天，高考报志愿时，我只填了两所学校，一所在北京，一所在沈阳。北京是我朝圣般向往的地方，而沈阳是距离家乡最近的省会城市。当高考成绩放榜后，父亲彻夜未眠，伏身昏黄的灯光下在地图上反复测量，终于下定决心对我说："去沈阳吧。北京离家这么远。"他张开拇指和食指比画地图上的距离，似乎觉得不够准确，又张大些："有这么远，转两次火车。"又把两根手指凑近些："沈阳只有这么远，转一次火车。"

父亲粗短有力的两根手指和少转一次火车的"便利"，决定了我在沈阳度过四年大学时光。老家到沈阳的距离大概只有 200 公里，可是绿皮火车的拖沓和其间四个小时的中转，使得这条路显得格外漫长。暑假乘车还好，车厢里并不拥挤，窗外绿娇红冶，山花烂漫，可以闲适地赏玩风景。火车十几分钟经停一站，而站名也颇有趣味，"五指峰""王府""马鞍子""格格岭"，让人从中咂摸出些地缘历史的味道来。

寒假乘车的体验就不那么美妙了。放假回乡的学子和民工、倒腾年货的商贩以及冬闲走亲戚的农牧民，把车厢塞得满满的。座位是不敢奢求的，能有一块立足之地已经足够幸运。旅客们胸背紧贴，鼻息相闻。至关重要的一点是，上车前千万不可喝水，而且要把"内存"打扫干净，否则在车上内急起来是大事一桩，从沙丁鱼罐头般的人丛中挤到厕所前的难度不亚于翻越冰雪覆盖的阿尔山，非年轻力壮的大汉不能为也。

某年寒假，回乡那天风狂雪骤，"绿皮"的速度堪比老牛，缓慢悠长的吭哧声一声声钻入耳膜，让人焦躁不安。我被人群牢牢固定在两节车厢的连接处，两只脚几乎悬空，北风席卷着雪花从缝隙处侵入，淘气地钻进脖领子，慢慢汇成涓涓细流，往前胸后背流淌，与身体争夺热量。堪堪走到半路，广播通知因信号故障，火车索性彻底停止运行。旅客们渐渐躁动起来，咒骂声、婴儿的哭闹声、无奈的叹息声，此起彼伏，车厢里吵成冒泡的热粥。火车整整停了六个小时才又启动，到达中转站时已暮色四合。我在车站的长椅上挨过饥寒交迫的一宿，第二天晨光熹微时才又登上回家的列车。

那些年的乘车经历可以用"惨烈"来形容，让我对回乡既向往又恐惧。

21 世纪伊始，我漂洋过海赴美读书，因学业、绿卡和经济条件等种种因素限制，第一次回乡过年已是出国七年后，女儿已满三周岁。父亲为坚定我回乡的决心，向我通报了三个好消息：第一，火车站已经修到家门口；第二，沈阳到家乡小镇有了直达列车；第三，今年的奶皮子产量丰富，酥软香浓。当年妻子因事未能同行，我思乡心切，怀抱女儿踏上旅途，开启了记忆中最艰难的"回乡模式"。从纽约出发，要经历十五个小时晨昏颠倒的飞行。女儿正贪睡，在座位上睡不安稳，只能躺在我的臂弯里。我怕自己困倦时失手把她掉在地上，硬是打起精神，一路盯着屏幕看了六部电影，眼睛干涩，头痛欲裂，胳膊麻木得不听使唤。又担心女儿不耐长途飞行，生病发烧，不时给她测量体温。好在女儿没有捣乱，在沉沉梦乡中顺利飞到北京。

和女儿在机场里苦等五个小时，才登上去沈阳的飞机。好在机组人员对我们多加照顾，两个多小时的飞行倒不算难熬。走出沈阳机场时正是午夜时分，又逢风雪交加的天气。雪花不大，却夹杂着冰粒，被狂风裹挟着打到身上，发出噼噼啪啪的声音。我一手牵着女儿，一手推两件行李，无暇环顾阔别多年的沈阳城，手忙脚乱地在幽暗的路灯下穿越两条马路，才走到出租车站点。

凌晨一点到达沈阳站，旧地重温，有不胜唏嘘之感。熟悉的建筑，斑驳的门窗，泛黄的条形长椅，拥挤焦灼的旅客，都在唤醒往日记忆。女儿睡得正酣，我抱紧她，将两件行李系在一起，手脚并用地拖曳，好容易蹭到座位前，坐下后长舒一口气，耐心等待天明，登上归乡的最后一种交通工具。

次日中午，终于抵达家乡的火车站台，又见到父母沧桑的容颜，又呼吸到故土清新的空气，又闻到几十年不变的炊烟味道，又听见牛羊欢唱的声音，感动得泪湿眼底。从纽约起飞到走出小镇车站，这趟行程共耗时三十六小时，两个白昼加一个长夜，我没合一下眼睛，早已疲惫不堪。

从那以后，每次想到回乡，心情都非常复杂，既盼又怕。美国的同事对古老而遥远的中国感到好奇，时常问起我们回家探亲要多长时间。同事里有一个北京籍移民，他的回答和我天差地别。他说："十三四个小时吧。"而我的答案是："三十六个小时。"面对他们错愕的神情，我只能解释说："中国实在太大了。"

美国是车轮上的国家，在绝大多数的州、县，没有自驾车几乎寸步难行。赴美近二十年，我读书、工作，几度迁徙，换过三次车，从西部到东部，车轮沾过三十几个州的泥土。我喜欢在开车时摇下窗子，贴近自然，嗅嗅绿水青山的味道，呼吸淡淡的鲜花的香气，吹吹扑面不寒的杨柳风。心旷神怡时会想起十四岁那年，我迎风站在解放牌大卡车的车厢上"威风凛凛"的样子。那飞扬的少年时光，让我常常怀念。那也许是我最难忘也最美好的乘车体验，往后的交通工具，无论怎样更新换代，都不再带给我同等程度的心灵震撼。

少年时的生活方式，往往会深植在人的心坎里，无论以后的境遇怎样变迁，都不能改变那根深蒂固的记忆。所以游子走出千里万里，最想念的是故乡的土地，最温暖的是母亲亲手缝的棉衣，最香甜的是少年时咂舌期待的奶皮子，最写意的是站在解放牌大卡车上"啸傲山林"。

女儿在纽约出生成长，这个多元文化的熔炉，让她的生活丰富多彩，花样繁多的节日，让她应接不暇。感恩节的火鸡大餐，圣诞节的火树银花和堆积如小山的礼物，万圣节的奇形怪状的装扮，都让她欢欣雀跃。这冲淡了她心目中"中国年"的味道，无论怎样解说，无论年夜饭多么丰盛，无论怎么张灯结彩，在每扇窗子上贴满"福"

字和窗花，她都无法体会，在太平洋的那头，她父亲的祖国，对"年"有着怎样的爱和执念。

无论旅途多么艰难，回乡过年始终是游子最执着的憧憬，甚至，是一种不可动摇的信仰。年味，是母亲的味道、故乡的味道、中国的味道，不仅缠绵在鼻翼里，而且根植在心里、血液里、骨髓里，所以，不管故园多么遥远，都无法阻止游子漂洋过海返乡过年的脚步。

几年前的某天，在电话里跟父亲说今年春节一定回家。父亲兴奋地告诉我，北京到沈阳的高铁已经修好了，在机场坐大巴直达高铁站，乘高铁只需几个小时就能抵达沈阳，再从沈阳乘快速列车就能到家。我惊奇于一生朴实的父亲竟说出"大巴"这样的舶来词，有意问他："大巴？不是筒子车吗？"父亲"嘿"了一声，不言语。

虽然早通过各路媒体获知高铁，却必须亲身体验过才知它的好处。不似飞机上空间逼仄，高铁的座位宽敞，可以自在地伸展双腿；窗户宽大而明亮，一路饱览壮丽山川和城市景观；车身疾驰却不觉急迫，轨道两边的树木未如想象中那样飞快地向后倒去，闲逸自得中，惊觉已驶过一半路程。

到了沈阳，坐上快速列车，很快就到了故乡小镇。从北京到故乡小镇，近千公里，只用了十个小时。这让我惊奇和感动，曾经二十几个小时的路程，于飞机、火车、出租车之间马不停蹄地中转，就这样被压缩成短短的十个小时，这是多么大的进步。我由着性子遐想，曾经在小镇居民心目中遥不可及的北京，像天际圣地一样缥缈的北京，就这样突兀而亲切地来到面前，从抽象到具体，从概念到本质，从传说到现实。如果二十几年前就有高铁多好，也许我到北京读书的梦想就不会永远定格成一个梦想……

下雪了，雪花大如手，落在列车车窗上，又被风吹散。残留的雪花在厚厚的玻璃上凝结成霜，仿佛摄像头的滤镜，滤镜里的世界朦胧而美好，那山、那水、那人，都白茫茫、雾蒙蒙，笼罩着清冷的光，像童话，像幻境，像少年不羁的梦。车厢里寂静无声，每个乘客都忙着刷手机，女儿靠在我肩头甜甜地酣睡，这适合我神游太虚。我想起父亲，在马背上度过他的青少年时代，战风斗雪，沧桑的日子都写在脸上；而我，青春的记忆里是吭哧吭哧的绿皮火车，拥挤、压抑、焦虑；女儿呢，交通工具是小汽车、飞机和高铁，快捷、舒适、写意。中国发展了，和世界接轨了，世界就这样变小了。梦想越大，世界越小，梦想飞翔，梦想成长，慢慢把浩瀚的太平洋填满，慢慢把世界变成你想要的模样。

父母在站台上等我。他们的白发和衣服上都覆盖着白雪，这衬托得他们苍老的容颜有了几分红润。他们无惧风雪，甚至，迎着风雪已成为一种习惯，一种生活的常态。他们的身体依然健康，步履依然矫健，这让我在愧疚之余，也有几分欣慰。他们兴奋地拥抱着孙女，宽阔的身躯把她包裹得严严实实。

火车站离家只有五分钟车程。小镇已经彻底变了样，如果没有父母带领，我会在这熟悉又陌生的故乡迷路。低矮的砖瓦房消失了，取而代之的是钢筋水泥商厦，以及有华丽围墙的居民小区。马路两旁的横幅广告和硕大的电子屏让小镇添了些现代商业气息。当诸如"美国加州牛肉面""纽约速成英语"之类的招牌映入眼帘时，我莫名地想笑，不管怎样，光阴的脚步不会为任何人、任何事、任何地方停留，变革终究要到来。凡是过去，皆为序章，去青苔深深的记忆里寻找创意灵感，江山社稷常青，美丽的中国梦不老。在怀念中成长，在接纳中进步，在阵痛中裂变，我的乡亲如是，故土如是，中国亦如是。

火车呼啸而来又呼啸而去，披风沥雪。记忆是一部黑白电影，父母、故乡、风雪、老牛、大卡车、火车、飞机、沈阳、北京、太平洋、纽约……一帧帧画面在心灵深处徐徐展开，徐徐回放，连起来，就是我颠沛的人生。

如是我爱，祝福中国。

霍晓民

◎ 1975 年出生于陕西西安，1994—1998 年就读于西安外国语学院法西语系，2001—2003 年就读于法国里昂天主教大学商学院和吕米艾大学文学院，定居法国里昂十七年。 职业翻译，任教于里昂政治学院。 爱好美食美酒、绘画雕塑、户外运动和旅游。

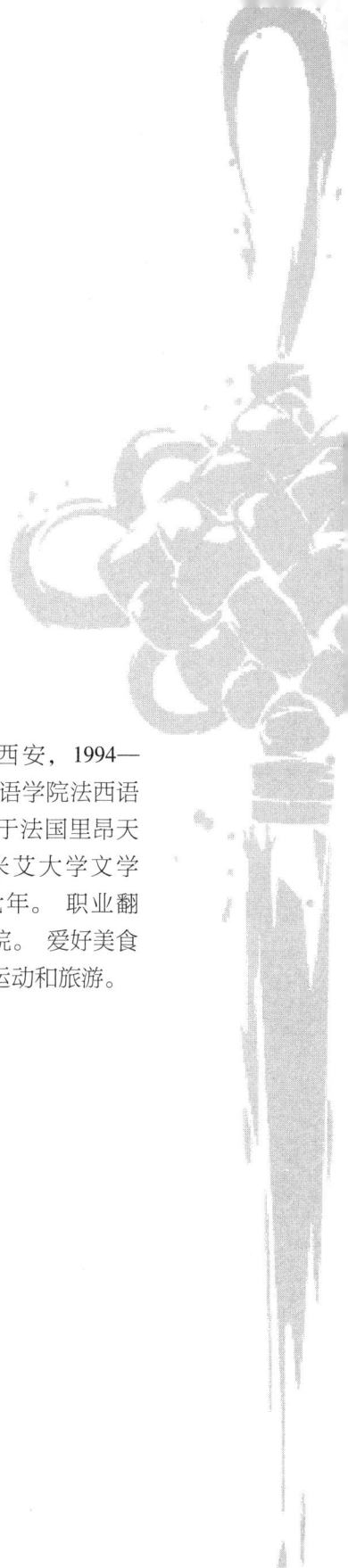

忆中非往事，感今昔巨变

前段时间偶然看到国内媒体对法国前总理拉法兰的一篇专访，拉法兰从 1976 年起多次访问了中国，记者问到中国改革开放给他留下的最深刻印象时，他说："中国人民在四十年里所展现出的勇气令人印象深刻，改革开放并没有魔力，但中国人民做到了，让中国重回世界一流国家行列。"我十分赞同拉法兰老先生的看法，2001 年到法国学习工作以来，近二十年时光，我时刻关注祖国的发展变化，看到改革开放以来祖国取得的辉煌成就，一份身为中国人的自豪感萦绕在心。

一、一盒珍贵的降压药

我是 70 后农家子弟，家中排行老小，1994 年考上了外语类院校，所学专业是小语种——法语。身边亲友关心我，问道："学这个呜里哇啦冷门话，以后跟谁讲啊？"老爸在一旁半开玩笑地说："他一个碎娃，非要学一个外国话，难道往后还能住到人家外国，整天说人家的话？"没想到一语成真。

进了大学，在法语课堂上，才知道法语国家还有欧洲的比利时和瑞士，北美的加拿大，非洲中部和西部许多国家。

大学毕业后，第一次真正"用"法语的机会来了：2000 年初夏，对外贸易经济合作部（商务部前身）为非洲司局级公务员做中国国情培训，招聘陪同翻译，服务对象是来自非洲十四个法语国家的二十八名高级干部。

我想补充的一点是，改革开放的四十年里，中国和非洲始终是携手同行的好伙伴。中国从最初为非洲伙伴援建医院、学校，到修建铁路，再到投资开办企业、工厂，为非洲的发展提供了很大的帮助。当然，在 2000 年时，我们还正为加入 WTO 做最后的冲刺谈判，中非的经贸合作远不如现在这样开放，非洲人来中国经商考察的很少。

我首先要做的是培训开课前的接待筹备工作：机场接机，安顿入住。十四个国家的学员分十四个航班抵达，司机和我就在培训中心与机场之间来回穿梭。

所有学员陆续到齐，开学典礼上，学员国家的驻华使节以及中国对外贸易经济合作部、外交部、农业部等领导致辞讲话，然后正式开学培训。周一到周五中心课堂培训，周末实地考察或文化参观。我作为非洲学员的陪同翻译，负责课堂以外的各个方面的信息联络和传达。

学员法蒂玛是马里商务部亚洲司的一位处长，开课第二天，她就来找我，说她身体不适，头晕无力，希望我陪她去医务室看看。

培训中心每星期有一位值班医生，由对外贸易经济合作部亚非司安排，专门负责外国学员的医疗健康。

到了医务室，值班的医生询问情况，量血压测体温。医生望闻问切一番后，法蒂玛从自己华丽宽大的长裙口袋里拿出一个药盒，上面还有中文字。

"请大夫给我开几盒这个药就好了，很管用，我知道。"

我一边翻译法蒂玛的话，一边把药盒递给医生。医生一看说："这非洲人说的没错，这药就是降血压的，刚才给她检查了，她是有点儿高血压。"

"那，这个药，您这儿有吗？"

"有，可以给她开。翻译你问问她这空药盒哪儿来的。"

法蒂玛用手碰了碰我的胳膊问："医生跟你说什么？这个药有吗？"

"药可以开，医生想知道你的空药盒怎么回事儿。"

"这药原来是在我们马里的中国医疗队那里得到的，效果很好，我一直服用。但是现在医疗队也缺药，他们建议我来中国的时候顺便问问。大夫能多给我开几盒吗？"

我把原话转述给医生，他微微一笑："哦！原来是这样。她的情况我向部里请示一下，明后两天给你回话，今天就先开一盒吧。"

法蒂玛拿着一盒降压药，边走边嘱咐我，过两天别忘记给她消息。两天后，值班医生拿着三盒药亲自到公寓前台，当面交给她，告诉她怎么服用，提醒她血压高平常要注意的饮食起居细节。法蒂玛高兴极了，一把拥抱住医生，左右脸颊上各亲两下，表达了她的谢意。

这看病送药的事儿没两天就在学员中间传开了，一下子有好几名学员到我这儿来排队预约，让我陪着去看医生。其实大多数都属于水土不服、肠胃不适、口干舌燥之类的小痛小病，我们的医生手到病除，他们赞不绝口，宾主皆大欢喜。

回过头想来，当时的小小一盒降压药，对于非洲的朋友来说是弥足珍贵的。非洲的自然环境和医疗条件恶劣，疟疾、登革热等传染病肆虐，中国几十年来向非洲五十多个国家和地区派遣了两万多人次的援外医疗人员，在当地培养了数以万计的医疗人员，救治患者数以亿计。今天我在法国生活，经常接触到一些非洲人后裔，他们对中国人的印象很好，我觉得这得益于祖国的大国担当和人本情怀。

二、一元人民币解决大问题

吕多维克，刚果共和国总统府的经济顾问，年龄四十五六岁，细高身材，戴一副眼镜，健谈、活跃、幽默，因为个头高大，与人见面握手时，他会尽量弯下腰来，好像在给对方鞠躬，显得特别谦虚。他也的确很谦虚，是二十多名学员里的"三好学员"：课堂上点子多、提问多，笔记认真；课余和各国学员打成一片，是个活跃分子；在各地考察参观时，他细心观察、善于交往，总是适时"推销"他们国家。

4月下旬的北京，天气开始热了。一个周末，学员集体去北京市里参观，在西单商业街，大家有两小时自由活动时间。我和另一位中国同事就守在一个咖啡厅里，谁有事就来找我们。吕多维克是第一个回来找我的。

"晚上，我需要你的帮助。请你跟我来看一下。"

我心想："这老兄估计是看中什么物美价廉的东西了，让我给掌掌眼，砍砍价吧。"

街道窄小，商铺林立，人挤人，好不容易挤到了摊位前，原来是一家专卖灭鼠灭蚊蝇产品的店铺。店门口挂着好几条像塑料胶带一样的灭蝇纸，上面黑压压粘满了死苍蝇！

吕多维克抬起大手一指："这个太神奇了！我要买这个！"

"吕多维克，咱们培训中心卫生条件很好啊，没见着什么苍蝇。这种东西农村人用得多。"

"你说得太对了！我们国家那边苍蝇多得成灾，农村人和城里人都需要这个。"

"啊！原来是拿回你们国家用。那你买几包才够啊?!"

"你帮我问问店老板，最多能买多少。"

店老板是一位中年大哥，他看着我和非洲兄弟你一言我一语，也急着想知道怎么回事儿。

"老板，您这个灭蝇纸什么价?"

"这个呀，你要的话给你友情价，一块钱一包，老外的话两块钱一包。"

"不是我买，是他买。"我朝着吕多维克摆了摆头。

"没问题，他买就是两块钱一包。拿几包?"

"店里的灭蝇纸一共有多少,他要全买了。"

"啊?!什么意思?我这儿总共也就十几包货,这玩意儿一礼拜也卖不了几包。"

我又转过头给吕多维克解释。

"就十几包灭蝇纸,全买了也灭不了你们国家那么多苍蝇啊!"

"的确的确。那怎么办?"他一边用手揪着下巴,一边琢磨。"你看这个包装上印刷的中国字和数字,这些数字是不是生产厂家的电话号码?能找到厂家最好了,我可以让我们国家的商务部门联系厂家进口。"

我仔细一看,还真让他说中了。包装上显示灭蝇纸是天津一家公司生产的,离北京还不远。最后他把小铺子十几包货全扫了,老板知道事情原委后,说是给非洲兄弟一个友情价,打了个五折。

回中心的路上,我问他:"刚果的苍蝇真的多到成灾啦?"

他无奈地说:"我们是热带国家,一年十二个月都有蚊虫。普通人的生活水平还很低,卫生条件差,苍蝇无处不在,传染很多疾病。很多人时间久了就习以为常,觉得苍蝇那么多很正常。也有人想去改变,可是苦于没有良策。"说着,他眼睛一亮:"你看,原来对付苍蝇的办法在中国!而且只要一元人民币!天哪!我回去给总统府的同事讲,估计都没人会相信!"

他一边激动地说着,一边两手捋着黝黑的光头。

我也被他的心情感染了:"我为你今天的重大发现感到骄傲!"

第二天我成功联系到了天津的生产厂家,正副厂长亲自到北京来跟吕多维克见面,来时还带着其他新产品:灭蝇香、灭蚊紫外线灯、电击灭蝇拍等。两位厂领导了解到具体情况后,当场拍板:免费赠送各类灭蚊蝇产品样品若干,先在刚果(布)使用,同时等吕多维克回国后再联络洽谈产品进口。

在北京的培训结束后,非洲学员回到各自国家。吕多维克大半年后用电子邮件告诉我：他安排了刚果（布）布拉柴维尔当地的一家公司顺利从天津厂家进口了不少价廉物美的产品。

这么多年过去了，当年近距离打过交道的这些非洲学员，他们的国家，凡是政局稳定的，发展都很不错，像摩洛哥、阿尔及利亚、多哥、贝宁。原地踏步不前甚至倒退的国家，都是因为政治与社会动荡，像突尼斯、马里。中非共和国和科特迪瓦甚至爆发了内战。

同时期的中国抓住了发展机遇期，埋头苦干，心无旁骛，经济发展与社会建设二十年来日新月异，成果累累。就中国与非洲国家的贸易总量来说，2000 年仅有 106 亿美元，2017 年已经增加到了 1697 亿美元！

如今，偶尔与这些非洲学员邮件联系时，能读出他们字里行间的感慨和怀念，也让"身在异乡为异客"的自己为祖国的发展感到欣慰和骄傲。

三、从"不可能"到"很平常"

2001 年元旦刚过，我留学法国的行程都准备妥当了。出发前回了老家一趟，全家人吃了一顿团圆饭。

二哥有一架在农村不多见的海鸥照相机，那天他也特意在饭桌上给大家拍照留念。不过，等到照片冲洗好再邮寄到法国，直到我捧在手里那一刻，已经四十多天的时间过去了！

大哥当时有一辆小排量的摩托车，吃完饭后由他载着我去镇上坐长途汽车。等车的人不少，大家都站在冷风里。大哥时不时地看看公路尽头，略带遗憾地说："这个摩托只能把你送到这儿了，要是咱有一辆汽车，哥肯定要送你到机场！"我说："我也这么想的！但是有一辆汽车，好像比去外国念书更难呀！"

长途汽车来了。在熙熙攘攘的人群中挤上车，我靠窗坐着，向大哥挥手告别。车动起来了，大哥追着汽车边走边招手，嘴里还在大声说着什么。后来再提起当时那一幕，我问他说的是什么。他笑着说："大哥叫你要努力在外国把书念好，我在家也努力，争取有一辆汽车。当时这样说，觉得只是一个美好的愿望，没想到几年后真的实现了！"

留学时，头一两年最容易想家，可是跟国内的联络方式很原始，要么靠写信，要么靠每月一次的国际长途电话。直到几年后，手机和互联网在老家农村地区一下子发展起来，终于可以与家人在线视频了！本来写给家人的好几封信，从此就再也没机会寄出去了。

现在，家人人手一部智能手机，个个有微信，无论在哪里都可以随叫随到。二哥有什么新鲜事想跟我讲，直接用微信视频，或发照片给我：他站在长城上，在天安门广场毛主席像前，在故宫御花园里……

侄子换了更大的新房，装修好的图片一张张发给我看。侄女的孩子上舞蹈兴趣班，发来一段段现场视频。

2007年，因为工作需要，我在法国开始考驾照。没想到五十多岁的大哥在国内也决定去驾校学车。我一年后买了自己人生第一辆汽车，二手的。一年后他也买了自己的第一辆汽车，全新的！

大哥大嫂都是从乡村走出去的人民教师，他们从最早买不起一辆自行车，到每人一辆自行车，到买摩托车，再到开上崭新的汽车，前后跨度也就是三十多年的时间。

三十多年中国的发展，改变了亿万中国人的生活条件和思维模式。许多曾经的"不可能"，现在被中国人改造成了"很平常"，反而是我自己，被法国一成不变的慢节奏社会同化了。

今年4月下旬一个周末，我习惯性地用微信和家人打招呼问好。大哥大嫂的回复是"我们在黄鹤楼"。我以为他们打错字了，视频开通后一聊，才知道是真事儿！

原来大哥把自己的汽车改造成了小型房车：竟然有床铺和厨具！然后夫妻二人从西安出发，开始了河南—湖北—湖南—江西自驾游。一路上他们全部走国道，路过那些小城小镇，好玩就停下来住几天，买菜做饭，游山看水一番，然后再出发去下一站。

我一开始还有一些小顾虑："你们在陌生的小地方旅游，多注意人身安全啊。"

"安全上没问题，一路上遇到了无数的好人！"

"都有什么样的好人？"

"有给我们指路的，有送开水的，有请我们喝茶的，还有一位老嫂子在家做好了煎饼送来给我们品尝……"

"你们一直走国道，都看到了什么好风景啊？"

"一个地方一个特色，除了大景点，一路上我们还参观人家住的房子、吃的饭菜，这也是好风景嘛。"

"接下来你们打算去哪里？"

"没有制订旅游路线，边走边看。江西看完了去安徽黄山，然后是江浙沪一带。"

在接下来的四个星期里，他们先后游了黄山、杭州、南京、扬州、徐州，后来又到了山东潍坊、曲阜，登泰山观日出。之后经过河南云台山，从潼关进入关中平原，平安到家。

大哥大嫂对这次活动的评价是：全程6800公里，自己都没想到能顺利走下来。所到之处都是赞美的声音，许多人都很向往他们二人的做法。除了自然景观，沿途民居民风等人文风光更是美不胜收，令人记忆深刻。回家后一切归于平静，整理好见闻记忆，总结好的经验，期待下一次出门会有更多的收获。

就在他们自驾出行的这两个月，我在法国却亲身体验着接二连三的罢工罢课，有铁路公司员工、航空公司员工、教育系统公务员、高校学生、环保主义者等等。漫长的罢工罢课导致职员上班迟到，大学生考试取消难以毕业，旅客困于机场火车站，媒体新闻里充斥着埋怨、沮丧和不安的声音。法国社会许多人甚至不愿意提及中国，因为一动一静，反差太强烈了！

历经改革开放四十年的东方中国，正成长为一艘巨型经济航母，坚定地驶向中华民族伟大复兴的未来：经济总量 2005 年超越了法国，2006 年超越了英国，2007 年超越了德国，2010 年超越了日本……中国的快速发展深刻改变了自身，也影响并惠及了世界，我作为旅法华人，是改革开放的见证者、参与者和受益者，也将继续用勤劳、勇敢、智慧，与全体同胞共同书写中国梦的故事。

2011年，在北京陪同非洲友人参观明十三陵。从右至左友人的国籍为多哥、阿尔及利亚、突尼斯、贝宁

2017年，在法国里昂国际交流活动中担任翻译，和意大利嘉宾合影

2017年，在法国里昂国际交流活动中与摩洛哥嘉宾合影

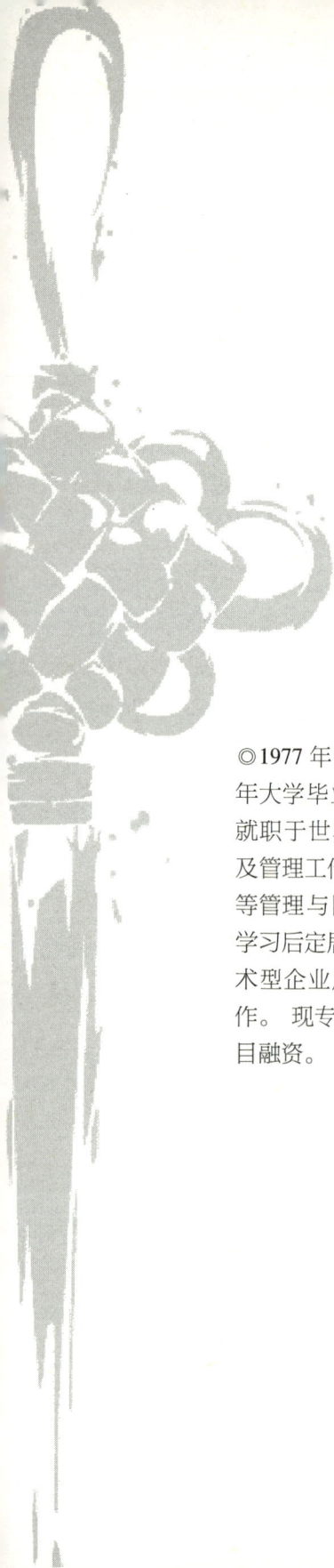

◎1977 年出生于湖南长沙，1999 年大学毕业后前往深圳工作，曾就职于世界 500 强外企从事贸易及管理工作。 2003 年来到巴黎高等管理与国际商贸学院（ESGCI）学习后定居。 先后在法国知名技术型企业从事采购和项目管理工作。 现专注于高科技和大文化项目融资。

杨平

我们的春华秋实

　　四十一年前我出生在绿草茵茵、碧波荡漾的浏阳河畔，从小跟男孩子一样玩泥巴、爬树、捉鱼，虽然没有布娃娃和漂亮衣裙，物质匮乏，但童年过得快乐。除了寒暑假前将成绩和奖状拿回家，最开心的莫过于逢年过节收到新衣服。

　　儿时最早最鲜明的一些记忆都是跟玩乐和家人有关的。五岁时坐长途火车从长沙去昆明给我留下了深深的印象。当时爸爸和同事出差，带着小小的我一路咣当咣当了很久，好像坐了至少一天一夜的绿皮火车。直背的座椅两边坐满了人，过道和两节车厢交接处也是人，到了晚上座位下面也睡着人。我们吃饭的饭盒是硬纸板做的，列车员非常大声地叫卖，就像在集市一样。到了昆明，在西山景区的半山腰，傻傻的我和爸爸拍了一张纪念照，身着那件妈妈过节才拿出来给我穿的水桃红色毛衣。

　　小学二年级的时候，我们班上有两个女同学烫了头发。这成为学校的爆炸性新闻，我记忆犹新。其中一位是我最要好的童年伙伴，她漂亮的妈妈带她去理发店把头发烫成了"卷毛"，这在 20 世纪 80 年代中期别提有多时髦了。那个时候我妈妈和她的同事们好像也几乎全部是烫卷发的。有一次放学回家，看到好几个阿姨耐心地等待我的外婆给她们轮流穿耳洞。外婆拿着一根缝衣针，轻轻地久久地来回捏着耳垂，等到耳垂中心变成白色，突然把针扎进去，穿过耳垂，再把一根干茶叶梗塞到耳洞里。没有一滴血，就这么大功告成。后来看到妈妈和很多阿姨一个个跟着戴金耳环，闪闪发光。非常朴素低调的妈妈从来不爱打扮，也几乎不怎么打扮我。几次爸爸出差从大城市带回来的流行服饰，她最后都送给了侄女们。在工厂里，女工们哪有精力和机会去过多修饰自己呢？我记得有一次爸爸带回来一双闪亮的黑色上海女式皮鞋，妈妈当时很高兴，但终究觉得自己上班穿有点糟蹋，就把鞋送给了当时还没有谈恋爱的自己心爱的徒弟。

上初一的时候，爸爸参加了广交会，回来送给我一条米色的高腰裤，裤腰后面有个特别的大大的蝴蝶结。记得穿着去学校的那天，班上很多女同学都围过来问这问那，其中几个还轮流借了我的裤子做样板，让裁缝做新裤子去了。几年前去看望初中数学老师，还在他家看到我们班春游的合影，那天我就是穿着这条从遥远繁华的广州带回来的高腰裤去的烈士公园。初中毕业时的暑假，我去堂姐工作的百货商场玩，顺便帮忙照看下货柜。当时长沙的晓园百货大楼很出名，靠近人来人往的火车站，客流量很大。她所在的楼层是专门卖鞋子的。那天堂姐很忙，几乎没在柜台，而我可能运气又特别好，卖了很多鞋子。对面的老板娘到了收工的时候问我，要不要第二天过来帮她卖鞋子。她请我每天坐上午班，她自己坐下午班，按卖出鞋子的数目给提成。懵懂的我听到上班时觉得十分好奇，一口答应。两个月下来我还真赚了点工资，并且用人生中的第一次劳动所得在商场扯了些泡泡纱做新裙子，迎接高中时代。

常常穿姐姐们旧衣服的小姑娘慢慢长大了。我的堂姐表姐们给我的旧衣服，已经跟童年时的不一样了。她们有越来越多的流行衣裙，很多都没怎么穿，只是换季了或者不喜欢了就给我，我也乐得像个时髦女郎过过大人瘾。当时我和弟弟最喜欢穿的是爸爸从上海带回的运动服，质量做工都非常好，我的是鲜黄色，弟弟的是深蓝色，就是今天看来都不过时。记得班上有些女生已经开始穿紧身衣裤，特别是修身牛仔裤，虽然只是有限的 90 年代中期的小时髦，但那些许的张扬似乎在预示着女孩子们未来自由奔放的人生。

大学时期已经有很多人谈恋爱，女生们像五彩斑斓的蝴蝶般把青春的自己打扮得分外靓丽。当时有不少女同学做促销和直销等兼职，大多卖护肤品、化妆品及其他日用品。她们时不时拿着产品到寝室推销，也是在那个时候我听说了很多新鲜词语，开始一点点感受社会的脉搏。跟着潮流跑的女生们烫着外卷或者"大波浪"的发型，已经不是当年妈妈们的内卷或者小卷。还记得我们班男同学在三八妇女节那天偷偷给了全班女同学一个惊喜：每位姑娘回到寝室时，都会在床上发现一包卫生巾和一朵红玫瑰。这场温暖而浪漫的活动引起大家强烈的反响。原来，某著名外企找到男同学们一起策划了这次营销，效果很妙。

90年代末期我来到深圳工作。当时地王大厦是深圳最高的楼，每逢周末人最多的地方有三个：华强北、东门和书城。相对应的就是深圳人现代生活最有代表性的三个方面：电子产品、流行消费和进修学习。当年我和一同事经常去逛罗湖城。那里堪比如今的阿里巴巴，什么时尚的东西都可以找到。而她出于爱好，业余在夜校学习服装设计。深圳的本土品牌很多，特别是女装。刚刚自力更生的我，也时不时去逛逛街，打造下白领形象。记得当时深圳最受欢迎的牌子是"经典故事""城市丽人""淑女屋"等等。近二十年后，我还拥有几件看不厌、穿不烂的"经典故事""早春二月"和"爱"。

在法国成家立业后，一次回国期间我陪同父母去云南旅行。在昆明西山的半山腰，我和爸爸二十几年后再一次合影。幼年的我在那张小小的黑白照片里显得特别胆小，似乎被周遭的新世界弄得不知所措；爸爸当年穿着中山装，年轻帅气，微笑着。现在的女儿已经走过一些山山水水，早已不再胆怯忸怩，而是充满信心地笑着；身边的爸爸虽然不再高大年轻，头发开始发白，皱纹也有点堆积，但比起当年，现在反而更为精神矍铄。

当年小学就烫"卷毛"的童年好友早已是股市和房市的弄潮儿。每次回国都看到她换了车，头发要么烫了最新款要么又拉直了。对传统文化特别感兴趣的她，最喜欢聊的就是从银行系统提前内退后，怎么在乡下建房开旅馆。我一直以为她是闲来无事随便聊聊，直到年前看到她微信发过来的乡间别墅照片。离这个四层楼的大别墅车程不到五分钟的地方，当地政府正在兴建一个大型文化历史博物馆，也是一个集吃喝游乐于一体的巨型主题文化公园。几个月前好友要我帮忙给点装修意见，让我找木质风格的室内设计图片做参考。她的第一个乡间旅游客栈准备跟文化公园同时开张，当地政府也非常支持这个有乡土特色的项目。我提供了法国一些旅游网站和室内设计网站给她看，她一番浏览后兴奋地说已经有了灵感。我预祝这个特色旅馆一炮打响，生意红火。

当年租了两米柜台卖男女皮鞋的堂姐早已身家不轻。作为家里老大的她因为家中经济拮据，初中毕业就去了我父母的工厂做工人。后来卖鞋子，卖衣服，卖营养品，一路倒腾，最后在家附近的大型百货批发市场开店做零食批发。她生意越做越大，货发往全国各地，现在伙计都有十来个了。在离浏阳河不到 500 米又靠近地铁站的一个高档小区里，堂姐的别墅既有纯木的中式凉亭，又有干净的人工小溪和漂亮的枇杷树、柚子树。亲戚朋友在此聚会、吃饭、打牌，小孩玩乐，似乎又重新回到我们共同度过的童年。只是，当年又破又旧的老房子早已不见踪影。

大学时胆子最大的同寝室同学早就显示出与众不同。在我们还躲在蚊帐里看小说的时候，她已经身兼数职——外语家教、食用油促销、护肤品直销，精力充沛，一天到晚到处跑。毕业后从事酒店销售和客服工作，在人来人往中意识到知识储备的不足，毅然决定停职两年读 MBA 和去国外游学。重新加入世界 500 强企业后，又决定同几位志同道合的朋友做私募基金，现在打理着巨额资产，在投资界玩得风生水起，十多年来已经硕果累累。我曾经问她成功的秘密，她坦率地告诉我，只要有了天时、地利、人和，很多不可思议的事情也能做成。她一再强调这个天时地利就是顺应国家的大环境，跟着世界的潮流趋势。

今年过年的时候，妈妈跟我说了件开心的事情。她当年的徒弟前来探望她并且陪她逛街，在一个皮草展销会她们各自看中了一件大衣。在穿着讲究又漂亮的徒弟的一番劝说下，妈妈狠心给自己买了件质量优良的貂皮大衣。我听说后极其惊讶，又大笑不止。从来不舍得穿着打扮的妈妈反而在退休后的这几年思想逐渐发生变化，认为生活除了吃苦耐劳也应该学会好好享受。今天的父辈们已经不像过去那样，花钱要小心谨慎，而是在保持传统生活作风的同时也意识到世界发生了翻天覆地的变化，开始学会与时俱进。前些日子我还把刚刚学会使用微信的父母拉到一个老乡群。这些老乡都有孩子在法国工作，平时在群里交流聊天，也争取时不时在老家或者巴黎聚会。世界很小，有朋自家乡来，不亦乐乎！妈妈多次说道，当年她在工厂起早摸黑地辛勤工作拿着份死工资时，怎么也想不到会有今天这样的日子。

十几年前刚刚到巴黎的时候，作为穷留学生的我并没有觉得时尚之都有多么时尚，直到当年上夜校的同事过来出差。经过几年艰苦的夜校学习，绘画功底不错的她早已经摇身一变成为香港某品牌的主要设计师之一。看到站在首席设计师旁边的她，我想起当年她在仅有的休息日——星期天同我一起坐公交车从深圳大学附近横穿整条深南大道去罗湖城的样子，真是今非昔比。那几天我陪着他们几乎逛遍了巴黎的时尚处所——大百货商场、潮店、特色店、设计师店，大开眼界。其实，当年我们之所以那么喜欢罗湖城的东西，还不是因为潮流和定制的双重红利！了解深圳罗湖口岸的人都知道，当年很多手艺一流的裁缝师傅几天之内就可以按照顾客的任何要求做出令人满意的服装。我现在还留着一件定制的中式真丝衬衣，简单精致。而所有这一切都有合理的价格保证。也许正是当年稀里糊涂的逛街把我同事一步步推上了服装设计师的道路。几年后，她给我发来一个淘宝店的链接。原来她已经跳槽出来自己单干了。她主要负责设计，她夫君主管销售，另外雇了几位"店小二"专做客服和物流。我也多次买了她设计的时尚衣裙，由衷地替朋友高兴。从一位年轻的普通小白领到香港著名品牌的设计师，再到创立自己的事业，如果不是在深圳这样改革开放的前沿城市，这事发生的可能性也许会降低很多。

因为从事与融资、投资有关的工作，我与国内一些业界人士有或多或少的联系。国内某保税区有关人士找到我，希望我在欧洲帮助他们寻找资源对接，目的是进行当地的服饰产业升级。无论是进口产品、并购还是成立合资公司，越来越多的企业有了越来越强烈的良性危机意识，体会到产业背后看不见的设计思维和文化差异带来的产品上的巨大不同。从旅游者个人在法国简单地购买奢侈服装，到每年众多的中国年轻设计师回国开创属于自己的事业，一二十年一晃而过。国内的专业人士早早地就开始了在技术、设计、工艺、材料等领域跟国外公司的深度交流合作，当年的奋斗者渐渐后来居上。前不久在巴黎市政厅古典奢华的节日厅里举行的中法品牌高峰论坛上，我听了广州城市丽人和法国娇兰集团总裁的发言。双方积极地表示，设计师的合作与两国文化的交流是最能够长远提升品牌价值的有效模式。娇兰还特别推出了"茶灵"系列高端护肤品，其文化背景就是取自我们中国古老的茶文化。

回望童年的浏阳河和这三十几载的四季轮回，似乎那个身着水桃红色毛衣的小姑娘和她身边的女性仅仅只是从芳华漫天的春季，跟随着祖国改革开放的步伐一步步走进了飘着果香的秋季。

杨金春姿

◎出生于 1991 年，祖籍四川，在新疆长大，2009 年 9 月离开祖国，在美丽的加勒比海滨国度古巴度过了七年时光，七年内熟练地掌握了西班牙语，毕业后成为一名全科医生。 于 2016年 9 月赴西班牙攻读硕士学位，现于西班牙综合实力最强的私立大学纳瓦拉大学攻读博士学位。

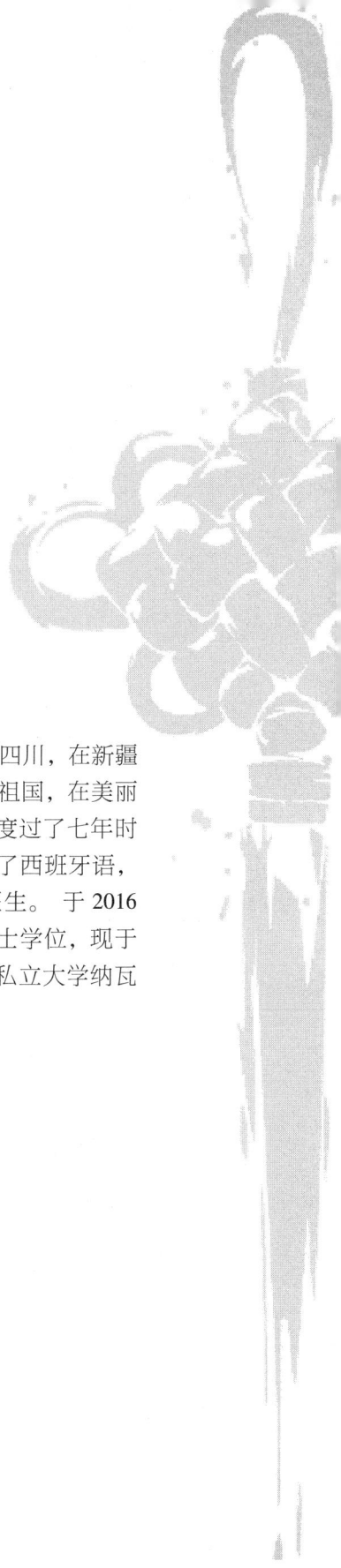

我的留古七年

引 言

至 20 世纪 80 年代，古巴已建成完整的教育体系，在发展中国家中居于前列；基本消除文盲；高等教育历史悠久，师资力量雄厚，其医学、眼科、烟草种植、生物学、制药学、信息学、师范教育、旅游等专业在国际上均享有盛誉。世界著名的哈瓦那大学建立于 1728 年。古巴民风淳朴、乐观，社会安全，自然环境优美，无种族歧视，中古两国有着传统友谊。

自 2006 年起，应古巴政府的邀请，中国在中西部十二个省（自治区、直辖市）选派应届高中毕业生，在古巴完成一年的西班牙语预科学习后，继续攻读大学本科阶段的专业课程。这被称为古巴单方面奖学金项目。虽然古巴的经济现状基本相当于中国 20 世纪 80 年代的水平，条件较为艰苦，但古方保证对中国学生基本生活物资的供应。与此同时，中国国家留学基金管理委员会也向这些留学生提供符合古巴经济消费情况的奖学金。为了让被录取人员尽快适应古巴的学习和生活，教育部国际司领导、国家留学基金委领导、有关专家、项目官员也详细介绍了与项目有关的情况；同时，中国政府为按时完成学业的学生提供回程机票，对选拔出的学生提供留学前培训，向接收中国学生的古巴学校赠送一般图书和工具书，供学生学习期间使用……

2009 年我远赴古巴留学，初见这个加勒比海岛国。在古巴学习的七年中，我见证了古巴学习中国特色社会主义经济模式的过程，也见证了古巴人民生活水平的不断提高。在中古两国的对比中，我看到了祖国改革开放以来的巨大成就，也看到了中国改革开放道路对于古巴的借鉴意义。就我自身而言，我感谢国家的改革开放政策让我能够走出国门，走进大洋彼岸的这个神秘而又热情的国度，感谢政府对我的学习生活给予的资助。

一、全额奖学金的零批次志愿

2009 年的整个夏天我都泡在无尽的试卷和考题里。从 2008 年距离高考 365 天开始，同学们就自发在教室后方高高的黑板上，用最显眼的颜色描绘了高考倒计时。记忆有时会随着老师苦口婆心的高考备考教育和面对一沓一沓试卷的出神中飘回高一高二。虽然那时大家也会用心学习，但那样的似水年华，青春的荷尔蒙哪里是枯燥无味的课堂和考题可以压制的。课堂的空中时不时飞过小纸条：下课去哪里玩？哪家烧烤好吃？……时光荏苒，白驹过隙，高考来临，自己和父母十几年的共同努力，需要在仅仅几百分钟的考场上得到最终检验。然而，这略显单薄的几百分钟，却被不计其数的因子影响着：在紧张环境下的精神承受能力，分析能力，考试座位，考场环境，离录音机的距离，不可预计的试卷难易程度，睡眠是否安好，记忆能力和知识储备，父母给予的精神压力或精神支持……在那时候的教育观念里，考试中各方面状态稳定或超常发挥并取得好成绩的人，便具备了向成功人生大步前进的先决条件。

那个时候的我，并不清楚未来想做什么，只是好在成绩还不错，也还有选择空间，报志愿的时候顺心地做了一回甩手掌柜，告诉了父母自己想去的城市、不想选的专业，便把自己的第一件"人生大事"安安心心地交给了父母和老师。自己对未来四年的期待，就停留在在水一方的江南水乡，体会那与我们这片沙漠之乡完全相异的气候人文。我第一志愿报考了一所 985 大学的医学系，零批次志愿报了看起来录取可能性非常渺茫的"古巴高等学院全额奖学金"项目。它看起来非常神秘，通过各种渠道可以了解到的项目信息微乎其微，全新疆的录取名额也非常有限，家人和我因此未对此寄予厚望。

出乎意料的事情发生了。高考放零批次录取榜的第一天，我的名字出现在了报纸上，一开始，全家欢呼雀跃，整个家里都洋溢着不可抑制的喜悦。在那个时候，本科阶段就出去留学几乎是想都不敢想的事情，一家人的反应让我觉得拿政府全额奖学金去遥远的古巴留学这件事情极能光宗耀祖。兴奋了几个小时后，大家冷静下来，开始分析古巴在地图上的位置、通用语言、生活开销、气候环境等等。第二天，父母的喜悦之情似乎已渐渐褪去，取而代之的是丝丝的沉重和不舍。我依旧清晰地记得，母亲用微微嘶哑的声音问我："你还想去吗？离家很远，如果不想去的话，要不咱们把档退了，往平行第一志愿走？"

当时我并未感受到这是母亲对我的不舍，稚嫩且对未来充满期待的我，想着眼前就有机会踏足遥远而神秘的国土，体会闻所未闻的风土人情，掌握一门新的联合国工作语言，并且在这个医疗体系完善程度堪称世界领先的国度，用全新的语言学习中国乃至全世界最受人尊敬的专业。刹那间，仿佛未来蓝图已触手可及，但是人在对新鲜事物无比向往的同时，总会夹杂着隐隐的不安和担忧。

被两种情绪同时占据头脑的我，告诉母亲："好，我都可以，由你们决定吧。"当时甚至可以感觉到母亲松了一口气，然后父母两人便张罗着联系教委，寻找退档的办法。但得到的消息是，由于项目的特殊性，无法退档，要退档需要本人去北京亲自办理。如果花费时间精力去北京办这件事情，就很可能会耽误一批次院校的录取。方方面面权衡下来，我决定不退档了，于是我的留学生涯在父母亲婆婆的泪光中启程了。

二、陌生国度的苦与乐

一下飞机，迎面扑来的是一阵阵潮湿的带着淡淡海腥味的热浪，耳边环绕的是完全陌生的语言。经过几小时的车程，抵达目的地哈瓦那大学。学校位于一片绿油油的空旷田野中，建筑物被古老的粗藤缠绕，犹如霍格沃茨魔法学校一样看起来具有神秘气息。一级级青色的石阶明显被认真清扫过，隐隐约约还有些斑驳的青苔印记和掉落的片片枯叶。我们在鲜花、横幅和欢迎声的簇拥下进入了学校，两栋宿舍楼、一条长廊、一个操场、一个餐厅和两栋教学楼占据了整个并不狭仄的空间。在指导员的带领下，我们每个人拖着两个装满56公斤生活用品的大箱子，入住十八人共住、30平方米的宿舍，稍作整理，便各自穿戴一新，集合去操场参加为我们精心准备的迎新晚会。初到这个离家一万多公里的陌生国度，迷茫、紧张的情绪在热情的古巴老师和奔放的萨尔萨舞的渲染下悄然无声地褪去了不少。

就这样，一年的西班牙语预科学习拉开了帷幕。这一年，我们像孩童一样咿呀学语，语言完全不通的双方，几乎只能通过手语来交流。学习的热情彻底两极化了：感受到其中挑战性和乐趣的同学，用尽自己所有的时间和努力与周围的人用西班牙语交流，通过有限的媒体——广播和电视来锻炼自己的听力，了解这个国家的政治、经济、文化和人们的相处方式；而被思乡之情和极度不适应感压迫的同学，实在提不起兴趣亲近这个国家的文化和语言，得过且过，只希望熬过这一年立刻回国。

这一年，由于语言不通，我们的出行受到了限制，每两周由辅导老师带领坐校车去周边小镇采购一次，囤下一周到两周的"柴米油盐"。可是古巴当时仍处于被美国封锁的非常时期，超市也面临周期性的物资短缺问题。对于禁行这件事，我们当时的情绪是相当抗拒的，由于饮食习惯的不同，又不允许在宿舍开火，我们总是在挨饿。以至于到后来，西班牙语水平极为有限但极具创造力的同学们，居然找到办法偷偷包了学校周围住户的马车，或者拼车自行出去购物。由于网络开放时间地点有限，我们与家人的联系也成为生活难题之一。依稀记得，大家下课以后最重要的事情就是席地而坐，在教学楼走廊掏出电脑，用最大的耐心尝试连接网络，电脑配置高、占领位置优的同学，才能很幸运地与父母进行网上沟通交流。

慢慢地，我们了解到自己是受中古两国领导人密切关注的一批特殊的留学生，录取的学生，都是国内高考成绩可轻松进入重点院校的学生，甚至还有省高考状元。我们肩负的是国家的厚望，古巴领导人甚至亲自带着那时算是很奢侈的苹果来慰问我们。虽然这一年的生活水平似乎倒退了一个世纪，可其中也充满了美好、温情。

学校每隔一段时间，就会组织我们去古巴最著名的旅游景点，让我们领略这颗加勒比海明珠原始无雕饰的美。一望无际的蔚蓝之海将这个精致的岛国轻轻环绕，孕育出高山、盆地、山谷和平原。进入山体，柳暗花明又一村，晶莹剔透的天然石钟乳折射出淡淡的光线，让整个山洞被笼罩在些许神秘但不乏温柔的光雾里。从山洞的一头乘舟而入，一边欣赏着那令人浮想联翩、形状各异的石钟乳，一边聆听大珠小珠落玉盘的脆响，不知不觉已到达另一处洞口。穿过一片水幕，映入眼帘的又是另一方世界，一片绿油油的平原上搭建了一个个可爱的原始草棚，记录和展现着石器时代男耕女织的生活场景。

炊烟袅袅，一阵阵烤猪肉的清香扑鼻而来。只见热情好客的古巴人民备好佳肴美酒，换上传统演出服饰，手持鼓铃，颂唱着我们早已耳熟能详的萨尔萨舞曲。他们随着曲调悠闲地舞动身体，自然而动人，把我们也从含蓄腼腆中解放出来。我们一起品着沁透心脾的甜蜜的菠萝椰子酒，随心所欲地跟随着这欢快的节奏，享受着心灵的放松，体会陌生国度热情的拥抱。

三、学习世界领先的全科医学

第一年的适应期，很快在忙碌和思乡中飞逝而过。只是最难不过离别时，鉴于古巴出乎意料的艰苦的生活环境，国家给了我们一道选择题：如果之后六年不想留在古巴可选择回国，且按当年高考成绩可考上的志愿上大学；或者留在古巴，在国际上享有盛名的全科医学专业中继续学习。不少同学选择了前者，准备回国，而我选择了后者。

第二年的医学基础学科学习很快拉开了序幕。自以为语言能力已完全过关，且获得高级对外西语证书的我们，在学期起始就遭遇了"滑铁卢"。上生理化学解剖课时，各种复杂的语句结构、医学名词和新知识让人开始力不从心。平时用中文学习尚且需要花费不少精力的内容，此时想要融会贯通就必须花费三倍四倍的时间和精力，我们就在慢慢坚持和努力下"登堂入室"。

业余生活也在脱离绝对出行管制后增添了些许色彩。我们利用周末休息时间，在一两年的时间内熟悉了整个哈瓦那的大街小巷，探索出了隐藏在大街小巷的艺术工厂、雪茄商店、美食餐厅以及聚会场所，结交了有趣的古巴朋友，开始真正融入了当地人的生活。商业头脑发达的朋友，开起了古巴第一家 KTV、私房菜馆，做翻译、做导游……凭借自己的能力在异国他乡挣得人生"第一桶金"，实在是很有成就感的事情。

第三年，我们开始进入大学附属医院轮科学习。在小心翼翼、胆战心惊和老师、病人的鼓励下，我们写下了自己的首批病例，为首批病人做了全面身体检查，并跟随老师进行了首次巡房和首次门诊。老师的耐心培训和病人的理解，使我们一点点克服了专业知识欠缺和医疗不严谨的问题，养成了良好的医德和素养。古巴领先世界、走在前沿的不是医疗器械，而是整套完善的医疗体系，全科医生遍布在一级社区诊所和二级区域诊所，能够解决人们最基本的健康问题。三级医疗机构就是医院，医生会将一级、二级诊所处理不了的医疗问题转移到医院进行专科住院治疗，并且病人可随时到户口所属的医疗机构就诊，全民医疗免费。菲德尔·卡斯特罗曾说过，最好的医学就是预防。古巴医疗致力于推进预防医学的医疗知识普及，不论贫富，大部分民众都会有意识地定期做医疗检查，筛查各种发病率极高的癌症以及流行病，并且做到早发现早治疗。

七年的全科医学学习，让我对人类群体的健康和医疗产生了不一样的认知。平衡膳食营养的搭配、减少对健康有害的危险因子的聚积以及适量的运动锻炼，可以有效地预防肥胖、糖尿病、脂肪肝和一些心脑血管疾病的发生，并且可以有效地节省医疗资源。

在今天，中国的医疗改革如火如荼，国民健康生活的理念渐渐深入人心。在这个过程中，古巴有许多经验是值得我们借鉴的。我想，我留古七年和当下在西班牙的博士学习所得，一定能学以致用，我期待为祖国医疗事业和人民健康做出自己的贡献。

四、 祝福祖国

这些年，我们见证了古巴的一些重要时刻：劳尔·卡斯特罗的执政，菲德尔·卡斯特罗的逝世，习近平主席访古推动中古关系的日益加深，美国对古巴的各方面封锁，奥巴马总统访古为美古关系缓和立下重要里程碑，古巴对外对内政治、经济上的多重改革……曾经物资极度匮乏却不熄生活激情的古巴人民走上了平缓的爬坡路。超市终于不再是动辄一抢而空、几个月都没有新商品的惨淡景象，私营经济体合法化，人民的生活水平一步步得到了稳定的提升。令人欣喜的是，古巴的互联网终于开通，虽然并没有大范围普及，但是医生、政府工作人员以及对国家有重要贡献的人士率先获得了互联网权限,普通民众可前往每个区的上网点购买上网账户和密码,利用上网点提供的电脑上网,通信费用也在封锁解除后大幅下降。

在古巴的这些历史性时刻中,我也看到了祖国的影子。从书本上,从过去的影像中,从父母的回忆里,我了解到曾经的中国与如今的古巴是何等相似,同样经历经济落后、物资匮乏的时期,同样不懈地追求改革开放、推陈出新,让人民过上幸福的生活。中国改革开放四十年取得了前所未有的历史性成就,中国改革开放的道路是成功的,可以成为古巴最好的借鉴,也可以成为全世界发展中国家最好的榜样。

2016年,我获得哈瓦那医科大学学士学位,同年被西班牙纳瓦拉大学录取,离开古巴。

很多人问我,值得吗?用女孩子十八岁到二十五岁最美好的青春年华回归"原始生活",尝遍辛酸苦辣。我想说,我珍惜这段宝贵的经历,甚至将古巴视作自己的第二祖国。这片土地教会了我包容、理解,用多元化的视角看待这个世界,接受不一样的人、不一样的事物和多种可能性。我也感谢祖国,感恩改革开放。我能够从沙漠之乡来到这蓝海之滨,以及像我这样的千千万万同胞能够走出国门,有机会用世界眼光审视自己,接受先进的教育,拥有自己的事业,成就多姿多彩的人生,成为对国家、对民族有用的"新一代"人才,全有赖于这四十年积蓄的巨大力量。衷心希望我的第一祖国和第二祖国蒸蒸日上!

鸣　谢

本套丛书在组稿过程中得到了很多单位和个人的大力协助：

国家外国专家局国外人才信息研究中心、新华网、华人头条，杨坚华、屈建平、朱颂瑜、陈伟、虞文军、李竹青、李彦、徐文婷、尚杨、曹岳枫、戴升尧、娄宏霞、斯舜威、张洁卉、文非、王诗敏、潘庆华、张艳涛、左娜、钟敏仪、吴晓东、谢宝光、张士晨、钱维东、范晓虹、李欣睿、宁明选、涂怡超、韦隽、陈文定、王征宇、陈博君、董洁、王威，等等。

特致以诚挚的感谢！